ZÜRCHER GLUT

Gabriela Kasperski war als Moderatorin im Radio- und TV-Bereich und als Theaterschauspielerin tätig. Heute lebt sie als Autorin mit ihrer Familie in Zürich und ist Dozentin für Kreatives Schreiben, Figurenentwicklung und Synchronisation.
www.gabrielakasperski.com
www.geschichtenbaeckerei.ch

GABRIELA KASPERSKI

ZÜRCHER GLUT
EIN FALL FÜR SCHNYDER & MEIER

Kriminalroman

emons:

Bibliografische Information der Deutschen Nationalbibliothek
Die Deutsche Nationalbibliothek verzeichnet diese Publikation
in der Deutschen Nationalbibliografie; detaillierte bibliografische
Daten sind im Internet über http://dnb.d-nb.de abrufbar.

© Emons Verlag GmbH
Alle Rechte vorbehalten
Umschlagmotiv: iStockphoto.com/Tom Ryan-Elliott
Umschlaggestaltung: Nina Schäfer, nach einem Konzept
von Leonardo Magrelli und Nina Schäfer
Umsetzung: Tobias Doetsch
Gestaltung Innenteil: DÜDE Satz und Grafik, Odenthal
Lektorat: Irène Kost, Biel/Bienne, Schweiz
Druck und Bindung: CPI – Clausen & Bosse, Leck
Printed in Germany 2022
ISBN 978-3-7408-1348-2
Originalausgabe

Unser Newsletter informiert Sie
regelmässig über Neues von emons:
Kostenlos bestellen unter
www.emons-verlag.de

Für Beni

Some say the world will end in fire,
Some say in ice.
From what I've tasted of desire
I hold with those who favor fire.

Robert Frost, «Fire and Ice»

Prolog

Es zischte, als sie das Streichholz über die Fläche rieb. Die Flamme war bläulich im Herzen, golden an den Rändern. Sie tanzte um den Kopf des Dochts, umfing ihn, spiegelte sich im geschmolzenen Wachs. Das Blau wuchs in dem Mass, wie das Gold weniger wurde, bis es fast nur noch die Glut gab. Sie wurde ruhig. Fühlte sich eins mit der Flamme. Dann warf sie das Streichholz ins Ofenrohr und schloss die Klappe.

1

Montag

Werner Meier stieg am Bürkliplatz aus dem Tram und eilte durch den dicken Nebel in Richtung Limmatquai. Nach einem hektischen Januarmontag, der mit der Abreise seiner Partnerin Zita Schnyder begonnen hatte, befand er sich auf einer besonderen Mission. Von der Kirche St. Peter her ertönten neun Schläge. Meier war zu spät, er hätte längst am Empfang des Botschafters sein müssen.

Er wählte den Uferweg links der Limmat, ging an der Gemüsebrücke vorbei und passierte die Schipfe, um in die Fortunagasse einzubiegen, die steil nach oben führte. Es war unangenehm feuchtkalt, kaum jemand war unterwegs.

Vor der Treppe schnappte er nach Luft. Ein gebeugter Mann hinkte zügig an ihm vorbei, in blauer Arbeitsmontur mit Stock und Rucksack, Meiers Gruss erwiderte er knapp. Hatte Meier richtig gesehen, trug der Alte tatsächlich einen Zirkel in der Hand? Eigenartig. Meier vergass ihn jedoch auf der Stelle, als er den Lichtschein wahrnahm. Eine Art vernebeltes Glimmen, das sich beim Näherkommen verstärkte. Ob die ein Feuerwerk abhielten? Er zückte sein Notizbuch und überprüfte die Adresse. «Zur Lindenpfalz» hiess das historische Haus, alles korrekt. Ausser Atem blieb Meier stehen und sah nach oben. Die hohe Glasfront im ersten Geschoss zog sich über die ganze Hausbreite und war hell erleuchtet, in einem Zimmer zwei Stockwerke darüber brannte es. Schtärnesiech. Meier riss sein Handy heraus und informierte die Feuerwehr – ein Standort lag in der Nähe, zum Glück –, bevor er vergeblich nach dem Hauseingang suchte.

«Achtung, Feuer, es brennt!»

«Halt den Rand», ertönte eine Stimme von oben.

Ein unermesslich lauter Knall erfolgte, ein Funkenregen, glühende Kleinteile fielen auf die Gasse. Meier wurde an der

Stirn getroffen. Dann ertönte eine Sirene. Schon näherte sich ein Löschzug, ein zweiter parkte dicht dahinter, orange gekleidete Gestalten sprangen heraus. Meier kannte den Feuerwehrhauptmann nicht, wies sich als Kollege aus und bot seine Hilfe an. Das Angebot wurde abgelehnt, dafür bekam er ein Pflaster für die blutende Stirn.

«Vielen Dank für alles. Und nun gehen Sie am besten heim.»

Meier ignorierte den Ratschlag und beschloss stattdessen, zum Lindenhofplatz hinaufzusteigen, der etwas erhöht über der Fortunagasse lag. Normalerweise war die Aussicht von da oben gigantisch, nun konnte Meier kaum die Laternen von den Lindenbäumen unterscheiden. Vorsichtig trat er an die Mauer. Keine fünf Meter Luftlinie und der Gassengraben trennten ihn von dem brennenden Zimmer. Er stand so nah, dass er die Hitze spürte, schwer von Asche und Rauch. Eine weitere Sirene ertönte und eine Art Summen, als ob ein Schwarm Bienen durch die Luft flöge. Es musste eine Drohne sein, sie fuhren wirklich das ganze Geschütz auf. Fasziniert beobachtete Meier das Ballett der Feuerwehrleute. Zwei von ihnen befestigten ein Gewinde an einem Hydranten, während die anderen den Schlauch ausrollten. Ein mächtiger Wasserstrahl ergoss sich in die Flammen, das Geräusch war schwer zu beschreiben, eine Art kämpferisches Fauchen. Meier musste husten. Innert Bruchteilen von Sekunden hatte er das Gefühl, durch seine Lederjacke und bis in die innersten Poren gänzlich von dem Brandgeruch durchdrungen zu sein.

Ein weiterer Schlauch war angehängt worden, der Wasserstrahl erging in Brandhöhe auf das Haus links des betroffenen, gleich darauf ein nächster auf das Haus rechts, während ein Kran bestückt mit zwei weiteren Feuerwehrleuten nach oben ausgefahren wurde. Aus den Eingängen drängten erste Menschen in die Gasse, einige mit Mänteln über Pyjamas. Eine rundliche Stadtpolizistin in Uniform versuchte, Panik zu verhindern, ihre Kollegin wies den Leuten den Weg. Wenn Meier nicht hier gewesen wäre … Er bekam das Kniezittern bei dem Gedanken.

Seine Mission fiel ihm ein. Er fasste in die Tasche der Lederjacke, erwischte zuerst einen Stoffhasen, dann das Paket, flach und handtellergross, das er im Auftrag von Eli Apfelbaum abgeben sollte. Eli war sein ehemaliger Feldenkrais-Lehrer, der seit einiger Zeit eine Agentur für besondere Affären führte und nur darauf wartete, dass Meier bei ihm einstieg. Er hatte sich jedoch bislang noch nicht zu dem Schritt entschliessen können, obwohl seine Fünfzig-Prozent-Anstellung alles andere als befriedigend war. Meier fühlte sich unterfordert, andrerseits konnte er leichter freimachen, was der Familie zugutekam. Er schrieb Eli eine Nachricht und bekam postwendend Antwort, allerdings nicht auf die Frage, was er jetzt mit dem Päckchen tun sollte.

Vielmehr interessierte sich Eli für den Brand. «Brennt die Lindenpfalz? Gibt es Verletzte? Tote? In dem Haus residiert immerhin ein Schweizer Botschafter.»

Meier versprach Eli weitere Informationen und bot ihm an, dass er versuchen würde, Mischa Hare, die Empfängerin des Pakets, ausfindig zu machen. Während des Gesprächs beobachtete er die Menschen, die sich immer zahlreicher hinter den errichteten Absperrungen versammelten. Brandstifter kehren meist an den Tatort zurück, hörte Meier die Stimme seines ehemaligen Vorgesetzten im Geiste. Er mischte sich unter die Leute, zückte sein Handy, schoss diskret ein Foto da, eines dort.

Ein weinendes Mädchen weckte seine Aufmerksamkeit. Es stand neben seinem Papa und liess sich partout nicht wegziehen. «Will meine Plüschschnecke», schluchzte es.

«Möchtest du den?» Meier kniete sich vor das Mädchen und drückte ihm den Stoffhasen in die Hand. «Von meiner Tochter Lily. Ich bin sicher, dass sie ihn dir schenken würde. Jetzt geh mit deinem Papa. Es gibt Tee und was Süsses. Und jemand erzählt euch bestimmt eine Geschichte.»

Der Mann warf ihm einen dankbaren Blick zu, nahm das Mädchen an der Hand und reihte sich in den Strom der Evakuierten ein, die sich mehr oder weniger geordnet zur Limmat hinunterbewegten. Da wurde Meier von der rundlichen Stadtpolizistin angehalten, offenbar fand sie sein Verhalten auffällig.

Aufmerksam, die Kollegin, dachte Meier und zeigte ihr seinen Ausweis.

«Ich habe die Feuerwehr gerufen und wollte fragen –»

Sie unterbrach ihn. «Alles unter Kontrolle. Wir räumen laufend die umliegenden Häuser. Die genaue Brandursache ist zurzeit nicht geklärt, sicher ist, dass es eine Explosion gegeben hat, bei der wie durch ein Wunder niemand verletzt wurde.»

«Ist es möglich, mit einem der Gäste zu sprechen?»

Die Polizistin verneinte. «Die Leute müssen erst durch uns befragt werden.»

Das sollten Sie eigentlich wissen, Herr Kollege, sagte ihr Blick.

Er schrieb daraufhin an Eli: «Entschuldige, aber ich habe keine Möglichkeit, deinen Auftrag auszuführen.»

Eli textete seinerseits eine Neuigkeit. «Ich habe Mischa Hare erreicht, die Polizei hat sie gehen lassen. Sie sitzt bereits im Taxi zum Flughafen und wird hoffentlich ihren Flug noch erreichen. – Kannst du das Paket für mich aufbewahren, Werner?»

«Was ist denn da drin?»

«Das darfst du nicht wissen als Angestellter der Kantonspolizei Uster.»

«Aber Botengänge ausführen darf ich? Wieso hast du es nicht selbst gemacht?»

«Das kann ich dir nicht sagen.»

Bevor Meier nachfragen konnte, wechselte Eli das Thema. «Wann entscheidest du dich endlich gegen den Staat und für mich? ‹Apfelbaum & Meier›, ich seh das Schild vor mir.»

«Das Kündigungsschreiben ist entworfen», textete Meier zurück.

«Dir fehlen die Briefmarken?»

«Und der Mut. Aber vielleicht, wenn du mir einen Whisky anbietest. Oder noch besser, eine Gratislektion Feldenkrais.»

Elis ursprünglicher Beruf hatte Meiers geplagtem Rücken oft Erleichterung verschafft, in letzter Zeit allerdings hatte Eli keine Zeit mehr dafür.

«Alter Erpresser.» Eli verabschiedete sich mit einem Emoji und dem Satz: «Mal sehen, was sich machen lässt.»

Eine SMS erreichte Meier. Seine Schwiegermutter wollte wissen, wann er heimkäme.

«Jetzt», antwortete er.

Seine Pflicht war getan, mehr konnte er nicht ausrichten, ausserdem schmerzte die Stirn. Meier wählte den Rückweg über die schmale Kaminfegergasse, die auf der einen Seite an den Hinterhof der Lindenpfalz grenzte. Da kreuzte er wieder den krummen Alten. Diesmal hielt Meier ihn auf und informierte ihn über den Brand.

«Sie erzählen mir nichts Neues», sagte der Mann und richtete seine Augen auf Meier. Eines war von milchigem Glanz. «Es muss der Kachelofen im Turmzimmer sein. Die hätten besser mich zum Renovieren genommen als diese Gvätterli-Firma aus Italien.»

Kachelofen? Turmzimmer? Der Alte wusste mehr als die Polizei.

Meier zückte sein Notizbuch. «Wieso? Sind Sie ein Fachmann?»

«Kundert Ruedi. Altstadt-Kaminfegermeister. Ich habe meine Tour gemacht wie jeden Abend vor dem Schlafengehen.»

«Im Auftrag der Stadt?»

Dass der Alte der Frage auswich, war Meier Antwort genug. Er stellte sich ebenfalls vor und notierte den Namen. «Sagen Sie ... Ist Ihnen etwas aufgefallen?»

«Endlich fragt mich jemand. Als ich mit der Polizistin sprechen wollte, hat sie mich abgewiesen.» Empörung zitterte in seiner Stimme.

«Was hätten Sie denn zu erzählen gehabt?»

Kundert hob eine Hand vor den Mund, wirkte wie ein konspirativer Wegelagerer. «Jemand hat mir Feuer gegeben. Mit einem Zippo-Feuerzeug. Es roch nach Benzin. Herrlich.»

«Ein Mann?»

«Da muss ich erst einmal drüber schlafen. Es war neblig, wissen Sie.»

Meier blieb hartnäckig. «Wo haben Sie ihn getroffen?»

«Hier in der Nähe.»

«Geht das auch präziser?»

Kundert kniff die Augen zusammen. «Sie kennen sich aus?»

«Stadtzürcher.»

Das entlockte Kundert ein anerkennendes Pfeifen. «Es war in der Strehlgasse, kurz vor dem Hotel Widder. Da bin ich vorbeigegangen, weil es etwas zu reparieren gibt.»

«Am Montagabend?»

«Ich arbeite rund um die Uhr.»

«Und wofür haben Sie den Zirkel gebraucht?»

Kundert sah auf das Instrument in seiner Hand, ein antiquiertes Modell, das Metall angelaufen.

«In so einer Altstadt muss man zu unkonventionellen Methoden greifen.» In einer jähen Bewegung richtete er die Spitze auf Meier. «Damit knacke ich jedes Schloss. Und alles andere auch.»

Meier schob seine Hand in die Tasche. Suchte etwas zur Verteidigung, fand nur den vergessenen Holzbesen des Hasen. Schtärnesiech.

«Schönen Abend, Herr Polizist.»

Kundert huschte durch ein eisernes Gartentor in ein winziges Häuschen, eingequetscht zwischen den Nachbarliegenschaften.

Meier atmete aus, merkte erst jetzt, wie verkrampft er gewesen war. Einen Moment lang hatte er sich echt erschreckt über diesen selbst ernannten Quartier-Kaminfeger, der in der gleichnamigen Gasse wohnte. Er holte das Handy raus, um Beanie Barras anzurufen, seine ehemalige Assistentin, jüngste Ermittlerin der Kriminalpolizei Zürich.

«Sind Sie noch auf, Barras?» Er setzte sie über den Brand ins Bild. «Sie sollten herkommen. Der Brandermittlungsdienst ist bereits informiert. Ich schätze das Ganze als äusserst brisant ein: ein Haufen Diplomaten- und Politprominenz bei einem privaten Fest. Es stellt sich die Frage: Wer hat diesen Ofen angezündet und, falls es Absicht war, warum?»

***

Er stach sich, kaum zu Hause, aus Versehen mit dem Zirkel in die weiche Haut unterhalb des Daumens. Als er die Spitze herauszog, quoll Blut. Er leckte es ab. Dachte an Helly Keller, das Weib des Botschafters, dieses Rippengestell. Seine schlimmsten Befürchtungen waren eingetroffen: Kaum war sie fertig mit der Renovierung der Lindenpfalz, ging es los mit dem Lärm. Kein Auge würde er mehr zutun, weder das sehende noch das blinde. Aber er hatte es ihr gezeigt. Sollte sie verrotten, auf immer und ewig.

2

Zita Schnyder stieg an der Station Belsize Park aus dem doppel-
stöckigen Bus, ging ein paar Schritte zu dem schmalen Reihenhaus, schloss die Tür auf und machte Licht. Wie schön es hier ist,
dachte sie jedes Mal, wenn sie den überraschend geräumigen Eingang betrat, der sich vor allem durch Leere auszeichnete. Keine
Legosteine, keine Laufräder, keine Turnschuhe. Das Haus war zu
Zitas zweiter Heimat geworden, seit ihr ihre Chefin vom Institut
für Gender Studies angeboten hatte, bei ihren London-Besuchen
dauerhaft bei ihr zu wohnen. Sie schlüpfte aus den Lederstiefeln,
stieg die vier Stockwerke bis zum ehemaligen Dienstbotenzim-
mer hoch, liess Tasche und Rucksack fallen. Zitas Reich war eine
ausgebaute Mansarde mit der grandiosesten Aussicht, die man
sich vorstellen konnte.

Sie reiste stets mit Handgepäck, alles war zum Platzen gefüllt.
Beim stundenlangen Warten auf den verspäteten Flug, in der
Luft und selbst im Bus hatte sie gearbeitet, später würde sie die
Notizen noch in Form bringen. Ihr Postdoc-Projekt im Fach-
bereich Gender Studies des King's College London war bewilligt
worden. Im Zentrum von Zitas Forschung, einer Langzeitstudie,
finanziert vom Schweizer und vom britischen Nationalfonds,
stand die Notwendigkeit von Schutzprojekten als unmittelbare
Hilfsmassnahme für gefährdete Personen und die Möglichkeit
eines länderübergreifenden Austausches. Für die Datenerhe-
bung – Interviews mit Betroffenen und Fachpersonen – war
London zentral. Zitas Glücksort.

Auf dem Tisch stand eine Flasche Wein, daran angelehnt ein
Zettel. *«Welcome Zita. Talk to you wednesday. The house is
yours.»* Also war ihre Chefin gar nicht da. Bis Mittwoch wäre
Zita ganz allein, wie luxuriös.

Sie goss sich ein Glas Wein ein. Gleich würde sie zu Hause
anrufen, die Kinder waren hoffentlich in ihren Betten und der
Commissario noch nicht im Tiefschlaf. Sie waren beide er-

schöpft. Nachdem sich die Wohnungssuche über ein Jahr lang hingezogen hatte, abwechselnd geprägt von Euphorie und Verzweiflung, war der Kauf des alten Arbeiterhäuschens im Zürcher Sonnenbergquartier eine tolle Gelegenheit gewesen, ein Sechser im Lotto. Mit dem kleinen Wermutstropfen, dass es renoviert werden musste, um bewohnbar zu sein. Datum der Wohnungskündigung und Kaufdatum waren identisch gewesen, und seither herrschte das Chaos bei Schnyder & Meier. Hätte sich Meier nicht als Handwerker entpuppt, sie hätten keine Chance gehabt. So aber waren zu Weihnachten die Holzheizung instand gestellt, Küche, Bad und einige Zimmer bereit gewesen. Die beiden Jungs Finn und Theo schliefen zusammen, Nesthäkchen Lily teilte ihr Zimmer mit Zitas Mutter, und im seitlichen Anbau, früher eine Werkstatt, wohnte Jessie, ihre Pflegetochter, herausfordernde fünfzehn Jahre alt. Sie lebte bei ihnen, seit ihre Mama unter brutalen Umständen gestorben war. Zita und Meier waren in den Fall involviert gewesen.

Während Zita das Glas austrank, sah sie die familiären Textnachrichten durch. Alle hatten geschrieben, sogar Lily. Drei Herzen, eine Rose und ein Buch – Lily hatte die Emojis entdeckt. In rascher Folge tippte Zita ihre Antworten und nahm den letzten Schluck, bevor sie barfuss auf die kleine Terrasse trat. Vor ihr tat sich eine Dachlandschaft auf, typisch für London. Sie sah bis zur Themse, glaubte, das Observatorium Greenwich zu erkennen, die Docklands. Ich bin hier. Hier und jetzt. Wie wunderbar.

Ihr Handy summte, eine Twitter-Nachricht. Zita war beruflich auf dem Portal und hatte verschiedene Hashtags abonniert.

Sie erkannte die Tweeterin am Profilbild. @Djamila war Djamila Murani, eine junge Kollegin in Ausbildung zur Diplomatin, die das obligatorische Auslandsemester an der Schweizer Botschaft in London absolviert hatte. Djamila war ambitioniert, tough und blitzgescheit, dazu wunderschön, nahbar und nett. Eine Art Weltwunder.

Als Zita den Tweet las, traf sie fast der Schlag.

«Schlupfhouse London. Für mehr Details check CPS, Centre for People's Safety. Oder follow #ProtectionOne.»

Zita fühlte, wie ihr Herz zu rasen begann. «Schlupfhouse» war eines der Schutzprojekte, das sie für ihre Forschung untersuchte. Das Schlupfhouse London war ein Rückzugsort für Frauen, die häusliche oder berufliche Gewalt erfuhren. Im Gegensatz zu üblichen Frauenhäusern richtete es sich besonders an Frauen aus akademischen Berufen, die ihre Probleme jahrelang erfolgreich versteckt und eine übermächtige Hemmschwelle hatten, nach Hilfe zu suchen. Die Adresse wurde geheim gehalten. So geheim, dass Zita noch nie die Möglichkeit gehabt hatte, es zu besichtigen. Wieso twitterte nun Djamila Murani darüber? Und was genau bedeutete der Hashtag ProtectionOne?

Das Foto zeigte Djamila, die im petrolblauen Businessmantel mit offenem schwarzen Haar und einem bunten Handy vor einem Reihenhaus für ein Foto posierte.

Was macht sie da, ist sie verrückt geworden?, dachte Zita. Als sie auf die Hausnummer zoomte, war der Tweet weg. Einfach verschwunden. Auch nach mehrfachem Aktualisieren wurde er nicht mehr geladen. War es ein Versehen, und Djamila hatte es gemerkt? Vergeblich suchte Zita in ihren Kontakten nach ihrer Nummer, bislang hatten sie nur gemailt.

Dafür meldete sich die Schlupfhouse-Verantwortliche Mischa Hare nach dem ersten Klingeln.

«Du erwischst mich beim Warten am Flughafen Zürich.»

Zita wusste, wovon sie sprach. «Das habe ich bereits hinter mir, ich hatte sechs Stunden Verspätung. Heute ist was los in der Luft. Es ist schon ziemlich spät, nicht?»

«Das stört mich nicht. Solange ich noch nach London komme …»

Zita sah Mischa vor sich, klein, rundlich, mit Pagenkopf, immer in Schwarztöne gekleidet. Sehr entschieden. Sie hörte sich Zitas Geschichte an und kontrollierte gleichzeitig Social Media.

«Auf Twitter ist nichts. Kein Post von @Djamila.»

«Er wurde gleich wieder gelöscht.»

«Hast du einen Screenshot gemacht?»

«Sorry, ich war nicht darauf gefasst. Es muss das Londoner

Schlupfhouse gewesen sein. Man hat die Strasse deutlich gesehen.»

«Ich überprüfe das.»

Beim Warten auf Mischas Rückruf ging Zita hin und her, schenkte sich ein neues Glas ein, trank immer wieder einen Schluck. Der Kontakt zu Mischa Hare war über Eli Apfelbaum gelaufen. War ihr Mischa Hares Engagement für verschiedene Gremien und Organisationen am Anfang komplex vorgekommen, hatte sie mit der Zeit einen Durchblick gewonnen. Mischa Hares Zentrum für Sicherheit, das CPS, führte eine zweistellige Anzahl Frauenhäuser im gesamten Vereinigten Königreich und eben, seit Neustem und ganz im Verborgenen, das Schlupfhouse. Dieses wiederum stand zusätzlich unter dem Patronat der Schweizer Botschaft, denn Sicherheit war ein Thema, das sich beide Länder in der Post-Brexit-Ära auf die Fahne geschrieben hatten.

Nun, diese Sicherheit war gerade für einen Post via Social Media aufs Spiel gesetzt worden.

Endlich rief Mischa zurück. «Der Tweet kann nicht sehr lange online gewesen sein. Möglicherweise hast du dich geirrt. Bist du vielleicht übermüdet?»

Ertappt stellte Zita ihr Weinglas weg. «Hast du Djamila gefragt? Was sagt sie dazu?»

«Nichts, auf dem Zürcher Empfang hat's gebrannt. Die Polizei befragt alle, ich bin nur mit Sondererlaubnis entlassen worden. Ich werde morgen mit ihr sprechen, sie kommt nach London.»

Zita war irritiert. Der Commissario hatte ihr eben auch von einem Brand in der Altstadt berichtet. Das musste derselbe sein. «Eine Einladung für euch beide, dann der Brand, nun der Tweet. Eigenartig, nicht?»

«Du könntest dich geirrt haben. Djamila hat irgendein Selfie gepostet, das macht sie öfter. Sie ist eine sehr aktive junge Diplomatin.» Der Zweifel in Mischas Stimme war nur für ganz feine Ohren hörbar. «Kannst du dich an den Strassennamen erinnern?»

«Der war nicht auf dem Bild.» Zita überlegte, sah das Foto vor sich. «Mischa, wie lautet die Hausnummer des Londoner Schlupfhouse? 157?»

Als Mischa bestätigte, entwich Zita ein triumphierender Laut. «Da hast du es. Niemand hat sie mir gesagt. Woher sollte ich sie also kennen, wenn nicht vom Foto?»

«Das, muss ich zugeben, klingt plausibel.»

«Was, wenn jemand das Haus erkannt hat? Wenn jemand es verbreitet? Heute ist so was schnell passiert. Was, wenn der Partner einer deiner Frauen so hinter die Adresse kommt?»

Im Hörer erklang ein Tuten, die Verbindung war unterbrochen. Oder Mischa hatte aufgelegt.

***

Der Colamann fühlte sich siegreich. Endlich, nach Monaten des Wartens hatte er einen Hinweis. Er schnippte mit den Fingern, um das Taxi anzuhalten, aber es ignorierte ihn, fuhr ihn fast über den Haufen. *Bollocks.* Nachdem er sich dem nächsten Fahrer in den Weg stellte, erwischte er gerade noch den Dreiundzwanzig-Uhr-Zug, der ihn in einer knappen Stunde nach London zum Paddington-Bahnhof bringen würde. Noch einmal sah er sich den Screenshot mit der Schlupfhouse-Adresse an. Der Oxforder Detektiv hatte sie ihm geliefert und damit seinen Job gemacht, Tausende von Pfund, die er in ihn investiert hatte, amortisiert. Er würde dahin fahren. Und sie holen. Wie konnte sie es wagen, einfach abzuhauen? Sie gehörte ihm. Sie und Henri.

3

«Mama?» Henri lag in seinem Harry-Potter-Kostüm auf dem Bauch, das Gesichtchen zur Seite gewandt, einen Schnuller im Mund, Speichel auf den runden Backen, er murmelte im Schlaf. Seine ganz eigene Henri-Sprache.

Pola Lensky wischte ihm den Schweiss weg und zog vorsichtig ihre Hand unter seiner hervor. Zentimeter für Zentimeter drehte sie sich zur Seite, bis sie aufstehen konnte und die Kindermatratze mit dem Fuss wegschob. Henri benutzte sie nie. Er wollte an sie gekuschelt schlafen.

Pola zog ihren beigen Trainingsanzug zurecht, tappte auf leisen Sohlen zum Schreibtisch, kontrollierte ihr Laptop. Das tat sie hunderttausendmal pro Tag. Auch diesmal war alles in Ordnung, es steckte in der Hülle, voll aufgeladen, bereit zur Weiterarbeit. Pola kniff sich in den Arm: Du lebst, du bist allein, du bist in Sicherheit. Durch den dunklen Flur ging sie zur Toilette, um sich das Haar zu kämmen. Es hing dünn und fettig bis auf die Schulter, sie müsste es dringend schneiden. Sie hatte es vernachlässigt, wie fast alles an sich.

Das Haus schlief, totenstill war es. Neben ihrem gab es auf diesem Stockwerk noch drei weitere Zimmer, nur eines davon war besetzt, die Frau war vorgestern eingezogen. Mit einem Müllsack voller Kleider, Spielsachen, einem Kleinkind-Sohn und einer Säuglingstochter. Und einem Laptop genau wie Pola. Henri hatte sich über die Kinder gefreut.

«Ihr seid unsere Akademikerinnen-Fraktion», hatte Golda, die Hausmutter, gesagt, als sie ihr den Neuzugang vorgestellt hatte. Pola und die Neue hatten sich daraufhin ausgetauscht, sie hatte Pola freimütig ihren Hintergrund erklärt, unüblich, normalerweise erfuhren sie wenig voneinander. Aus Scham, dachte Pola. Keine von uns brüstet sich mit ihrem Versagen. Die Neue war studierte Philosophin und die Frau eines CEO. Er schlug sie. Sie hatte es während Jahren ertragen, war mit ihm von Land zu

Land gezogen, bis sie es nicht mehr aushielt. Schlupfhouse 157 bot ihr Schutz, juristische Hilfe, psychologische Begleitung und vor allem: eine neue Identität.

«Wir bauen ein Programm auf», hatte Golda erklärt, «für Frauen wie euch, für die es nicht reicht, einfach nur die Stadt zu wechseln.»

«Was unterscheidet uns von den anderen?», hatte Pola gefragt.

«Euer Gehalt. Achtzig Prozent der Frauen kommen aus den ärmsten Schichten.»

Es knackte. Ein Ast schlug gegen den Fensterrahmen, ein Spaltbreit war offen, es zog. Das Haus war in keinem guten Zustand, ein besseres konnte sich die Schlupfhouse-Organisation nicht leisten. Wir kämpfen leider immer mit den Finanzen, hatte Mischa Hare, die Leiterin, in ihrem Willkommensbrief geschrieben. Persönlich getroffen hatte Pola sie noch nie.

Sie trat ans Fenster. Trotz des Schimmels im Badezimmer, trotz des losen Geländers im Treppenhaus, das war ihr momentanes Zuhause. Ihr Nest. Sie brauchte eines, sonst fiel sie ins Bodenlose. Auf ihrer Augenhöhe donnerte ein Zug über die Brücke. Unterhalb des Brückenbogens brannte Licht. Es war der Obdachlose, der oft da übernachtete. Henri hatte ihm zu essen bringen wollen, aber Golda hatte es verboten.

Neben dem Obdachlosen hielt ein Taxi. Sofort wurde Polas Mund trocken. Die Angst, er könnte sie heimsuchen, war immer noch da. Auch wenn die Psychologin es ihr ausreden wollte.

«Hier kann Ihnen nichts passieren. Sie sind sicher.»

Die Taxitür öffnete sich, und Pola trat automatisch einen Schritt zurück. War er es? Hilflos sah sie zu, wie er sich umschaute und mit grossen Schritten die Strasse überquerte. Oh Gott. Sie fasste sich an die Brust, wo das Täschchen an einer Kette hing.

«Zieh es nie aus. Nicht mal zum Schlafen. Sollte etwas sein, solltet ihr fliehen müssen, hast du die Papiere dabei.» Aber ich will nicht fliehen, ich will hierbleiben, für immer und ewig.

Pola öffnete die Augen, der Typ war weg. Sie zwickte sich. Alles nur geträumt, geh schlafen, du bist übernächtigt. Trotzdem beugte sie sich vor. Er stand an die Hausmauer gelehnt, einen glühenden Punkt im Mund, und sah nach oben, direkt in ihre Augen.

Sie rannte ins Zimmer zurück, holte die gepackte Tasche aus dem Schrank, Schuhe, Mantel, Halstuch, Mütze und schliesslich den Harry-Potter-Rucksack.

Schlaftrunken liess Henri sich anziehen, erwachte auch nicht, als sie ihn aufrichtete.

«Komm, mein Schatz, ein Abenteuer, Mama trägt dich.»

Er wog eine Tonne.

«Bitte, Henri, mach dich leichter. Hilf Mama ein bisschen.»

Er wehrte sich, strampelte mit den Beinen, erwischte schmerzhaft ihre Oberschenkel.

«Du bekommst auch ein Colafläschchen.» Happy Colafläschchen, weiche Fruchtgummis mit Colageschmack, waren Henris Leidenschaft, er war süchtig danach. Sie stellte ihn auf seine Füsschen und zog ihn hinter sich her, ging die Treppe hinunter, die knarrenden Stufen vermeidend. Als sie die Türklingel hörte, begann ihr Herz zu stolpern. Und nun? Keller? Wohnzimmer? Sie entschied sich für die Küche.

Erneut klingelte es. Die Beine versagten ihr, sie klammerte sich an eine Stuhllehne. Schritte, ein Murmeln, Goldas Stimme aus dem Flur. «Hello?»

Und dann die seine, unverkennbar. Etwas zu hoch.

«Good evening. Entschuldigen Sie die Störung. Der Obdachlose vor Ihrem Haus bewegt sich nicht. Kann ich bei Ihnen telefonieren?»

Nein, wollte Pola schreien. Es ist eine Finte.

Golda blieb höflich. «Einen Moment.»

Pola hörte, wie sie das Wohnzimmer betrat, ein Rascheln, wie sie zur Tür zurückging, Murmeln, zwei Menschen im Gespräch. Sie macht einen Fehler, dachte Pola. Gleich holt er mich hier raus. Ihr hämmerndes Herz drohte zu explodieren.

Goldas Stimme. «Ich habe die Ambulanz gerufen, können Sie bitte zum Verletzten gehen und bei ihm warten?»

Sein Schmeicheln. «Nein, lassen Sie mich rein. Ich glaube, es ist ein Verbrechen passiert.»

Pola holte das Prepaidhandy aus der Brusttasche, Teil der Grundausstattung, die sie am ersten Tag bekommen hatte.

Und wieder Golda. «Dann komm ich zu Ihnen raus, einen Moment, Sir. Ich muss mich anziehen.»

Da ertönte von der Strasse her eine Sirene. Als Pola mit Henri durch die Küche in den kleinen vorderen Garten rannte, prallte sie mit einem Mann zusammen. Es war ein Unbekannter. Sie hatte sich geirrt. Das Schlupfhouse war sicher.

***

Golda, die Hausmutter von Schlupfhouse 157, rief Mischa Hare an.

«Sie glaubt, in einem Passanten ihren Professor erkannt zu haben. Es ist untragbar, Mischa. Wir brauchen eine andere Lösung, sie gefährdet alle anderen, das ganze Haus.»

Im Hörer blieb es still.

«Mischa, bist du noch da?»

«Es ist etwas passiert, Golda. Möglicherweise hat sie sich diesmal nicht geirrt. Die Identität von Schlupfhouse 157 ist aufgeflogen. Wir müssen sehr, sehr vorsichtig sein.»

4

Beanie Barras von der Kriminalpolizei Zürich bremste so jäh, dass ihr Freund Sahel Huwyler fast in sie hineindonnerte.

«Hei, willst du mich testen?» Sein Lachen gab ihr ein warmes Gefühl. Auch noch nach einem Jahr.

«Sorry.» Dichter Nebel umhüllte sie. «Ich sehe kein Feuer. Du?»

Sie machten ihre Räder in der Nähe der Regionalwache City an einem Zaun fest und rannten nach oben zum Lindenhofplatz, wo sich ihre Hände lösten, als sie sich der Absperrung näherten. Sahel würde ins Brandhaus gehen, sobald sie das Okay hatten, dass es sicher war. Er war nicht für die Spurensicherung, seiner eigentlichen Tätigkeit, im Einsatz, sondern als Brandermittler. Bei schwierigen Fällen wurde er manchmal aufgeboten. Weil er top war, manche Kollegen nannten ihn den Feuerflüsterer. Das Feuer und Sahel, die beiden waren irgendwie ein Team. Kein Wochenende verging, da er nicht ihre Grillstelle im Wehrenbachtobel befeuerte. Während er in die Feuerwehrstiefel schlüpfte, trat Beanie zu ihrer Teamkollegin Sofia Schmidt, wie immer in formlosem Oberteil und schwarzen Hosen, darüber trug sie eine Daunenjacke. Früher erbitterte Gegnerinnen, hatten sie sich heute zusammengerauft.

«Du hier?» Schmidt feixte. «Hast du nichts anderes zu tun am Montagabend? Haare schneiden oder so?»

Beanies Frisur gab immer wieder Anlass zu Diskussionen im Ermittlerteam, zurzeit trug sie ihre kurze Afrokrause ergänzt um lange Zöpfchen, sogenannte Braids.

«Nö, die lasse ich wachsen. Als Nussbaum anrief, war ich grad mit dem Ruderboot unterwegs, da fliegen sie so schön im Wind.»

Schmidt grinste. «Einmal um den ganzen Zürichsee, so wie ich dich kenne.»

Rudern war Beanies neue Leidenschaft. Es beruhigte sie. Sahel fand's *cute*. Er fand alles an ihr *cute*. Niemand wusste von ihnen, dass sie ein Paar waren. Sie hielten es geheim, und das war gut so. Beanie hatte schon mal eine Beziehung am Arbeitsplatz gehabt. Zu viele Sticheleien, zu viel Stress.

«War es Brandstiftung?», fragte Beanie und schaute auf das Haus, scheinwerferbeleuchtet, mit russgeschwärzter Fassade und dem zerborstenen Fenster im dritten Stock.

Schmidt zuckte die Achseln. «Ist ein historisches Gebäude, es steht unter Denkmalschutz. Da drin ist alles aus Holz.» Sie zeigte Beanie ein Bild des explodierten Kachelofens auf ihrem Handy. «Das haben sie im Turmzimmer oben vorgefunden. Krass, nicht?»

Beanie vergrösserte das Foto, bemerkte die Verwüstung, die Trümmer und ein angekohltes Buch. «Drei Leben», entzifferte sie. Sie sah erneut zum Haus. «Wohnen da wirklich Menschen drin?»

«Ein Paar. Stephen und Helly Keller.»

«Stephen Keller? Das ist doch der Schweizer Botschafter in London.»

Schmidt gab sich erstaunt. «Du kennst dich aus auf dem diplomatischen Parkett?»

«Da tanz ich Tango. – Nö, hab nur einen Artikel gelesen. Ging um die deutsch-englischen Handelsbeziehungen. Post Brexit.»

«Seit wann bist du politisch?»

«Schmidt, halt die Klappe. Klär mich auf.»

Beanie machte sich Notizen, während Schmidt die Fakten runterratterte.

«Brandmeldung um einundzwanzig Uhr zehn durch Werner Meier, die Löschwagen waren zehn Minuten später da. Brandangriff erfolgte durch Nassbekämpfung von unten und über den Kran. Im Turmzimmer oben stand das Fenster offen und hat das Feuer angefacht, die Brandlast war enorm.»

«Wer hat es geöffnet?»

«Unklar. Das Feuer hat sich nicht ausgebreitet.» Schmidt deutete auf die anderen Häuser, die aussahen wie ausgeschnittene

25

Kartonkulissen für ein Theaterstück, Thornton Wilder: «Unsere kleine Stadt». «Ein Horrorszenario, Brand in der Altstadt.»

«War jemand im Haus?»

Schmidt nickte. «Eine informelle Sause, international, knapp fünfzig Leute, alles sofort evakuiert, ein top Sicherheitsdispositiv. Die Gästeschar ist vollzählig, niemand wird vermisst. Es lief sehr diszipliniert ab, manche haben den Brand gar nicht bemerkt.»

«Und die Explosion?»

«Die war weitherum zu hören. – Wir haben von allen die Personalien aufgenommen.»

«Wo warten sie? Unten bei der Stadtpolizei?»

Das Gebäude lag vielleicht dreihundert Meter entfernt. Besser ging's nicht.

«Mittlerweile sind alle heimgegangen.»

Beanie war irritiert. «Nur die Personalien? Ohne Befragung vor Ort?»

Schmidt hielt ihr das Handy hin. «Anordnung von Nussbaum.»

Roland Nussbaum war ihr Chef. Ein hitziger Bündner.

«Warum hat er dann den Staatsanwalt involviert? Falls es Brandstiftung war, könnte es jeder von denen gewesen sein.»

«Da sind einige Diplomaten aus dem Ausland dabei, die muss man mit Samthandschuhen anfassen», sagte Schmidt. «Ausserdem könnte die Brandursache schnell geklärt werden. Menschliches Fehlverhalten. Unsachgemässe Feuerung. Das Turmzimmer war in der Renovierungsphase, da lag tonnenweise brennbares Material herum.»

«Aber –»

«Barras. Nussbaum war auch auf dem Fest. Zusammen mit dem Staatsanwalt und dem Statthalter.»

Das war ein dickes Ding. Beanie pfiff durch die Zähne.

Schmidt grinste. «Superpraktisch, fand ich auch.»

Der Statthalter war die offizielle Amtsperson, die bei einem Brand herbeigerufen wurde und die Ermittlungen in Gang setzte.

«Hast du mit dem Besitzerpaar gesprochen?»

Schmidt schüttelte den Kopf. «Nussbaum hat sie gerade ins Hotel gebracht.»

Auf Beanies Blick hin wurde sie konkreter. «In den ‹Widder›, der ist in Gehdistanz.»

Eine SMS von Sahel kam an. «Wir gehen jetzt rein. Der Spürhund ist dabei. Und die Rechtsmedizinerin. Anna Quetes.»

«Was macht die da?», schrieb Beanie zurück.

«Wieso, hast du ein Problem mit ihr?»

Beanie kannte die Quetes von ihrem früheren Job und mochte sie nicht besonders. Sie war von Uster ans Institut für Rechtsmedizin in Zürich gewechselt, hatte kastanienrotes Haar, grüne Augen, alle Männer standen auf sie. Ein wandelndes Klischee.

«Sie war zufällig in der Gegend», schrieb er. «Superkompetent.»

Na toll. Schon hatte sie ihn an der Angel.

Beanie sah zu Schmidt. «Komm. Los geht's!»

Sie betraten den gepflegten Hof auf der Rückseite des Hauses. Beanie bemerkte die Mauer, den kleinen Weg, die Treppe. Es gab zwei Eingänge, einen kleineren für die Dienstboten, einen prächtigen für die Gäste. Direkt beim Hauseingang war an der Seite ein Wandpaneel mit einem Display angebracht.

«Es ist ein Smarthome», erklärte Schmidt. «Alle Geräte, das Licht, die Heizung werden darüber gesteuert.»

Der Geruch war beissend, Beanie war froh um ihre Maske.

«Ich steige ins Turmzimmer», sagte Schmidt.

«Bis gleich», sagte Beanie. «Will mir erst einen Überblick verschaffen.»

Im ersten Stock ging sie in Richtung Festsaal. Riesig, mit beeindruckender Fensterfront und Aussicht auf den Lindenhofplatz. Eine Art Bühne, in einer Ecke eine Gitarre. Hatte ein Musiker die vergessen? Dann kam die Küche. Eine schimmernde Angelegenheit aus Edelstahl und Holz, gemacht für grandiose Festessen. Beanie lehnte sich an die edelgrau bemalte Wand, versuchte ein Gefühl für den Raum zu bekommen, wie Meier ihr das beigebracht hatte. Als einzigen Schmuck bemerkte sie ein altes Waschbecken aus Porzellan, gefüllt mit Blumen. Ein Tisch in der Mitte, darauf Champagner in Kübeln und silberne Essensbehälter. Beanie zog Handschuhe über und hob einen Deckel. Es duftete überwältigend: Koriander, Curry. Reis. Mangosauce. Mehrere Desserttabletts mit kleinen Kuchenstücken, ein angebissenes Himbeertörtchen. Vegan, ein veganes Dinner? Sie hätte Zürcher Geschnetzeltes erwartet.

Die Spülmaschine war ein Industriemodell. Beanie öffnete den Müllkübel. Selbst die Abfälle waren ordentlich. Im Flur entdeckte sie dann das erste Fischauge, ein zweites hing in der Nähe des Eingangs, das Haus war überwacht. Sie wusste, dass eine Security-Firma engagiert worden war, aber niemand hatte etwas von Überwachungskameras gesagt. Beanie machte sich eine Notiz. Irgendwo mussten die Informationen zusammenlaufen.

Eine Wendeltreppe führte über zwei Stockwerke direkt ins Turmzimmer. Von da oben hörte sie Schmidts hohe Stimme, die Spezialistinnen waren im Einsatz.

Beanie besah sich zuerst den zweiten Stock, den sie über eine andere Treppe erreichte. Schlafzimmer, Bad und eine kleine Küche. Das Wohnzimmer war gigantisch, der Tisch lang wie eine Rennbahn. Mit Blick auf den Lindenhofplatz. Ein paar verloren wirkende Gegenstände. Das Laptop interessierte Beanie. Sie klappte es auf, es war passwortgeschützt. Daneben Kleingeld, ein Marsriegel und zwei Pässe in Rot-Weiss, «Diplomatenpass», stand da. Beanie erinnerte sich an den Moment, als sie den ihren in den Händen gehalten hatte, ohne Diplomaten, aber mit demselben Schweizerkreuz. Das Ticket zur Polizeischule. Es war einige Jahre her.

Mit dem Zeigefinger hob sie den Deckel etwas an. Vom Foto lächelte ihr ein junger Stephen Keller entgegen, selbstsicher, mit lockerer Frisur, schmales Gesicht, gebogene Nase, sauber rasiert. Einer, der Menschen anzog.

Dann sah sie sich den zweiten Pass an. Helly Keller. Die Frau des Botschafters. Eine Föhnfrisur, etwas steif, riesige Augen.

Traurig irgendwie, dachte Beanie. Sie legte die Pässe zurück. Musterte den Füllfederhalter, den Schreibblock daneben. Einige Worte standen da: «Schere», «PC», «24. Jan. Ionon.» Ionon? Was das wohl bedeutete? Sie machte ein Foto.

Dann eine Kiste voller Bücher. Alles dieselben. «Stephen Keller. Drei Leben», stand auf dem Cover und auf einer herausgerissenen Seite: «Für Helly, meine Partnerin, meine Stütze, mein guter Geist».

Das Foto auf der Rückseite war fast identisch mit dem Passfoto. Keller hatte eine Biografie geschrieben, seine Memoiren. Eitel, das Ganze. Und pathetisch. Und angekokelt, wenn sie an Schmidts Foto des explodierten Ofens dachte.

Als Beanie Stephen Keller googelte, ploppte als Erstes der Wikipedia-Eintrag auf. Ellenlang. Der Mann hatte nicht nur viel erlebt, er war auch dafür ausgezeichnet worden. Krass. Er war auf allen Social-Media-Kanälen vertreten. Etwas steif allerdings. Wer das wohl für ihn besorgte, ein Marketingteam?

Beanie trat ans Fenster und besah sich die Terrasse, die auf den Hinterhof hinausging. Die müssen unermesslich reich sein, dachte sie. Gab ein Diplomatengehalt das her? Sie ging ins Intranet, fand das Grundbuchamt und einen Eintrag über die Lindenpfalz. Er lautete auf Helly Keller. Also gehörte das historische Haus der Ehefrau. Wer war sie? Im Netz fand sich wenig. Aufgewachsen war sie in Maur am Greifensee, Meiers Hoheitsgebiet. Auch da war eine Liegenschaft auf sie eingetragen.

Beanie schrieb an Meier. «Kannst du morgen dorthin gehen?»

«Wieso? Ermittelt ihr gegen die beiden?», schrieb Meier zurück.

«Nein. Es ist mehr …»

«Intuition? Braves Mädchen, könnte von mir sein.»

Beanie verzieh ihrem alten Chef den Gender-Fehltritt. Durch ihn hatte sie gelernt, auf ihr Bauchgefühl zu hören. Nun ging sie zum Schlafzimmer, wo das Bett zerwühlt war, beide Seiten, der Hauch eines Parfums. Sie schlafen zusammen, dachte sie erstaunt, damit hatte sie irgendwie nicht gerechnet. Im begehbaren

Schrank war die Verteilung ebenso überraschend, neun Zehntel er, der Rest sie. Zwei, drei Paar Schuhe, einige Hosen, Jacken und Blusen, das war's auf der weiblichen Seite. Das Arbeitszimmer war makellos. Daneben noch ein Raum, mit einem riesigen Bildschirm, einer Sofalandschaft. Auf einem Teller der Rest eines Sandwiches. Beanie schnupperte. Bündnerfleisch. Ein Snack vor der grossen Party mit veganem Buffet? Etwas Rind vor der Mandelpaste? Und dann fiel Beanie etwas ein. Mit zwei Schritten war sie an der Tür, die Treppe hinunter, in die Küche, zum Abfalleimer. Der Deckel stand offen. Im Vorbeigehen hatte ihr Hirn registriert, was ihr Verstand erst jetzt begriff. Im Müll lag eine zerknitterte Tüte vom «Sternen Grill», *dem* Wurststand in Zürich. War jemand aus der Reihe getanzt und hatte den veganen Code verletzt? Beanie fischte die Tüte raus, fand darin drei kleine Kartons mit scharfem Senf sowie eine Quittung von ZüriFood, einem Essensauslieferer. Sie wies ein Datum auf und eine Uhrzeit. Zwanzig Uhr fünfzig.

Beanie griff zum Funkgerät.

«Schmidt? Du hast doch alle Personalien der Gäste aufgenommen. War ein Essenskurier von ZüriFood darunter? Er hat offenbar kurz vor der Explosion einen Beleg ausgedruckt.»

«Barras, wo bist du? Wir warten auf dich.»

Konnte sie ihren Lehrerinnenton nicht lassen? «Ist dir so jemand aufgefallen?»

«Nein, da war kein Kurier. Der ist bestimmt längst weg, die haben's ja immer eilig.» Als Beanie das hörte, spurtete sie in Richtung Wendeltreppe, nahm zwei Stufen aufs Mal.

«Ich habe nur mit dem veganen Caterer gesprochen», erklärte Schmidt weiter. «Die haben Apéro und Dinner geliefert und wollten die Reste morgen früh wieder holen.»

«Ich bin hier.» Beanie nahm das Handy vom Ohr, nahm das Bild der Verwüstung wahr, sah in Schmidts erstauntes Gesicht, der Spürhund bellte, die Kollegen hielten irritiert in der Arbeit inne, nur Sahel lächelte ein wenig.

«Der Essenslieferant von ZüriFood könnte noch irgendwo im Gebäude sein», sagte Beanie. «Das Haus ist sehr verwinkelt.»

«Unmöglich, wir haben alles abgesucht.»

Als Beanie den Beleg mit der Uhrzeit zeigte, breitete sich Unsicherheit aus.

«Was, wenn er durch die Explosion verletzt wurde? Suchen wir nach ihm!» Im Sprechen stieg Beanie die Wendeltreppe wieder hinunter, froh darüber, dem ätzenden Brandgeruch zu entkommen. «Nehmt ihr den Estrich und die drei Stockwerke. Schmidt, wir beginnen mit dem unteren Teil.»

Die Treppe klirrte, wackelte, ein fliegendes Konstrukt aus Metall und Drähten. Sie suchten zuerst das Erdgeschoss ab, dann den Keller, ein riesiger Raum mit niedriger Decke, praktisch leer. Bis auf einige Bildschirme an einem Schreibtisch. Ein ganzes Security-System, der Festsaal wurde aus verschiedenen Perspektiven gezeigt.

Schmidt japste auf. «Das hat der Botschafter nicht kommuniziert.»

«Es ist vermutlich nicht das Einzige. Schon von Berufs wegen müssen Diplomaten verschwiegen sein.» Beanie fühlte sich grimmig. «Falls die Kameras an waren, kämen wir einen grossen Schritt voran. Suchst du hier weiter? Ich gehe in den Garten.»

Wieder hinaus, in den Hinterhof, wo sie in einem Schopf einen Weidling fand, eines der alten Boote, die wie im Mittelalter auf der Limmat fuhren, daneben ein Kanu. Ein Wassersportler, dachte Beanie. Wieso wird er mir trotzdem nicht sympathischer? Fuck. Im Schein der Taschenlampe hatte sie einen Typen bemerkt. Er stand gegenüber in einem winzig kleinen Haus am Fenster und sah auf sie herab. Es erinnerte sie fatal an ihren letzten grossen Fall. Dabei hatte sie eine Kopfverletzung davongetragen. Seither litt sie an Migräne.

Sie riss ihr Funkgerät heraus. Verständigte Schmidt. Als sie den Typen beschreiben wollte, war er weg. Einbildung? Sie lief auf die kleine Gasse hinaus, klingelte an der Tür. Keine Reaktion. Sie musste dem später nachgehen. Alles wieder zurück. Denk nach, Beanie, wo könnte sich noch jemand aufhalten? Vor dem Patrizierhaus waren kaum mehr Leute, auch hinter der Absperrung nicht. Ein weiterer Holzschopf fiel ihr auf. Er war an die

Mauer gebaut und in mehrere Abteile unterteilt, alle mit einem Schloss versperrt. Gehörte der zur Lindenpfalz? Ein Telefonat brachte Antwort. Das erste der Abteile war dem Botschafterpaar zugeteilt. Die Latten standen so weit auseinander, dass Beanie mit der Lampe hineinleuchten konnte. Lag da jemand?

«Hallo?» Aus dem Augenwinkel nahm Beanie eine Bewegung wahr. Eine Katze, eine Ratte? Sie rüttelte an der Tür, das Holz war alt, aber stabil. Das Schloss sah gewöhnlich aus, ein klassisches Vorhängeschloss. Sie gab den erstbesten Code ein, der ihr einfiel. Null, null, null. Sie hatte Glück. Der Bügel hob sich. Sie trat ein. Als Erstes fiel ihr auch hier der Brandgeruch auf. Dann stolperte sie fast über einen Körper am Boden. Oh Gott. Sie rief Schmidt an, bat um Hilfe und eine Ambulanz. Dann kniete sie sich hin. Ein junger Typ, das Gesicht bleich, die Züge verzerrt, die Augen zu, keine sichtbaren Verletzungen. Keine Atmung, kein Puls, zumindest spürte Beanie keinen. Ohne zu überlegen, traf sie die nötigen Vorkehrungen, presste die Hände auf seine Brust, begann mit der Herzdruckmassage. *Staying alive, staying alive, staying alive.* So oft geübt, noch nie für einen Ernstfall gebraucht. Nach einer gefühlten Ewigkeit kamen die Sanitäter herein, gefolgt von Sahel und Quetes.

«Er atmet nicht», keuchte Beanie.

Quetes kniete sich neben sie, griff nach seinem Handgelenk, beugte sich zu seinem Mund. Ein Sanitäter übernahm die Massage, Beanie war abgespielt. Sie stand auf, stellte sich auf die Seite, verdrängte das Pochen an den Schläfen. Dachte an den Verletzten am Boden und konzentrierte sich nur auf ihn. Komm durch, bitte, komm durch. Schliesslich trat Quetes mit steinerner Miene zu ihr.

«Es tut mir leid, er ist tot. NACA 7.»

«Wer ist er?»

Quetes zeigte Beanie den Ausweis, den sie in seiner Tasche sichergestellt hatte. «Ein Essensausliefer-Velokurier von Züri-Food, wie du vermutet hast. Er trägt eine medizinische Plakette, er ist Asthmatiker.»

Der Geruch, dachte Beanie. Hier drin stinkt es mehr als im

Haus, mehr als auf der Gasse. Das war nicht normal. Mit zwei Schritten war sie bei den Zeitungsbündeln in der Ecke. Als sie das oberste hob, erblickte sie ein Nest. Ein Nest voll zuckender, brennender Glut.

**

Das Gewimmel in der Fortunagasse hatte sich beruhigt. Die Ambulanz war weggefahren, die Polizisten machten sich auf den Heimweg. Der St. Peter schlug drei Uhr. Seine Stunde. Meist ging er früh zu Bett und stand um die Zeit wieder auf. Dass er diesmal den Schlaf ausgelassen hatte, machte ihm nichts aus. Er schwang den Rucksack mit den Sägespänen auf den Rücken, trat auf die Gasse hinaus, sog den Geruch ein. Asche und Schnee. Bald würde es schneien. Er schmunzelte. Eisiges Feuer. Wie es leuchten würde.

5

Dienstag

Joel Brunner schreckte hoch. Wo war Djamila? Er tastete übers Kopfkissen, zur anderen Seite des Betts. Leer. Stöhnend liess er sich zurücksinken. Seine Zunge war dick, der Hals staubtrocken. Er fühlte sich immer noch betrunken, zu viel von dem Champagner gestern auf dem Botschaftsempfang. Und anschliessend der Whisky in der Bar, der hatte ihn endgültig gekillt. Er konnte sich nicht mal mehr erinnern, wie er in die Wohnung gelangt war. Taxi? Oder hatte ihn einer von Djamilas Bekannten mitgenommen? Wo war seine Gitarre? Er schlurfte ins Wohnzimmer. Das Instrument war nicht da, er hatte es in der Lindenpfalz vergessen, nun fiel es ihm wieder ein. Wie konnte er nur? Seine Gitarre bedeutete ihm alles.

Er ging in die Küche, trank Wasser aus dem Hahn.

«Baby?»

Keine Antwort, Djamila war nicht hier.

Das Apartment war klein und steril, eine Dependance des EDA, des Departements für auswärtige Angelegenheiten, das in Bern stationiert war und in Zürich diese kleine Gästewohnung unterhielt. Alles sehr pompös, nicht Joels Stil, aber Djamila hatte ihn darum gebeten.

«Es macht den besseren Eindruck, schliesslich bin ich in offizieller Mission unterwegs.» Ihre Ausbildung zur Diplomatin war in zwei Wochen vorbei, die Berner Wohnung hatte sie bereits gekündigt, zurzeit lebte sie aus dem Koffer, bis sie wüssten, wohin sie versetzt würde.

«Stell dir vor, ich bin dann diplomierte Diplomatin, besser geht's nicht», hatte sie gesagt und gegrinst, bevor sie ihm erklärte, warum sie so kurz vor dem Abschluss alles richtig machen wollte. Eine Übernachtung in der WG ihres Freundes wäre ein Fauxpas, wie sie es nannte, in dieser Art, ab und zu französische Ausdrücke in ihr Sprachgemisch aus Englisch und Deutsch einzuflechten. Früher hatte Joel das attraktiv gefunden. Heute nervte es ihn. Fauxpas bedeutete Fehler. War er das?

«Baby, wo bist du?», schrieb er.

Er wusste, dass er keine Antwort bekommen würde, Djamila antwortete nie direkt. Er liess es zehnmal klingeln. Das Gefühl, dass etwas nicht in Ordnung war, intensivierte sich. Der Streit war schlimmer gewesen als üblich. Er schloss die Augen, versetzte sich zurück an den Vorabend, an die Party, das Fest, den Empfang für Stephen Keller, Djamilas Mentor seit bald zwei Jahren.

Stephen hatte Djamila an der Genfer Uni entdeckt, ihr zu der Ausbildung geraten, seither arbeitete sie wie ein Tier. Sie wollte die beste Diplomatin der Welt werden, Konfliktparteien an einen Tisch bringen, Grenzen überwinden. Und sie war gut darin. Hetzte von Erfolg zu Erfolg. Ihr Privatleben kam kaum mehr vor. Ausser wenn sie Joel vom nächsten Projekt berichtete. Der Streit hatte sich denn auch um ihren Job gedreht, das tat er immer. Oder hatte Djamila mit Stephen geflirtet und er, Joel, hatte es nicht ertragen?

Er verspürte einen Stich. Nein. Der Botschafter war ein alter Mann, und so etwas interessierte Djamila nicht. Allenfalls als Vaterersatz. Sonst gab es für sie nur die Arbeit und Joel. Er konnte auf ihre Liebe zählen. Solange du dich ihren Plänen unterordnest, sagte eine fiese Stimme in seinem vernebelten Hinterkopf. Er hatte sogar auf die Konzerttournee verzichtet, um mit ihr für das Auslandsemester einige Monate nach London zu gehen. Gestern hatte er zum ersten Mal seit Langem öffentlich gespielt. Ein Auftritt an Kellers Einladung. Danach hatte er mit Crispian zusammen an der Widder-Bar einen getrunken. Crispian Biäsch war Bündner und im gleichen Ausbildungsgang wie Djamila. Sein schwierig auszusprechender Nachname stammte von einem Davoser Geschlecht. Bei ihrem ersten Kennenlernen hatte sie darüber geblödelt.

«Biäsch auf Englisch ist geil.»

«Spanisch ist noch geiler. Klingt wie eine Zungenverrenkung.»

Crispian war mittelgross, sportgestählt, mit blonder Mähne,

ein Bergler in der Stadt, und auf seine Weise genauso erfolgreich wie Djamila, sein Auslandsemester hatte er auf der Botschaft in Kuba verbracht. Gestern allerdings war er nicht gut drauf gewesen, weil er sich gerade von seiner Freundin Andreina getrennt hatte, zumindest hatte er es so dargestellt.

«Sie passt nicht ins Diplomatenleben», hatte er gesagt. «Dumm gelaufen. Allein bin ich sowieso besser aufgestellt. Macht das Kofferpacken easy. Aber erzähl es bitte Djamila nicht, das mach ich nach der Prüfung.»

Was cool klang, verdeckte nur die nackte Verzweiflung. Er hatte fast geheult, Joel hatte es genau gemerkt. Sie hatten einen Moment der Gemeinsamkeit geteilt. Zwei Dudes, beide von ihren Frauen verlassen. Im Fall von Joel temporär, aber nicht weniger schmerzhaft.

Joel ging erneut in die Küche und trank einen Liter Wasser. Danach ab in die Dusche, fünf Minuten unter dem eisigen Strahl. Als er rauskam, haute ihn der Gestank nach kaltem Rauch fast um. Der Kleiderhaufen am Boden war die Ursache. Shit. Er hatte gekifft, obwohl er Djamila versprochen hatte, es nicht mehr zu tun. Die Erinnerung war plötzlich glasklar. Als er das Feuerzeug aus der Hosentasche holen wollte, war es weg. Mann, war er hinüber gewesen. Der totale Filmriss. Peinlich.

Er holte eine frische Jeans aus seinem Reiserucksack, einen weichen Pulli. Hatte sie ihm gekauft. In einem Shop in London. Er hätte sich so was nicht leisten können.

Draussen war es grau. So grau wie die ganze Woche. Die lag Joel schwer im Magen. Morgen fuhr Djamila nach Davos. Ans Weltwirtschaftsforum, das WEF. Botschafter Keller war nominiert für einen Preis. Der «Cristal Europe» für besondere Verdienste im Bereich menschliche Sicherheit. War mittlerweile fast so wichtig wie der Friedensnobelpreis, wurde alle zwei Jahre vergeben, Preisgeld hunderttausend Franken, die ins Siegerprojekt investiert werden mussten. Das letzte Mal hatte ein gemeinsames Ausbildungsprojekt aller europäischen Staaten für die Terrorismusbekämpfung gewonnen. In der Endauswahl standen diesmal ein Projekt für Recycling, eines aus dem Bereich Industrie und

Forschung und «Protection One», das in der Zusammenarbeit von Schweiz und Grossbritannien zustande gekommen war und die Menschen ins Zentrum stellte. Total absurd, fand Joel. In den Londoner Monaten hatte er genug Gelegenheit gehabt, Stephen Keller zu erleben. Er war vielleicht ein guter Diplomat, aber sicher keiner, der Menschen liebte. Das eine schloss das andere aus, fand Joel. Und nun sollte er dem Typen zujubeln. Djamila rechnete fest damit, dass Joel ans WEF mitkam. Aber er hatte keinen Bock. Das war der Drehpunkt ihrer Auseinandersetzung im Turmzimmer der Lindenpfalz gewesen.

«Es ist elementar, dass die Partner dabei sind», hatte sie gesagt.

«Sonst geh ich auch nur mit, wenn ich Lust habe», hatte er erwidert.

«Diesmal ist es anders.»

«Wieso? Ist doch ein Scheissanlass für Keller. Was daran ist wichtig für dich?»

«Er stellt mich vor. Da sind viele Leute, international, die Grundlage für mein zukünftiges Netzwerk.»

«Geil. Aber wozu brauchst du mich?»

«Weil es einfach dazugehört. Als Paar ist man erfolgreicher. Nimm Melinda und Bill Gates …»

«Super Vorbild.»

«Als sie noch zusammen waren. Roger und Mirka, die Obamas …»

«Sind wir aber nicht. Du machst gerade mal den Concours diplomatique in Bern. Nicht zu verwechseln mit dem Concours hippique, dem Concours Eurovision de la chanson oder einem anderen fucking Wettbewerb.»

«Es ist ein Sprungbrett.»

«Spring. Einfach ohne mich.» Dafür hatte er sich sofort entschuldigt. «Ich meine, nur für Davos. Ich will da einfach nicht hin, sorry, Baby. Ich würde mich unwohl fühlen.»

«Du machst es super. Alle finden dich toll.»

«Süss, meinst du. Dein Boyfriend ist süss. Und du bist tough.»

«Hör auf. Als ich damit anfing, warst du einverstanden.»

«Dinge ändern sich.»

«Du wusstest, worauf du dich einlässt. Dass ich wenig Zeit habe. Dass du die Nummer zwei bist, nach aussen. Du fandest es easy.»

«Was machst du für ein Drama, Djamila? Ich will einfach nicht nach Davos kommen, fertig. Da gehe ich zum Snowboarden hin …»

«… und nicht, um mir einen Gefallen zu tun. Es ist einmal, Joel. Einmal.»

«Scheissjob, Scheissausbildung.»

Joel wurde rot, als er sich an das Gespräch erinnerte. Sie hatten sich im Kreis gedreht, weil er sich benommen hatte wie ein verwöhntes Kind. Fast wäre sie wegen ihm zu spät zu ihrem Auftritt gekommen. Scheisse, nein, was hatte er getan? Er liebte sie doch.

Er musste sich bei ihr entschuldigen, persönlich. Erst würde er die Gitarre holen und sie danach anrufen. Vielleicht Blumen kaufen. Rosen. Rote Rosen. Er schlüpfte in Jacke und Turnschuhe. Es würde wieder in Ordnung kommen. Sie waren ein Team. Ein Dream. Ein Match made in Heaven. Da summte sein Handy.

Die Freundin seines Kollegen, der bei Kellers Anlass Essen von ZüriFood ausgeliefert hatte, Joel hatte ihm den Job vermittelt. Was wollte sie von ihm?

«Joel, ich habe eine traurige Nachricht. Matteo ist tot.»

***

Crispian Biäsch starrte auf Joels Nachricht. Er hatte ihn gerade informiert, dass gestern Abend jemand gestorben war, und ihn gebeten, nichts vom Kiffen zu sagen. Niemandem. Es wäre eine Katastrophe, denn die Polizei sei involviert. Nicht nur für dich, auch für mich, Bro, dachte Crispian. Ihm brach der Schweiss aus. Er würde einfach alles abstreiten. Mann. So ein blöder Zufall. Er hatte Djamila einfach einen Denkzettel geben wollen. Er konnte nur hoffen, dass die ganze Sache nicht aufflog.

6

Werner Meier stand im Bistro D'Bar am Predigerplatz, einem seiner Lieblingsorte, und bestellte einen Espresso.

«Sieht schlimmer aus, als es ist», sagte er zum Kellner, der mitleidig Meiers Stirnverletzung musterte, da, wo ihn die Glut getroffen hatte. Er nahm den Pappbecher mit dem doppelten Espresso entgegen, verbrannte sich den Mund, als er den ersten Schluck nahm.

Nach einer Nacht mit wenig Schlaf war er schon lange unterwegs an dem kühlen, sonnigen Januarmorgen. Die Jungs befanden sich in der Schule und im Kindergarten, Lily probierte eine neue Kita aus. Seit bei ihr nach langer Suche eine seltene Hörbehinderung und eine leichte Entwicklungsstörung festgestellt worden waren, war das Leben kompliziert geworden, obwohl die Diagnose an sich viel weniger schlimm ausgefallen war als befürchtet und sich Lilys Sabbern ausgewachsen hatte. Sie hatte sogar gelernt, zu zeigen, dass ihr etwas wehtat. Aber nun galt es, in dem Strauss von Therapien und Betreuungsformen die richtigen, die passenden für Lily zu finden. Der Probebesuch in einer sonderpädagogischen Kita war seit Langem verabredet. Als Meier Lily eben dort hingebracht hatte, war sie bei seinem Gehen in Weinen ausgebrochen, er rechnete jeden Moment mit einem Telefon.

Sein Handy summte beim zweiten Schluck. Schtärnesiech. Nicht die Kita, sondern der mündliche Bericht von Beanie Barras, den er sich nun im Gehen anhörte. Der war allerdings so verstörend, dass Meier die Sorge um Lily für einen Moment vergass.

Im Brandfall am Lindenhof hatten sie einen Toten zu beklagen. Ein junger ZüriFood-Velokurier, Asthmatiker, im Aussenschopf des Botschafterpaars erstickt. Das Brisante war, dass der Ort seines Todes weit entfernt vom Turmzimmer mit dem explodierten Ofen lag. Wieso es da ebenfalls Rauchentwicklung gegeben hatte, war Gegenstand der Ermittlung, die nun offiziell eröffnet war. Unglücklicher Zufall, fahrlässige Tötung oder knallharte Brandstiftung? Der Brandermittlungsdienst war involviert, Barras und Schmidt war die Leitung der Ermittlungen anvertraut worden. Ein Frauenteam – was für ein kluger Entscheid von Dienstchef Nussbaum. Da er selbst Gast auf dem Diplomatenempfang gewesen war, musste er auf der Hut sein. Der Fokus der Ermittlungen lag momentan auf der Auswertung der Security-Kameras und der Befragung der illustren Gästeschar, die zügig vorangetrieben werden sollte, da die meisten von ihnen auf dem Sprung ans Weltwirtschaftsforum in Davos waren. Für einen Anschlag gab es keinerlei Hinweise, die Auskünfte der Familie des Opfers hatten bislang keine Verbindung mit den Gästen erbracht, der tragische Todesfall schien ein klassischer Kollateralschaden zu sein. Der Junge namens Matteo Stubbe war zur falschen Zeit am falschen Ort gewesen. Bis auf die eigenartige Tatsache, dass der Verschlag von aussen verschlossen gewesen war und niemand eine Erklärung dafür hatte.

St. Peter schlug Viertel vor zehn. Meiers Handy summte erneut. Diesmal war es die Kita. Mit wunderbaren Neuigkeiten. Lily fühle sich superwohl, ob sie bis zum Mittagessen bleiben könne. Vor Erleichterung kamen Meier die Tränen. Er schickte die Nachricht an Zita weiter, die ebenso auf Nadeln sass wie er. Sie hatte bereits ihre erste Vorlesung hinter sich und machte sich Vorwürfe, diesen wichtigen Tag zu verpassen. Typisch Zita, schwere Entscheidungen traf sie schnell, das Hadern besorgte sie hinterher.

Sie tauschten sich textmässig aus. Meier war versucht, ihr von dem Paket zu erzählen, das er für Eli Apfelbaum hätte ausliefern sollen und das nun zu Hause auf seinem Schreibtisch lag. Er liess es aber bleiben, Eli hatte um Diskretion gebeten. Beim frühmorgendlichen Telefonat hatte er sich trotz Meiers Frage nicht zum Inhalt geäussert und auch nicht zu einer möglichen Verbindung zum Brand.

«Gib mir etwas Zeit, Werner», hatte er gesagt. «Ich muss überlegen, was zu tun ist.»

Zeit. Die hatte Meier nun ja auch. Er würde sie nutzen, um Barras die Unterlagen über das Diplomatenehepaar Keller zu bringen, die er in der Nacht für sie zusammengestellt hatte, und bei Kaminfegermeister Kundert vorbeigehen. Dessen Aussage war Meier in Erinnerung geblieben. Er war sicher, dass der Alte nur die halbe Wahrheit erzählt hatte. Von der Gemüsebrücke aus beobachtete Meier einen Arbeiter, der vor dem grossen Gerüst des Hotels Schwanen eine Zigarette rauchte. Sein Atem bildete eine Wolke. Ob eine Zigarette die Brandursache sein könnte?

Am Lindenhofplatz blieb Meier vor der Gedenkplatte stehen. Es war das Grabmal des kleinen Lucius Aelius Urbicus, der genau ein Jahr, fünf Monate und fünf Tage alt geworden war. Wie jedes Mal verspürte Meier ein ehrfürchtiges Gefühl, wenn er daran dachte, wie das Wort «Turicum», eingemeisselt in diesen uralten Stein, im 2. Jahrhundert zum ersten Mal genannt wurde. Namensgebend für Zürich. Zürich ist zu meiner Stadt geworden, dachte er und warf den Becher in den Mülleimer.

Der Platz war abgesperrt, eine junge Stadtpolizistin stand Wache, wies die wenigen Schaulustigen an, den Umweg über die Augustinergasse zu machen. Die Nebelmagie war weg, es roch nach kaltem Rauch, nach Feuchtigkeit, nach Winter. Meier sah zur Lindenpfalz. Das edle Grau der Gebäudefassade war im dritten Stock russgeschwärzt. Vor dem geborstenen Fenster des Turmzimmers hing eine Plastikplane.

«Beanie Barras ist nicht da.» Die Polizistin kontrollierte seinen Ausweis, informierte sich bei der Einsatzleitung und schickte ihn schliesslich zu Sahel Huwyler. Meier war enttäuscht, er hätte lieber mit Barras persönlich gesprochen.

Der junge Mann, den er vor allem privat als Barras' Freund kannte, stand in Arbeitshose und Stiefeln in der Fortunagasse, die verschmutzte Jacke mit der Aufschrift «Polizei» bildete einen Kontrast zum gepflegten Bart und der Brille.

«Eigentlich wollte ich Barras nur einiges Material vorbeibringen. Über die Kellers», sagte Meier nach der Begrüssung.

«Ausgedruckt? Was für ein Luxus, sie wird sich freuen.» Sahel nahm ihm den Ordner ab. «Ich bewahre ihn für sie auf. Sie musste schon wieder weg. Teamsitzung bei der Kripoleitstelle, Auswertung der Gästebefragungen. Ich bin der Einzige hier. Im Haus sind die Kollegen von der Spurensicherung am Werk.» Er zeigte zum Turmzimmer hoch.

«Solltest du nicht auch da sein? Seit wann machst du Brandermittlungen?», wunderte sich Meier.

«Man holt mich nur für unlösbare Fälle.» Sahel grinste. «Ich habe eine Ausbildung zum Brandermittler, davor habe ich eine Elektrikerlehre gemacht. Die wenigsten wissen, dass ich darüber in den Beruf eingestiegen bin.»

Spannend, fand Meier. «Darf ich rein?», fragte er und schielte in Richtung Aussenverschlag.

Sahel zögerte, er hatte sichtlich nicht damit gerechnet, Meier den Tatort zu zeigen. Schliesslich gab er ihm einen Schutz für die Schuhe und eine Atemmaske.

Der Aussenverschlag entpuppte sich als eine Reihe von aneinandergebauten Schuppen aus einem Lattengeflecht, an die Lindenhofmauer gelehnt wie geduckte, bucklige Cousins der Patrizierhäuser. Drinnen war es finster, der Rauchgeruch penetrant. Hier hatte es also auch gebrannt. Das Licht der Scheinwerfer war auf die Wand gerichtet, wo ein dunkles Muster zu erkennen war.

«Der Brandtrichter», erläuterte Sahel. «Der Herd lag im Altpapier. Magst du zuschauen?»

Er begann, mit einer Art Rechen durch Schutt und Asche zu buddeln, immer wieder einen Fetzen herauszusortieren und beiseitezulegen.

«Was der ZüriFood-Fahrer bloss hier drin gemacht hat?», fragte Meier nach einer Weile.

«Weiss niemand. Wir haben neben ihm liegend einen leeren Asthma-Inhaler sichergestellt.»

Meier schwieg. Dachte nach.

«Hast du denn etwas herausgefunden?», fragte Sahel. «In deiner Internetrecherche? Sind die Kellers das Vorzeigepaar, wie es den Anschein macht?»

«Ich kann nur bestätigen, was Barras schon weiss. Der Hauptwohnsitz der Kellers liegt nicht in Zürich, sondern in Maur am Greifensee.»

«Maur?» Sahel sprach den Namen des idyllischen Zürcher Vororts ziemlich abschätzig aus. «Wie kommt ein Diplomat dazu? Ich meine, ich hätte mir eher einen Zweitwohnsitz im Bündnerland vorgestellt.»

«Es ist eine kluge Wahl, Maur ist eine Steueroase.»

«Sind sie reich?»

«Sie versteuern Millionen im dreistelligen Bereich. Das Haus ist eines der schönsten Anwesen dort, mit Seeblick. Früher, als wir noch in der Nähe gewohnt haben, bin ich oft vorbeispaziert. Etwas ist allerdings eigenartig. Die Schaukel im Garten.»

«Was meinst du damit?», murmelte Sahel, darauf konzentriert, den erbeuteten Fetzen mit einer Pinzette aufzufalten.

«Sie haben keine Kinder. Wieso gibt's dann eine Schaukel, würde mich Finn fragen. Darum habe ich entschieden, dass ich am Nachmittag dorthin fahre.»

Sahel merkte auf. «Bist du denn offiziell in die Ermittlungen eingebunden?»

«Barras wollte darum ersuchen. Nussbaum muss es mit meinem Chef vereinbaren. Solange kann ich schon mal etwas vorspuren. Ausserdem habe ich diese Woche offiziell frei. Vaterzeit.»

«Dann warten wir ab, was die meinen.» Sahel nickte ihm abschliessend zu.

Aber Meier fühlte sich rastlos. Etwas war in dem teilweise zerstörten Raum, etwas Offensichtliches, das sie übersahen. Er blickte um sich, versuchte sich vorzustellen, was da abgelaufen sein könnte.

«Werdet ihr 3D einsetzen?»

«Erst wenn sich der Verdacht auf ein Verbrechen erhärten sollte.»

Meier entdeckte eine alte Leitung, so dunkel wie die Wand, darum kaum sichtbar. «Könnte es ein Kurzschluss gewesen sein?»

«Haben wir ausgeschlossen. Jeden Winkel dokumentiert,

dreihundertsechzig Grad.» Sahel schob ein verkohltes Zeitungsbündel auseinander. «Es hat noch geglimmt, als wir kamen. Das
Papier war alt und feucht, es muss eine Weile gedauert haben,
bis es überhaupt brannte.»

«Das Feuer könnte also zeitgleich mit dem im Turmzimmer
gelegt worden und eine ganze Weile später ausgebrochen sein.»

«Korrekt.»

«Wie das, Sahel? Deine Theorie?»

«Du lässt dich nicht abwimmeln, nicht wahr?»

«Hartnäckigkeit ist mein zweiter Vorname.»

Sahel gab nach. «Also, pass auf.» Er winkte Meier, sich neben
ihn zu knien.

«Auf den ersten Blick deutet alles auf menschliches Fehlverhalten. Das habe ich oft erlebt, gerade in alten Häusern. So
etwas wie diese Verschläge hier dürfte nicht mehr bewirtschaftet
werden. Die Lagerung von Altpapier ist geradezu gemeinge-
fährlich. Andrerseits …» Er deutete auf die Asche. «Vielleicht
wollte jemand gezielt etwas verbrennen. Diese Unterlagen sind
von anderer Qualität als Zeitungspapier, dicker, mit einer Be-
schichtung.» Er zupfte ein Papierstück vom Boden. «Hier ist
ein Buchstabe zu erkennen. Es könnte ein N sein, ein M, ein L.
Es ist, als ob jemand im Vertrauen darauf, dass das Feuer alles
verschlingt, dieses Papier in den Zeitungsstapel geschoben hätte,
sich aber nicht darüber im Klaren war, wie lange es braucht, bis
es verbrennt. Selbst bei einem Grossbrand kann man im Innern
von Zeitungsbündeln intaktes Papier finden.»

Sahel sprach nun ohne Punkt und Komma, war ganz in seinem Element. Meier hatte sich manchmal gefragt, was Barras
wohl an ihm fand. Er schien im Alltag so schweigsam, so zu-
rückhaltend, ein wenig langweilig gar. Nun sah er ihn mit neuen
Augen, ein Profi, der die Augen offen hielt, keine voreiligen
Schlüsse zog.

Sahel zeigte mit dem Finger auf eine Stelle. «Könnte ein G
sein. Ein O. Später wird es von einer Spezialabteilung am Computer zusammengesetzt und analysiert. Es gibt eine Software,
die plausible Wortkombinationen erstellt.»

Meier misstraute solchen Programmen. Ein Algorithmus ersetzt nicht den gesunden Menschenverstand.

«Darf ich? Vielleicht macht das Geschreibsel ja für mich Sinn.»

Er besah sich die Schnipsel, schoss einige Fotos. «Das hier könnte Gold heissen. Oder Gokart. Gang.» Er sah Sahel an. «Ich liebe es. Schick es mir. Ich brüte gerne darüber, ist wie Scrabble spielen.»

Sahel versorgte den Schnipsel in Plastik. «Beanie hat irgendwo im Haus auch was Handschriftliches sichergestellt. Ich mail dir alles zusammen. Aber versprich dir nicht zu viel davon. Es gibt Tausende Kombinationen, das überfordert ein menschliches Hirn.»

Meier nickte ihm zu. «Wir werden sehen.» Er rappelte sich hoch. «Hast du eigentlich Streichhölzer gefunden?»

«Nein. Auch kein Feuerzeug. Ich brauche ein wenig Zeit, um die Zündquelle zu eruieren.»

Meiers Blick fiel auf ein Fahrrad, das an die Zeitungsstapel gelehnt stand.

«Ein tolles Velo, es muss ein Vermögen gekostet haben.»

Er ging näher, musterte die Bremse, die Schaltung, die Kassette. «Nicht schlecht, alles vom Feinsten. Sieht nach einer Spezialkonstruktion aus.»

Die Vorderlampe war zerbrochen. Anstatt eines Markennamens war auf der Mittelstange ein Name eingraviert. Meier traute seinen Augen nicht.

«Sahel!» Er schluckte. «Das ist das Rad des ZüriFood-Fahrers.»

«Echt jetzt? Wieso steht das hier drin?» Sahel hatte sich erhoben und war zu ihm gekommen.

«Das ist in der Tat ungewöhnlich. Hat er es hier geparkt? Vielleicht, weil er es vor einem übergriffigen Quartier-Kaminfeger in Sicherheit bringen wollte.»

Wenige Minuten später stand Meier vor dem Haus des Kaminfegers. Auf sein Klopfen kam der Alte an die Tür. Er trug den gleichen Arbeitsanzug wie am Vorabend, das Gesicht russgeschwärzt, eine Stahlbürste in der Hand.

«Guten Morgen, Herr Kundert. Haben Sie den Brand gelegt?», fragte Meier.

«Natürlich. Ich bin der Feuerteufel vom Lindenhof.» Der Alte wirkte nicht den Hauch von schuldbewusst, grinste breit über das ganze Gesicht. Bei Tageslicht fiel sein milchiges Auge weniger auf. «Sie meinen, die verdächtigen mich? Nein, da liegen sie falsch. Ich war es doch, der die Polizei geholt hat.»

Es stellte sich heraus, dass er während des Festes gleich mehrfach wegen Lärmbelästigung bei der Stadtpolizei angerufen und eine Beschwerde deponiert hatte.

«Es war höllenlaut. Ein Stimmengewirr, und dann dieses grässliche Gitarrengeklimper.» Kundert schien die Kellers nicht zu mögen.

«Waren Sie in der Lindenpfalz auch als Kaminfeger engagiert?», fragte Meier. «Sie haben erwähnt, dass Sie das Gebäude kennen.»

«Früher schon. Seit die Kellers das Haus gekauft haben, ist mir der Zutritt verwehrt. Die arbeiten mit einer Kaminfegerkette, ich bin überflüssig geworden wie viele andere der kleinen Altstadtgeschäfte. Schauen Sie sich nur mal um.» Bevor er weiterlamentieren konnte, klemmte Meier ihn ab.

«Ist Ihnen denn zu dem Feuerzeug etwas eingefallen, von dem Sie mir gestern erzählt haben? Vielleicht ein Hinweis auf den Besitzer?»

«Gibt es eine Belohnung?»

Kundert blinzelte, und Meier holte eine altmodische Visitenkarte aus der Lederjacke. «Rufen Sie mich an. Da steht auch die Festnetznummer drauf.» Er schickte sich an zu gehen. «Die Aussenverschläge an der Lindenhofmauer. Kennen Sie die?»

«Natürlich. Das ist auch der Keller der Kellers.» Kunderts Lachen klang meckernd.

«Haben Sie zufällig das Schloss zugemacht, gestern Abend? Beim Vorbeigehen? Und aus Versehen einen jungen Radfahrer eingeschlossen?»

***

Er war stolz auf sich. Der Polizist hatte ihm alles geglaubt. Wenn er nun auch noch die Belohnung einsacken könnte, hätte sich der Aufwand doppelt gelohnt. Er stopfte Werkzeug in seinen Rucksack, bevor er sich zum verborgenen Mauereingang beim Freimaurerhaus begab. Der Hausmeister persönlich hatte ihm die Erlaubnis gegeben, diesen zu nutzen. Von allen Verstecken der Altstadt war es das perfekteste für seine Vorbereitungen. Man nehme Brennstoff, Hitze und Sauerstoff. Es war wie Kuchenbacken. Schritt eins. Die Sägespäne: Über Nacht hatten sie sich mit Benzin vollgesogen. Nun konnte er beginnen, sie in Stoffsäcke abzufüllen. Ab und zu schnüffelte er. Wie er ihn liebte, diesen Geruch.

7

Pola erwachte von einem Miauen. Ein Kätzchen? Normalerweise hätte sie darüber lächeln müssen, hätte sich von Henri die Decke wegziehen lassen. Sie hätten sich einen Tee gebrüht, die Kalkreste aus dem Wasser gefischt und von der viel zu fetten Milch genommen. Henri hätte braunen Zucker reingerührt, bis alles überschwappte, und den ersten Schluck bekommen, er hätte auch ihre Ration Butterfingers aufgegessen, und sie hätte ihm zum tausendsten Mal die Geschichte von Harry Potters Ankunft bei den Weasleys erzählt.

Doch diesmal blieb sie ganz still, dachte sich weg, weg von ihrem Kind, in eine andere Welt. Ein letztes Miauen, dann gab Henri auf. Er tappte zur Tür, in den Flur, die Treppe hinunter, während Pola liegen blieb, völlig erschöpft, obwohl sie nichts anderes tat als schlafen. Sie fühlte die Gewichte, die sie hinunterzogen, die Arme, die Beine, zuletzt den Kopf, und wie sie gurgelnd im Sumpf ihrer Gedanken versank. Ich bin nichts, ein Nichts. Wie kann ich es wagen, ein Kind grosszuziehen? Ein Kind von diesem Mann?

Bis sie im Kopf eine Stimme hörte. Die Stimme von Mischa Hare. Der Frau, die sie aus dem College gelockt hatte. Es war im Spätsommer gewesen, fast schon Herbst. Hausmutter Golda hatte ihr die Nachricht in Form einer Voicemail vorgespielt.

«Ich habe Pläne mit dir, Pola, grosse Pläne. Du bist hier, um dich zu erholen.»

Also, erhol dich gefälligst, dachte Pola. Endlich verschwand die Lähmung. Sie stand auf, zog den Trainingsanzug zurecht, band ihr Haar zu einem Pferdeschwanz. Ein Blick aufs Laptop, es war da, wo es immer stand, geladen, in der Hülle. Sie hörte Kinderlachen durch die Fensterscheibe und blickte hinaus.

Der Hof des Eckhauses war an drei Seiten umgeben von hohen Mauern. Der sichere Garten war ein Grund für die Standortwahl, hatte ihr Golda erklärt.

«Unmöglich sonst, mit Kindern.»

Es gab zwei Kameras, versteckt im Efeu. Ein Betreuer war bei Henri. Alles sicher, alles safe.

Pola ging ins Bad, wo der Hahn tropfte und sich der Schimmel in den Rändern der Badewanne sammelte. Im Lavabo lag ein Rest blau-weisser Zahnpasta, ein gekringeltes Haar, im Spiegel sah sie ihr verquollenes Gesicht. Anstatt zu duschen, kehrte Pola ins Zimmer zurück, ergriff ihr Laptop und ging die Treppe hinunter, es roch nach Fett und Kindershampoo. In der Küche war keiner. Auch im Wohnzimmer nicht.

Pola trat hinaus auf die Strasse, wo sie Henri auf der gegenüberliegenden Strassenseite erblickte. Was machte er dort? Warum war er nicht mehr im Garten? Sie rannte los und übersah den Bus aus der Gegenrichtung. Im letzten Moment hielt er an.

«Are you out of your fucking mind?», brüllte jemand.

Pola hob die Hände. Es tut mir leid, alles tut mir so leid.

«Madam, geht's Ihnen gut?»

Der Chauffeur war ausgestiegen, näherte sich. Oh Gott, sie rannte zum Haus zurück. Die Tür war geschlossen, sie hatte sich ausgesperrt. Wie aus dem Nichts tauchte Golda auf, beladen mit einer Tasche. Sie zog Pola hinein, zeigte ihr Henri, der immer noch im Hof am Spielen war.

«Aber er war weg.»

«Er hat sich vielleicht versteckt. Ich koche, magst du mir helfen?» Golda fand die richtigen Worte. «Mischa hat angerufen. Sie kommt später vorbei. Endlich lernst du sie kennen. Und sie hat Neuigkeiten für dich. Dafür muss deine Arbeit auf höchstem Niveau sein. Schaffst du das?»

Pola nickte. Sie hatte wieder mal phantasiert. Sich etwas eingebildet. Die Grenzen verschwammen. War sie verrückt? Sie klappte das Laptop auf, holte den Stick aus der Brusttasche, schob ihn ein. Das Dokument erschien. Ihre Arbeit, «Frauen Vermögen – Weibliche Ökonomie». Es musste gut sein. Auszüge davon hatte er für einen Artikel in einer Fachzeitschrift benutzt und war dafür preisgekrönt worden.

«Du bekommst deinen Anteil», hatte er nach der Feier gesagt. Darauf wartete sie bis heute.

Eine Bewegung in ihrem Augenwinkel erschreckte sie.

«Jemand ist am Fenster.»

Golda sah nach. «Sie ist eine von uns.»

Auf dem Trottoir vor dem Haus stand ein junges Mädchen mit Kaugummi, in sein Smartphone vertieft.

«Du bist sicher, Pola. Hier bist du sicher.» Golda lächelte.

Wie ein Mantra hallte der Satz in Polas Kopf nach.

«Magst du die Zucchini schnippeln für den Gemüsekuchen?» Golda drückte ihr ein Messer in die Hand.

Pola hob und senkte die Klinge. Sie dachte an nichts anderes als ans Gemüse, den idealen Druck, die Grösse der Stücke.

«Pass auf!»

Schon war es passiert, Blut tropfte, rot auf verwaschenem Gelb. Golda desinfizierte, klebte ein Pflaster. Dann holte sie die Bratpfanne raus, goss Öl ein, machte das Gas an. Orange und blau flammte es auf.

Ihr Handy fiepte. Sie warf einen Blick auf Pola, zog sich in den Flur zurück.

Stille. Die Sekunden tickten davon. Pola sah nach draussen. «Henri?»

Hinter ihr zischte das Fett in der Pfanne, ein Spritzer traf sie am Arm.

«Golda? Diesmal ist er weg.»

Pola rannte ins Wohnzimmer und durch die schmalen Flügeltüren in den Hof hinaus, bis sie über ein Kinderkickboard stolperte und in die Küche zurückhinkte, nur um erneut zu erstarren. Am Fenster war eine Fratze, aufgerissene Lippen, gelbe Zähne. «Ich krieg dich.»

Sie schrie auf. Eine Flamme schoss hoch, Rauch breitete sich aus.

Mit zwei Schritten war Golda am Herd, zog die Pfanne von der Gasflamme, warf sie in den Ausguss. Hinter ihr kamen die beiden Kinder hereingestürmt, Henri in seinem Harry-Potter-Anzug.

«Er war hier», flüsterte Pola. «Ich kann mich nicht getäuscht haben.»

***

Henri wollte Mam nicht in die Augen sehen. Sie konnte nämlich Gedanken lesen, direkt durch die Augen in den Kopf. Er griff in die Jackentasche. Die Jacke war ihm zu gross. Aber cool. Golda hatte sie ihm geschenkt.

«Ein Junge hat sie extra für dich dagelassen. Sie gehört jetzt dir.»

Henri tastete nach den Fruchtgummis. Kleine Colaflaschen. Niemand durfte wissen, dass er sie von *ihm* geschenkt bekommen hatte. Er hatte Superkräfte wie Harry Potter. Er war ihnen von Oxford bis hierher gefolgt.

«Du musst es für dich behalten, Henri», hatte er eben zu ihm gesagt. «Es ist unser Geheimnis. Nur deins und meins.»

8

«Solange Sie sich an meinem Schwitzen nicht stören, stehe ich Ihnen gerne Red und Antwort», sagte Botschafter Stephen Keller, nachdem Beanie ihn aus dem Fitnessraum herausgeholt hatte. «Kommen Sie mit, eine schreckliche Geschichte.»

Sie folgte Keller, der ein Frottiertuch über die Achseln gelegt hatte, über den Rennweg in ein Gebäude – die Klingelschilder waren dezent mit «Apartment Hotel Widder» angeschrieben –, die Treppe hoch in den fünften Stock.

«Wir gehen zu Fuss, einverstanden?»

Beanie nickte und stieg hinter Keller die Treppe hoch, darauf konzentriert, ihren Kopf gerade zu halten. Sie musste vorsichtig sein, die Migräne hatte eingesetzt, der Tag war krass gewesen. Gleich zu Beginn das Gespräch mit Matteo Stubbes Eltern, die völlig verzweifelt waren, sie hatten Matteo wegen seines Asthmas immer vor dem körperlich anstrengenden Job gewarnt und ihn davon abhalten wollen. Hätte er nur auf sie gehört. Danach hatten sie im Ermittlungsteam die Befragungen aufgeteilt, Keller und seine Frau waren auf ihrer Liste gelandet, wegen Kollegin Schmidt, die begierig darauf war, den prominenten Botschafter kennenzulernen. Aber Schmidt hatte sich verspätet, Keller wiederum hatte ihnen nur ein knappes Zeitfenster gegeben, und Solo-Ermittlungen waren nicht erlaubt. Darauf war Beanie zur Lindenpfalz gegangen, um Sahel zu bitten, sie zu begleiten. Keller würde einen Brandermittler nicht von einem normalen Ermittler unterscheiden können. Doch schon von Weitem hatte sie gesehen, dass Sahel ins Gespräch mit der Rechtsmedizinerin vertieft war. Beanie hatte sich hinter die Lindenhofmauer gekauert, die beiden beobachtet, wie Quetes ihr kupferrotes Haar zurückwarf, sein Grinsen und sein Arm auf ihrem. Abhauen war Beanies einzige Option gewesen. Dann zog sie die Sache halt allein durch. Das war sowieso ihr Ding, auch wenn es gegen die Regeln war.

Auf dem letzten Treppenabsatz blieb Beanie stehen, holte eine Cola aus ihrem Rucksack und trank sie ex. Das würde die Kopfschmerzen in Schach halten. Stephen Keller war kein Leichtgewicht, sie musste sich konzentrieren. Vor allem darauf, nicht zu feindselig zu werden. Beanie hatte eine natürliche Abneigung gegen Typen wie ihn, das wusste sie aus Erfahrung.

Hinter Keller betrat sie das gemietete Apartment und blieb stehen. Der Luxus war dezent, aber allumfassend. Ein edles Wohnzimmer, weiss gestrichen, mit Holzbalken, Flügelfenstern und Aussicht auf den Lindenhof. Als Keller aus den Turnschuhen schlüpfte, kamen gepflegte Füsse zum Vorschein. Barfuss bewegte er sich über den schimmernden Holzboden, schnallte eine Armbanduhr um, die neben dem MacBook Air auf dem ovalen Tisch gelegen hatte, ging weiter zum kleinen Buffet, angerichtet auf einem hellen Tuch auf der Kücheninsel. Es bestand aus frisch gepresstem Blutorangensaft, Speck und Ei.

Beanie schluckte ihre Übelkeit hinunter, stellte sich in die Mitte des Raumes und kam sogleich auf den Punkt. «Der Züri-Food-Fahrer ist an einer Rauchvergiftung gestorben.»

«Das tut mir sehr leid.» Keller nahm sich ein zweites Frottiertuch, wischte sich den Schweiss von der Stirn. «Ich frage mich, was er in unserem Aussenverschlag gemacht hat.»

«Sagen Sie es mir.»

«Es ist mir ein absolutes Rätsel.» Er schenkte sich ein Glas ein. «Züriwasser. Mögen Sie auch?»

Beanie lehnte ab. Verwünschte sich aber gleich darauf, ihr Hals war staubtrocken und die Cola leer.

«Sind Sie vom Ärzteteam?» Keller sah sie neugierig an.

Fuck. Sie hatte sich nicht vorgestellt. Als sie sich als Co-Leiterin des Ermittlungsteams bezeichnete, unterdrückte er eine Antwort. Sein Blick umfasste ihre Jacke, die Combathose, die Stiefel, die Zopffrisur unter dem Cap. Schon hatte er sie da, wo sie nicht sein wollte.

Sie hätte auf Schmidt warten sollen. Das Pochen in der Schläfe verstärkte sich.

«Unsere Befragungen haben ergeben, dass Stubbe kurz vor

einundzwanzig Uhr mit seiner Lieferung in der Lindenpfalz angekommen ist. Wer hatte ihn bestellt?»

Keller probierte eine Erdbeere. «Ich nehme an, Helly, meine Frau.»

«Ist sie hier?»

«Sie wollte etwas einkaufen, Zahnbürsten und solchen Kram, unsere ganzen Sachen sind ja noch in der Pfalz, wo Ihre Kollegen von der Spurensicherung alles abgesperrt haben. Aber ich wiederhole mich, entschuldigen Sie.»

«Die Untersuchung wird noch eine Weile dauern.»

«Das hat mein Freund Nussbaum angedroht. Selbstverständlich verstehen wir das.»

Und wenn nicht, wär mir das egal. «Haben Sie eine definitive Gästeliste?»

«Streng genommen unterliegen die meisten der Immunität. Das wissen Sie bestimmt.» Er warf sein graues Haar zurück. «Aber natürlich stehen sie Ihnen Red und Antwort, wenn Sie es wünschen. Die Liste, genau …» Er nahm einen Stapel mit Unterlagen vom Tisch und blätterte ihn durch. «Sie ist nicht hier, vermutlich in der Lindenpfalz.»

Beanie machte sich eine Notiz. «Das Haus ist renoviert worden, während Sie in England waren, nicht wahr?» Beanie hatte erfahren, dass Kellers Zeit als Botschafter in London bald abgelaufen war. «Werden Sie permanent in Zürich wohnen?»

«Aber ja doch. Sie verzeihen.» Mit einer schnellen Bewegung brach er ein Brötchen auf und schaufelte Rührei und den Speck hinein. «Ich leide an Unterzuckerung.»

«Was hat Stubbe eigentlich geliefert?»

«Bratwürste. Drei Stück, ich vertrage kein Vegan. Bei den Gästen ist es allerdings gut angekommen. Djamila hat das Menu vorgeschlagen.» Er sprach schnell, mit vollem Mund. War sein Mitteilungsbedürfnis so gross, dass er seine Erziehung, die er als Diplomat haben musste, in den Hintergrund rückte? Oder war er dekoriert genug, sich darüber hinwegzusetzen?

«Sie reden von Djamila Murani?»

«Meine Auszubildende.»

«Das bedeutet …»

«… Lehrlingsfrau im Concours diplomatique», erklärte er. «Sie schliesst in einigen Wochen ab.»

«Ich konnte sie nicht befragen. Sie soll bereits in London sein.»

«Sie hat heute die Frühmaschine genommen, am Donnerstag kommt sie zurück.» Er deutete auf einen Flyer mit dem WEF-Signet. «Pünktlich zur Preisverleihung am Weltwirtschaftsforum. Kommen Sie doch nach Davos und sprechen Sie dort mit ihr. Ich kann Ihnen einen Eintritt verschaffen.»

Das Pochen dröhnte. Wollte er sie kaufen? Und dabei mochte sie das WEF nicht, das seit gut dreissig Jahren im Januar in Davos stattfand. Was sich als Plattform zur Rettung der Welt präsentierte, war in Wirklichkeit eine aufgeblasene Vernetzungsparty für Reiche und Mächtige. Fand Beanie.

Sie ging nicht auf seine Einladung ein. «Sie sind nominiert, habe ich gehört.»

«Für den ‹Cristal Europe›. Eine grosse Ehre, die mir zusammen mit der britischen Botschafterin zuteilwird, die übrigens gestern mein Ehrengast war.»

Mein, sagte er. Nicht unser.

«Und wieso kommt Djamila Murani nach Davos?»

«Sie tritt mit mir auf, zusammen mit einem anderen Diplomatenlehrling. Beide haben bei der Entwicklung des Programms mitgeholfen, für das wir ausgezeichnet werden sollen. ‹Protection One›.» Er nahm einen weiteren Flyer vom Tisch, überreichte ihn Beanie.

«Djamila Muranis Kollege heisst Crispian Biäsch, nicht wahr?», sagte Beanie. «Mit ihm habe ich bereits gesprochen. Er hätte auch eine Wurst erhalten, habe ich gehört.»

Kellers Lächeln war entwaffnend. «Ich hoffe, Sie verzeihen uns, dass wir Karnivoren sind.» Er ging um die Kücheninsel.

«Nein. Aber das steht hier nicht zur Debatte. Ich muss den Ablauf des Abends rekonstruieren. Die Befragung Ihrer Gäste hat ergeben, dass sich nicht alle kannten.»

«Es war ein informeller Empfang unter Freunden und Botschaftsleuten. Ein Start sozusagen in unser neues gesellschaftliches Leben auf dem Zürcher Parkett.»

Beanie war nicht bewusst gewesen, dass es so eines gab. Ihres Wissens liefen die Schweizer Politik und Diplomatie vor allem in Bern ab. Eine Notiz in ihrem Briefing fiel ihr auf.

«Sogar der Statthalter war hier. Sehr praktisch.»

Keller ignorierte den verdeckten Angriff, verschlang ein zweites Brötchen und griff nach einem Buch. Es waren die Memoiren, die sie gestern in der Lindenpfalz entdeckt hatte. Er drückte es Beanie in die Hand.

«‹Drei Leben›. Lesen Sie. Da erfahren Sie alles über mich.»

«Was ist das für ein Berg auf dem Cover?»

«Die Schatzalp. Oder der Davoser Zauberberg, um mit Thomas Mann zu sprechen», erklärte er. «Ein passendes Symbol, finden Sie nicht? Dreihundert Seiten Keller. Da hat man was erreicht im Leben.»

«Papier ist geduldig.»

Bevor er etwas erwidern konnte, fuhr Beanie fort. «Der Ablauf des Abends, Sie haben ihn immer noch nicht erzählt.»

«Nun denn.» Er entschied sich gegen das dritte Brötchen und bombardierte Beanie mit einer Fülle an Informationen. Liess da einen Namen fallen, illustrierte dort eine Anekdote. Wirklich interessant war die Tatsache, dass das Turmzimmer als Vorbereitungsort gedient hatte.

«Schliessen Sie bitte nichts daraus. Das Zimmer war sozusagen überbevölkert. Djamila war drin, dann ihr Freund Joel Brunner, der Gitarrist, Crispian ebenfalls. Davor habe ich einigen Gästen das Haus gezeigt. Dann die Haushälterin und der Butler.»

Der was? «Wie heissen die beiden Angestellten?», fragte Beanie.

Er hatte keine Ahnung. «Meine Frau mietet immer dasselbe Personal für einen grossen Anlass. Sind wir nur zu zweit, erledigen wir alles selbst.»

Bestimmt spülst du Geschirr, dachte Beanie und nahm ihr Tablet aus dem Rucksack. Die abrupte Bewegung verursachte ihr Schwindel. «Ich lese Ihnen kurz eine erste Einschätzung der

Brandermittlung vor: ‹Im Ofen gab es möglicherweise kleine Explosionen, dadurch entstanden Risse, grosse Rauchentwicklung, Flammen, die nach draussen dringen konnten, zusätzlich befeuert durch das offene Fenster.›» Sie musterte Keller. «Wer hat es geöffnet?»

«Keine Ahnung, ehrlich gesagt. Vielleicht wollte jemand lüften, das Turmzimmer ist niedrig und klein.»

Beanie klappte das Tablet wieder zu. «Es gibt Zeugenaussagen, dass jemand am Fenster geraucht hat.»

«Unmöglich. Wir haben Rauchmelder.»

«Die waren ausgeschaltet.»

«Wirklich? Das ist nicht gut.»

«Wie erklären Sie sich, dass die Security-Kamera am Fuss der Wendeltreppe keine Daten liefern kann? Die Harddisk ist weg.»

«Das auch noch. Fragen Sie meine Frau.»

Wie aufs Stichwort ging die Tür auf. Helly Keller kam herein. Sie war gross, mager, schwarze Hose, schwarzsamtener Pulli, violette Jacke. Gleichfarbiger Schal. Das Gesicht erstarrt. Schönheitsoperationen, befand Beanie. Keller stellte sie vor, brachte ihr Orangensaft.

Sie nahm einen Schluck und lud Beanie zum Sitzen ein. «Ich habe gerade vom Tod des jungen Mannes erfahren. Es ist so traurig, ich fühle mit seiner Familie und seinen Freunden.»

Mit dem einen Satz bewies sie mehr Empathie als ihr Mann in der vergangenen Viertelstunde. Sie hatte ausserdem eine aktualisierte Gästeliste dabei, einen Kontakt zum Ofenbauer sowie zum veganen Cateringdienst und zum Hauspersonal. Effizient, dachte Beanie. Sie wiederholte ihre Frage wegen der Security-Kamera.

Helly seufzte. «Wir haben zwar ein Smarthome, aber das System funktioniert nicht zuverlässig. Das Problem mit den Kameras ist nur eines von vielen.»

«Genau die Kamera wäre nützlich gewesen.»

«Da haben Sie recht. – Wie gesagt, dahinter steckt keine böse Absicht.»

Das ist die Frage, dachte Beanie. «Können Sie mir den Ablauf des Abends aus Ihrer Sicht schildern?», fragte sie.

Die Antwort kam postwendend. Sie stimmte mit den Angaben ihres Mannes überein. Bis auf ein winziges Detail. Ihre Version von Djamila Muranis Aufenthalt im Turmzimmer klang anders.

«Sie wollte eine Zigarette rauchen. Zum Fenster hinaus.»

Keller kniff die Lippen zusammen. Hatte er es nicht gewusst oder verschwiegen?

«Könnte sie das Fenster geöffnet und anschliessend ein brennendes Streichholz in den Ofen geworfen haben?»

Keller wollte nichts davon wissen. «Sie war da oben, um sich auf die Rede vorzubereiten, nicht um zu rauchen. Wie kommst du darauf, Helly?»

Du kennst sie gut, dachte Beanie und umkringelte Djamilas Namen. Mit ihr zu sprechen hatte oberste Priorität.

Keller stellte seinen Saft hin, ein wenig schwappte auf das weisse Tischtuch und hinterliess einen blutroten Fleck. Helly schloss kurz die Augen.

«Ich kann mir nicht vorstellen, dass jemand unser Haus anzünden wollte. Das ist doch absurd», sagte Keller. «Es muss ein Versehen gewesen sein. Genauso wie das Feuer im Aussenverschlag. Ich wusste nicht mal, dass das Ding uns gehört.»

Hellys Erklärung klang plausibel. «Von uns ist da nur Altpapier. Wir lesen die Zeitung physisch, müssen Sie wissen, Frau Barras. Der ganze Rest ist von unseren Vorgängern. Es gab so viel anderes zu tun, als das zu räumen.» Sie wirkte plötzlich sehr bedrückt. «Hinterher ist man immer klüger.»

Keller legte die Hand auf ihre Schulter. «Du kannst wirklich nichts dafür.»

Beanie packte Stephen Kellers Memoiren ein. Sie musste raus hier, an die frische Luft, sonst würde ihr Kopf explodieren. «Sollte es Brandstiftung gewesen sein, nur rein hypothetisch, kommt da jemand in Frage? Haben Sie Feinde?»

Keller verneinte. «Als Diplomat? Wir sind dem Frieden verpflichtet.»

«Das Aufgebot an Security war beträchtlich. Stehen heikle Themen auf Ihrer Agenda?»

Keller lachte auf. «Ich bekomme gerade einen Preis für ein Sicherheitsprojekt.»

«Und auf Social Media? Gab es Angriffe, Hassmails, üble Kommentare? Wie sieht es in Ihrem privaten Umfeld aus? Nachbarn, die das Fest stresste?»

Helly zögerte. «Wir haben allen im Vorfeld eine Flasche Dom Pérignon und Blumen geschenkt, einige der Nachbarn waren sogar eingeladen.»

«Und familiär? Gibt es vielleicht Erbschaftsstreitigkeiten?»

Die Frage erwischte Keller kalt. Die Empörung stand ihm ins Gesicht geschrieben. «Es reicht jetzt. Meine Frau ist müde.»

«Sind Sie das?»

Ihr Lächeln wirkte traurig. «Wir haben keine Kinder, Frau Barras. Unser Vermögen wird mal in die Wohltätigkeit fliessen.»

Keller geleitete Beanie bestimmt zur Tür. Die Audienz war beendet. Das Pochen in der Schläfe hatte sich auf den ganzen Kopf ausgeweitet. Gleich würde Beanie eine Tablette einschmeissen müssen.

«Wo finde ich Sie, wenn ich noch Fragen habe?», fragte sie.

«Wir reisen nach Davos weiter.»

«Das müssen Sie um einen Tag verschieben.»

«Kommt nicht in Frage.» Seine Wut wurde immer offensichtlicher. «Sie können mich hier nicht festhalten.»

«Wir brauchen Sie.»

«Als Diplomat gelten für mich besondere Regeln.»

Aber Beanie hatte sich informiert. «Als Schweizer geniessen Sie in Zürich keinerlei Immunität. Anders Ihre englische Kollegin –»

Er unterbrach sie. «Es ist mit meinem Freund Nussbaum so verabredet.»

«Ich muss Sie erreichen können.»

«Wissen Sie was? Hiermit mache ich von meinem Verweigerungsrecht Gebrauch. Ab sofort bin ich für Sie nur noch über meinen Anwalt zu sprechen.»

***

«Das hättest du nicht rausplappern sollen, wegen Djamila», sagte Stephen, kaum war die Polizistin weg.

«Sie hat im Turmzimmer geraucht, das weisst du genau.»

«Aber nicht den Ofen gezündet. Darum geht es doch. Nun haben wir diese Kampfkommissarin am Hals. – Wo ist meine Rede?»

«Ich weiss es nicht, Lieber. Liegt sie vielleicht irgendwo rum?»

Er liess sich aufs Sofa fallen. «In der Küche, glaube ich. Bevor die Gäste kamen. Aber sie ist obsolet geworden, ich brauche eine neue.»

9

Zita stand vor dem Hotel Best Western, nur einen Steinwurf entfernt von der Tube-Station Lancaster Gate. Sie war ausser Atem und verschwitzt. In einer knappen Stunde begann ihre zweite Vorlesung, aber eine andere Möglichkeit hatte es nicht gegeben. Sie hatte Mischa Hare um ein dringendes Treffen gebeten, und die hatte sie äusserst widerwillig zu diesem Crowdfunding-Anlass eingeladen, an dem Djamila Murani einen Spendenaufruf machte. Zitas Verdacht, dass die Ereignisse in Zürich mit ihrem gelöschten Tweet zu tun haben mussten, wuchs. Als sie Meier gefragt hatte, in welcher Mission ihn Eli Apfelbaum zur Lindenpfalz geschickt hatte, hatte er nur über Lilys Wohlbefinden erzählt, was in der Tat wunderbar war. Und gleichzeitig eine deutliche Form von Ablenkung, die sie darin bestärkte, weiterzuforschen. Das Naheliegendste war, mit Djamila Murani zu sprechen. Auch wenn Mischa es herunterspielte, aber von der Geheimhaltung der Schlupfhouse-Adresse hingen die Leben der Frauen ab. Nicht auszudenken, was passieren könnte, nachdem sie öffentlich gemacht worden war.

Das Hotel, in dem der Anlass stattfand, lag in einer herrschaftlichen Strasse, helle, hohe, zusammengebaute Häuser, sicher sechs Stockwerke hoch. Wäre es Frühling, würden die Fliederbüsche violette Farbtupfer bilden … Ein ziemlich edles Ambiente, um Geld für Schlupfhäuser zu sammeln, fand Zita.

Bei ihrem Eintreten erschien wie von Zauberhand ein Portier, um ihr den Mantel abzunehmen.

«Nein, schon in Ordnung.» Sie trug darunter abgewetzte Jeans und Pulli.

Der Mann schmunzelte diskret und geleitete Zita ans Ende eines breiten, teppichbelegten Flurs.

«Bitte sehr. Falls Sie es sich anders überlegen, da ist eine Garderobe.» Er hielt ihr die Flügeltür auf, und sie betrat den Saal, in dem etwa dreissig Frauen um Djamila Murani versammelt waren, die, in unglaublich hohen Schuhen und einem hellgelben Kostüm, eine Projektion kommentierte. Darauf zu sehen waren Frauen und Kinder: schwarze, weisse, helle, dunkle, arbeitende, lachende, weinende. Bei jedem Satz kam ein Bild dazu, ein Reigen von Portraits. Djamila sprach lebhaft, mitreissend, zoomte auf ein mageres Mädchengesicht, auf dunkle, traurige Augen.

«Roxy, neun, seit zwei Jahren mit ihrer Mutter, einer gut ausgebildeten Biologin, auf der Flucht.» Während sie die Umstände beschrieb, bemerkte Zita feuchte Augen und Taschentücher. Steckte echtes Mitgefühl dahinter, oder war es einfach ein kluger Schachzug von Djamila? Zita wurde es zu viel, sie war drauf und dran, draussen zu warten, als sie Mischa Hare entdeckte, die im Hintergrund an eine Wand gelehnt stand. Als Einzige im Raum wirkte sie distanziert, sie war schwer zu schätzen im Alter, um die sechzig vielleicht. Ihr dunkler Pagenkopf war verwuschelt, sie trug eine schwarze Jacke und Hose, flache Schuhe, eine Ledertasche und war in ein Tablet vertieft, von dem sie ab und zu hochsah und dabei Zita bemerkte.

«Warte. Es ist bald fertig», formten ihre Lippen.

Zita verlagerte ihre Aufmerksamkeit wieder auf Djamila, die mit ihrer Rede den Höhepunkt erreichte.

«Unsere beiden Länder, die Schweiz und das Vereinigte Königreich, verfolgen mit ‹Protection One› eine Vielzahl von gemeinsamen Zielen. Ziele, die wir vor der OSZE, dem Europarat und der UNO vertreten. Weltweite Abschaffung der Todesstrafe und der Massenvernichtungswaffen, Sicherheit in der digitalen Transformation …», sie machte eine dramatische Pause, «… dazu die Prävention von Gewalt in Konflikten. Hohe Ziele, ich weiss. Zur Prävention gehört auch Aktion. Da liegt unser Fokus auf den Schlupfhouses, wie wir sie getauft haben, mein persönliches Herzensprojekt. Wir schaffen in Zusammenarbeit mit Mischa Hares Centre for People's Safety und der Schweiz ein internationales Netzwerk von sicheren Häusern für Frauen aus höheren Berufen und helfen ihnen bei der beruflichen Integration im neuen Land. Darum bitte ich Sie, *my dearest ladies*, um Ihre Aufmerksamkeit, Ihre Unterstützung und um Ihr Portemonnaie.»

Djamila warf ihr schwarzes Haar zurück, schürzte die Lippen. «Damit Mädchen wie Roxy eine echte Chance haben.»

Grosse Worte, grosser Applaus. Das Licht ging an, und Djamila lud alle ans Buffet ein. Der Duft nach Kaffee brach die Etikette, und bald mischten sich die Frauen, es herrschte eine animierte Atmosphäre.

«Viel zu emotional», konstatierte Mischa, die sich neben Zita gestellt hatte.

«Aber sie hat einen grossartigen Werbespot abgeliefert. Auch für dein Projekt, Mischa.» Zita machte eine Geste. «Wer sind all diese Frauen? Keine Leichtgewichte, nehme ich an.»

«Die Crème de la Crème des Londoner Establishments. Hier sind Millionen versammelt. Alles Vollzeit-Ehefrauen, fürs Gemeinwohl engagiert.»

«Und wieso jubelst du nicht? Die Gelder werden fliessen.»

Mischa verdrehte die Augen. «Als Diplomatin kann Djamila solche Projekte nur anregen, nicht ausführen. Sie engagiert sich viel zu sehr.»

«Trotzdem hast du sie angestellt.»

«Wie du selbst gemerkt hast, sie ist Gold wert.» Mischa beugte sich zu Zita. «Ich verrate dir etwas: Sie wird nicht in der Diplomatie bleiben. Nicht längerfristig.»

«Weiss sie das?»

«Das bleibt unser Geheimnis.» Sie stiess sich von der Wand ab. «Hast du sie immer noch im Verdacht wegen des Tweets? Vergiss es. Schlupfhouse London ist unser Pilotprojekt. Niemals würde sie es gefährden.»

«Hast du sie gefragt?»

Mischa ging nicht auf die Frage ein. «Wir haben Vorkehrungen getroffen, alles ist unter Kontrolle. Auf Wiedersehen, Zita.»

Wurde sie rausgeworfen? «Was heisst das, Vorkehrungen? Habt ihr das Schlupfhouse 157 evakuiert? In eines deiner normalen Frauenhäuser?»

Mischa bahnte sich einen Weg durch die schwatzenden Ladys in Richtung Ausgang. «Wir arbeiten daran. Aber zurzeit sind all unsere Häuser überfüllt. Bis wir eine Lösung haben, müssen wir einfach vorsichtig sein. Mein Personal ist top, es wird nichts passieren.» Sie stellte sich bei der Tür auf. «Hier geht's hinaus.»

«Aber der Brand in Zürich? Djamila ist in zwei Ereignisse verwickelt.»

«Du konstruierst eine Verbindung.»

Und du schützt Djamila, weil du mehr weisst, als du sagst, dachte Zita.

«Du solltest wirklich gehen.» Mischas Lächeln war kalt. «Ich will nicht, dass du Djamila verunsicherst. Sie ist wichtig für mich.»

Mischa packte sie am Arm. Wollte sie hinausschieben. Da wurde Mischa von einer Schauspielerin, deren Name Zita zwar entfallen, deren Berühmtheit aber selbstredend war, in Beschlag genommen. Zita nutzte den Moment, sah sich nach Djamila um, bemerkte sie nicht im Saal und ging eilig in die Lobby. Der nette Portier half ihr bei der Suche, und schliesslich erwischte sie Djamila in einem Umkleideraum, wo sie gerade die High Heels mit Turnschuhen vertauschte.

«Zita, wie schön! Mit dir habe ich nicht gerechnet. Geht's dir gut hier in London?»

Zita war von der Herzlichkeit überrumpelt. Normalerweise stiess ihr London-Engagement auf wenig Verständnis. Von «egoistische Zicke» bis «Rabenmutter» hatte sie schon alles gehört. Eine Mama, die vier Kinder allein liess, um in London zu unterrichten, musste einen genetischen Defekt haben.

«Wie nett, dass du fragst. Ich geniesse jede Sekunde. Eine Art *guilty pleasure*, ein sündiger Genuss, obwohl ich ja arbeite.»

In dem Moment vibrierte Djamilas buntes Telefon, das auf einem kleinen Tisch neben ihrer Tasche lag.

Zita hatte das Foto des Anrufers auf dem Display erspäht. Das war die Gelegenheit, das Gespräch in die Gefilde zu bringen, die sie interessierten.

«Dein Freund, der Gitarrist? Er hat mit dir in London gelebt, nicht wahr?» Zita erinnerte sich vage an Joel, der Djamila einmal von einer Sitzung abgeholt hatte.

«Ja. Fünf Monate. Es war sein Probelauf für das künftige

Leben als Partner einer Diplomatin.» Djamila drückte den Anruf weg.

«Du klingst, als ob es schwierig war.»

«Ich fand nicht. Er schon. Er war entweder wütend oder deprimiert. Und dabei ist London doch …» Sie zeigte um sich. «… einfach grossartig. Gerade für einen Musiker. Er hätte alle Möglichkeiten gehabt.»

«Ist bestimmt nicht einfach, in die Szene reinzukommen.»

«Ich habe ihm mehrere Kontakte verschafft. Wie das Konzert gestern in Zürich.» Sie erzählte Zita von dem Auftritt am Botschaftsempfang.

«Vielleicht würde er sein Zeug gerne selbst organisieren», sagte Zita.

«Er macht nichts. Hängt nur zu Hause rum. Ist überempfindlich. Ich glaube, er hat immer noch dieses Modell im Kopf, dass ‹Er› aktiver sein soll als ‹Sie›.»

«Männer», sagte Zita. Ein Moment der Gemeinsamkeit. Bis Zita den Tweet über das Schlupfhouse erwähnte und den Inhalt beschrieb. «Er wurde von deinem Account geschickt.»

Djamila wurde blass. «Aber ich habe das nicht gemacht. Das ist unmöglich.» Sie schüttelte den Kopf wie ein Kind, das sich selbst überzeugen will. «Wie kommst du darauf? Sicher nicht. Du musst dich geirrt haben, Zita.»

Sie wirkte ehrlich verzweifelt. Oder war es ihre grösste Stärke, so zu lügen, als ob sie die Wahrheit spräche? Da vibrierte Djamilas Handy erneut. Zita erkannte die Nummer. Beanie Barras. Sie will offiziell als Ermittlerin mit Djamila sprechen, dachte Zita. Ich habe recht, etwas braut sich zusammen.

Bevor Djamila sich entschied, den Anruf anzunehmen, stand Mischa an der Tür.

«Zita? Dein Taxi wartet.»

Das war eine Drohung. Zita fühlte Wut und Angst. Hastig verabschiedete sie sich von Djamila und floh ohne ein Wort an Mischa vorbei, die so tat, als würde sie Zita nicht mehr beachten.

Kaum draussen, rief sie Meier an. «Wieso hat dich Eli gestern an diesen Empfang geschickt, Commissario? Und bitte keine Ausflüchte mehr.»

«Ich sollte etwas abgeben.» Er erwähnte ein geheimnisvolles Paket, dessen Inhalt er nicht kannte.

«An wen ging das? An Djamila Murani vielleicht? Könntest du es aufmachen?»

«Sicher nicht!» Meiers Stress war bis nach London spürbar. «Wir haben doch verabredet, nicht mehr über solche Dinge zu sprechen. Ich habe Eli informiert, dass ich seinen Auftrag abgeben muss, da Barras mich offiziell in die Ermittlungen eingespannt hat. Können wir es jetzt lassen?»

Fast einen Kilometer weiter vorne hielt der Bus, den Zita erreichen musste, um es pünktlich auf die Vorlesung zu schaffen. Shit, dachte sie im Laufen, wir sind wieder mal so weit. Wir stecken mitten in einem Interessenkonflikt.

***

Schlupfhouse 157 war nicht mehr sicher. Mischa hatte es geahnt, nun war es eine Gewissheit. Blitzschnell tippte sie eine Reihe von Nachrichten ein, bis sie ihr Notfallszenario auf der Reihe hatte. Dann wechselte sie das Handy, tätigte einen Anruf zu ihrem wichtigsten Klienten. «Morgen Abend. Den Ort gebe ich Ihnen durch. Ihre neue Projektleitung bekommen Sie, nachdem Sie den Transfer getätigt haben.»

Sie versorgte alle Geräte und legte die Hand an die Stirn. Wie um Himmels willen würde sie es schaffen, Pola heil nach Zürich zu bringen? Sie und Henri. Da bemerkte sie draussen auf der Strasse Zita Schnyder, die einen bereits fahrenden Bus zum Anhalten zwang und einstieg. Und dann entstand in ihrem Kopf ein Plan.

10

«Ermordet?» Joel starrte Marlen an, Matteos Freundin. «Was erzählst du für einen Blödsinn? Er ist gestorben, ein unglücklicher Zufall. Aber doch nicht ermordet.»

Sie standen in der grossen Eingangshalle der ZHdK, der Zürcher Hochschule der Künste, auf dem Toni-Areal. Marlen besuchte da einen Masterstudiengang, genauso wie Matteo, sie in Gitarre, er in Komposition. Matteo war Joels Schüler. Im Nebenjob arbeitete er als Velokurier für ZüriFood. Bis gestern, nun war er tot. Joel stand unter Schock. Als er eben in der Villa Lindenpfalz gewesen war, um seine Gitarre zu holen, war alles von der Polizei umstellt gewesen, die Spurensicherung war im Gang. Anstatt ihn reinzulassen, hatte ihn eine Polizistin befragt. Geistesgegenwärtig hatte er die Kifferei nicht erwähnt, dafür erzählt, dass er mit Crispian einen trinken gegangen war. Daraufhin hatte sie ihn wieder gehen lassen. Es fühlte sich total unwirklich an. Noch nie in seinem Leben hatte er so etwas Schreckliches erlebt. Und nun toppte Marlen das Ganze, indem sie von Mord sprach und ihn aus diesen irren Augen anglotzte, als ob sie ihm gleich ihren Kaffeelöffel in die Kehle rammen würde.

«Es war ein schrecklicher Unfall. Aber kein Mord.» Der Aufmarsch an Polizei fiel ihm ein. Kamen wirklich so viele, wenn es um einen Unfall ging? Joel wurde schlecht, der Kater kochte wieder hoch in seinem Hirn, als ob er ihn nicht mit Kaffee und Cola besiegt hätte.

«Tu nicht so scheinheilig. Du hast ihn doch angerufen. Er hat mir geschrieben. Fand es witzig, dass du Würste bestellst. Ausgerechnet du!» Marlen begann zu schluchzen. Einige Vorbeigehende starrten sie an.

«Die Polizei ist heute Morgen zu uns nach Hause gekommen. Es gab eine grosse Befragung.»

«Mich haben sie eben auch befragt. Aber sie haben nichts von einem Mord gesagt. Du musst dich irren, Marlen.»

«Weil es alles Idioten sind.» Sie weinte nun heftig, die Tränen strömten über ihr Gesicht. «Sprechen von einer Rauchvergiftung. Und dabei hatte er Asthma.»

Joel schluckte. «Das habe ich nicht gewusst.»

«Er erzählt es niemandem, sonst hätten sie ihn nicht genommen als Velokurier. Sein Inhaler lag neben ihm.»

«Tut mir echt leid.» Was für eine beschissene Floskel.

«Er war leer, hat ihm nichts mehr genutzt. Hast du ihn geleert? Damit er sich nicht retten kann?»

«Völlig absurd. Ich mag Matteo. Wieso sollte ich so etwas tun?»

«Das weisst du genau.» Sie hatte geschrien.

«Beruhig dich. Echt. Ich habe Matteo gar nicht gesehen, er muss während des Konzerts gekommen sein.»

«Das Konzert? So nennst du das? Warst du sauer, dass er das erlebt hat? Hattest du Angst, er würde dich blossstellen?»

Sie packte ihn und trommelte auf seine Brust.

Wovon sprach sie? Er musste sie zu einem Arzt bringen, sie war total durchgeknallt. «Marlen, ich kann nichts dafür.»

«Matteo kannte da keinen ausser dir.»

«Ich war auf dem Empfang, danach bin ich heimgegangen und habe geschlafen, von dem Brand habe ich erst gerade erfahren.»

«Du lügst.»

«Hier können wir nicht reden.»

Sie holte ihr Handy raus.

«Er hat mir eine Voicemail hinterlassen.»

Joel brach der Schweiss aus. «Spiel sie mir draussen vor.»

Er bemerkte seine nächste Schülerin, die verunsichert dastand.

«Ich komme gleich.» Dann zerrte er Marlen vor die Tür. «Lass uns zum Fluss gehen.»

Sie gab ihren Widerstand auf, stolperte neben ihm her über die Tramgeleise an der Hardturmstrasse. Der Himmel war dunkelgrau, er sah schwer und verhangen aus.

Erst an der Limmat vorne stoppte er. Er atmete schwer, sie ebenfalls.

«Was ist mit dieser Voicemail?»

Sie wischte auf eine WhatsApp-Nachricht, und Matteos Stimme erklang.

«Hei, Schneeflocke. Ich bin gleich fertig. Nur noch die Bratwurst-Auslieferung für das vegane Dinner. Die absolute Witznummer, ich lach mich tot. Übrigens: Djamila schiesst hier den Vogel ab, sie sieht geil aus.»

Danach war Stille. Bis eine zweite Nachricht kam. «Joel spielt, hörst du? Aber irgendwie packt er es nicht. Als Lehrer okay, als Performer ein Fail, würde ich sagen.»

Musik ertönte. Joel erkannte die Melodie, es war sein Song. Den er geschrieben hatte und für dieses absolut desinteressierte Publikum gespielt hatte. Der verdrängte Moment kämpfte sich mit aller Macht in sein Bewusstsein.

«Wieso schickt er dir so etwas?», fragte er. «Ich weiss selbst, dass der Gig Bullshit war.»

Marlen liess die Aufnahme weiterlaufen, auf der sein Song in dem Klangteppich von plaudernden Stimmen unterging. Dann zog sie den Rotz hoch, drückte auf Stopp. «Sie haben dir nicht zugehört. Niemand hat dir zugehört. Hörst du, wie dir niemand zuhört?»

Joel kotzte in den Randstein.

«Entschuldige.» Er wischte sich den Mund ab. Djamilas Kaschmirpulli hatte einen Fleck abgekriegt. Völlig absurd, er fühlte sich im falschen Film. Wenn er nicht aufpasste, wurde er in etwas hineingezogen, mit dem er nichts zu tun hatte. Hatte er wirklich nicht? Was hatte er gemacht in seinem Rausch gestern Abend? Er vertrug Gras nicht mehr gut, es war, als ob Djamila mit der Droge einen Deal gemacht hätte. Kürzlich hatte er schon einmal einen Schub erlebt danach.

«Was willst du damit sagen, Marlen?»

«Dieser Auftritt war die totale Demütigung. Das Gegenteil von dem, was du uns immer erzählst. Von allem, was du uns als Lehrer vorlebst. Und nun ist Matteo tot, und du lebst.»

«Aber ich kann nichts dafür. Das eine hat mit dem andern nichts zu tun. Hast du die Aufnahme der Polizei vorgespielt?» Joel fühlte, wie er den Atem anhielt.

«Genau das werde ich tun.»

Sie sprintete so schnell davon, dass Joel sie nicht mehr einholte. «Marlen!», rief er ihr hinterher. Ein Tram kam, und sie war weg. Völlig erledigt kam er vor dem Toni-Areal an. Die grosse Halle war verlassen, die Lektionen hatten begonnen. Nein, er konnte jetzt nicht da rein. Er schrieb seiner Schülerin eine Nachricht, versprach ihr, alles nachzuholen. Danach rief er Djamila an. Rechnete nicht mit ihr, kam ins Stammeln, als sie abhob und ihn fragte, was er wolle.

«Mich entschuldigen. Es tut mir so leid. Alles, verzeihst du mir?» Rote Rosen. Einen grossen Strauss würde er ihr schenken.

Sie gab keine Antwort.

«Es hat gebrannt, du bist nicht ins Apartment gekommen, Matteo ist tot, du meldest dich nicht, wo bist du?» Er sprach immer drängender bei seinem Versuch, sie zum Reden zu bringen.

«In London.» Ihre Stimme war kalt. «Und ich muss etwas von dir wissen. Gestern, während meiner kleinen Rede, habe ich dich nicht gesehen.»

«Ja, das tut mir auch leid. Alles ist schiefgelaufen. Irgendwie habe ich das verpasst.»

«Hast du mein Handy mitgenommen?»

Das war der Super-GAU. Normalerweise filmte Joel ihre Auftritte mit ihrem Handy, ein Ritual.

«Nein.» Seine Stimme flatterte.

«Sicher nicht?»

«Ganz ehrlich.»

«Aber mein Handy war verschwunden. Als ich es später in der Tasche suchte, war's wieder da.»

«Du musst dich irren.»

«Und wo warst du?»

«Mit Crispian kurz einen trinken, danach bin ich heimgegangen.»

* * *

Joel log. Natürlich hatte er ihr Handy mitgenommen, wer sonst? Wie Rumpelstilzchen war er davongestürmt. Und dabei hatte die englische Botschafterin hinterher seine Karte verlangt. Er verstand die Regeln einfach nicht, suhlte sich in seiner Selbstbezogenheit. Djamilas Handy war auffallend. Schon mehrfach war sie in der Ausbildung wegen der bunten Hülle getadelt worden, die genau wie ihr Kleiderstil als zu auffällig befunden wurde. Aber sie liess sich die Farben nicht verbieten. Es war ihr Markenzeichen. Gerade erwies sich das als Bumerang. Jeder, der sie kannte, hätte das Gerät entwenden können, wenn Joel damit geprahlt oder es in der Widder-Bar hatte rumliegen lassen. Das bedeutete, dass auch jeder diesen verfänglichen Tweet hätte absetzen können. Denn das Foto, das Zita erwähnt hatte, kannte Djamila wohl. Es war bei ihrem ersten Besuch im Schlupfhouse 157 gemacht worden. *Strictly private.* Es war ein Fehler gewesen.

11

So geschneit hat es seit Jahren nicht mehr, dachte Meier, der im 8er-Tram sass, seine pochende Stirnwunde unter dem Pflaster befingerte und sich selbst verwünschte, dass er eben den Anruf angenommen hatte und aufgebrochen war, obwohl der Wetterbericht den heftigsten Schneesturm seit Jahren prognostizierte.

Als es angefangen hatte mit dem Schnee, war er mit den Kindern gerade am Greifensee gewesen. Sie hatten sich auf dem Spielplatz der Besenbeiz «Stallstube» vergnügt, und die Schneeflocken waren die Attraktion gewesen. Gut für Meier, der über seine Entdeckung nachdenken wollte. Die Tatsache, dass der ZüriFood-Fahrer mitsamt seinem Bike im Kellerverlies, wie Meier den Schuppen heimlich nannte, eingeschlossen gewesen war und keine Chance zum Überleben hatte, war nicht nur schockierend, sie warf auch Fragen auf, die Meier nicht beantworten konnte. Aber einige andere Dinge konnte er herausfinden. Darum konzentrierte er sich auf das Gespräch mit der Kellnerin, die Meier aus der Zeit, als Finn klein war, kannte. Sie war eine Alteingesessene von Maur, die extrem viel Interessantes über das Botschafterpaar zu berichten hatte.

«Den Botschafter sehe ich nie, die Frau Keller kommt ab und zu her. Ich glaube, sie hat Heimweh. Sie wandert bis zur Silberweide und zurück, sitzt bei uns am Cheminée, schreibt in ihr Tagebuch, trinkt eine Schale, verspeist ein Stück Kirschkuchen und fährt mit dem Bus in die Stadt zurück.»

«Kann sie nicht Auto fahren?», hatte Meier gefragt.

«Die sind von der Generation, wo nur der Mann fährt.»

Ausserdem hatte die Wirtin eine konkrete Theorie zu der Schaukel im Garten. «Es muss ein Überbleibsel sein. Helly Keller ist hier aufgewachsen.»

Ihr Elternhaus also.

«Sie hat gehofft, dass ihre eigenen Kinder da spielen. Aber es blieb ihr verwehrt. Sie leidet bis heute darunter.»

«Hat sie das gesagt?»

Die Wirtin hatte gelacht. «Über so was reden wir nicht, sie ist sehr verschwiegen, als Frau eines Diplomaten. Aber ich sehe es ihr an. Wann immer es hier Kinder hat, solche wie Ihre zum Beispiel», sie hatte auf Finn gedeutet, der gerade seinem Bruder die Speisekarte vorlas, «dann bekommt ihr Gesicht diesen sehnsüchtigen Ausdruck.»

«Wissen Sie, an wem die Kinderlosigkeit lag?»

«Das ist eine sehr indiskrete Frage.» Trotzdem präsentierte sie ihm ihre Meinung. «Er konnte nicht. Sie jedoch schon. Dafür gibt's Beweise. Es ging hier nämlich das Gerücht um, dass sie abgetrieben hatte.»

«Dann wäre es aber auch möglich, dass sie sich dabei verletzt hat und unfruchtbar wurde.»

Die Wirtin war bei ihrer Theorie geblieben.

«Nein, er konnte nicht. Jedes Mal, wenn ich sein Bild in der Zeitung sehe, denke ich: so ein Schaumschläger. Er ist ein Blender, einer, der uns allen ein X für ein U vormacht.»

Zum Schluss hatte sie Meier eine Postkarte gezeigt. Darauf standen zwei Worte. «Vorhang auf!»

«Was bedeutet es?»

«Ich weiss es nicht. Helly Keller hat die Karte letztes Mal hier liegen lassen. Es war im September, glaube ich. Ich habe sie aufbewahrt, um sie ihr beim nächsten Mal zu geben. Aber sie ist nie mehr gekommen.»

Das Gespräch war Meier nicht mehr aus dem Kopf gegangen, als er mit den Kindern im Bus zurückgefahren war und sie zu Hause bei Schwiegermutter Nora abgeliefert hatte. «Er konnte nicht» war eine eigenartige Aussage, wenn man sich das Foto von Stephen Keller ansah, der bis in die letzte seiner Fasern Potenz ausströmte, das Vermögen, die Welt zu erobern.

Beim Bellevue stieg Meier aus und hastete durch das Schneetreiben der Limmat entlang, zum dritten Mal innert kürzester Zeit. Völliger Humbug, was du hier machst, Werner, sagte er sich. Aber da er bereits vor dem avisierten Gebäude stand, konnte er genauso gut reingehen. Es lag etwas zurückversetzt an der Schipfe und gehörte einem Schreiner-Brüderpaar. Der eine wartete auf Meier. Er war jung, mit blondem Haarschopf, einem tarngrünen Overall und einer dicken Fleecejacke.

«Wir schliessen heute früher. Es soll ganz schlimm schneien, und wir haben noch eine Fuhre nach Davos zu erledigen.»

Es stellte sich heraus, dass die beiden Schreiner aus dem Prättigau waren und verschiedene Ausstellerstände am WEF belieferten.

Sie kannten die Kellers, hatten den Brand aus nächster Nähe miterlebt.

«Jemand hat uns Ihren Namen gegeben. Darum haben wir Sie angerufen.»

«Wer ist jemand?»

«Das kann ich Ihnen nicht sagen.»

Klang nach Räuber und Poli. Sollte er auf seiner Frage bestehen? Andrerseits hatte der Mann am Telefon eine solche Dringlichkeit verströmt, dass Meier sofort aufgebrochen war.

Nun kam auch der andere Bruder dazu, mit dunklem Haar, untersetzt, schweigsam. Er klaubte einige Vorhängeschlösser aus einem Sack.

«Die sind von der Liebesbrücke an der Limmat vorne», sagte der Blonde und erzählte Meier von dem Brauch der Liebespaare, am Geländer eines Fussgängerstegs Schlösser anzubringen. Er gab Meier eines in die Hand.

«Sehen Sie nur. Durchtrennt. Er macht die regelmässig ab. Manchmal lässt er sie einfach liegen. Es ist fies und pervers.»

«Wer ist *er*?»

Die Brüder wechselten einen Blick. «Wir wollen niemanden anschwärzen, aber wir denken, dass es der Kaminfeger ist. Ruedi Kundert.»

Innert dem Bruchteil einer Sekunde fühlte sich Meier hellwach. «Wie kommen Sie darauf?»

«Er ist der Sheriff hier. Wenn ihm einer in die Quere kommt, schlägt er zu. Am meisten hasst er uns Junge.»

Er führte Meier über eine Treppe zu einer Reihe von weiteren Aussenverschlägen am unteren Teil der Lindenhofmauer. Es waren viel mehr als oben in der Fortunagasse. Die beiden letzten hatten die Schreiner gemietet. Im einen lagerten sie Holz, den anderen bauten sie zum Ladenlokal um, sehr geschmackvoll, mit freigelegten Mauersteinen an der Rückwand und Holz zu beiden Seiten. Einen Schönheitsfehler gab es. Die Vorderfront, eine grosse Glastür, war zersplittert und wies verschiedene Risse auf.

«Er hat sie zerstört. Bereits zum zweiten Mal.»

«Wieso wissen Sie, dass er es war?», fragte Meier.

«Er hat nachts Pflastersteine geschmissen. Als ein Nachbar ihn zur Rede stellen wollte, ist er einfach verschwunden, wie vom Erdboden verschluckt. Er kennt sich hier in der Altstadt aus wie kein Zweiter, weiss von verborgenen Gängen und Verstecken.»

«Haben Sie Anzeige erstattet?»

Beide nickten, der Jüngere sprach. «Niemand kann ihm etwas nachweisen. Fragen Sie bei der Zeitung nach, beim Wochenblatt, die wissen alles über ihn.»

Es schneite immer dichter. Der Ältere nötigte den Blonden gestisch zur Abfahrt. Meier versprach, sie auf dem Laufenden zu halten. Als er wieder draussen stand, das demolierte Schloss in der Tasche seiner Lederjacke, rief er Eli an.

Keine zehn Minuten später hatte er einen Kontakt zum Zürcher Wochenblatt, wo er von einer Redaktorin Erstaunliches erfuhr. Kundert Ruedi, Kaminfegermeister. Dass er in der gleichnamigen Gasse wohnte, hatte ihm in früheren Jahren zu einer gewissen Berühmtheit verholfen. Mit schöner Regelmässigkeit gab es damals Zeitungsberichte über ihn, meist in der Saure-Gurken-Zeit. Vor etwa einem Jahrzehnt hatte die Berichterstattung aufgehört, was ihm nicht gut bekommen war. Er hatte sich darüber geärgert und nach anderen Mitteln gesucht, sich in die Öffentlichkeit zu drängen. Ihn als streitsüchtig zu bezeichnen, war eine Untertreibung. Mehrfach war er in Streitigkeiten verwickelt, bei einer hatte er das Licht auf einem Auge verloren. Einmal pro Woche schrieb er einen Leserbrief, wurde er nicht veröffentlicht, randalierte er. Eine Zeit lang hatte er sich auf die

Restaurants eingeschossen, achtete peinlich genau darauf, dass sie die Sperrzeiten einhielten. Mit den Hotels «Widder» und «Storchen» lag er im Dauerkrieg. Und trotzdem holten sie ihn immer wieder als Kaminfeger. Denn nur er kannte die Kniffe und Tricks, mit den alten Kaminen umzugehen. Dieses Wissen war Gold wert in einer Altstadt.

Meier hatte genug gehört. Wieso wussten Barras und ihr Team nichts davon? Ein nächster Anruf bei den Kollegen der Stadtpolizei brachte Klarheit.

«Man nimmt Kunderts Meldungen nicht mehr ernst. Noch gar nie war eine relevante dabei. Darum wurden sie auch nicht weiterkommuniziert. Wir losen jeweils aus, welcher Pechvogel der Sache nachgehen muss. Bei jedem privaten Fest in seiner Umgebung ruft er an. Brände hatte er schon x-fach gemeldet. Wir rücken aus, viel Lärm um nichts, aber die Festlaune ist dann vorbei.»

Meier war fassungslos. Sollte es so simpel sein, war Kundert Ruedi der Feuerteufel? Er erwischte Barras nach dem ersten Klingeln. Sie wirkte rastlos und nervös, liess ihn nicht zu Wort kommen.

«Mir platzt bald der Schädel. Einen Tag lang Diplomaten befragen, die labern, ohne etwas zu sagen, und sich immer dann, wenn's interessant wird, auf ihre Immunität berufen, ist frustrierend. Dazu Nachbarn, die alles zu wissen glauben, aber keinen einzigen konkreten Hinweis haben.»

«Jetzt halten Sie mal die Klappe, Barras, und hören Sie mir zu.»

Als Meier Kundert ins Spiel brachte und von seinen Erkenntnissen berichtete, fluchte sie.

«Wieso sollte dieser Kundert den armen ZüriFood-Fahrer einsperren?»

«Weil er in seinem Revier gewildert hat, um ein Jagdmotiv zu bemühen.»

«Und wieso zündet er die Zeitungsbündel an?»

«Aus Wut über den Lärm.»

«Etwas simpel, nicht? Dafür dass hier vermutlich einige Spitzendiplomaten genau an dem Abend irgendwelche Deals gemacht haben.» Barras schwieg. «Bringen Sie mir den verdammten Bericht, mitsamt dem Liebesschloss», sagte sie schliesslich. «Morgen früh. Zur Teamsitzung.»

Wie sprach sie mit ihm? Er war nicht ihr Angestellter. «Auch Ihnen einen schönen Abend, Barras. Und sehen Sie zu, dass Sie Ihren Kopf kühlen, mir scheint, Sie sind nicht mehr ganz bei Sinnen.»

Meier unterbrach den Anruf, ohne ihre Antwort abzuwarten. Er hatte den ganzen Tag gearbeitet, in seinen Ferien, für einen Auftrag, von dem er nicht wusste, ob er überhaupt offiziell war. Er würde jetzt heimgehen zu seinen Kindern und den ganzen Abend weder an Feuerteufel noch an zerstörte Liebesschlösser denken.

**

Er verfolgte den Schmierlappen, den er an dem grossen Pflaster an der Stirn erkannt hatte. Dass er die Schreiner aufgesucht hatte, verhiess nichts Gutes. Er ging bis zum Polizeigebäude und tat so, als würde er auf das Tram warten. Aber er durchschaute ihn. Gopferteckel, würde er ihn verpfeifen? Es wimmelte von Kriminalen, auch zivile, er erkannte sie alle. Er war schlau, mischte sich unter die Leute, suchte Schutz unter den Arkaden, versteckte sich hinter einem Mauervorsprung. Niemand kannte den Lindenhof so gut wie er. Aber sie kamen immer näher. Es könnte ungemütlich werden. Er holte die Karte des Schmierlappens, der soeben das Tram bestieg, heraus. Werner Meier. Es war Zeit, etwas Verwirrung zu stiften.

12

«Kurze Wende über Backboard, los!»

Beanie nahm den einen Holm dicht an den Körper, drehte das Blatt halb auf, richtete den Steuerbordholm in Armauslage, tauchte die Blätter gleichzeitig ins Wasser, stellte sie senkrecht. Bis sie die Position hatte.

«Klar», murmelte sie, als ob sie ihrem Trainer Antwort geben würde, dabei war sie allein auf dem Wasser. Und: «Alles vorwärts.»

In hohem Tempo ruderte sie los, quer über den See. Es schneite heftig, irgendwo grollte ein Donner. Wintergewitter am frühen Abend. Die Sportkollegen hatten ihr von der Fahrt abgeraten, ihr Trainer hatte es ihr rundweg verboten. Es war Beanie egal, sie würde alles tun, um den hämmernden Kopfschmerz loszuwerden. Was für ein Tag. Zwei Brandherde, ein Toter, keine brauchbaren Hinweise. Und ausserdem, AUSSERDEM, flirtete ihr Love-Interest mit der Rechtsmedizinerin herum, zumindest interpretierte sie seine Körpersprache so. Beanie arbeitete mit jedem Muskel ihres Körpers. Sie zog die Holmen durch, kaum waren sie oben, tauchten sie schon wieder ein. Eben noch hatte sie die Lampen des Bootshauses gesehen, nun umgab sie wattierte Dunkelheit. Auf das Kursschiff musste sie achtgeben, das von Küsnacht herkommend in Richtung Bürkliplatz kreuzte, die letzte Rundfahrt des Tages. Es tat gut, den Körper zu spüren, bis ans Limit zu gehen und weiter. Sie hörte ihr eigenes Keuchen, flog übers Wasser.

Das Handy summte. Logisch, sie müsste längst auf der Sitzung sein. Scheiss drauf. Sie wusste eh, was abging. Nussbaum würde das Okay geben, dass die Diplomaten nach Davos weiterzogen. Und sie hatte dem nichts entgegenzusetzen, auch nicht, nachdem sie sich eben die Mühe gemacht und alle Gespräche mit der illustren Gästeschar ausgewertet hatte. Niemand hatte etwas Verdächtiges gesehen. Matteo Stubbe war aus Eigenverschulden gestorben. Er hatte in einem hölzernen Aussenverschlag eine Zigarette geraucht. Dumm gelaufen. Dass er Asthma hatte? Es gab viele rauchende Asthmatiker. Dass sein Bike in dem Keller-Keller gestanden hatte? Er hatte es da geparkt. Dass das Vorhängeschloss eingeschnappt war? Das konnten irgendwelche Passierenden verbrochen haben.

Als Meier sie eben angerufen und ihr seine Theorie über den Feuerteufel Kundert präsentiert hatte, hatte sie nicht den Enthusiasmus aufgebracht, den er sich erhofft hatte. Seine Recherche in Ehren, aber sie beruhte auf Hörensagen. Und die Kollegen der Stadtpolizei hatten mit Sicherheit Beweise, warum sie den Kaminfeger für einen harmlosen Aufschneider hielten.

Das Handy summte erneut. «Ruder, halt.»

Sie legte die Blätter flach aufs Wasser, das Boot verlor an Tempo. Beanie schlüpfte aus einem Handschuh und holte das Gerät aus ihrer Brusttasche. Es gab eine Voice-Nachricht von einer unbekannten Nummer. Abhören? Die Stimme tönte sphärisch durch das Schneegewirbel.

«Ich zeige Joel Brunner bei Ihnen an.» Der darauffolgende Monolog erfüllte das ganze Seebecken, so kam es ihr vor. «Joel hat Matteo ermordet. Ermordet. Ermordet.»

Wer sprach hier von Mord? Das hörte Beanie zum ersten Mal. Endlich konnte Beanie die Aussage verorten. Sie kam von Matteo Stubbes Freundin, die Joel Brunner, Djamila Muranis Partner, massiv beschuldigte.

Beanie musste die Nachricht mehrmals laufen lassen, bis sie alles verstanden hatte. Konnte das plausibel sein? Joel Brunner, der sensible Musiker, ein Kiffer und ein Totschläger? Das war eine brisante Behauptung, konnte aber die Spur sein, nach der sie gesucht hatten. Andrerseits hatte sie Brunner nur flüchtig gesehen und als harmlos eingestuft. Während es immer heftiger schneite, versuchte Beanie, Djamila Murani zu erreichen. Sie war Brunners Freundin, sie würde etwas dazu sagen können. Aber sie ging nicht ran. Wie die Male davor auch nicht. Sie sei in London, hatte ihre Ausbildungschefin Stephen Kellers Aussage bestätigt. Etwas war nicht in Ordnung, das hatte Beanie gespürt, war dem aber nicht nachgegangen. Fuck. So was durfte einfach nicht passieren. Die blöden Kopfschmerzen verwandelten ihre Ratio in Dumpfheit.

Sie rief Sofia Schmidt an, die Joel Brunner befragt hatte. Erkundigte sich nach ihrem Eindruck.

«Verpennt. Und er könnte etwas verschwiegen haben, wenn du mich so fragst. Ein Kiffer ...» Verachtung schwang in ihrem Tonfall. Beanie fühlte den irren Drang, Joel zu verteidigen.

«Ich fahr zu ihm.»

«Du darfst keine Befragungen allein machen, Barras, echt. Ausserdem haben wir gleich Teamsitzung. Wo du auch sein solltest.»

Beanie versprach Beeilung. Beendete den Anruf. Hinterliess eine weitere Nachricht bei der Murani, bat um dringenden Rückruf. Ruderte weiter, mechanisch beinahe, aufs Denken konzentriert. Aussagen über die Murani hatte sie einige. Sie war *hot*, eine Art Klassenbeste. Wieso war sie in London? Was für eine Beziehung hatte sie zu Keller? Zu Matteo, zu Joel? Der plötzlich zum Verdächtigen wurde. Harmloser Kiffer oder steckte mehr dahinter? Wenn man Matteos Freundin glaubte, litt er an einer Persönlichkeitsstörung, seit er die Murani kannte, und war zum Totschläger mutiert. Beanie hatte früher selbst mal gekifft. Heute könnte sie kotzen, wenn sie es roch. Und doch. Um zu entscheiden, brauchte sie dringend eine plausible Grundlage. Ein erneuter Stopp. Sie schützte das Display gegen den Schnee und loggte sich ins Intranet. Das Protokoll der Einvernahme von Joel Brunner hatte Sofia hochgeladen und gerade eben wieder entfernt. Wollte sie nach dem Telefonat noch etwas ergänzen? Beanie musste aufpassen bei ihr, Sofia war jemand, die zu schnellen Schlüssen neigte und diese dann durch alle Böden verteidigte. Nur weil sie recht haben wollte.

Beanie scrollte sich durchs Intranet. Fand den Bericht über das Gespräch mit Crispian Biäsch, dem Studienkollegen der Murani. Beanie las ihn quer. Dann rief sie ihn an. Erwischte ihn.

«Sie waren mit Joel Brunner in der Widder-Bar? Mir liegt

eine Aussage vor, dass er gekifft haben soll. Können Sie das bestätigen?»

«Ja.»

«Hatte er Stoff dabei?»

«Ja.»

«Und Sie?»

Ein kurzes Zögern. «Einen Zug, mehr nicht. Aus Mitleid. Es ging ihm dreckig.»

«Sie müssen keine Ausrede erfinden, ich will Sie nicht verklagen. Rein informationshalber: Womit haben Sie den Joint angemacht?»

Crispians Antwort kam schnell. «Mit Joels Zippo.»

«Um wie viel Uhr waren Sie in der Bar?»

«Kurz vor neun.»

«Zum Zeitpunkt der Explosion. Sie haben also ein Alibi. Wie praktisch.»

Bevor er sich verteidigen konnte, stellte Beanie die nächste Frage. Und noch eine, ein Feuerwerk. Am Schluss bekam sie etwas zu hören, was ihr nicht gefiel.

«Joel musste zur Toilette. Er war mindestens eine Viertelstunde weg. Ich dachte mir, dass er da gekifft hat. Aber er roch nach frischer Luft und nicht nach Gras.»

Das hiess, dass er draussen gewesen war. Was hatte er da gemacht, wenn nicht gekifft? In einer Viertelstunde konnte man alles Mögliche anstellen. Beanie musste ihn zur zweiten Einvernahme bestellen, darum kam sie nicht herum. Sie klemmte Biäsch ab und rief Serge Duchamps an, ihren besten Arbeitskollegen, einen Romand, in Zürich hängen geblieben, wegen der Liebe. Mittlerweile allerdings geschieden. Nach seinem langen Wochenende hatte er morgen wieder Dienst und würde ihr Team vervollständigen. Beanie setzte ihn ins Bild.

«Die Anschuldigungen von Stubbes Freundin und auch die Haltung von Biäsch sind mir suspekt. Irgendwie ist das zu glatt, zu passend», schloss sie ihren rasanten Bericht.

«Aber es klang sehr plausibel, *non*, Barras?»

«Finde alles über Crispian Biäsch, Joel Brunner und Djamila

Murani heraus, bitte, Serge. Vor allem, wo ich sie erreichen kann. Wenn's geht, noch heute Abend. Es ist wirklich ultradringend.»

Er versprach sein Möglichstes, schränkte aber sofort wieder ein. «Ich habe meinen Sohn hier, Barras.»

Mann. Wieso hatten die alle Kinder? Beanie hatte Nein gesagt, als Sahel die Frage der Fragen gestellt hatte.

«Nie würde ich Kinder in diese Welt setzen.» Das war ihre Antwort gewesen.

Trotz seines Lächelns hatte sie ihm die Enttäuschung angesehen. Ein Gedanke blitzte auf. Wollte die Quetes Kinder? Sie war zu alt dafür, viel zu alt. Als hätte Sahel es gespürt, kam ein Text von ihm.

«Wo bist du, Beans?»

Der Schnee sammelte sich auf dem Display, und der Kopfschmerz setzte wieder ein. Ohne zurückzuschreiben, ruderte sie weiter. Ruderte und ruderte. Bis ihr die Lunge aus dem Mund hing, bis sie fast kotzte und erst stoppte, als das Vibrieren des Handys sie aus dem Rausch riss. Serge mit einer Antwort. Er war ein Star. Auf ihn konnte sie sich verlassen.

«Die Murani ist auf dem Rückflug nach Zürich. Kommt um zweiundzwanzig Uhr an.»

Das war's. Sie würde zum Flughafen fahren. Keine Alleingänge, Beans, drohte eine Stimme und sprengte ihren Schädel. Schnauze, Untreuer.

Beanie nahm Fahrt auf in die Richtung Mythenquai, wo der Ruderclub lag. Ein Scheinwerfer blitzte auf. Dazu eine Schiffshupe. Das Kursschiff. Sie musste stoppen. Beanie kantete die flach liegenden Blätter gegen, schnitt das Wasser mit ultraschnellen Bewegungen. Viel zu schnell tauchte die Schiffswand vor ihr auf. Wie die verdammte Titanic. Für eine Wende war es zu spät. Sie wiederholte den Stoppvorgang, Wasser spritzte, ein Ruder brach. Es fehlten Millimeter, sie hörte das Rauschen. Dann war es vorbei, das Schiff fuhr davon, immer noch hupend. Ihr Herz wummerte. Sie legte den Kopf auf die Knie, spürte weder Kälte noch Nässe.

Einige Minuten später landete sie im dichtesten Schneetreiben am Mythenquai, zog das intakte Ruder ein, brachte das Boot in die Längslage, stand auf, holte das Seil und sprang auf den Steg. Sie stolperte, strauchelte, fiel. Fast. Eine Hand stützte sie.

«Hei. Das hätte ins Auge gehen können.»

Sahel. Sie zog seinen Kopf zu sich und küsste ihn. Verbiss sich in ihm. Bis sich Blut mit den fallenden Schneeflocken vermengte.

«Wow.» Sahel löste sich. «Kannst du öfter Schiffe rammen?»

«Was machst du hier?» Beanie wurde förmlich.

«Ich wollte dir die neusten Resultate bringen, hab ich doch versprochen.» Er sah sie an. «Ich habe beim Brandherd im Kellerverschlag Spuren eines Feuerzeugbenzins gefunden. Das könnte die Zündquelle sein.»

Scheisse, dachte Beanie. Ein Zippo war ein Benzinfeuerzeug. Also war Joel im Schuppen gewesen. «Hast du das Feuerzeug gefunden?» Sie gab sich die Antwort gleich selbst. «Nein, sonst hättest du mir das als Erstes gesagt.»

«Wir warten noch auf das Resultat von Anna.» Warum hatte er sie erwähnen müssen?

«Beans?» Seine Stimme klang unsicher. «Was ist? Wieso siehst du so wild aus?»

Kuss. Langer Kuss. Schneekuss.

«Aufhören, ich muss ins Büro», murmelte sie schliesslich. «Teamsitzung.»

«Darum bin ich hier», murmelte er zurück. «Sie ist auf morgen früh verschoben. In der Stadt herrscht das blanke Chaos. Nichts geht mehr, Trams, Busse, alles versinkt gerade im Schnee.»

«Dann fahren wir zum Flughafen und warten dort auf die Murani. Bist du mit dem Dienstwagen unterwegs?»

Sahel sah sie an, als ob sie verrückt wäre. «Hast du mal nach oben gesehen? Heute machen wir gar nichts mehr ausser heimgehen. Und dann würde ich dich gerne aufwärmen.»

«Okay.» Beanie fand die Aussicht nice. Warum nicht? Nur etwas, etwas wollte sie vorher noch erledigen. «Wir müssen auf dem Heimweg bei der Lindenpfalz vorbei. Ich renne vom Hotel Widder hoch und wieder zurück, du stoppst die Zeit. Und danach gehen wir auf die Post. Ich muss Meier Kellers Memoiren schicken.»

✳✳✳

Während Beanie sich umzog, rief Sahel Werner Meier an. Er konnte gerade nicht. Abendessen vorbereiten für die Kinder. Ob ich das auch mal tun werde, fragte sich Sahel. Seit er mit Beanie zusammen war, hatte er ab und zu solche Gedanken. Irgendwann würde er sie überreden. Er musste nur abwarten, den richtigen Moment erwischen. Und der wäre mit Sicherheit erst dann, wenn Beanie diesen Fall gelöst hatte. Sahel dachte an die vielen Papierschnipsel, die er im Verlauf des Nachmittags aus der Asche gezogen hatte. Bis die offizielle Analyse der Spezialisten hereinkam, würde es einige Tage dauern, hatte man ihm eben bedauernd erklärt. Die Kollegen seien überlastet. Sahel schrieb alles in eine Textnachricht und hängte das File mit den fotografierten Schnipseln an.

13

Kurz vor dem Endziel kam der Bus zu einem Stopp, es herrschte der übliche Feierabendstau. Zita stieg aus und schnallte den Gürtel ihres Mantels enger. Es war saukalt. Im Londoner Stadtteil Greenwich, bekannt durch den Park mit dem Nullgradmeridian, wehte ein frischer Wind, der Himmel war dämmerungsblau mit eisigen Wolken. Zita suchte sich den Weg an den hohen Häuserblocks entlang, bis sie schliesslich bei dem Treffpunkt eintraf, zu dem Mischa Hare sie bestellt hatte, kaum hatte Zita den Crowdfunding-Anlass im Hotel verlassen.

«Es gibt eine Planänderung, Zita. Ich brauche dich.»

Mischa hatte sich sogar für ihr Verhalten entschuldigt. Mehr hatte sie nicht sagen wollen, ausser dass es sehr dringend sei. Konnte Zita da Nein sagen? Sie ahnte, dass es um Schlupfhouse 157 ging. Darum war sie nach ihren Vorlesungen anstatt nach Hause in Richtung Greenwich gefahren.

Zita stellte sich auf die Zehen beim Versuch, sich in dem Menschengewimmel zu orientieren. Sie erkannte Mischa schliesslich an ihrem Cape und der windzerzausten Pagenkopffrisur. Sie erwiderte jedoch Zitas Winken nicht, drehte sich unvermittelt um und eilte der Themse entlang in Richtung City.

Bevor Zita sich wundern konnte, bemerkte sie eine Joggerin, die Mischa zu folgen schien.

Sie rief Mischa an.

«Der Teilnehmer ist nicht erreichbar.»

Im Windschatten der vielen Menschen lief Zita den Frauen nach. Die Route war verwirrend, mehrmals bog Mischa ab, einmal kam sie sogar zurück, aber die Verfolgerin liess sich nicht abwimmeln, bis Mischa verschwand. Einen Wimpernschlag war sie noch da, beim nächsten einfach weg. Die Joggerin wurde nervös, holte ein Handy raus, sprach hinein, rannte weiter. Zita tat dasselbe. Die Umgebung veränderte sich, die Menschen wurden weniger, die Häuser schäbiger, anstelle von holzverkleideten Wolkenkratzern gab es Reihenhaussiedlungen. Plötzlich dann Schritte hinter ihr. Die Joggerin. Zita rannte davon, wurde schneller, obwohl ihr die Puste ausging. Eine SMS. Mischa. Der Text war kryptisch: «Komm zum Rendezvous.»

Ein Junge kreuzte Zita, die Kapuze tief in der Stirn, spuckte neben ihr auf den Boden. Sie erschrak, flüchtete in Richtung eines Gebäudekomplexes mit einem Nagelstudio. «Permanent geschlossen», stand da. Daneben eine Kleiderboutique, ebenfalls zu, genauso wie der Luxuslautsprecherladen; die schwierigen Zeiten der vergangenen Jahre hatten ihre Krallen ins Kleingewerbe geschlagen. Dann endlich, ein Hinweis. Ein weiteres Schild: «Rendezvous. Indie Shopping.»

Zita fand einen halb verfallenen Torbogen. Da versteckte sie sich mit klopfendem Herzen, bis die Joggerin an ihr vorbeigerannt und verschwunden war.

Nach einigen Minuten traute sich Zita in den Laden, wo ein junger Typ in sein Laptop starrte.

«Sorry, geschlossen.»

«Aber Sie sind da.»

«Konkursamt. Ich kontrolliere. Wir wollen keine Squatter.»

«Ist Mischa hier?»

Der Typ sah sie durch gebogene Wimpern an. «Bist du Zita? Kannst du dich ausweisen?»

Als er ihre Schweizer Identitätskarte sah, deutete er über seine Schulter.

«Dahinten. Bis ganz ans Ende gehen.»

Durch eine weitere Lobby, vorbei an Werkzeug, an Baumaterial, an einem vollen Putzeimer und einem vertrockneten Lappen, gelangte Zita über einen Flur ins ehemalige Nagelstudio.

«Du bist klug.» Mischa lächelte nicht dabei.

«Wer war die Joggerin? Sie hat dich verfolgt.»

Mischa zog ihr Cape zurecht. «Die Freundin eines Ex-Mannes einer unserer Bewohnerinnen. Sie hatte ein Messer bei sich. Ich treffe alle Schutzvorkehrungen der Welt, trotzdem finden die mich.»

«Wieso hast du mich herbestellt?»

Anstatt einer Antwort bedeutete Mischa ihr, mitzukommen. Sie verliessen das Gebäude durch den Hinterausgang und bogen in eine befahrene Strasse ein, gingen eilig, wechselten ab und zu die Strassenseite, drehten einmal um, ein zweites Mal. Darum ist Mischa so fit, dachte Zita, das erspart dir jedes Training.

«Du lernst gleich Schlupfhouse 157 kennen.»

Damit hatte Zita nicht gerechnet. «Jetzt auf einmal?»

Mischas Handy klingelte. Das Telefonat dauerte nur kurz. Sie sah grau aus, als sie auflegte.

«Unsere Deckung ist aufgeflogen. Wir müssen den Standort aufgeben.»

Ohne weitere Erklärung eilte sie weiter, bis sie vor einem überfüllten Minimarket stehen blieb, dessen Früchte- und Gemüseauslage fast an die Fahrbahn grenzte. Gegenüber war ein Backsteinhaus mit weissen Fensterrahmen, drei Stockwerke hoch, mit einem Erker ganz oben. Zita erkannte es sofort.

«Die Nummer 157», sagte sie.

Mischa nickte. «Das perfekte Schlupfhouse.»

Vor Zita trat Mischa ein und ging direkt in ein Wohnzimmer, wo sie von einigen Frauen erwartet wurde. Zwei sassen am Tisch, zwei auf dem Sofa, einige weitere auf Sesseln und Stühlen, am Boden spielten mehrere Kinder, die wissen wollten, wer Zita war.

Mischa stellte sie vor. «Sie hilft bei unseren Projekten.»

«Wie?», fragte eine Frau mit fettigem Haar in einem verwohnten beigen Trainingsanzug. «Wie hilfst du?»

«Ich bin Wissenschaftlerin. Ich untersuche Daten für eine Genderstudie.»

«Vergiss die Daten. Am Schluss stehst du da und suchst dein verschwundenes Kind.» Sie wirkte verzweifelt, kniff sich in den Arm.

Mischa unterbrach sie. «Pola, entspann dich. Henri wurde gesehen.»

Pola schoss herum. «Wo ist er?»

«Wir haben erfahren, dass ein kleiner Junge mit Harry-Potter-Anzug auf dem Kinderspielplatz im Park Colafläschchen verteilt.»

«Fruchtgummis? Oh Gott.» Pola war schon beim Eingang. «Warte! Golda geht mit.»

Eine der sitzenden Frauen stand auf, und die beiden verschwanden.

Mischa sah die anderen an, die das Gespräch schweigend verfolgt hatten. «Ihr müsst packen. In einer Stunde holen sie euch ab.»

Offenbar waren die Frauen vorbereitet, die Reaktionen bestanden aus Blicken und Nicken.

«Wohin fahren wir?»

«Das erfahrt ihr unterwegs. Ihr dürft untereinander keinen Kontakt haben. Wir haben eine gute Lösung, für jede von euch.»

Nachdem Mischa erklärt hatte, wie alles vor sich gehen würde, gingen die Frauen nach oben, und Pola kam zurück, einen schmalen Jungen mit verklebten Locken im Harry-Potter-Kostüm auf dem Arm.

«Henri, gut, bist du wieder da.» Mischas Ton war nüchtern. «Ihr geht auf eine Reise.»

Henri hörte erst auf zu weinen, als ihn Mischa mit einer groben Geste zum Schweigen brachte. Dann allerdings machte er riesige Augen und fixierte Mischas Lippen. Er hört nicht gut, dachte Zita automatisch. Sie kannte den Blick von Lily.

«Pack deine Laptoptasche und den Rucksack», sagte Mischa zu Pola. «Den Rest lasst ihr hier.» Als Pola erstarrte, drückte Mischa ihre Hand. «Du bist in Sicherheit.»

Zita schluckte. Es war das Menschlichste, was sie bislang von Mischa Hare erlebt hatte.

«Wo kommen sie hin?», fragte Zita, als die beiden nach oben gingen.

«Für die meisten haben wir Lösungen in London gefunden. Aber Henri und Pola …» Mischa zögerte. «… werden ins Ausland verlegt.» Sie sah Zita prüfend an. «Du kannst doch Auto fahren?»

***

Henri saugte an einem Colafläschchen. Ganz tief in der Hosentasche hatte er die Packung versteckt. Der Ausflug war cool gewesen. Als der Mann mit der Windjacke und dem komischen Hut ihn angesprochen hatte, war er davongesprungen. Nie mit Fremden sprechen, hatte Mam gesagt. Erst als er den Hut abnahm und Henri zublinzelte, hatte er ihn erkannt. Es war der Colamann. Sein Freund.

«Wir verreisen bald», hatte Henri ihm gesagt. Niemand durfte es wissen. Nur der Colamann. Wie sonst konnte er Henri Nachschub liefern?

14

«… wenn die kleinen Babys schlafen, dann schlaf auch du.» Werner Meier hörte auf zu singen und wartete atemlos. Als Lily sich nicht regte, ging er durch den Flur in Richtung Küche, die knarrenden Dielen vermeidend. Ein über hundertjähriges Arbeiterhaus hatte seine Tücken, sie waren zu seinem täglichen Brot geworden.

«Bin im Theater», hatte ihm Nora auf einem Zettel hinterlassen. «Das erste Mal seit fast zwei Jahren.»

Meier holte sich ein Züri-Amber und arrangierte den Fleischkäse und ein Bürli auf einem Holzbrett, für die Vitamine klaubte er eine Essiggurke aus dem Glas, dann ging er nach oben, am Schlafzimmer der Jungs vorbei, bis zur wackligen Treppe, die in den unbeheizt eisigen Dachstock führte. Während Jessie, die fünfzehnjährige Pflegetochter, parterre in der ehemaligen Werkstatt hauste, war der Estrich zu Meiers Reich geworden, sein Rückzugsort, sein persönlicher Himmel auf Erden.

Er wählte «Lucia di Lammermoor» und legte die Platte auf den alten Lenco-Spieler. Im ledernen Drehstuhl gönnte er sich, in eine Decke gewickelt, einige Minuten Zuhören mit geschlossenen Augen, bevor er den nicht mehr sehr taufrischen Computer hochfuhr. Er wollte den Bericht für Barras fertig machen. Draussen schneite es immer noch, die Äste der Kiefer waren gebogen unter der Last. Meier ass gedankenverloren ein Stück Fleischkäse. Als sein Mailprogramm bereit war, verstand er, warum es so lange gedauert hatte. Sahel hatte ihm eine grosse Datenmenge geschickt, sämtliche Unterlagen der Brandermittlung. Meier sah sie im Schnelllauf durch und trank sein Bier dazu.

«Ich habe Spuren von Benzin gefunden, wie man es für Zippo-Feuerzeuge braucht, dazu zwei Nachfüllflaschen, längst abgelaufen.»

Eine Querverbindung zu Kunderts Aussage? Der Kaminfeger hatte als Einziger ein Zippo erwähnt. Andrerseits hatte er sich bis jetzt nicht mit weiteren Informationen gemeldet, ausserdem traute ihm Meier nicht.

Er wandte sich erneut Sahels Nachricht zu. «Verschiedene Fingerabdrücke, das Resultat ist noch offen.» Dazu einen 3D-Scan und eine weitere Datei mit einer Unmenge von Fotos der sichergestellten Papierschnipsel. «Werner, kannst du ein wenig Scrabble spielen, wie du angeboten hast? Ein Resultat brauche ich morgen zur Teamsitzung.»

Meier seufzte, nebst Barras war nun Sahel der Zweite, der bis morgen etwas von ihm wollte. Eigentlich bin ich müde, eigentlich werde ich in knapp zwei Stunden bereits wieder von Lily geweckt, die ihre Nachtflasche haben will. Aber dann konnte er nicht anders. Die Schnipsel hatten es ihm angetan.

Meier besah sich ein Bild nach dem anderen. Erst war der Fokus auf den Zeitungsstapeln. Meier versuchte, die Namen der Zeitungen zu erkennen. Dass die «NZZ» dabei war, wunderte ihn nicht, das hatte er von den Kellers so erwartet. Aber es gab noch mehr, den «Tagi», die «WOZ», Magazine. Einen Geschmack oder eine politische Haltung daraus abzuleiten, war schwierig. Meier wählte die Zoomfunktion, um sich die Veröffentlichungsdaten genauer anzusehen, fand aktuelle Zeitungen, eine von November, einige aus dem Oktober. Das bestätigte das Leseverhalten von Menschen, die nicht oft da waren. Zum Schluss folgte eine ganze Reihe von Grossaufnahmen der handschriftlich beschriebenen Papierschnipsel. Jemand hatte ganz schön viel geschrieben und alles im Altpapier entsorgt. Ungewöhnlich eigentlich in der papierlosen Zeit der Laptops und Tablets.

Meier stellte das Bier weg und druckte als Erstes alles aus. Danach zerschnitt er das Papier in Schnipsel, die aussahen wie die Originale. Er kniete sich auf den Boden, legte alles aus, versuchte, die Hieroglyphen auf sich wirken zu lassen. Mit der Zeit wurden seine Augen vertrauter. Konnte es sein, dass ein und dieselbe Person dies alles geschrieben hatte? Als er den Schnipselberg nach diesem Aspekt ordnete, kristallisierte sich eine schöne Schrift heraus, ein wenig altmodisch, charaktervoll, zuweilen sogar leserlich. Allerdings zeigten sich kaum ganze Worte, eher

Teile von Buchstaben. Ein runder Bogen, ein Längsstrich, das könnte ein D ergeben, das ein kleines s. Zwei Linien mit spitzem Winkel, ein V. Vogel, Verdi. Vater? Ob es irgendwo ein kleines a gab? Meier wurde fündig, fand ausserdem eine Buchstabenreihenfolge, die man als «ter» entziffern könnte. Vater. Das erste Wort war geboren. Er konzentrierte sich, schloss aus, sinnierte, spekulierte und fand die Buchstabenfolge «atz».

Katz, Spatz, Schatz. Liebesbriefe?

Andere Beweise in die Richtung konnte er allerdings nicht ausmachen. Sein Bier wurde warm, die Konturen verschwammen. Hatte Sahel nicht weitere Notizen erwähnt, die Barras in der Küche gefunden hatte?

Meier besah sich die entsprechenden Fotos. Die Schrift sah ähnlich aus. Dass es verbrieft dieselbe war, müsste Sahels Handschriftenexperte bestätigen. Dafür gewann Meier die Erkenntnis, dass auch Abkürzungen und Zahlen vorkamen. «PC», «24. Jan», stand da. Und «950». Was konnte das bedeuten?

Nachdem er versuchshalber bei Google die Zahl «950» eingab, stiess er auf einen Drucker, der nicht mehr hergestellt wurde, ein Photo-Multifunktionsgerät und einen Wikipedia-Eintrag zum Jahr 950: «Lothar der Zweite war durch einen Giftmord gestorben.» Sollte es sich auf ein Geburtsjahr beziehen, wäre wohl 1950 plausibler. Dazu passte, dass Meier eine Eins ausfindig machte.

Wieder sah er im Netz nach, um herauszufinden, was 1950 alles passiert war. Die Welt hatte sich in zwei Lager geteilt, der Kalte Krieg begann. Was aber, wenn die Eins eine Vier wäre? 4950. Nun landete Meier bei Postleitzahlen, Huttwil, ein Dorf im Oberaargau. Meier nahm den letzten Schluck Bier, starrte auf das Buchstabenrätsel. Alles war möglich und nichts. So wäre das nie zu lösen. Um den ursprünglichen Text wiederherzustellen, brauchte er eine bestimmte Richtung. Sein Handy klingelte, viel zu laut in dem stillen Haus.

«Kundert Ruedi. Wie ist das denn mit der Belohnung? Ich will hundert Franken.»

Meier fiel fast das Gerät aus der Hand. «Was haben Sie denn für mich?»

«Das sage ich Ihnen, nachdem Sie bezahlt haben.»

«Ich kaufe keine Katze im Sack.»

«Ich gebe Ihnen einen Hinweis. Auf dem Zippo des Typs, der mir Feuer gegeben hat, war ein Buchstabe eingraviert.»

«Und den sagen Sie mir nach Bezahlung.»

«Das ist korrekt.»

«Siebzig. Und nur, wenn uns die Information wirklich weiterbringt.»

«Ich mach keinen Kuhhandel. Die Information kostet, was sie kostet. Sie bezahlen in der Bäckerei auch nicht erst, wenn Ihnen das Schwarzbrot schmeckt.»

Ein schlauer Fuchs. «Neunzig.»

«Vergessen Sie es.»

«Fünfundneunzig.»

«Bringen Sie es morgen vorbei. Bar auf die Hand.»

Meier knirschte mit den Zähnen und sagte zu. Den Rapport an Barras speicherte er bei den Entwürfen. Vollständig wäre er erst mit Kunderts Information.

✳✳✳

Er huschte durch die Nacht in den Hinterhof der Lindenpfalz. In dem Haus zu stöbern war seine Sucht geworden. Es roch nach kalter Asche. Pfui Teufel. Wussten die nicht, dass man Brandgeruch nur mit Feuer vertreiben konnte? Er zündete eine Kerze an. Wo wohl das Zippo war? Er würde es abwischen und dem Kommissar mitbringen. Das würde sein Honorar erhöhen. Aber er fand es auch diesmal nicht. Dafür etwas anderes. Einen Brief, geschrieben in schöner Schrift. Er griff zur Lupe. Eine Einladung, wie es schien. Für ein Fest in der Villa Tobler. Eines seiner Lieblingshäuser, voller Cheminées, die meisten noch intakt. Wann war das Datum? Am Freitag. In drei Tagen also. Nun denn, er würde da sein, mit einem Empfangskomitee. Das würde schaurig-schön glühen.

15

Djamilas Flug nach Zürich war legendär, so etwas hatte sie noch nie erlebt, die Strafe für ihren unökologischen Fussabdruck. In London war noch alles in Ordnung gewesen, irgendwann, über Frankreich hatte das Schneetreiben angefangen. Die muntere Stimme des Piloten – wieso war das eigentlich immer ein Mann? – hatte sie alle beruhigt, der Schnee sei ein Klacks, bald würden sie sicher in Zürich landen. Seither befanden sie sich auf einem Höllenritt. Erst ein Wintergewitter mit Blitzen, danach hatte sich der Schnee verdichtet. Djamila spürte jede neue Kurve bis tief in ihren Bauch. Es spiegelte ihre Stimmung.

Mischa Hare hatte sie kurz vor dem Abflug auf den Twitter-Post angesprochen, von dem ihr Zita erzählt hatte. Djamila hatte das Ganze herabgespielt und versprochen, sich darum zu kümmern. Innerlich war sie explodiert. Das also hatte Joel mit ihrem Handy angestellt. Wie um alles in der Welt war er auf so eine Idee gekommen? Damit setzte er ihre Karriere aufs Spiel. Und dabei wusste er doch, was es für Djamila bedeutete. Er hatte es immer gewusst. Sie musste einfach gut sein. Das war sie ihrer Mama schuldig. Ihre Mam war in Jamaika geboren, in New York aufgewachsen, wegen des Vaters in die Schweiz gekommen, die Eltern trennten sich, bevor Djamila auf der Welt war. Sie arbeitete bis heute als Putzkraft, Djamila verdankte ihr alles. Sie sollte stolz sein auf sie, ihr Opfer sollte sich gelohnt haben.

Ein Signal ertönte. Der Pilot kündigte den Sinkflug an. Gleich darauf erfolgte ein Ruck. Das Flugzeug setzte auf, bremste abrupt, ohne jegliches Schlingern, es lief aus und hielt an. Stille. Bis der Applaus donnerte. Die Besatzung klatschte mit, der Kapitän und sein Co-Pilot stellten sich bei der Tür auf.

Als Erste ging Djamila hinaus, zog ihr Köfferchen durch die Flure des nächtlichen Flughafens. Zeigte ihre Papiere, ertrug stoisch den Blick der Zollbeamtin, ihre Fragen. Bis die Daten alle abgeglichen waren, bis die Beamten sicher waren, keine illegal einreisende Migrantin, sondern eine waschechte Schweizerin zu empfangen, dauerte es immer lange, dieses Mal jedoch war episch. Sämtliche Passagiere zogen an Djamila vorbei. Sie schnappte Gesprächsfetzen auf, erfuhr auf diese Weise, dass ihr Flugzeug das absolut letzte war, das noch hatte landen dürfen, und dass in Zürich der öffentliche Verkehr wegen des Neuschnees zum Erliegen gekommen sei.

«Was ist Ihr Beruf?», fragte die Zollbeamtin abschliessend.

«Ich studiere», antwortete Djamila. Aber nicht mehr lange. In genau zwei Monaten würde sie wieder hier stehen, mit einem Diplomatenpass. Und dann könnt ihr solche Fragen, die ihr gar nicht stellen dürftet, vergessen.

«Bitte sehr, gute Heimreise.» Die Frau lächelte.

Falsche Schlange, dachte Djamila.

Als sie endlich rauskam, war die Empfangshalle leer. Bis auf einen Rosenstrauss. Dahinter kam Joel zum Vorschein.

«Baby.» Sein Haar war zerrauft, seine Jacke offen, der Schal nass. «Bist du immer noch sauer wegen gestern? Es tut mir so leid.» Er wollte sie umarmen.

Sie wich ihm aus. «Wieso holst du mich ab?»

«Ich bin seit dem frühen Abend hier.»

Die Uhr zeigte kurz nach zweiundzwanzig Uhr. «Bist du verrückt?»

«Ich wollte dich unbedingt sehen. Oder wärst du zu mir in die WG gekommen?»

«Vor allem muss ich gleich ins Bett.» Sie hatte jetzt echt keinen Nerv, die Auseinandersetzung zu führen. Wir streiten nur noch, dachte sie. Und lügen uns an.

«Djamila, warte. Wir müssen reden.»

Er versuchte, sie zu umarmen. Sie stiess ihn weg.

«Du hast gekifft.»

«Nein.»

«Und du lügst.»

An ihm vorbei ging sie nach draussen. Da tobte der Schneesturm. Kein einziges Taxi weit und breit.

Er war neben sie getreten. «Okay, ich habe gekifft, ich bin völlig am Boden. Wegen Matteo.»

«Wovon sprichst du?»

«Du weisst es noch gar nicht?»

«Komm auf den Punkt.»

«Matteo ist der ZüriFood-Fahrer, der bei dem Brand in der Lindenpfalz gestorben ist.»

«Matteo? Dein Schüler? Was hat er da gemacht?»

Joel erzählte es ihr.

Djamila wurde schwindlig, ihre Knie fühlten sich wacklig an. Sie suchte nach Worten. «Was für eine schreckliche Geschichte.»

«Und ich habe ihn da reingebracht.»

Joels Ton alarmierte sie. «Wieso? Er hat eine ganz normale Bestellung ausgeführt und war einfach zur falschen Zeit am falschen Ort.»

Joel sah verunsichert aus.

«Was ist passiert? Du verschweigst mir etwas.»

«Nein, ich –»

«Joel!»

Er gab nach. «Marlen denkt, ich hätte etwas mit seinem Tod zu tun.»

«Wer ist Marlen?»

«Matteos Freundin. Matteo hat ihr von dem Konzert auf dem Empfang erzählt. Er hat alles aufgenommen, wusste, dass ich nur da war, weil du mich geholt hast.»

Nicht schon wieder diese Geschichte. «Ich dachte, das hätten wir geklärt. Stephen Keller hat dich engagiert, weil du ein verdammt guter Gitarrist bist.»

«Hätte ich ohne dich den Job bekommen?»

«Wir setzen doch damit ein Zeichen. Als Paar.» Wie oft, wie oft hatten sie das durchgekaut? Sie packte ihn an den Armen. Sah die Äderchen in seinen Augen. «Ich verspreche dir, du wirst es schaffen in Paris, London, Berlin.»

Da brach es aus ihm heraus. «Was für ein Bullshit! Du weisst genau, dass dein erster Job am Arsch der Welt sein wird, Crispian hat sich kaputtgelacht über meine Naivität. Belarus,

Aserbaidschan, irgendein Ort, wo niemand, absolut niemand auf einen Schweizer Gitarristen mit Konzertdiplom gewartet hat. Ich werde in einem Gemeindesaal spielen, für deine Botschaftskollegen, den Gemeindepräsidenten und einige Ehefrauen Schrägstrich Partnerinnen, die zu meinem Geklimper Rentier-Spiesschen in Algensauce tauchen und sich überlegen, wie man die Welt, voll neutral, irgendwann irgendwie ein wenig besser machen könnte. Vielen DANK.» Er drehte sich um und ging davon.

Djamila schluckte. Dann lief sie ihm nach. Umschlang ihn mit aller Kraft.

«Ich höre auf.»

«Nein.» Nun war es Joel, der sich freikämpfte. «Mach das nicht, nicht wegen mir. Weisst du, was gestern Abend jemand gesagt hat? Sie ist wie Amal Clooney. Als sie noch Amal war.» Er schluchzte auf.

Djamila fühlte sich leicht wie ein Schneekristall.

«Ich muss dich etwas fragen.»

Er sah sie an.

Wenn er jetzt die Wahrheit sagte, dann würden sie es schaffen.

«Joel. Von meinem Handy aus wurde ein Twitter-Post gesendet. Ich war es nicht. Der Einzige, der in Frage kommt, bist du. Warst du das? Hast du dich in meinen Account geloggt?»

Er zwinkerte. «Was für ein Post?»

Er hatte nichts kapiert, nichts.

✳✳✳

Agnes fuhr seit dreissig Jahren Taxi. Glättegefahr war für sie normalerweise ein Spaziergang, aber das war der Moment, das Auto stehen zu lassen. Das junge Paar hörte nicht auf zu streiten, selbst als sie den Motor ausmachte. Sie fand, er log. Er fand, er log nicht.

«Schluss, aus, Ende Gelände», sagte Agnes. «Bis hierher, den Rest müssen Sie zu Fuss schaffen.»

Sie wartete, bis die Frau bezahlt hatte und das Paar ausgestiegen war, bevor sie den Motor abstellte. Selbst durch die geschlossenen Scheiben hörte sie den Streit, verstand fast jedes Wort. Als die beiden endlich in zwei verschiedene Richtungen davongingen, waren ihre Finger erstarrt. Auch sie stieg aus und schloss den Wagen ab. Den vergessenen Rosenstrauss nahm sie mit. Zu Hause fand sie eine Karte an die Blumen gepinnt. Was sie da las, liess ihre Haare zu Berge stehen. Die Bilder der brennenden Lindenpfalz in der Zeitung fielen ihr ein. Sie rief bei der Polizei an.

16

Zita stand in einer Schlange am Informationsschalter des Flughafens London City. Es war wie einer dieser Alpträume, wo die Gefahr, trotz aller Bemühungen, nie weniger wird. Die Wartehalle war voller Menschen, so gestrandet wie sie. Mit einigen von ihnen waren sie in einem Sammeltaxi von Heathrow hierhergefahren, nachdem es dort geheissen hatte, von London City aus gäbe es noch einen letzten Flug nach Basel.

Zita beobachtete Pola, die auf einer Bank sass, mit dem schlafenden Henri auf ihrem Schoss. Polas Augen huschten durch die Halle, von einem zum anderen. Sie hat Angst, dachte Zita. Und das überträgt sich allmählich auf mich.

Endlich war sie an der Reihe. Die Auskunft war deprimierend.

«Pola, wir kommen nicht weg, alle Flüge in die Schweiz sind bis auf Weiteres gestrichen.» Zita war vom Schalter zurückgekommen. Der Gürtel ihres Mantels schleifte über den Boden. «In Zürich-Kloten schneit es, die Rollbahnen sind geschlossen.» Sie holte ihr Handy heraus. «Gemäss Wetterbericht geht das so weiter. Sie bieten uns eine Nacht im Hotel an.»

«Können wir ins Schlupfhouse zurück?» Pola riss am Ärmel ihres Trainingsanzugs herum.

Aber Schlupfhouse 157 gab es nicht mehr. Pola zuckte zusammen. Zita folgte ihrem Blick zu einem Typen, karierte Hose, grünes Jackett, dazu Hut und Brille.

«Wir müssen hier weg.» Unwillkürlich hatte sie nach Henri gefasst. Seine Wangen glühten, die Locken waren noch verklebter als eben. Im Schlaf stöhnte er auf und schlug nach ihr.

Zita probierte es bei Mischa, so vergeblich wie die vorangegangenen Male auch. Sie war fassungslos. Wie konnte Mischa sie einfach so mit einer Paranoiden und einem kleinen Kind am City-Flughafen stranden lassen, ohne eine Ahnung, wie sie mit ihnen nach Zürich käme?

«Könnten wir die Fähre nehmen? Vielleicht fahren die noch», fragte Pola. Ihr erster praktischer Vorschlag.

«Ich habe nachgeschaut.» Zita schüttelte den Kopf. «Die letzte geht um Viertel nach elf. Dafür hätten wir den Zug um halb zehn erwischen müssen.»

«Ein Taxi? Das könnten wir schaffen.»

Der erste Taxifahrer sagte zu. Nachdem er aber die Schnute des mittlerweile aufgewachten Henri sah, machte er einen Rückzieher und zitierte eine Kollegin herbei. Lucrecia. Voluminös, mit violetter Kurzhaarfrisur und Lust auf ein Abenteuer.

«Eigentlich ist es zeitlich nicht zu schaffen», warnte Zita.

Das spornte Lucrecia an.

Nachdem sie eine Pauschale verabredet hatten, lud Lucrecia das spärliche Gepäck in ihr altmodisch schwarzes Gefährt. Dass Henri die Colafläschchen, die er ihr anbieten wollte, aus der Hand fielen, erfüllte sie mit Gelächter. Henri stimmte ein. Pola, die bereits im Fond sass, sah erleichtert aus. Wenn Henri lachte, ging es ihr besser. Lucrecia sammelte die Fläschchen ein, wischte sie ab und gab sie Henri zurück.

Eines liess er wieder fallen.

«Das will hierbleiben. Sonst bekommt es Heimweh.»

Lucrecia fuhr konzentriert zur Stadt hinaus. Trotz der späten Stunde gab's viel Verkehr. «London schläft nie.»

Sie schob sich ein Colafläschchen rein und kaute geräuschvoll. Henri schlummerte wieder ein. Pola nahm Zita das Versprechen ab, nach Verfolgern Ausschau zu halten, dann klemmte sie kabellose Kopfhörer in die Ohren, lauschte ihrer Musik.

Das gab Zita Zeit, Meier eine Nachricht zu schreiben. Oder sollte sie ihn mit ihrer frühen Heimkehr überraschen? Es war schwierig, in Worte zu fassen, warum sie auf die restlichen wunderbaren vorlesungsfreien Forschungstage in London verzichtete, um Pola nach Zürich zu begleiten.

Sie kamen zügig voran. Zita buchte über Handy ein Mietauto, kontrollierte verschiedene Wetterapps, mit etwas Glück kämen sie schneelos bis Basel, der Sturm tobte vor allem in der

Deutschschweiz. Als alles organisiert war, versuchte auch sie, sich zu entspannen. Sie sass mit dem Rücken zur Fahrtrichtung. Weit hinten war das nächste Auto zu sehen, zwei Scheinwerfer wie winzige Augen. Ansonsten herrschte Dunkelheit.

«Wir sind da, meine Lieben.»

Lucrecias tiefe Stimme weckte Zita, als sie auf einem Parkplatz hielten. Draussen wehte ein heftiger Wind, eine Aludose wurde über den Platz gewirbelt, drei Fahnen flatterten im Licht eines Scheinwerfers.

«Die Fähre legt gleich ab, sie warten auf euch.» Lucrecia fuhr bis zur Zugbrücke, wo ein Typ mit gelber Signalweste den Autos den Weg wies. Er und Lucrecia tauschten sich kurz aus, während Zita das Gepäck rausholte und Pola den schlafenden Henri auf den Arm nahm.

Zita gab Lucrecia einige Scheine, doppelt so viel wie vereinbart. *«Good luck.»*

In dem Moment strampelte Henri, wollte auf den Boden, kam zurück, drückte Lucrecia an sich.

«Thanks bro.» Lucrecia machte das Peace-Zeichen. «Wir teilen die Leidenschaft. Für Colafläschchen.» Sie schob sich ein neues Fruchtgummi in den Mund.

«Hei, du hast eines verloren», schrie sie ihnen hinterher, als sie über die Brücke ins Innere der Fähre gingen. Was hatte Henri nur mit den Colafläschchen? Auch beim Schlupfhouse hatte er eines fallen gelassen. Sie betraten einen grossen Aufenthaltsraum. Das Neonlicht war gedimmt, es gab nur wenige Leute. Plötzlich ertönte ein Röhren. Der Schiffsmotor kam in Bewegung, sie legten ab.

«Bin gleich wieder da.»

Zita zog die Mütze über, gürtete den Mantel zu, ging den Flur entlang, die Treppe hinunter, zum Bauch des Schiffes, dahin, wo die Autos geparkt waren. Die Tritte waren so hoch, dass sie stolperte und sich am metallenen Geländer festhalten musste. Von da aus konnte sie auf die Autos hinuntersehen. Knapp ein Fünftel des Fährraums war gefüllt. Niemand da. Kein Mensch. Die Notleuchten verbreiteten spärliches Licht.

Zita stieg ganz hinunter, ging die Autos ab, sah sich die Nummernschilder an.

«Hei, was soll das?»

Ein Typ stand schräg gegenüber auf dem Balkon und blendete sie mit einer Taschenlampe.

«Nichts. Sorry. Wir haben ein Kuscheltier verloren.»

«Warten Sie, ich helfe Ihnen beim Suchen.»

Schon machte er sich an den Abstieg. Zita drehte sich um und floh die Treppe hinauf.

***

Der Colamann stand im Schatten und knetete das Fläschchen zwischen seinen Fingern. Er hatte sie gefunden. Nun musste er sehr, sehr klug vorgehen. Dem Drang, sie und das Kind zu schnappen und mit ihnen zu verschwinden, widerstehen. Er hatte mehrere Rechnungen offen. Eine davon galt Mischa Hare. Und sie war nicht hier, obwohl er fest damit gerechnet hatte. Er zerfetzte die glibbrige Süssigkeit in Stücke. Eine Weile noch musste er im Schatten bleiben.

17

Mittwoch

Stephen Keller ging seinen letzten Kilometer auf dem Stepper an. Die Rückenschmerzen, der weichen Matratze geschuldet, verschwanden allmählich. Darum müssen wir überall Häuser haben, pflegte er zu scherzen, Hotelbetten vertrage ich nicht. Mit der Lindenpfalz war ein neues Schmuckstück in ihr reichhaltiges Portfolio gekommen. Helly hatte eine solide Mitgift in die Beziehung gebracht, aber Stephen war es, der sie über die Jahre vergrössert hatte. Aktien und Immobilien. Der Schlüssel zum Reichtum. Stephen hatte peinlich darauf geachtet, dass es zu keinerlei Interessenkonflikten kam. Wenn er ab und zu einen Tipp, etwas Insiderwissen ausgenutzt hatte, mein Gott, wer würde ihm das übel nehmen? Es machte ihn zum besseren Humanisten, so konnte er es sich leisten, auf Projekte wie «Protection One» zu setzen. Er tat Wertvolles und ermöglichte sich eine Karriere nach der Karriere. Der Preis, der «Cristal Europe», den er morgen dafür bekommen würde, wäre das Sahnehäubchen.

Die letzte Runde war geschafft, Stephen machte die Maschine aus. Nicht einmal in den dreiundvierzig Jahren, seit er die Diplomatenprüfung bestanden hatte, hatte er ein Training ausgelassen. Er fühlte sich fit für den Tag, der mit den beiden Lehrlingen Murani und Crispian anfangen würde. Sie würde zu früh, er zu spät sein, so schätzte Stephen das ein.

Frisch geduscht und rasiert warf er eine halbe Stunde später einen letzten Blick in den Spiegel. Ich würde mir vertrauen. Auf die Sekunde pünktlich betrat er das Hotelrestaurant, das extra für ihn so früh aufgemacht hatte. Das Schwarz-Weiss-Ambiente passte zur Stimmung vor dem Fenster. Murani sass im zündroten Hosenanzug in ihre Arbeit vertieft, einen Orangensaft neben sich.

Stephen näherte sich lautlos, nahm das Glas vom Tisch. «Das sollten Sie nicht neben dem Rechner abstellen.»

Überrascht sah sie ihn an, die dicke Umrandung der Brille bildete einen Kontrast zu ihrem schmalen Gesicht und den Bögen der Augenbrauen.

«Steht Ihnen gut. Ich wusste nicht, dass Sie eine Brille brauchen», sagte er.

«Zum Schreiben, am Laptop.»

«Wie geht's Ihrem Partner?»

«Wunderbar.»

Du lügst, dachte er, deine Augen sind geschwollen, du hast geweint. «Espresso?»

In Richtung Bar streckte er drei Finger in die Luft. In dem Moment stürmte Crispian Biäsch herein. Er trug eine dunkelblaue Krawatte zum hellen Jackett und verwickelte die Kellnerin in ein animiertes Gespräch.

«Was macht er hier?» Muranis Miene verrutschte, sie sah verletzt und wütend aus.

«Das hören Sie gleich.»

Interessiert sah Stephen dem charmanten Treiben des jungen Bündners, den er von Kindsbeinen an kannte, zu. Schon Crispians Grossvater war Diplomat gewesen. Einer der umtriebigsten Botschafter, den die Schweiz je gehabt hatte, vor allem seine Liebschaften und die schillernden Bälle blieben in Erinnerung. Crispian, mit Murani zusammen im Concours diplomatique, war angetreten, das Erbe zu bewahren. Keine einfache Aufgabe, wobei er sich bislang nicht schlecht schlug.

«Und? Hat es was gebracht?», fragte er, als er zu Crispian an die Bar trat.

«Ich bekomme ein Roastbeef-Sandwich. Mit Senf und Essiggurke. Willst du auch?»

«Wir siezen uns, Crispian, schon vergessen?» Der Junge wurde dunkelrot, und Stephen winkte Murani herbei.

Sie schrieb noch einige Zeilen, bevor sie ihr Laptop zuklappte, die Brille abnahm und aufstand. In ihren hohen Stiefeln war sie grösser als Crispian.

Stephen wartete die drei Espresso ab.

«Dieses Treffen ist informell. Holen Sie bitte die SIM-Karten aus den Handys.»

Routiniert taten sie wie befohlen. Sie kannten den Vorgang, beide waren schon an verschiedenen geheimen Treffen dabei gewesen.

«Morgen werde ich in Davos den ‹Cristal Europe› für ‹Protection One› bekommen, zusammen mit Jane Frost, der englischen Botschafterin», sagte Stephen.

Crispian und Murani wechselten einen Blick.

Sie räusperte sich. «Ich dachte, das ist geheim?»

«Solche Dinge weiss man immer vorher. Auf dem Podium dürfen maximal acht Leute sein. Das bedeutet, einer von Ihnen beiden bekommt die Chance, auf der Bühne zu stehen und eine Protection-One-Massnahme vorzustellen. Ich habe mich noch nicht entschieden.»

Muranis Reaktion war kontrolliert, Crispian grinste unsicher. Stephen erklärte die Bedingungen.

«Sie haben drei Minuten Redezeit. Welche Massnahme würden Sie wählen?»

Sie schüttelte ihre schwarze Mähne. «Schlupfhouse. Gewalt an Frauen, das Thema brennt.»

Crispian verschluckte sich an seinem Espresso. «Du klingst wie eine Suffragette, sorry. Die Frauenthemen haben wir langsam gegessen. Digital Governance ist angesagt.»

«DG?» Murani war sichtlich irritiert.

Sicherheit in der digitalen Transformation gehörte zu «Protection One» und stand zuoberst auf der diplomatischen Agenda, bis zum Bundesrat hinauf hatte man sich dafür ausgesprochen. Allerdings war es nicht sonderlich prickelnd.

«Haben Sie etwas dagegen?», fragte Stephen Murani.

Sie biss sich auf die Lippen.

«Schlupfhouse gegen DG. Jeder von Ihnen bereitet ‹seine› Präsentation vor. Wer zum Zug kommt, entscheide ich morgen Mittag in Davos.» Dann wandte er sich an Murani. «Auf ein Wort. Allein. Draussen.»

Murani ging voraus, während Stephen die Rechnung unterschrieb und Crispian sein Sandwich kaute.

«Was soll das? Digital Governance?», platzte Murani heraus, als er auf den Rennweg trat, wo sie auf ihn wartete. Es schneite immer noch, die Flocken setzten sich in ihrem Haar fest.

«Genau darüber wollte ich mit Ihnen sprechen. Haben Sie etwas dagegen?»

«Nur schon der Begriff, keiner weiss, was er bedeutet.»

«Wissen Sie es?»

Ihr Blick war verächtlich. «Klärung der Zuständigkeiten innerhalb der digitalen Transformation. Ein mühsames und wenig populäres Dossier. Schlupfhouse hingegen ist einzigartig, und das wissen Sie genau.» Sie sah ihm direkt in die Augen. Oder gar ein wenig auf ihn hinab. «Wollen Sie mich weghaben?»

«Es war immer meine Absicht, Sie beide ins Spiel zu bringen. Oder haben Sie geglaubt, einfach durchmarschieren zu können?»

Das machte sie sprachlos.

Er lächelte ein wenig. «Sie haben so viele Mittel akquiriert, da können mehrere Massnahmen von ‹Protection One› profitieren.»

«Nein. Die sind für Schlupfhouse. Wir stehen am Anfang. Nach London und Zürich sind Häuser in ganz Europa geplant.»

«Sie wussten immer, dass ‹Protection One› aus verschiedenen Dossiers besteht.»

«Sie können nicht meine Mittel nehmen, um andere Massnahmen zu finanzieren.»

«Es sind weder seine Massnahmen noch Ihre Mittel.»

«Wie Sie selbst sagten, habe ich sie akquiriert.»

«Illegalerweise.»

Sie verdeckte ihren Ärger. «Sie haben es autorisiert.»

«Nicht dass ich wüsste. Sie befinden sich im Dienste einer diplomatischen Aufgabe. Da stösst man etwas an, begleitet einen Prozess. Die Umsetzung überlassen wir den anderen.»

Sechs Uhr. Die Glockenschläge von St. Peter klangen laut. Sie sah ihn an, reglos.

«Ich weiss, warum Sie das tun. Aber Joel hat mit dem Brand nichts zu tun.»

Einen winzigen Moment lang fühlte sich Stephen ertappt. «Er hat im Turmzimmer gekifft. Das ist ein Strafbestand.»

«Wer hat geklatscht? Crispian? Finden Sie das nicht auffällig? Er …» Sie verstummte.

Erwischt. Stephen wartete nur darauf, dass sie Crispian anschwärzen würde. Aber nein, sie war smart, liess sich nicht provozieren. Er erinnerte sich an den Moment, als er sie zum ersten Mal gesehen und gespürt hatte, dass irgendwann in nicht allzu ferner Zukunft etwas von ihrem Ruhm auf ihn abfärben würde.

Er trat nah zu ihr. So nah, dass er ihr Parfum erschnupperte. Etwas Herbes.

«Wollen Sie meinen Rat? Bereiten Sie Ihre Rede gut vor. Seien Sie brillant, sachlich und charmant. Und Joel muss mitspielen wie Crispians Andreina, wie alle anderen Partner auch. Erziehen Sie ihn endlich, das ist nicht verhandelbar. Ist er morgen bei der Präsentation nicht dabei, brauchen Sie gar nicht anzutreten, Murani. Dann ist Ihre diplomatische Karriere vorbei, bevor sie begonnen hat.»

Er wischte die Schneeflocken aus ihrem Haar und ging davon.

**

Crispian beobachtete Keller durchs Fenster. Er ist ihr Lover, genauso wie Vater es vermutet hatte.

«Warum gewinnt Murani immer?», hatte er gefragt und dreckig gelacht. «Sie hat sich hochgeschlafen. Anders schaffen es die Frauen in dem Beruf nicht. Wehr dich, Crispi. Du bist dazu berufen.» Crispian legte das Sandwich weg. Der Senf war vertrocknet, das Fleisch rollte sich ein. Es war ihm alles zu viel. Er würde bei der Schreinerei vorbeigehen. Vielleicht konnte er seinen Kumpels helfen. Das würde ihn von oben runterbringen. Digital Governance, so ein Scheiss. Es interessierte ihn einfach nicht. Sollte sich doch Vater damit auseinandersetzen. Aber der sass in seinem Chalet in Davos und genoss die Woche seines Lebens. Das WEF war sein Ding, der Gründer sein bester Freund. Wie auf Kommando kam eine SMS. Vater schickte ihm täglich Hunderte.

«Die Preisverleihung ist in den Plenarsaal verlegt worden. Volles Haus. Sieh zu, dass du das Ding nach Hause fährst, mein Junge. Danach steht dir die Welt offen.»

18

Sieben Uhr. Beanie schreckte hoch, ausser Atem und verschwitzt, der Kopfschmerz war auf dem Rückzug, kaum mehr als eine vage Erinnerung. Ihr Wecker hatte nicht geläutet, Sahel war bereits gegangen, der Abend mit ihm war nice gewesen, aber nun musste sie in Aktion kommen. Ein Blick auf ihre Mails: noch nichts von Meier. Fuck. Sie brauchte seinen Bericht, um den Kaminfeger ins Spiel zu bringen. Als Resultat ihrer Überlegungen, nachdem sie nochmals alle Erkenntnisse angeschaut hatte, während Sahel schlief, war sie zur Überzeugung gekommen, dass Joel nicht der Feuerteufel sein konnte, auch wenn gewisse Indizien, wie die Aussage von Stubbes Freundin Marlen, gegen ihn sprachen. Um die anderen im Team zu überzeugen, brauchte sie jedoch mehr Hinweise als diejenigen, die sie morgens um vier an alle gemailt hatte.

«Geben Sie Gas», ermahnte sie Meier. «Oder noch besser, kommen Sie zur Teamsitzung, Chef.» Dass sie ihn immer noch Chef nannte, obwohl er es längst nicht mehr war, würde ihn hoffentlich anstacheln. Innert Sekunden war Beanie eiskalt geduscht und angezogen. Leggins, Windjacke. Anschliessend beraumte sie die Teamsitzung an.

«Trotz des Schnees?», fragte Schmidt.

«Geh zu Fuss, mach ich auch», sagte Beanie.

Auf dem Sechseläutenplatz standen die Stühle verloren im Schnee, nur wenige Menschen waren unterwegs. Serge Duchamps wartete auf sie, in der einen Hand die Unterlagen, in der anderen einen grünen Smoothie.

«Für dich. Das Bellevuecafé ist geöffnet.»

«Ich sag's doch. Du bist ein Star.»

Serge schüttelte sein längliches Haar zurecht und ging vor Beanie her über die kleine Fussgängerbrücke zum Limmatquai. Sein Hinken war ungewöhnlich stark, normalerweise sah man ihm die Beeinträchtigung nicht an, den Klumpfuss verdeckte er mit einem Spezialturnschuh.

«Es hat mich auf die Schnauze gehauen», erklärte er über die Schulter.

Beanie überholte ihn, überflog im Gehen, was Serge über Crispian Biäsch, Djamila Murani und Joel Brunner herausgefunden hatte.

Biäsch war ein seriöser junger Student aus Graubünden, stammte aus einer Diplomatenfamilie, bester Leumund. Djamila Murani war halb Jamaikanerin, ehrgeizig und erfolgreich. Joel Brunner war Musiklehrer, mit Konzertdiplom, ohne Auftritte.

«Wieso halten wir die Teamsitzung auf der Lindenpfalz ab?», fragte Serge, als er sie eingeholt hatte.

«War meine Idee», murmelte sie abwesend. «Tatortbesichtigung. Sofia fand's cool.»

«Oh, là, là, seid ihr jetzt *meilleures amies forever*?»

«Waren wir das nicht immer?» Beanie nahm einen Schluck Smoothie. «Sahel kommt auch.»

«Sahel wer?»

Beanie boxte ihren Kumpel in den Arm. Er als Einziger des Teams wusste von ihrem Lover und hatte Stillschweigen geschworen.

«Schön, bist du wieder da. Du hast mir gefehlt.»

Er deutete auf seine Unterlagen. «Habe auch die Social-Media-Accounts der drei kontrolliert, die Links zu ihren jeweiligen Kreisen. Fazit: Biäsch ist solide und beliebt, Murani ist schillernd und angesagt, ihr Freund, ein unbekannter Musiker, ziemlich im Abseits.»

Beanie sog die Luft scharf ein. Sie musste es ins Spiel bringen, alles andere wäre unseriös. «Er hat im Turmzimmer gekifft.»

«Wirklich? Gibt es Zeugen?»

«Helly Keller.»

«Die Frau des Botschafters. Wow.»

«Was soll das? Auch die kann sich irren.»

Was war in sie gefahren? Serge war sichtlich irritiert über ihren Ton, sagte aber nichts. Besänftigend legte Beanie eine Hand auf seinen Arm.

«Und Crispian Biäsch. Er war beim Feuerausbruch mit Joel Brunner in der Widder-Bar einen trinken.»

«Dann haben beide ein Alibi?»

«Vermutlich. Brunner war einmal auf dem Klo, da fehlen uns bestätigende Angaben.»

«Auf dem Klo?» Serge überlegte kurz. «Wie weit ist es von der Widder-Bar in die Lindenpfalz?»

Wieso bemerkte er sofort die Schwachstelle? Sie würde nicht sagen, dass sie es gestern in unter vier Minuten geschafft hatte. «Keine Ahnung. Eine Viertelstunde vielleicht.»

Serge sah das anders. «Eher weniger, denke ich. Er könnte den Brand gelegt haben und wieder zurückgerannt sein.»

«Ich werde es überprüfen.»

«Hat er ein Motiv?»

Vehement verneinte Beanie. «Nein. Die Aussage von Stubbes Freundin Marlen halte ich für hysterisch, dem Schock und der Trauer geschuldet. Er profitiert nicht von dem Brand. Wenn, dann war's ein Versehen.»

«Wie wär's mit Frustration. Aufmerksamkeitsdefizit. Geltungssucht. Du musst dir das anhören.» Serge blieb stehen, suchte nach einer Voice-Nachricht. «Die Aussage einer Taxifahrerin, sie hat mitten in der Nacht angerufen. Die vom Dienst haben die Meldung aufgenommen und an mich weitergeleitet. Murani und Brunner haben sich offenbar in ihrem Wagen gestritten, auf der Strasse ging's weiter. Die Taxifahrerin hat mehrfach das Wort Lindenpfalz herausgehört. Sie wusste, dass es da gebrannt hat, weil sie am Brandabend einige Gäste der Kellers von der Polizeiwache in die Hotels gefahren hat. Sie fand den Brunner ziemlich bedrohlich, vor allem nachdem sie in einem vergessenen Blumenstrauss eine Karte gefunden hatte, geschrieben von ihm.» Er las den Kartentext vor. «‹Für dich, Baby, für dich gehe ich durchs Feuer.›»

Beanie fand nichts dabei. «Klingt romantisch.»

Serge schüttelte den Kopf. «Oder wie ein paranoider Pyromane?»

«Da denke ich an Kundert Ruedi.»

Sie erklärte Serge die Hintergründe.

«Ein neuer Verdächtiger. Es werden immer mehr. Und was hast du über ihn?»

Sie zückte ihr Handy. «Ich muss Meiers Bericht abwarten. Sobald er da ist, stelle ich einen vorläufigen Haftantrag.»

«Gemach, Barras», sagte Serge. «Mit Hirn und Herz bitte. Die Faktenlage ist dünn. Wir müssen es diplomatisch angehen.»

«Das ist das richtige Stichwort. Stephen Keller scheint mir auch nicht sauber. Er war aggressiv im Gespräch, er will nur noch über den Anwalt mit uns sprechen.»

«Ich nehme an, die Antipathie beruht auf Gegenseitigkeit.»

«Wie kommst du darauf?»

«Ich kenne dich, Barras.» Während sie sprachen, hatte Serge Stephen Keller gegoogelt. «Solche Typen sind für dich, wie nennt man das auf Deutsch, ein rotes Tuch.»

«Er hat dafür gesorgt, dass niemand aus dem ganzen Diplomatenpack eine konkrete Aussage gemacht hat. Sie haben präzise alle nichts gesehen. Das ist doch Bullshit. Fünfzig Leute, und keiner sieht was.»

«Darunter Nussbaum, unser Chef. Moser, unser Staatsanwalt.»

«Noch schlimmer.»

«Barras, das ist gefährliches Terrain. Wenn wir da eindringen wollen, brauchen wir stichhaltige Beweise und keine vagen Vermutungen. Und jetzt hör auf zu quatschen, wir müssen los. Sonst kommst du zu spät zu deiner eigenen Sitzung.»

Sie eilten die Gasse hoch. Schneegestöber pur. Die Türme des Grossmünsters, die Kuppel der ETH, die Predigerkirche, alles verschwand in der weissen Wand.

Auf dem Lindenhofplatz standen Sofia Schmidt und Fahnder Amadeo Lüthy, bereits in ein Gespräch vertieft. Staatsanwalt Steve Moser hatte sich entschuldigt. Seine S-Bahn war ausgefallen.

«Hei, Barras. Hast du gut organisiert, mit dem Schnee. Keinerlei Brandgefahr.»

«Wo ist Meier?», fragte Beanie anstatt einer Antwort.

«Keine Ahnung.» Schmidt zuckte die Schultern.

«Wieso?», fragte Lüthy. «Er steht nicht auf dem Plan.»

Beanie hatte vergessen, Meiers Einsatz zu autorisieren. Nun war es zu spät, Nussbaum wäre nicht erfreut. Sie rief dennoch bei Meier an. Vergeblich. Er schrieb immerhin zurück, er sei mitten in einem Gespräch, wolle sich später melden.

«Ich brauche Ihre Infos zu Kundert für die Sitzung», schrieb Beanie. «Asap. Haben Sie meine Nachrichten nicht gelesen?»

«Sorry, schlechte Verbindung.»

«Aber schreiben geht?»

«Ich bin in der Kanalisation.»

Bevor Beanie antworten konnte, bemerkte sie Anna Quetes, die etwas abseits an der Lindenhofmauer lehnte.

«Was macht sie hier?», fragte Beanie.

«Huwyler hat sie herbestellt. Nicht mit dir abgesprochen?»

Wie aufs Stichwort kam Sahel von der Lindenhofgasse her. Erst weckte er sie nicht, dann lud er Quetes ein. Klasse Freund. Er trug eine Daunenjacke. Mit Kapuze und Schal. Den er ihr diskret anbot, als er bemerkte, wie dünn ihre Jacke war. Nie im Leben. Er sah verletzt aus, geschah ihm recht.

Beanie holte den Schlüssel aus der Tasche. Gleich darauf standen sie alle im Festsaal des Kellerhauses. Drinnen war es so eisig wie draussen. Offenbar hatten sie die Heizung ausgeschaltet. Auch das Licht funktionierte nicht, das Smarthome war offline.

Schmidt erläuterte zum Einstieg die historischen Fakten.

«Das Haus taucht um 1300 zum ersten Mal in den Schriften auf, 1590 bekommt es seinen Namen, die Lindenpfalz. 1820 wurde daraus eine ‹Kleinkinderbewahranstalt›, danach wurde es durch die Zürcher Hülfsgesellschaft gekauft. Steht unter Denkmalschutz, aber das wisst ihr ja schon.» Schmidt sah zu Sahel. «Nun kannst du übernehmen.»

Er führte alle die Wendeltreppe hoch zum Turmzimmer, wo er zum Kachelofen trat.

«Brandherd Nummer eins. Ursprünglich eine offene Feuerstätte, später kam ein kunstvoller Kachelofen dazu, nun Zerstörung pur. Kachelsplitter auf dem Boden, die geschwärzte Wand, hier ein Stück Stuck, der geschwungene Ausläufer einer Rosette, daneben ein nackter Putten-Engel.» Sahel redete sich ins Feuer. «Wie ihr gesehen habt, ist das Haus frisch renoviert. Bis auf das Turmzimmer war der Umbau abgeschlossen. Darum das viele Werkzeug.» Er bückte sich zum Ofenloch. «Da drin war eine Menge Material, das ich mir noch genauer anschauen muss. Die Explosion entstand vermutlich aufgrund einer unsachgemässen Befeuerung, begünstigt durch Sauerstoffzufuhr.» Nun deutete er auf das verkohlte Täfer. «Im Rohzustand besonders anfällig. Der Brandtrichter liegt hier, mit Ausläufern auf alle Seiten.»

«Absicht?»

«Darüber kann ich zum jetzigen Zeitpunkt nur spekulieren. Es ist ein Wunder, dass nicht mehr passiert ist. Um ein Haar hätte das Feuer auf die Nachbarliegenschaft übergegriffen.»

«Gibt's keine Brandmauern?»

«Nur in den unteren Stockwerken. Ein Planungsfehler.»

«Was war die Zündquelle?», fragte Serge.

«Vermutlich ein Feuerzeug.»

«Wer wusste von dem Ofen?» Serge richtete seine Frage an Schmidt.

«Die Kellers natürlich, der Architekt, die Denkmalpflege. Stephen Keller hat zu Beginn der Party für eine Gruppe von Leuten eine Hausbesichtigung gemacht.»

«Angeber», mischte sich Lüthy ein. «Logiert im ‹Widder› und fährt nach Davos.»

Beanie wurde es zu geschwätzig. «Was gibt's von der Spurensicherung? Wieso sind die nicht da?»

«Stecken im Schnee fest. Sie haben mich telefonisch informiert.» Sahel fasste die Meldung der Kollegen zusammen. «Im Turmzimmer, also da, wo wir jetzt stehen, wurden vorläufig folgende Spuren sichergestellt, ohne Gewähr, dass nicht noch weitere dazukommen: die der Kellers, des Personals, Matteo Stubbes.»

«Der tote ZüriFood-Kurier? Was hatte der da oben zu suchen?»

Beanie war so irritiert wie Lüthy. Wieso hatte Sahel ihr das nicht gesagt? Auch die anderen verstanden die Brisanz, sahen sich an. Geflüster wurde laut.

Sahel unterbrach. «Das ist noch nicht alles. Er war auch in der Küche. Kommt mit.»

Wie Hühner trippelten sie die schwankende Wendeltreppe wieder hinunter und versammelten sich in dem riesigen Raum.

«Bis auf die Essenreste, die entfernt wurden, ist alles noch so wie am Abend des Festes.» Sahel deutete auf den gegossenen Betonboden. «Da wurde Matteos Spucke sichergestellt.»

Quetes mischte sich ein. «An den Fingern hatte er roten Saft, von einem Fruchttörtchen, im Magen die entsprechenden Rückstände.»

«Vegan vermutlich?», feixte Lüthy. «Da könntet ihr mich jagen. Keller und sein Tick auf Bratwürste ist mir echt sympathischer.»

«Das heisst, Matteo war im Turmzimmer, in der Küche und danach draussen», fasste Schmidt zusammen. «Die Schuppen sind übrigens ein Überbleibsel aus dem frühen letzten Jahrhundert, im Besitz der Stadt, vermietet an einige Anwohner. Den Kellers gehört der letzte, da, wo der zweite Brand ausgebrochen ist.»

Sahel übernahm wieder. «Brandherd Nummer zwei war ein Zeitungsbündel. Feucht. Darum hat es eher gemottet als gebrannt. Die Rauchentwicklung war beträchtlich. Die Zündquelle dürfte auch da ein Feuerzeug gewesen sein, wir haben entsprechende Anzündflüssigkeitspuren gefunden.»

Beanie schluckte. Serge räusperte sich. «In dem Zusammenhang haben wir eine Mitteilung für euch. Joel Brunner –»

«Warte», unterbrach Sahel. «Ich habe einen hypothetischen Ablauf dargestellt, in Form einer kleinen Animation, den wollte ich noch kurz zeigen. Anna, bitte.»

Quetes hatte ihren tragbaren Mini-Beamer aufgebaut, projizierte an die weisse Küchenwand. Wann hatte Sahel ihr seine Fotos übermittelt? Ihre beiden Hände berührten sich, während er von ihr die Fernbedienung übernahm. Was lief da? Die anderen hatten nichts bemerkt, waren bereits in die animierte Darstellung vertieft. Sie zeigte den Empfang, die Ankunft der Gäste, Limousinen, die Security-Guys, den Aperitif, eine Rede des Botschafters, Männer im Anzug, Frauen in Abendkleidern, das bunte Essen, die Ansprache der Murani, dann die Explosion, die Aussenansicht, die Flammen, die aus dem Fenster loderten, und den rauchenden Aussenverschlag im Nebel. Erst in der Totalen, dann im Detail, erkaltete Asche, Russ, zerschlagene Kacheln, verkohltes Holz, Zeitungsbündel, die Gaffer, schliesslich den Toten.

«Wie eine schlechte Netflixserie», sagte Beanie. «Sorry, aber können wir mal auf den Punkt kommen?»

Von erstaunt bis brüskiert, so sahen die anderen sie an. Es war ihr egal.

«Ich erzähle euch jetzt mal eine andere Geschichte. Die Story von Matteo, Musikstudent, mit Kurier-Job bei ZüriFood. Der Lohn ist schlecht, finanziert ihm knapp das WG-Zimmer. Vorgestern Abend freut sich Matteo auf seinen Feierabend. Die Fortunagasse ist sein letzter Auftrag, danach hat er ein Date mit seiner Freundin. Schneeflocke, wie er sie nennt. Die Luft ist feucht, dichter Nebel, Matteo fährt zu schnell, weil zu spät. Ist ausser Atem, steigt ab, snifft an seinem Inhaler und versorgt sein Rad im Aussenverschlag. Es ist nagelneu, handgemacht, teuer, mit super Kassette und top Bremse. Steckt viel Herzblut drin.»

«Er hat es zum Schutz da reingestellt?», fragte Lüthy ungläubig. «Sorry, Barras, aber das ist Unsinn. Bei insgesamt vier Security-Guys, die die Liegenschaft bewacht haben.»

«Er ist sich ein solches Umfeld nicht gewöhnt. Die Hausfrau lässt ihn rein, er geht am Festsaal vorbei, bringt die Würste in die Küche.»

«Und wieso steigt Matteo ins Turmzimmer? Ist ja eine Art Hausfriedensbruch, da oben hat er nichts verloren, *non*, Barras?», sagte Serge.

Beanie machte das Daumen-hoch-Zeichen. «Das findet auch einer der Security-Guys, wie die Auswertung der Überwachungskamera zeigt. Es war übrigens nur eine Kamera nicht bestückt, die zum Turmzimmer.»

«Hört, hört», feixte Lüthy. «Nun brauchen wir nur noch zu wissen, wer die Harddisk entfernt hat, und schon haben wir unseren Feuerteufel.»

Beanie schnippte mit den Fingern. «Ist dir nichts aufgefallen?» Und zu den anderen: «Lüthy hat sämtliche Aufnahmen durchgesehen.»

Er nickte. «Vierundzwanzig Stunden. Uff.»

«Uns reicht die entscheidende Minute.»

«Der Security wollte Matteo rausschmeissen, hat ihn angegriffen, bis er floh. Ich habe ihn überprüft, ein brutaler Geselle, schon mehrfach verwarnt, gilt als gewaltbereit. Spricht nicht gerade für die Security-Firma.»

«Das heisst, Matteo könnte vor dem Angreifer ins Turmzimmer geflüchtet sein?», fragte Schmidt langsam.

Beanie bejahte. «Aber da wird er überrascht, versteckt sich hinter dem Ofen. Erst kommt nämlich Djamila Murani herein, dann Joel Brunner. Die beiden sprechen sich, sie geht wieder. Er eine Weile später auch. Kurze Zeit später wird er von Ruedi Kundert angerempelt.»

Alle sahen sich an.

«Der Kaminfeger des Quartiers. Ein ziemlich windiger Typ. Er –»

«Einen Moment, Barras!» Serge wirkte irritiert. «Ich möchte das präzisieren. Murani und Brunner haben gestritten. Danach hat er gekifft. In einem Denkmalschutzgebäude mit Rauchverbot. Dafür hat er den Feuermelder ausgeschaltet. Ausserdem besitzt er ein Zippo-Feuerzeug.»

Stille. Schmidt wischte über ihr Handy und suchte nach ihrem Protokoll. «Er hatte schon mal einen Verweis wegen Kiffens. Ich habe ihn angehängt.»

Das also hatte sie gestern ergänzt. Reingegrätscht. Das war absolut daneben, Schmidt hätte es mit ihr absprechen müssen.

«Das war mit sechzehn, Leute», sagte Beanie schnell. «Das ist nicht relevant.»

«Wieso, verteidigst du ihn etwa?», fragte Schmidt.

Sie zuckte die Achseln. «Ich mag keine Vorverurteilungen gegenüber schwächeren Mitgliedern der Gesellschaft.»

Serge seufzte. «Ich auch nicht. Aber da ist noch mehr, Barras, *non?*»

Widerwillig nickte sie. «Er kannte Matteo Stubbe. War sein Musiklehrer. Ein herausforderndes Verhältnis, laut seiner Freundin. Sie hat ihn beschuldigt.» Beanie erzählte von Marlens Aussage. «Allerdings war sie total hysterisch.»

«Wie war das?» Lüthy entwickelte seine Gedanken im Reden. «Gitarrist Brunner soll aus Frust den Ofen gezündet und dann seinen Schüler im Aussenschuppen eingesperrt haben, weil er ihn bei einer miesen Performance erwischt hat?» Er schüttelte den Kopf. «Das scheint mir sehr abenteuerlich.»

Beanie entspannte sich. Lüthy, sonst eher ihr Feind, war auf ihrer Seite. «Da habt ihr's. Wir sollten unseren Fokus auf Kundert lenken.»

«Der Kaminfeger? Du verwirrst mich, Barras. Was hätte der für ein Motiv?»

«Dafür brauche ich Meiers Bericht. Soweit ich weiss, betrachtet er sich als Quartiersheriff und fühlt sich schnell gestört. Vielleicht hat ihm nicht gepasst, dass Stubbe durchs Fahrverbot gefahren ist.»

«Das klingt noch abwegiger als die Brunner-Theorie.» Lüthy entwich ein abschätziger Laut. «Können wir dann zu einem Ende kommen? Was sagt die Rechtsmedizin?»

Anna Quetes blendete ein Foto ein. Matteo Stubbe am Boden des Schuppens, die lockere Trainingskleidung stand im Gegensatz zu seiner verkrampften Haltung, das Gesicht erstarrt, die Augen offen, der Blick ins Leere. Alle schwiegen, vor der Brutalität des Todes verstummten die Gespräche.

«Matteo war Asthmatiker, es gab Anzeichen von Erstickung, aber die Todesursache war Rauchvergiftung. Eine leere Wasserflasche lag am Boden, er wollte gerade trinken, als sein Kreislauf zusammenbrach. Ausserdem hatte er eine Prellung am Ellbogen, eine verzerrte Schulter, im Auge Glassplitter von der Fahrradlampe. Möglicherweise ist er gefallen, in der Bemühung, vor dem Rauch im Schuppen zu fliehen.»

«Was nicht klappte, weil er von aussen mit einem Vorhängeschloss versperrt war. Und verantwortlich dafür könnte der Kaminfeger sein. Er kannte sich aus, er wusste, dass da Schlösser hingen.» Das war Beanies Trumpfkarte.

Murmeln, Blicke. Die anderen waren nicht überzeugt. Beanie beschloss, es zu ignorieren. «Aufbruch, Leute. Wir brauchen Zeugen. Erneute Einvernahme der Empfangsgäste. Organisiert die wieder her, egal, wo sie stecken. Wir wollen ausnahmslos alle.»

«Einen Moment, Beanie.» Sahels Lächeln war vorsichtig, seine Berührung sanft. «Der Flughafen ist immer noch geschlossen, weder Trams noch Busse noch Züge fahren. Ein Verkehrskollaps. Vielleicht müssen wir unsere Bemühungen dem anpassen.»

Beanie fühlte, wie sie zu Beton wurde. Nur ihre Augen loderten und versuchten, Sahel zu zerlegen. «Mach deinen Job, Huwyler. Und lass mich in Ruhe, du Arsch!»

«Woa.» Schmidt räusperte sich. «Klärt das unter euch. Wir anderen gehen dann mal. Unseren Job machen.»

Sie und Lüthy zogen davon.

«*A tout*, Barras, wir sehen uns später.» Serge regte sich, als ob er ihre Schultern tätscheln wollte.

«Hau bloss ab, Duchamps.»

«Barras, vielleicht sollten Sie einen Kaffee trinken gehen.» Anna Quetes lächelte begütigend. «Meinen Schlussbericht bekommen Sie morgen.»

Sahel stand als Letzter noch da.

«Verpiss dich, verdammt! Hast du nicht gehört?»

***

Crispian Biäsch fühlte sich schlecht. Er war an der Lindenpfalz vorbeigegangen und hatte die Polizeitruppe gesehen. Was suchten die da? Wenn er an seine Aussage dachte, wurde ihm mulmig. Er hatte zugegeben, dass er gekifft hatte. Die Polizistin war zwar nicht näher darauf eingegangen, aber sie hatte es sich notiert. Tami namal. Er hätte das niemals sagen dürfen. Für seine Diplomatenkarriere könnte es das Aus bedeuten. So kurz vor dem Ziel. Es durfte echt nicht wahr sein. Er musste versuchen, noch mal mit ihr zu sprechen. Vielleicht, wenn er ihr noch mehr Material über Joel gab, würde sie ihn nicht erwähnen. Solche Deals wurden doch dauernd gemacht. Seit fast zwei Jahren war er ein Zeuge davon. Er musste es nur geschickt einfädeln, dann kam er davon.

19

Schnee. Zita sah im Rückspiegel nur Schnee. Sie war allein auf der Autobahn, ihr Verfolger war weg. Seit Basel wurde das Schneetreiben immer dichter, die Scheibenwischer waren auf der höchsten Stufe und nützten doch nichts. Henri schlief zum Glück immer noch tief. Pola döste, aus den Boxen tönte leise ein Song der Band Linkin Park in Endlosschleife. Baden, Wettingen, dann die Raststätte. Zita spürte, wie ihr die Augen zufielen. Plötzlich schleuderte das Auto. Sie riss das Steuer abrupt herum, gab Gegensteuer, vermied die Bremse, zauberte sich zurück in die Bahn. Mann, das war knapp gewesen. Ihr Herz raste. Eine Minute. Bis die Lider erneut schwer wurden. Sie war todmüde. Eigentlich müsste sie das Auto stehen lassen und zu Fuss weitergehen. Aber so kurz vor dem Ziel? Es ist gefährlich, Zita, wie lange seid ihr unterwegs? Acht Stunden? Zehn? Sie blinzelte. Vor ihr tauchten Rücklichter auf, fast wäre sie aufgefahren. Noch fünf Kilometer bis zur Stadtgrenze. Im Rückspiegel war immer noch nichts zu sehen. Bis Mulhouse hatte sie den Eindruck gehabt, ein Auto folge ihnen. Sie hatte immer die langsamste Spur benutzt, und der Verfolger tat es ihr gleich. Ab und zu hatte sie beschleunigt, einige Lastwagen überholt, um dann wieder zurückzufallen. Immer dann, wenn Zita dachte, sie bilde sich alles ein, war er wiedergekommen. Es war unheimlich gewesen, bedrohlich, beängstigend.

«Ist er noch da?», fragte Pola plötzlich.

Zita schrak zusammen. «Hast du es auch gemerkt?»

«Folgt er uns?»

«Nein, wir haben ihn abgehängt. Seit wir die Basler Grenze passiert haben. Der Schnee muss zu viel gewesen sein für ihn.»

«Bist du sicher?»

«Es sind so wenig Autos unterwegs, dass es mir aufgefallen wäre.»

«Gott sei Dank.»

«Wer war das, Pola?»

«Keine Ahnung.» Die Antwort kam zu schnell, zu hoch. Pola log.

Zita wurde ungeduldig. «Mischa hat gesagt, ich soll auf dich aufpassen. Das kann ich nur, wenn ich Bescheid weiss.»

Pola schwieg.

«Denk an Henri.»

«Es kann irgendjemand sein, der Partner einer anderen Frau aus dem Schlupfhouse, was weiss ich.»

Es war aussichtslos, Zita musste es anders versuchen. «Wieso warst du eigentlich dort? Im Schlupfhouse?»

«Henris Vater», sagte Pola nach einer Weile. «Er …»

«Hat er dich geschlagen?»

«Wir waren nie richtig zusammen. Henri hat ihn einmal gesehen.»

«Die beiden haben keinen Kontakt?»

«Ich will gar nicht, dass Henri ihn kennt.»

Die Abzweigung nach Zürich City und ein Drängler verlangten Zita für einige Minuten alles ab. Sie wählte den Weg über den Milchbuck, am Schaffhauserplatz herrschte das blanke Chaos, zwei Busse standen quer. Eine Kolonne bewegte sich millimeterweise in Richtung Hauptbahnhof, Zita hatte keine andere Wahl, als über den Hügel zu fahren. Wenn ich jetzt anhalten muss, komm ich da niemals hoch, dachte sie. Am Rigiplatz stand ein einsames Tram an der Haltestelle. Der öffentliche Verkehr war tot, wie es schien. Beim Heimplatz kam auch der Strassenverkehr zum Erliegen, vor der Ampel gab es einen Stau. Pola hatte die Augen wieder geschlossen.

«Wo arbeitest du?», fragte Zita.

«Oxford, Jacobus College. Ich schreibe meine Habil.»

Das hatte Mischa nicht erzählt. Zita war davon ausgegangen, dass Pola, wenn überhaupt, als Assistentin unterwegs war. Und nun war sie weiter als sie selbst.

«Was für ein Thema?»

«Ich habe eine Formel entdeckt, wie man Frauen über das Humankapital am Weltvermögen beteiligen kann. Aufwertung der Löhne, Teilzeitarbeit ist besser bezahlt als Vollzeit, Reinvestition in Strukturen, die Jobsharing möglich machen, und Portfoliomanagement von Laiinnen. ‹Frauen Vermögen›, so heisst meine Arbeit.»

«Was für ein vielsagender Titel. Allerdings muss ich ehrlich sagen, dass ich nichts über Ökonomie weiss.»

«Frauen denken oft, sie hätten keine Ahnung. Das stimmt nicht. Meiner Arbeit liegt eine jahrelange Studie zugrunde.» Polas Stimme war sicherer geworden. «Da gibt's viel Kapital zu holen. Auch für Männer.»

«Besser bezahlte Teilzeitarbeit klingt auf jeden Fall revolutionär. Wann bist du so weit?»

« Es fehlen nur die Fussnoten und die Quellen.»

«Wo schreibst du?»

«An meinem College.»

Am Mutterhaus weiterzukommen war immer eine Herausforderung.

«Mein Thema soll ein Fokus werden, sagen sie. In einem neuen Studiengang.»

«Wer ist ‹sie›?»

Pola schwieg.

«Der Institutsleiter?», fragte Zita vorsichtig.

Pola rührte sich nicht.

«Er lässt dich nicht vorankommen.»

«Er hat es versprochen.»

«Ist er Henris Vater?»

«Es ... war ein Versehen.»

Die übliche Geschichte, dachte Zita. «Seid ihr noch zusammen?»

«Er ist verheiratet. Aber ... es gibt andere ... Er ist nicht ... Beziehungen sind für ihn ... Er ist nicht monogam.»

«Und du?»

«Ich?» Die Frage erstaunte sie. «Monogam, denke ich.»

«Wieso bleibst du dann?»

«Er würde mich nie gehen lassen.»

Die Autoschlange kam in Bewegung. Würde ich hier abbiegen, dachte Zita, wäre ich in fünf Minuten daheim. Bestimmt waren die Kinder da. Sie sah Finns leuchtende Augen vor sich, Theos Grinsen, Lilys Strahlen.

Das Auto scherte aus. Sie bremste, schlitterte über den Bordstein. Ein Ruck, ein Stoppen, zurück in die Fahrbahn. «Das war knapp.» Polas Hand lag auf der Handbremse. Ohne ihr Manöver wären sie in die Hausmauer gekracht.

«Danke», sagte Zita.

«Ich bin auf einer Farm aufgewachsen, in den Highlands. Wir hatten manchmal Schnee.»

Sie kamen im Seefeld an, wo weder Strassen noch Trottoirs geräumt waren.

«Wir sind da.»

Was für eine unpassend wohlhabende Gegend für ein Schlupfhouse. Zita rief die Nummer auf Mischas Zettel an und bekam als Treffpunkt die Adresse des «Café 33», eine Strasse entfernt.

Pola hatte ihre Laptoptasche und Henris Rucksack bereits ausgeladen. Als sie ihren Sohn weckte, zog er erst eine Schnute, bis er den Schnee bemerkte. Da wurden seine Augen so gross wie Teiche, er gurgelte unverständliche Laute, strampelte sich frei, machte einige vorsichtige Schritte, fasste in den Schnee. Als ob sie nie etwas anderes gemacht hätten, formten seine Finger einen Schneeball. Er warf ihn in die Luft, rannte im Kreis. Kreischte. Bewarf Zita. Sie gab zurück. Ein pulveriger Ballwechsel. Henri lachte. Zita lachte. Pola lachte. Schneeglückseligkeit.

Pola sah Zita an. «Danke. Für alles.»

Spontan schrieb Zita ihre Handynummer auf einen Zettel, was gegen die Spielregeln war.

Pola steckte ihn in die Tasche ihrer Trainingshose. «Ich habe Angst, dass er mich findet», sagte sie leise, «meine Arbeit vernichtet, dafür sorgt, dass mich nie mehr jemand anstellt. Ich kann mich doch nicht mein Leben lang in Schlupfhouses verbergen.»

Eine Frau kam auf sie zu. Sie trug Parka und Stiefel. Golda aus London. Wann war sie hergekommen? Henri jubelte stumm.

«Golda?», fragte Zita. «Wie Golda Meir?»

«Ich bin Inderin, sie war Jüdin, ansonsten könnten wir

Schwestern sein.» Die Frau zuckte die Achseln. «Wir müssen los.» Ihr Blick war die ganze Zeit auf ihre Umgebung gerichtet. «Danke fürs Bringen.»

Beim Wegfahren unterdrückte Zita ein Lachen. Nach einer Reise von fast tausend Kilometern war der Abschied ein echt britisches Understatement gewesen. Nun musste sie noch das Mietauto zurückgeben und Beanie anrufen. Sie war zum Schluss gekommen, dass sie ihr die ganze Sache erzählen konnte, nun, da es Schlupfhouse 157 nicht mehr gab und Pola und Henri geschützt waren.

＊

Henri stapfte durch den Garten. Eine verschneite Schubkarre stand da, daneben eine Schaufel. Ein Fussball lag unter dem Vordach.

«Sieh mal, Henri, der See», sagte seine Mam. «Ein ganzer See nur für uns. Wenn's aufhört zu schneien, gehen wir hin, okay?»

Sie hob ihn hoch, drückte ihn an sich. Die Umarmung war eng, er strampelte sich frei. «Geh weg, ich will spielen», hiess das in seiner ganz eigenen Henri-Sprache. Mam verstand ihn ohne Worte. So lange hatte er still gesessen. Nun tanzten die Affen in seinem Kopf. Ausserdem hatte er Hunger. Golda zeigte ihnen alles. Die Küche war gross und hell. Mit einem riesigen Tisch für ganz viele Menschen. Eine Familie. Henri steckte den Schnuller in den Mund. Drückte den Rucksack an sich. Bald würde der Colamann zu Besuch kommen.

20

Beanie spurtete über die zugeschneite Fortunagasse hinunter zum Hotel Widder. Davor hatte sie die toxischen Gedanken an Sahel verdrängt und sich das Haus erneut angeschaut. Es hatte leider wenig gebracht. Die einzige erwähnenswerte Beute war der Schreibblock. Er lag immer noch an derselben Stelle, diesmal jedoch standen andere Worte drauf. War jemand hier gewesen? Sie hatte ihn eingesteckt, bevor sie ein zweites Mal die Zeit messen wollte, die es brauchte, um vom Hotel ins Turmzimmer und zurück zu rennen.

Vier Minuten dreissig, trotz Schneeverwehungen. Fuck. So lange wie ein ausführlicher Toilettenbesuch. Joel Brunner könnte es geschafft haben. Sie holte eine Coladose aus dem Rucksack und leerte sie gierig, während sie ihr Handy kontrollierte.

«Entschuldigung, gehen Sie eventuell bei Frau Keller vorbei?» Vor Beanie stand die Kellnerin der Widder-Bar. «Sie hat ihren Mantel hier vergessen.»

«Kann ich machen.»

Da Beanie keine Hand freihatte, legte ihr die Kellnerin den Mantel kurzerhand um. Es fühlte sich schräg an. Er war aus Kaschmir und roch nach Zitrone. Der Kragen streichelte ihren Nacken. Widerlich.

Eine SMS von Crispian Biäsch lenkte sie ab. Er beschuldigte Joel Brunner, mit dem Handy seiner Freundin Djamila Missbrauch getrieben zu haben. Details wolle er mündlich und unter vier Augen verraten. Und nur, wenn sein Chef Stephen Keller nichts davon erführe. Was soll das?, dachte Beanie. Worum geht's? Was für ein Twitter-Post? Die Migräne kehrte zurück, sie warf eine doppelte Ration Schmerztabletten ein, öffnete zischend eine zweite Coladose. Weitere Nachrichten kamen auf ihrem Handy herein, schlugen sozusagen im Sekundentakt ein. Serge, Sahel. Nur Meiers Bericht liess auf sich warten. Das Einzige, was sie gebraucht hätte.

In dem Moment rief er an.

«Endlich!»

«Entschuldigung», erklang seine ruhige Stimme. «Ich hoffe, Sie sind nicht allzu wütend auf mich. Ich komme gerade vom Kaminfeger. Ihn zu finden war wie Geo-Tracking durch die Altstadt. Schliesslich bin ich in einem Abwasserschacht gelandet.»

«Ich hielt es für einen Witz.»

«Er gilt als Experte für Verstopfung. Ob Schutt oder Schnee, der Kundert Ruedi wird gerufen.»

«Was haben Sie für mich?»

«Sie klingen aufgeregt.»

Wie kam er darauf? «Entweder Sie sagen, was Sache ist, oder ich lege auf. Sie können ja Huwyler anrufen. Oder Ihre alte Freundin Quetes.»

Stille im Hörer. Sie war zu weit gegangen.

«Sorry. Geben Sie mir jetzt die Informationen.»

Meier tat es. Detailreich erzählte er von Ruedi Kunderts Wirken in der Altstadt. Sie sollte sich Notizen machen. Als sie in den Tiefen des Rucksacks nach dem Heft suchte, fiel ihr der Block der Kellers in die Hände.

Das Medikament begann zu wirken. Beanie fühlte, wie sie träge wurde, zu müde, um einen Stift zu halten. Oder Meiers Stimme zu lauschen.

«… und der alte Kundert legt seine Hand dafür ins Feuer, dass er von einem jungen Typen in Jeans – diese neumodischen Hosen, wie er sie nennt –, mit dunkelblonden Locken und einem Dreitagebart Feuer für seine Zigarette bekommen hat. In der Nähe des Aussenschuppens. Er beschreibt, dass der Typ ausser sich war. Und dass er, Kundert, Angst hatte, der Typ würde ihm etwas antun.»

«Joel Brunner.» Beanie wurde schlagartig wach.

Meier schränkte ein: «Es könnte auch auf andere junge Männer zutreffen, Matteo Stubbe zum Beispiel.» Er räusperte sich. «Allerdings hat er eine Gravur erwähnt. Es war ein J. J wie Joel.»

«Das ist leider schlagend. Und dabei hätte ich, um mit Kunderts Worten zu sprechen, meine Hand ins Feuer gelegt für ihn.»

«Na, na. Verzagen Sie mal nicht. Vielleicht liegen Sie richtig. Kundert kann man nicht trauen. Ich habe ihn auf den Tatortfotos erkannt, er stand in der Menge, mehrmals habe ich ihn gesehen, mal auf der Seite der Fortunagasse, dann wieder beim Römergrab oder beim Taubenschlag.»

Keine Ahnung, wieso, aber in dem Moment passierte es. Die totale Verschiebung im Kopf. Es war, als ob alle Teile durch die Luft wirbelten und ihren Platz fanden, mit einer schmerzhaften Leichtigkeit, die Beanie schwindlig machte. Wie hatte sie das nur übersehen können?

«Barras … Sind Sie noch da?», fragte Meier.

«Tut mir leid, ich habe Kopfschmerzen. Wo ist Kundert jetzt?»

«Immer noch in der Kanalisation. Er muss ein verstopftes Abflussrohr freikriegen. Offenbar ist da drin eine Mischung aus Fett und Abfällen. Die ist schlimmer als Beton. Er kennt einen Trick, wie man das auflösen kann.»

«Ein offizieller Auftrag von der Stadt?»

«Ich hatte eher das Gefühl, ein Hausbesitzer hat ein halblegales Leitungssystem und holt Kundert, wenn es Probleme gibt. Bitten Sie ihn zu einer Einvernahme. Das halte ich für die beste Idee.»

«Oder ich hole bei Steve Moser direkt einen Befehl zur Präventivhaft.»

«Barras, hören Sie auf, wie eine wilde Hummel durch die Gegend zu schiessen. Ich bin nicht autorisiert. Sie tun gut daran, sich einen eigenen Eindruck zu verschaffen. Am besten gehen Sie zu zweit.»

«Ich frage Serge.»

«Braves Mädchen.»

«Hab ich mich verhört?»

«Sie wissen, wie ich es meine. Etwas noch. Kundert hat eine Tätowierung am Arm. Die Zahl ‹666›.»

Beanie bekam ein Lachanfall. «Die Teufelsnummer.»

«Er hat etwas Lauerndes. Es war, als ob er viel mehr wüsste als ich und sich über mich lustig machen würde. Ich halte es wirklich für möglich, dass er die ganze Altstadt anzünden will.»

«Mit einem geklauten Zippo-Feuerzeug. Das würde zu ihm passen. Okay, Meier, vielen Dank. Tun Sie mir einen Gefallen und schicken Sie mir das alles schriftlich. Und zwar gestern. Damit sind Sie aus der Ermittlung entlassen. Offiziell. Inoffiziell halte ich Sie selbstverständlich auf dem Laufenden. Und wenn alles vorbei ist, lade ich Sie ein. Auf eine Wurst beim ‹Sternen Grill›.»

Beanie schaltete das Gerät aus. Sie stellte sich das Zippo vor. Glaubte, den Geruch nach Benzin zu riechen, die Wärme der Flamme zu spüren, die Stelle am Daumen, wo das Rädchen abrollte. In ihrem Kopf war es ganz ruhig. Zum ersten Mal seit Tagen. Bevor sie zur Lindenpfalz ging, um den muffenden Mantel zu deponieren, hatte sie eine andere Aufgabe.

Kunderts Haus fand sie auf Anhieb, es hatte beerenrote Fensterläden, war zweistöckig und stand frei. Durch den kleinen Vorgarten stapfen, klingeln. Einmal, zweimal. Probehalber drückte sie die Falle. Verschlossen. Da hob sie ihren Fuss und trat die Tür ein. Es ging so leicht, dass sie nach vorn katapultiert wurde. Im Flur war es halbdunkel.

«Hallo?» Keine Antwort. Sie glaubte, Nussbaums Stimme zu hören. «Noch ein Alleingang, Barras, und Sie sind draussen.»

Beanies Augen gingen hin und her. Bis sie merkte, wo sie gelandet war. Auf dem einzigen freien Platz. Ansonsten war der Raum zugemüllt. Falls es je Möbel gegeben hatte, waren die verdeckt von Müllsäcken, Tüten, Plastikschränken, Kartons, alten Zeitungen, bündelweise, meterweise, ganze Wände voller Zeitungen. Kundert war ein Messie.

Beanie griff zur Taschenlampe, besah sich die Daten. Juli 1999, August 2004, Januar 1961. Hier waren Medien eines halben Jahrhunderts gebündelt. Beanies Blick glitt zur Tür, die zwischen einem Plastikschrank und gestapelten Plastiksäcken hervorlugte. Sie zu öffnen war ein Kunststück. Dahinter gab's eine zweite Tür.

Im trüben Licht führte eine Holztreppe nach unten. Die Wand war voller Haken, einer nach dem anderen, akkurat würde Meier sagen. Und voll behängt mit Schlüsseln. Es mussten Hunderte sein. Lange, feine, klobige und normierte. Mit Bart und ohne. Alle angeschrieben. Der Kaminfeger besass Schlüssel für die halbe Stadt. Ein Passepartout. Er könnte jederzeit ein Feuer zünden, und keiner würde es bemerken. Rückwärts ging Beanie wieder hinaus, verschloss die Türen, verliess das Haus. Eine Nachricht von Zita. Sie schrieb von Djamila Muranis Twitter-Post, den Crispian Biäsch eben erwähnt hatte. Noch mehr Zusammenhänge, Querverbindungen, Motive. Das hier war eine richtig grosse Geschichte.

Es klopfte in der Leitung. Sahel? Sie liess den Anruf auf die Voicemail gehen. Hörte sie trotzdem ab.

«Frau Barras. Hier ist Lisa Schärer von der Seepolizei. Gegen Sie wurde Anzeige erstattet. Können Sie vorbeikommen?»

Fuck. Fuck, fuck. Das hatte ihr gerade noch gefehlt. Beanie zog die SIM-Karte aus der Verankerung und steckte sie in ihr Portemonnaie. Auf dem Weg zurück sah sie ihre eigenen Fussstapfen nicht mehr. Bald würde der Lindenhof im Schnee versinken. Da konnte auch Kundert Ruedi nichts ausrichten. Nun stand sie vor dem Aussenschuppen.

Das zweite Abteil war mit einem Vorhängeschloss versehen. Drei Zahlen sollte man eingeben. Die drei Nullen klappten diesmal nicht. Beanie wählte daraufhin die Teufelszahl. Sesam öffne dich. Sie hatte richtig geraten, es war Kunderts Abteil. Schon stand sie drin.

Das Dach war undicht, der Schnee lag zentimeterdick. Alles vollgestopft. Ein alter Kinderwagen, eine Matratze, an die Wand gelehnt, mehrere Räder. Eine Kabelrolle, Werkzeug. Und der Geruch nach kaltem Rauch. Bitter, brennend in der verschneiten Lunge.

Sie sah Matteo vor sich, beobachtete, wie er ins erste Abteil eintrat. Etwas war passiert, er hatte sich erschreckt, das Rad war mit ihm gefallen, zerbrechendes Glas, ein Splitter im Auge. Beanie verschob ein Regal, kroch dahinter, untersuchte den Boden zwischen den beiden Abteilen. Es glitzerte. Der Mantel glitt ihr von den Schultern. Da hörte sie ein Geräusch. Als sie sich umdrehen wollte, krachte das Regal mit voller Wucht auf sie. Und die Kopfschmerzen waren mit einem Schlag verschwunden.

**

Was hatte er getan? Er hatte gedacht, es sei das Rippengestell, nicht die. Die, die. Die jetzt da lag. Vorsichtig ging er näher, sah die Hand. Eine schmale Hand. Lange Finger, sehr lang. Braun. Braune Finger. Aufgefächert. Sie rührten sich nicht. Auch nicht, als er sie anstupste. «Entschuldigung, es tut mir leid. Das wollte ich nicht. Verstehen Sie? Ich kann nichts dafür.» Schliesslich holte er eine Plastikblache, die nach Katzenpisse stank. Sie war besser als nichts. Vorsichtig breitete er sie aus. Das würde die Kälte abhalten. Dann wischte er alles ab. Wer auch immer das Regal gestossen hatte, er war es nicht gewesen.

21

Meier stieg aus dem 77er-Bus und sah auf die Wegbeschreibung. Er musste die Südstrasse ein Stück zurückgehen und dann links in einen Park einbiegen. Leichter gesagt als getan, das Trottoir war voller Schnee. Meier schritt zügig, seine Nerven vibrierten. Nachdem er frühmorgens sämtliche Kinder abgeliefert hatte – was sich aufgrund des Schneefalls zu einer mehrstündigen Angelegenheit entwickelt hatte –, war er zu Kundert aufgebrochen und hatte ihn in einem Abwasserschacht aufgespürt. Der Kaminfeger hatte den Preis für seine Info noch etwas hochgetrieben – also doch ein Kuhhandel –, aber letztlich hatte es sich gelohnt. Meier hatte Barras alles brühwarm weitererzählt. Nun kümmerte sie sich darum. Es war höchste Zeit. Kundert war ein Pulverfass. Der Sheriff des Lindenhofs, so hatte er sich genannt. Schtärnesiech, es war ein Wunder, dass es nicht schon früher gebrannt hatte. Nach dem Telefonat hatte sich Meier in den Starbucks der Orell-Füssli-Buchhandlung am Bellevue gesetzt, seinen Bericht getippt und ihn sofort an Barras übermittelt.

Gleich darauf waren zwei Nachrichten gekommen. Eine von seinem Chef der Kantonspolizei Uster. Es habe eine Beschwerde von Nussbaum gegeben, warum Meier in seinen Ferien den Kollegen in Zürich helfe. Unautorisiert. Meier hatte noch nicht darauf geantwortet. Schliesslich hatte er ja Ferien, nicht?

Die andere Nachricht war von Eli Apfelbaum. Er bat Meier um die sofortige Auslieferung des Päckchens, das seit dem gescheiterten Versuch am Montagabend in Meiers Dachzimmer lag.

«Diesmal brennt es nicht», hatte er mit einem Smiley unter der Wegbeschreibung notiert.

Auf Meiers Nachfragen war Eli wortkarg geworden.

«Tu mir den Gefallen, Werner, alles Weitere erzähle ich dir später.»

Dringlichkeit lag unter dem leichten Ton, und Meier hatte sich entschieden, den Interessenkonflikt ausser Acht zu lassen und das Paket auszuliefern. Es lag nun in seiner Jackentasche, umwickelt mit einem Band. Als Meier am unteren Ende der Südstrasse ankam, wurde ihm klar, dass er die Abzweigung verpasst hatte. Hier gab es so viele Villen mit parkähnlichen Gärten, dass man sie leicht verwechseln konnte.

Beim zweiten Mal war er aufmerksam und erspähte den Eingang. Links und rechts waren hohe Tannen, alle schneebedeckt, auf der Stelle fühlte er sich in ein Märchenland versetzt. Anstatt den Weg nach unten zu nehmen, ging Meier in Richtung einer kleinen Plattform.

«Mit phantastischem Ausblick auf den See», hatte in Elis Beschreibung gestanden.

Dem Ort haftete etwas Zauberhaftes an. «Hedwig-Stünzi-Terrasse», stand auf einem Schild. Direkt dahinter erspähte Meier den Zaun zum angrenzenden Grundstück und daran befestigt einen Briefkasten. Er bahnte sich einen Weg durch das Gebüsch. Seine Lederschuhe waren innert Sekunden komplett durchnässt. Selbst schuld, dachte er, wieso war er auch so eitel, was sein Schuhwerk betraf? Am Ziel angekommen, holte Meier das Päckchen aus der Jackentasche, worauf es ihm aus der Hand in den Schnee glitt und sofort versank. Er fand es nach einigem Graben, das Papier bereits weich vom Wasser, eine Ecke lag frei und erlaubte die Sicht auf ein Stück roten Karton. War das ein Schweizer Pass? Ertappt sah sich Meier um. In was war Eli Apfelbaum da verwickelt? Betrieb er Menschenhandel? Meier hob die Klappe und warf das Paket ein, bevor die Versuchung nachzusehen, wem der Pass gehörte, zu gross wurde.

Zu Hause machte er sich einen doppelten Espresso, tappte hinauf in sein Dachzimmer, schrieb Eli einen vorwurfsvollen Text, den er sogleich wieder löschte, rief ihn stattdessen an, legte jedoch auf, bevor eine Verbindung zustande kam. Er würde ihm mitteilen müssen, dass er solche Botengänge im Auftrag der Agentur für besondere Affären in Zukunft nicht mehr ausführen konnte.

Und auch eine Partnerschaft kam nicht in Frage, viel zu gefährlich.

Das Handy klingelte. Sahel. Er war in seinem Labor und frustriert. Er erzählte Meier von Barras' Ausbruch, dass sie seither verschollen war und sich nicht mehr gemeldet hatte.

«Keine Ahnung, was los ist.»

Nachdem Meier die Eckdaten gehört hatte, musste er trotz allem schmunzeln. «Sie ist eifersüchtig, ist doch klar. Anna Quetes ist nicht nur eine tolle Rechtsmedizinerin, sondern auch eine sehr schöne Frau.»

Er konnte sich an eine ähnliche Szene mit Zita erinnern. Behielt das aber für sich angesichts von Sahels Stress.

«Geh zur Lindenpfalz. Irgendwo da muss sie sein, ich wette mit dir. Das macht sie manchmal. Sie kehrt noch mal zurück, schaut sich alles in Ruhe an, lässt es auf sich wirken, um dann zu neuen Schlüssen zu kommen. Hat sie von mir gelernt.»

Sahel versprach, sich zu melden, sobald er sie gefunden hatte.

«Bist du weitergekommen mit den Schnipseln?»

Meier verneinte, legte auf und besah sich den Schnipselreigen auf dem Boden, diese besondere Anordnung, die ihm morgens um drei logisch erschienen war, aber nun nur noch chaotisch wirkte. Unentschieden schob er einige Buchstaben umeinander, bildete da ein Wort, löste dort eines auf: «Konfliktparteien», «Weg», «begegnen». Das klang nach einem austauschbaren politischen Artikel. Wenn Meier die Worte bei Google eingab, ploppten Hunderte von Ergebnissen auf. Schliesslich blieb er an einer Kombination hängen: «Poli», «age», «exit». «Exit», das kam zweimal vor. «Exit». Ging es um Tod?

Meier machte den Plattenspieler an. Das «Adagio for Strings» verhalf ihm meist zu Kreativität. Gerade wollte er die Nadel auf die Platte senken, als er ein lautes Knacken vernahm. Jemand war im Haus. Meier erstarrte. Unmöglich. Nora und die Kinder würden nicht vor dem Abend zurück sein.

«Hallo?», rief er ins Treppenhaus. Alles ruhig. Er hatte sich geirrt.

Meier legte die Nadel noch mal auf, genoss die ersten sanften

Töne. Trat an das eine Fenster, stemmte es hoch, bis der Schnee rutschte und eiskalte Luft hereinkam. Es hatte aufgehört zu schneien. Ein abgeknickter Birnbaumast hing zu Boden. Tief atmete Meier ein. Da spürte er es. Eine Art Energie in seinem Rücken, eine Welle. Jemand war im Dachzimmer, kam näher. Meier bekam Angst. Wie hatte er sich nur darauf einlassen können?

«Herr Kundert, sind Sie das? Wie sind Sie reingekommen?» Da schlangen sich Arme um ihn, schlanke, warme, nackte Arme. «Ist das ein Spiel? Ich Kundert, du Landert?» Zita. Zita war doch in London. Erleichterung pur. Nicht nachdenken. Einfach in ihrer Umarmung versinken.

«Gute Überraschung?», fragte sie.

Meier gab keine Antwort. Die Worte fehlten ihm, und er hatte auch keine Lust, sie zu finden. Sie waren allein. Wann war das zum letzten Mal passiert? Als ob sie seine Gedanken lesen könnte, gab sie Antwort. «Vor fünf Jahren. Als Helen und der Pfarrer Finn gehütet haben.»

«Kannst du vielleicht einfach mal schweigen?», fragte Meier und küsste sie. Innig, langsam. Im Hintergrund schwang sich das Adagio zu einem Höhepunkt, sehnsüchtig, zitternd, kraftvoll. Meier schob das klingelnde Handy unter einen Stapel Papier und zog Zita zu seinem alten Klappsofa, das ihn seit Jugendtagen begleitete. Es war Zeit, es am neuen Wohnort einzuweihen. Mit seiner Frau.

***

Eli Apfelbaum war irritiert, dass Meier sein Telefon ausgeschaltet hatte. Er war doch Hausmann, er musste immer erreichbar sein. Ob das mit dem Päckchen geklappt hatte? Eli konnte es nur hoffen. Er gab Mischa die Koordinaten durch. Sie wirkte unerwartet fahrig. Wir brauchen einen Plan B. Wenn Eli etwas im Leben gelernt hatte, dann das. Es brauchte immer einen Plan B. Vor allem, wenn ihm die Felle davonschwammen, so wie jetzt gerade. Er hatte sich auf ein Parkett gewagt, das nicht seins war.

Bislang war er Zuschauer gewesen und hatte ab und zu einen kleinen Part übernommen. Doch nun war Mischa in Schwierigkeiten. So schnell hatte er noch nie einen Pass organisieren müssen. Es hing mit der Botschafter-Keller-Geschichte zusammen. Er würde Meier nach Davos schicken. Er sollte ein Auge auf die Vorgänge haben. Und ihm über alles Bescheid geben. So konnten sie einen Brand vermeiden, der schlimmer war als das Feuer in der Lindenpfalz.

22

Nachdem Mischas Flugzeug in Zürich-Kloten gelandet war, das erste an dem Tag, das eine Landeerlaubnis erhalten hatte, hatte sie in der S-Bahn mehrfach den Waggon gewechselt und war am Hauptbahnhof ausgestiegen, wo sie den Schliessfachschlüssel am verabredeten Ort gefunden und das Fach geleert hatte. Nun kaufte sie sich am Bahnhof Stadelhofen ein Zugbillett nach Davos. Neunzig Minuten blieben ihr bis zur Abfahrt. Erst stattete sie einem Schokoladengeschäft einen Besuch ab, kaufte eine Schachtel Truffes und für Golda Schokolade mit Himbeeren. Dann ging sie los, froh über ihre schwedischen Stiefel. Sie mochte Schnee, in England gab's zu wenig davon. Ihre Blicke über die Schulter waren so routiniert wie die Richtungswechsel. Nein, niemand folgte ihr.

Als Mischa das «Café 33» im Seefeld erreichte, sass Golda als einziger Gast an einem der Tische und las Zeitung. Sie hatte zum Glück den letzten Flug vor dem Schnee erwischt und alles vorbereitet.

Mischa bestellte sich an der Theke einen Cappuccino, setzte sich in Goldas Nähe, bat sie um den braunen Zucker und verwickelte sie in ein Gespräch um dessen Vorzüge. Alles ganz normal, zwei Frauen, vom Schnee aus dem Alltag geworfen, während die Angestellte die Kaffeemaschine bediente und über allem eine Mittwochmorgen-Playlist dudelte. Golda rutschte näher.

«Das Haus ist viel zu gross für uns drei», sagte sie leise. «Pola fühlt sich unwohl.»

Mischa hob die Augenbrauen. «Es ist ein ideales Schlupfhouse. Ich würde auf jeden Fall gerne da wohnen.»

Das brachte Golda zum Lachen. «Ich schätze den Whirlpool auf der Terrasse.»

«Blickgeschützt, nehme ich an?»

«Mit Aussicht auf den See. Zumindest Henri findet es cool.»

Während Mischa ihren Mantel aufknöpfte, schob sie einen Umschlag unter Goldas Zeitung. Mischas Bewegungen waren fliessend und kontrolliert, dass sie das Balletttraining nie aufgegeben hatte, kam ihr zugute.

«Das sind die Eckdaten. Sie soll sie auswendig lernen. Bis übermorgen.»

Golda zweifelte. «Es ist zu wenig Zeit.»

«Sie ist eine Intellektuelle.»

«Aber der Kleine. Du weisst, wie schwer es mit Kindern ist. Vor allem, wenn sie so verwöhnt sind wie Henri. Pola kompensiert damit seine Hörbehinderung, die sie einfach ignoriert.»

«Er ist erpressbar wie alle Kinder.» Mischa holte die Schokolade hervor. «Gib ihm das.»

«Er mag lieber Colafläschchen. Ist ganz verrückt nach den Dingern.»

«Er hatte noch nie solche Schokolade. Die liebt jedes Kind. – Gut für dich, Golda? Pass, Wohnung und Bankkonto folgen.»

Golda hatte einen Blick in den Umschlag geworfen. «Von Oxford nach St. Gallen? Ein Kulturschock für Pola.»

«Die HSG ist eine tolle Uni. Es wird ihr gefallen.»

Mischa biss sich auf die Lippen, sie log ungern jemanden an. Ganz besonders Golda. Aber es ging nicht anders, nicht mal sie durfte Bescheid wissen. Pola kam nicht an die HSG. Die Pläne waren anders. Sicherheitsstufe Hochrisiko. Das hatte sie bislang erst zweimal erlebt. In über zwanzig Jahren Tätigkeit.

«Hier, das ist für dich.»

Ein weiterer Umschlag verschwand unter der Zeitung. Golda nahm sich eine Praline und dann noch eine. Mischa sah ihr beim Kauen zu und verspürte Wehmut. Golda war ihre engste Mitarbeiterin. Als sie Golda zum ersten Mal gesehen hatte, hatte sie gewusst: Wir werden einen langen Weg zusammen gehen. Der kam nun zu einem Ende.

Mischa sah auf ihre Uhr, zu gross und zu protzig an ihrem schmalen Handgelenk. «Ich muss gehen.»

Sie rührte den Cappuccino nicht an, als er denn kam, bezahlte bar und verliess das Café, ohne Golda noch einmal anzusehen.

Später würde Golda das Schreiben lesen. Nur wenige Zeilen. Ein Angebot. Ein Angebot, das sie nicht ausschlagen konnte. Draussen hatte es aufgehört zu schneien, der Himmel hatte diese zwielichtige Helligkeit, die der Dämmerung vorausging. Mischa wählte den Weg über die Zollikerstrasse, um gleich darauf den kleinen Park zu betreten, wo sie bis über die Knie im Schnee versank. Irgendwo knackte es, ein gedämpftes Geräusch. Kreischende Vögel. Ein dicker Ast, knorrig vor Alter, hatte der pulvrig weissen Last nachgegeben. Sie eilte die letzten Meter hoch und erreichte die Brüstung. Die Hedwig-Stünzi-Terrasse hatte sie schon einige Male für Zürcher Treffen benutzt. Sie tauchte auf keiner Karte auf, war in keinem Strassenverzeichnis vermerkt, lag zurückgezogen. Der Ausblick zwischen den verschneiten Wipfeln hindurch auf den schiefergrauen See war einzigartig. *Instagrammable*, dachte Mischa. Sie schoss ein Foto, um es Stephen später zu zeigen. Stephen, der bereits in Davos war, aufgeregt wie ein kleiner Junge, weil er morgen diesen blöden Preis bekommen würde. Den «Cristal Europe». Was für eine Farce. Und alle würden mitspielen.

Von Osten riss der Himmel auf, ein Strahl drängte sich durch die Wolken und traf den See, sodass eine gleissende Bahn entstand. Von unten näherte sich ihre Verabredung. Der Mann, den sie bislang nur per Skype gesehen hatte, entpuppte sich als gross, ungelenk, mit untauglichem Schuhwerk und, das erkannte Mischa, je näher er kam, einem Polyesteranzug unter dem aufklaffenden Mantel. Er stolperte im Schnee, war solche Treffpunkte nicht gewohnt. Als er die Brüstung erreichte, stellte er sich neben sie. Bat um Feuer. Sie suchte in ihrer Tasche. Liess sich dabei seine Identifikation zeigen, beharrte auf dem Prozedere, obwohl es überflüssig war. Wer sonst würde an diesem Tag an diesen Ort kommen?

«Wo ist sie?», fragte er ausser Atem.

«Sie können sie bald treffen.»

«Ich dachte, hier?»

«Bei dem Schnee?»

«Aber …» Er schluckte alles hinunter, den Schreck, die Wut, die Aggression. Er konnte es sich nicht leisten, er war in ihrer Hand.

«Morgen ist die Präsentation in Davos. Ich habe sie angekündigt.»

«Sie wird da sein.»

«Sagen Sie mir wenigstens den Titel, ich muss die Präsentation vorbereiten.»

«‹Frauen Vermögen›.»

«‹Frauen vermögen›? Wie ist das gemeint? Reiche Frauen?» Dann verstand er. «Das ist doppeldeutig. Nicht schlecht.»

Sie hatte ihn an der Angel. Begehren lag in seinem Blick. So viel stand für ihn auf dem Spiel. Seine eigene Protagonistin war im letzten Moment ausgestiegen. Und dabei hatte er im Vorfeld grossmundig den Kurswechsel seines Konzerns angekündigt, mit Schlagworten wie Transformation, Digitalisierung, neue Kundensegmente, und damit Euphorie ausgelöst. Bis die Projektleiterin eine Anklage im Zusammenhang mit dem Niedergang eines Finanzkonzerns in Deutschland erhielt und er sich Knall auf Fall von ihr trennen musste. Um nicht von der Abwärtsspirale mitgerissen zu werden, musste er einen Ersatz beschaffen. Da hatte er sich an Mischas Kontakt gewandt. Und Mischa hatte eine Lösung herbeigezaubert.

«Sie ist ein Glanzstück. Allerdings agiert sie gerne abseits des Rummels. Sie braucht absolute Diskretion, ein kleines Kernteam. Und jemanden, der das Operative nach aussen repräsentiert.»

«Aber …» Er kam ins Schwitzen. «So war es nicht abgemacht.»

«Das ist mein Angebot.»

Er sah so verzweifelt aus, dass Mischa seinen Arm tätschelte. «Sie wird Ihr Asset.»

«Und wie kann ich sicher sein, dass sie es kann?»

Sie hielt den Stick in die Höhe. «Da ist ihre Forschung, inklusive eines konkreten Massnahmenpakets. Jede Bank der Welt würde sich um diese Daten reissen.»

Seine Augen wurden glasig. Als er nach dem Stick greifen wollte, steckte Mischa ihn ein. «Sie bekommen ihn morgen Abend. Mein Flug geht um einundzwanzig Uhr. Wir treffen uns in der Lounge. Davor muss der Transfer passiert sein. Die gesamte Summe.»

«Das ist viel zu unsicher.»

«Es gibt weitere Interessenten. Ich brauche nur ein Signal zu geben.»

Er hatte die Drohung verstanden, drehte sich um und ging davon. Sie sah ihm Wut und Ohnmacht an, als er über den Weg nach unten schlitterte.

Mischa prostete sich innerlich zu. Sie hatte ihren Schützling in eine Zürcher Grossbank eingeschleust, wie es aussah. Den Job würde sie meistern. Anerkennung war das Zauberwort. Bekäme sie einmal den Riecher dafür, wie sich Anerkennung anfühlte, würde sie aufblühen. Zweimal hatte Mischa diesen Prozess erlebt. Daraus waren eine Staatsministerin geworden und ein ranghohes Mitglied des Europäischen Parlaments. Sie würde sich in diese Galerie einreihen, vielleicht sogar zur Krönung werden.

Sie war eine Kämpferin, sie wusste es nur nicht.

In einer halben Stunde ging Mischas Zug. Sie legte einige Pralinen in den Schnee, zog ihr Londoner Handy hervor und schoss ein Foto, das sie zusammen mit einem Text an Renate schickte. Wenn Golda ihre rechte Hand war, dann war Renate die linke, genauso wichtig auf ihre Weise. Sie hielt in Oxford die Stellung, hatte ein wachsames Auge auf die Entwicklungen und informierte Mischa zuverlässig. Renate und sie hatten zusammen studiert. Sie war ihre allerälteste Freundin.

«Du kannst die Bestellung ausführen. Danke für die Angabe der Öffnungszeiten. Ein süsses Souvenir wartet auf dich.»

In Mischas Tasche vibrierte eines der Handys. Sie brauchte die Nachricht nicht zu lesen, sie wusste, was auf dem Display stand. Es war so weit. Sie stapfte durch den Schnee zum Briefkasten und holte den kleinen Schlüssel aus dem Portemonnaie. Das Paket war etwas aufgeweicht, mit einem Riss an der Ecke. Als sie Eli Apfelbaum anrief, versicherte er, sein Kurier sei absolut zuverlässig. Aber Mischa liess sich nicht täuschen. Dass der Kurier über den Inhalt des Pakets Bescheid wusste, war nicht vorgesehen. Sie musste den Plan ändern.

✳✳✳

Eli Apfelbaum war auf Nadeln. Was fiel Meier ein? Er war nicht zu erreichen. Schliesslich versuchte Eli es bei Zita. Sie meldete sich atemlos. Meier sei gerade nicht abkömmlich.

«Bist du hier?», fragte Eli erstaunt. «Ich wähnte dich in London.»

«Eine geheime Mission.» Zitas Lachen klang tief und herzlich. «Die Kinder werden sie allerdings in kurzer Zeit beenden.»

Und da hatte Eli eine Idee. So genial, dass er sich selbst gratulierte. Es war noch besser als sein ursprünglicher Plan. Er lehnte sich zurück und biss in seinen Bagel, so herzhaft, dass die Remoulade über sein Kinn floss und einen Fleck auf seinem Jackett hinterliess. Dann kam er in Gang. Und kurze Zeit später war für seinen Cousin Werner Apfelbaum aus Sheffield und dessen Frau ein Doppelzimmer auf der Davoser Schatzalp reserviert.

23

Trams kamen keine mehr, die Busse waren ausser Betrieb, Joel ging zu Fuss zum Polizeigebäude neben der Kaserne. Er fühlte sich, als ob ihm einer mit dem Vorschlaghammer auf den Kopf gehauen hätte. Marlens Beschuldigung, die Taxifahrt von gestern Abend, der Streit. Nicht mal die Rosen hatte Djamila angenommen. Er fühlte sich so verdammt verletzt. Seine Anrufe ignorierte sie, auf seine Texte gab sie keine Antwort. Obwohl sie online war, was er sehen konnte. Und dann der Anruf der Polizei.

«Ich habe Ihnen doch alles gesagt.»

«Es gibt Unklarheiten. Reine Routine», war die Antwort der Polizistin gewesen. «Sie müssen keine Angst haben.»

So ein Witz, natürlich hatte er Angst. Eine Mordanklage. Das wäre monströs.

Nachdem er sich in der Kriminalpolizei, einem grauen Betonklotz aus dem letzten Jahrhundert, am Empfang gemeldet hatte, wurde er in ein karges Verhörzimmer im fünften Stock geführt. Dann passierte nichts mehr. Seine Finger zupften am Stoff der Jeans, sein Blick glitt zur Deckenecke, wo er eine Kamera entdeckte. Dazwischen sah er immer wieder auf das Display des Handys. Dass es eine Nachricht gab, von ihr, brachte ihn aus dem Konzept. Bevor er sie lesen konnte, traten zwei Polizisten ein, beide in Zivil, sie eine rundliche Kleine in einem ungünstigen Kostüm, er hinkend, mittelalterlich mit französischem Akzent und langem Haar.

Er stellte sich als Serge Duchamps vor, schien easy drauf. Wollte noch mal Joels Aktivitäten am Empfang von Montagabend wissen. Joel gab sich Mühe, versuchte, alles der Reihe nach zu erzählen. Beschrieb, wie er nach seinem Auftritt in der Widder-Bar – «Da war ich noch nie» – einen getrunken hatte, sogar das Kiffen verheimlichte er nicht. Fühlte sich ehrlich zerknirscht. War bereit, dafür eine Strafe zu kassieren. Gab zu, dass er sich während des Konzerts wie ein Alien vorgekommen sei, wie sehr ihn das verunsichert habe.

«Ich war in Jeans und offenem Hemd, unter Smokings!»

«Hat Ihre Partnerin Sie nicht auf den Dresscode hingewiesen?»

«Vermutlich habe ich es zu wenig ernst genommen.»

Dann wollte Duchamps mehr über das Kiffen wissen. «Wie oft konsumieren Sie?»

«Wenig, eigentlich nie.»

«Ein Gelegenheits-Smoker?»

Smoker? Der Polizist kannte die Kiffersprache.

«Vertragen Sie es?»

«Natürlich.»

«Keine Überreaktionen? Halluzinationen? Depersonalisierungen?»

Joel kam ins Schwitzen. «Nicht dass ich wüsste. Ausserdem habe ich den Joint nur zur Hälfte geraucht.»

«Und dann im Ofen entsorgt?»

«Nein.» Joel war entsetzt. «Den habe ich eingesteckt. Das tu ich immer. Die Stummel schmeisse ich zu Hause weg.»

«Zeigen Sie mir Ihre Hände.»

Duchamps Lächeln wirkte zu kumpelhaft.

Unsicher betrachtete Joel seine Finger, die langen Nägel rechts, die bräunliche Stelle am linken Zeigefinger, da, wo er jeweils den Joint ausmachte, um ihn bei Gelegenheit später zu Ende zu rauchen. Er sah sie mit den Augen des Polizisten. Er denkt, ich kiffe jeden Tag. Er denkt, ich hatte eine Psychose und habe im Rausch Matteo erwürgt. Er denkt …

Das penetrante Klingeln eines Anrufs erlöste Joel aus seiner Gedankenachterbahn.

Duchamps ging raus. Die Polizistin beobachtete ihn, bis Duchamps zurückkam, die Hände auf der Tischplatte aufstützte und Joel fixierte. Er sieht mich an, als ob ich schuldig wäre, schuldig, etwas getan zu haben, von dem ich nichts weiss.

«Wo ist Ihr Zippo?»

«Ich habe es verloren.»

«Wann?»

«An dem Abend.»

«Wo?»

«Ich … Im Turmzimmer oder in der Widder-Bar, vielleicht auch draussen.»

«Hatte es eine Gravur?»

Woher wussten die das? War es eine Fangfrage? «Ein Buchstabe», sagte er vorsichtig.

«Ein J für Joel, richtig?»

Darum ging es. Der Kaminfeger fiel ihm ein, der Feuer gewollt hatte.

«Kein J. Sieht nur so aus. Der Bogen ist über die Jahre verschwunden, es ist ein D.»

Kaum hatte er den Buchstaben ausgesprochen, wusste er, dass er einen Fehler gemacht hatte. Damit zog er Djamila mit rein.

Die Polizisten wechselten einen Blick.

«Hat sie es dir geschenkt? Oder hast du es ihr entwendet?»

Er duzte ihn? Joel fühlte sich im freien Fall.

«Was meinen Sie damit?»

«Geklaut, hast du es geklaut?»

«Marlen war das, nicht wahr, sie hat euch davon erzählt?»

Keine Antwort. Dafür ein neuer Angriff. «Hat Djamila Murani den Ofen gezündet? Deckst du sie?»

«Sie hat nichts –»

«Wer dann? Du?»

«Nein. Ich habe mich in dem Turmzimmer nur eingespielt.»

«Stimmt, du bist ja Gitarrist. So beseelt von seinem Beruf, dass er die Gitarre vergisst.»

«Es war hektisch.»

«Wieso weisst du das? Du warst in der Bar. Angeblich.»

«Danach.»

«Du warst besoffen.»

«Ein wenig.»

«Der Barkeeper erwähnte drei Whiskys und einen Joint.»

«In der Bar ist Rauchverbot.»

«Du warst länger auf dem Klo.»

«Um Djamila anzurufen, ich –»

«Wieso warst du nicht dabei, als deine Freundin ihre Rede gehalten hat?»

«Ich bin nervöser als sie.»

«Sonst stehst du im Publikum, hat man uns erzählt. Du nimmst ihre Reden auf und analysierst sie hinterher.»

«Manchmal. Selten eigentlich.»

«Hattet ihr Streit?»

«Sie mochte nicht, dass ich kiffte.»

«Davor, hattet ihr davor Zoff?»

«Nein ...»

«Du wolltest breit sein, gib es zu. Um zu vergessen, dass dir kein Schwein zugehört hat.»

«Nein, ich wusste ja, worauf ich mich bei dem Konzert eingelassen habe.»

«Dein alter Prof sagt, ich zitiere: ‹So ein Konzert ist nicht Joel Brunners Art. Er mag privat bescheiden sein, für seine Gitarre tut er alles. Verwachsen mit den Saiten.›»

«Das war früher so.»

«Jetzt nicht mehr? Hat Djamila dir das genommen? Deine Karriere, deine Würde, deinen Stolz? Musstest du darum kiffen? Den Ofen zünden?» Duchamps schoss mit Buchstaben, der welsche Akzent klang scharf, der Charme war weg.

«Nur weil ich geraucht hab, bin ich kein Feuerteufel.» Duchamps packte ihn. «Du hast schon wieder gekifft.»

«Das stimmt nicht.»

«Bist du so weit gegangen, Matteo im Keller einzusperren? Hast du das Schloss angebracht?»

Wovon sprach der Typ?

Als er Joel schüttelte, ging die Polizistin dazwischen.

«Hör auf, Serge.» Sie flüsterte mit ihm. Dann wandte sie sich Joel zu, übernahm das Gespräch.

«Wo waren Sie nach dem Anlass, mögen Sie mir das erzählen?»

Die war wenigstens nett. Joel entspannte sich. «Ich bin heimgegangen.»

«In Ihre WG?»

«In die Beamtenwohnung.»

«Mit Frau Murani?»

«Sie kam später.»

«Sind Sie eifersüchtig auf ihren Job?»

«Nein.»

«Als Partner einer Diplomatin können Sie Ihren Beruf nicht mehr ausüben. Während Ihres Aufenthalts in London hatten Sie kein einziges Konzert.»

«Was soll das?»

«Sie hatten Streit, nicht wahr? Im Turmzimmer wurde geschrien.»

«Ich habe ja zugegeben, dass ich dort war.»

«Den Streit haben Sie nicht erwähnt, Joel.»

Sie sprach ihn mit Vornamen an. Wie seine Mam. Etwas in Joel gab nach. Es hatte keinen Sinn. Die wussten alles.

«Wir hatten eine Auseinandersetzung.»

«Worüber?»

«Nach dem Essen hätte ich nochmals spielen sollen. Ich habe das abgelehnt. Djamila ging aus dem Turmzimmer, ich vielleicht eine Minute nach ihr. Unten im Flur habe ich Crispian Biäsch getroffen, und wir sind in die Widder-Bar gegangen. Später haben Djamila und ich uns wieder versöhnt.»

«Wie kommt es dann, dass Sie sich in einem Taxi von Ihnen getrennt hat? Ihren Rosenstrauss vergessen hat? Einfach vergessen?»

Das wussten die auch? Er suchte nach Worten. Bis sie hinausgingen und ihn in Ruhe liessen. Joel trank vom Wasser. Es war warm und lau. Als ob es immer auf diesem Tisch in diesem Raum stünde. Er zog sein Handy heraus und las Djamilas Nachricht. Zweimal. Ein drittes Mal. Sie versöhnte sich mit ihm. Bat ihn, möglichst schnell nach Davos zu kommen. «Nimm deinen Anzug mit. Und lass um Gottes willen das Gras zu Hause. Ich. Brauche.Dich.Baby.»

Joels Erleichterung war monumental. Sie trieb ihm Tränen in die Augen. Alles wird gut, dachte er.

Die Tür ging auf. Die Polizistin kam herein.

«Ich muss Sie leider verhaften. Sie haben das Recht, zu schweigen und einen Anwalt zu rufen.»

***

Serge starrte auf die Nachricht. Sahel war verrückt vor Sorge, weil Barras sich nicht mehr meldete. Er verlangte eine offizielle Suche. Aber es würde unnötig Staub aufwirbeln. Nachdem sie mit Brunner einen ersten Fahndungserfolg hatten, hatte sich Nussbaum eben sehr zufrieden gezeigt. Wenn sie nun ins Spiel brachten, dass Barras wieder eine Solonummer durchzog, würde das für sie unangenehm.

«Abwarten», schrieb er an Sahel. «Barras ist wütend gewesen nach der Sitzung. Ausserdem hatte sie Migräne. Wenn sie einen Schub hat, wird sie unerträglich, und dann hilft nur Sport. Vermutlich rudert sie über den See, schwimmt im Eiswasser oder bikt durch ein verschneites Tobel, um Dampf abzulassen. Du kennst sie doch.»

24

Zita Schnyder schreckte hoch, weil der Zug über eine Weiche rumpelte.

«Wo sind wir?»

«In Davos Wolfgang. Magst du?»

Der Commissario schraubte den Deckel von einer Cola Zero auf.

«Du bist ein Held. Du weisst, ich sage das nicht gern.»

Zita kuschelte sich an Meier und nahm einen Schluck, warm, aber göttlich.

Es fühlte sich alles sehr irreal an. Nachdem Meier Zita auf Eli Apfelbaums Vorschlag hin in einem Anfall von Kühnheit vorgeschlagen hatte, sie könnten zusammen den nächsten Zug nach Davos nehmen, weil er am WEF einige Informationen beschaffen sollte, und sie sofort zusagte, hatte einfach alles geklappt. Nora hatte die Kinderbetreuung übernommen, Pflegetochter Jessie ihre Mithilfe versprochen. Im Gegenzug forderte die eine Ferien mit Tochter und Enkelin, sprich Zita und Lily, die andere sturmfrei für eine Party. Zita hatte beides zugesagt und in Windeseile ihre London-Tasche umgepackt. Stadtklamotten raus, Winterkleidung und ein Abendoutfit rein, dazu die Zahnbürsten. Gleich darauf waren Meier und sie zum Bahnhof Stadelhofen gestapft – Trams und Busse fuhren immer noch nicht –, um den Achtzehn-Uhr-Zug nach Davos zu erwischen.

«In welchem Hotel sind wir denn?», fragte sie nun.

Meier sah auf Elis Mail nach. «Im Hotel Schatzalp.»

«Schatzalp? Auf Manns Zauberberg?»

«Besser gesagt Kellers Zauberberg. Es ist ein doppelter Wurf. Heute Abend findet da ein inoffizieller Anlass statt, Botschafter Keller und geladene Gäste. Eli will uns auf die Gästeliste schmuggeln.» Meier grinste und drückte ihr sein Handy ans Ohr. Apfelbaums knarrende Stimme ertönte.

«Das WEF ist eine *schejne Sach*, da kommen Krethi und Plethi, ausschliesslich *wichtig* Menschen, und alles ist Monate vorher ausgebucht. Weil aber für Meier und seine *Schickse* nur das Beste gut genug ist, hat sich der Apfelbaum ins Zeug gelegt. Ein Premium-Doppelzimmer ist euch gewiss. Viel Vergnügen.» Dazu ein meckerndes Lachen, so laut, dass die Leute aus den Nachbarabteilen hersahen.

«Eli ist wirklich krass», sagte Zita. «Ob er mir auch eine Audienz bei der Queen verschaffen könnte?»

Der Zug schlängelte sich den Berg hinunter und fuhr auf ein Lichtermeer zu. Unterwegs hatte es zu schneien aufgehört, die Szenerie hatte etwas Magisches.

«Davos Dorf», kam die Durchsage. In dem proppenvollen Zug machte sich Aufbruchsstimmung breit.

«Wir sind erst bei der nächsten dran», sagte Meier und half Zita in den Mantel. Im Stehen griff sie nach ihrem Handy. Nix von Beanie und auch nix von zu Hause. Sie sah auf die Uhr. Jetzt wäre Finn in der Dusche, Theo zöge den Pyjama an, den blauen mit den Rennautos, während Lily bei Nora auf dem Arm nuckelte. Henri fiel ihr ein. Wie sehr hoffte sie, dass es ihm und Pola gut ergehen würde. Ich werde sie nie wiedersehen. Der Gedanke war eigenartig, wenn man zusammen eine solche Reise gemacht hatte. Sie hatte Meier nur kurz davon erzählt, hatte die Dramatik hinuntergespielt, sie mochte keine Fragen hören und keine Antworten geben müssen. Rechts erhaschte sie einen Blick auf den Bahnhof, überfüllt mit Menschen. Auffällig waren die Security-Leute, die alle paar Meter standen. Es sieht aus wie in London zur Rushhour, dachte sie.

«Hier im Dorf sind die wichtigen Kongresshotels», erklärte Meier, «das ‹Goldene Ei› und da vorne der ‹Seehof›, wo sich damals Peres und Arafat getroffen haben.» Er zeigte in Richtung der Häuser. «Direkt daneben ist die Parsennbahn. Vielleicht fahren wir da mal mit den Kindern hoch.»

Zita staunte, woher hatte Meier all diese Kenntnisse?

«Warst du schon mal in Davos?»

Meier nickte. «Klar, mit meinem Vater. Fast jeden Winter.»

Meiers Eltern waren längst gestorben. Seine Stimme hat sehnsüchtig geklungen, dachte Zita.

«Fährst du denn Ski?»

Dass er nickte, haute sie um. «Wieso hast du mir das nie gesagt?»

«Es war kein Thema. Da du nicht Ski fährst, weil deine Eltern immer ins Piemont gefahren sind. Vor lauter Erzählungen über den Rebberg und das Landgut bin ich nicht dazu gekommen.»

Ein Vorwurf? Ihre Erwiderung erstickte Meier mit einem Kuss. «Liebste», murmelte er. «Lass uns morgen darüber nachdenken. Dann muss ich sowieso arbeiten. Eli hat mir eine ganze Liste von Aufträgen mitgegeben.»

Zita fiel etwas ein. «Wie kannst du gleichzeitig für die Kripo und für Eli unterwegs sein?»

«Diese Mission hier heisst Apfelbaum. Mein Zürcher Einsatz, der offiziell gar nie angefangen hat, ist beendet. Der Bericht liegt bei Barras.»

«Hast du etwas von ihr gehört?»

«Nein, aber sie hat bestimmt alle Hände voll zu tun. Es haben sich Hinweise auf einen Tatverdächtigen bezüglich des Brands im Aussenschuppen der Lindenpfalz ergeben.»

«Du klingst wie ein Polizeirapport.»

«Daher habe ich es ja.» Er lächelte. «Im Ernst. Ich gehe davon aus, dass es, wenn nicht zu einer Verhaftung, so doch zu einer Befragung geführt hat. Und jetzt geniessen wir unseren freien Abend.»

Bei der nächsten Station stiegen sie aus. In dem Gewimmel merkte Meier zu spät, dass es nicht Davos Platz, sondern der Extrabahnhof beim Kongresszentrum war. Manche Passagiere eilten sofort zu den bereitstehenden Limousinen, eine Gruppe bestieg einen Minibus.

«Die sind wie wir, der Plebs vom WEF.» Meier grinste. «Die fahren bestimmt nicht ins Fünf-Sterne-Hotel. Lass uns zu Fuss gehen. Es ist nicht weit.»

Es war verschneit, kalt, aber trocken, am Himmel zeigten sich einige Sterne. Je näher sie dem Kongresszentrum kamen, dem Herzen des WEF, wie Meier erklärte, desto mehr Security gab es. Schliesslich ging's nicht mehr weiter, links und rechts sah Zita Uniformierte an den Strassenrändern, auf den vom Schnee freigeschaufelten Dächern. Weiter vorn fuhr eine Limousine direkt in eine sauber gepflügte bunkerartige Auffahrt.

«Hier ist Hochsicherheitszone.» Das zugehörige Gebäude war erleuchtet. «Das berühmte Kongresszentrum.»

Ihr Sightseeing wurde von einem Sicherheitsbeamten entschieden in eine andere Richtung gelenkt, und nach einem schnellen Gang durch den Kurpark kamen sie auf die Promenade, vorbei am mit Menschen gefüllten «Russia House», untergebracht neben der örtlichen Konditorei, und der «India Lounge», aus der Gewürzschwaden zu ihnen drangen.

«Ich muss Sahel zurückrufen», sagte Meier und blieb stehen. «Das hatte ich ganz vergessen.»

«Bei Curryduft denkst du an Sahel?», fragte Zita. «Du solltest dich schämen.»

Sahels Mutter war Inderin, er mochte aber kein Curry, wie Zita bei einem gemeinsamen Abendessen herausgefunden hatte. «Entschuldigung.» Meier sah zerknirscht aus. Griff dennoch nach seinem Gerät.

«Hast du nicht gerade gesagt, dass du raus bist aus dem Zürcher Fall?»

«Ja, schon, aber Sahel ist irgendwie auch ein Freund.» Auf Zitas Blick steckte Meier das Handy weg. «Morgen, ich ruf ihn morgen an.»

Sie nahmen sich bei der Hand, entschieden sich, dass ihnen das «KaffeeKlatsch» vorne am Postplatz am sympathischsten war, holten sich ein Stück Kuchen und einen Take-away-Kaffee, bevor sie an typischen Davoser Häusern vorbei den kurzen Weg zur Talstation der Schatzalpbahn schlenderten, wo Zita in der Toilette ihr zu eng gewordenes Hosenkostüm anzog, während Meier es bei Hemd und Jacke beliess. Arm in Arm betraten sie dann die altmodische Standseilbahn, zusammen mit vielen weiteren Gästen, alle in Abendkleidung, wesentlich aufsehenerregender als die ihre.

Im hintersten Abteil herrschte ein grosses Gedränge. Dicht

aneinandergedrängt tranken sie den Cappuccino und genossen die kurze Fahrt nach oben. Bis Meiers Handy summte. Schaffte er es? Nein, natürlich nicht, er holte es raus und kontrollierte die Nachricht. Etwas ist nicht gut, dachte Zita.

«Bist du sicher, dass das informell ist?», fragte sie, als sie sich nach der Ankunft in die Menschenschlange einreihten, die sich, eingerahmt von Schneemauern, zwischen der Bergstation und dem Hotel gebildet hatte. Es war eiskalt, ihr Atem bildete Dunstwolken, ihre Wangen fühlten sich erfroren an. «Sieht aus wie der Empfang eines Staatspräsidenten.»

«Stephen Keller, als Schweizer Botschafter in London, und die Botschafterin der UK feiern die neuen Beziehungen in der Post-Brexit-Ära.»

«Du kennst dich aus.»

«Hat mir Eli erläutert. Djamila Murani wird übrigens auch hier sein.»

Zita bekam ein mulmiges Gefühl.

«Was hat dir Eli für einen Auftrag gegeben?»

Meier wich ihrem Blick aus, kontrollierte eine weitere Nachricht, die er eben bekommen hatte.

«Es ist kompliziert», murmelte er.

Zita hatte keine Lust mehr, um den heissen Brei herumzureden. «Die Londoner und die Zürcher Geschichte hängen zusammen, nicht wahr? Es kann kein Zufall sein, dass Eli mich mit Djamila vernetzt und dass du in seinem Auftrag zu der Feier in der Altstadt gehst, wo ein Feuer ausbricht.»

Als Meier nicht antwortete, versuchte sie, ihm das Handy zu entwinden.

«Wer hat dir geschrieben?»

Er wehrte sie ab, sie rangelten, verspielt, aber nicht nur. Als Meier nach vorn kippte und den bitterbösen Blick einer Frau im kleinen Schwarzen einfing, gab er nach.

«Sie haben Djamila Muranis Partner verhaftet. Joel Brunner.»

«Ist er der Verdächtige, den du eben erwähnt hast?»

«Eigentlich nicht.» Meier haderte, wollte die Antwort nicht rausrücken. «Lass uns jetzt bitte, bitte diesen Abend geniessen.»

«Mach ich doch die ganze Zeit. Du bist derjenige, der dauernd die Verabredung bricht.»

Meier sah so zerknirscht aus, dass Zita ihm verzieh. Dann kamen sie plötzlich schnell voran, und ihre Aufmerksamkeit verlagerte sich auf den grossartigen Anblick, der sich ihr bot. Der Jugendstil-Hotelkasten ragte steil vor ihnen in den Nachthimmel, eine Front von verzierten Innenbalkonen, beleuchtet vom warmen Licht der Scheinwerfer, umgeben von Tannen und Schnee. Es war majestätisch.

Als Meier beim Eingang «Herr und Frau Apfelbaum» sagte, bat sie der Livrierte nach einem Blick auf seine ausgedruckte Liste zum Security-Check, bei dem sie mit Stil und geschlechtergetrennt untersucht und für einlasstauglich befunden wurden.

Links war die Rezeption, rechts ein hölzerner Schlüsselkasten samt Concierge in Uniform, der ihnen ihr reserviertes Zimmer bestätigte – «Es ist leider noch nicht ganz bereit, entschuldigen Sie die Umtriebe, wir offerieren Ihnen einen Aperitif» – und ihnen die Mäntel abnahm, bevor sie zum gedeckten Tisch und den blütenweiss bezogenen Stühlen geleitet wurden.

Zita dachte an den Kuchen in ihrer Handtasche und unterdrückte einen Lachanfall. Und dann liess der Zauberberg seinen Glanz spielen, für einige Stunden waren sie nur Zita und Werner, jung und unbeschwert, frisch verliebt in der Spiegelung der Fensterscheibe. Sie machten grosse Augen, als sie zur Vorspeise koscher bekamen, genossen den Lachs auf Kräutermousse, die Veggie-Capuns. Das Dessert, ein Eiskaffee, schob Zita Meier zu, der sich nicht zweimal bitten liess.

«Fasten kann ich morgen wieder», sagte er und orderte eine zweite Flasche Wein. Sie stiessen an.

«Ob das Bett hier so knarrt wie mein Sofa?» Meier grinste, um gleich darauf Grappa mit Espresso zu bestellen und sich kurz zu entschuldigen.

«Ich muss meinen Hosenknopf öffnen, sonst platze ich.» Er verschwand in Richtung Toilette.

Zita nahm einen Schluck Wein, lehnte sich zurück, beobachtete die anderen Leute. Die Stimmung in dem herrlichen Esssaal war aufgeräumt, von irgendwoher ertönte Klavierspiel, die Leute waren in Gespräche vertieft, ein rhythmisches Miteinander von Vokalen und Konsonanten, ab und zu ein Lacher.

Der Vorplatz, den man durch die Scheiben sehen konnte, war beleuchtet, und dahinter nahm man in der Dunkelheit schemenhaft den Abhang und die Berge gegenüber wahr. So in die Aussicht vertieft, hielt Zita es erst für eine Sinnestäuschung, dass sie eine vorbeigehende Frau erkannte.

Unmöglich, die hatte sie vor einem Tag in London gesehen. Und doch. Die rundliche, aber agile Figur, der Pagenschnitt, das Cape, unverkennbar Mischa Hare. Was machte sie hier? Hatte sie Zita Pola anvertraut, sie mit ihr diese abenteuerliche Reise quer durch Frankreich machen lassen, nur um ebenfalls in die Schweiz zu reisen? Zum zweiten Mal innert vier Tagen? Abrupt stand Zita auf, durchquerte den Raum, holte ihren Mantel, trat hinaus auf die leere Terrasse. In der eiskalten Luft wurde sie auf einen Schlag nüchtern. Wohin konnte Mischa gegangen sein?

«Fährt noch eine Bahn nach unten?», fragte sie den Portier, der neben sie getreten war.

«Regelmässig, die ganze Nacht.»

«Ja dann …» Sie hatte keine Lust, auf den vagen Verdacht hin der Frau ins Dorf hinunter zu folgen.

«Allerdings nicht heute», liess sich der Portier vernehmen. «Es gab ein Problem mit der Notbremse. Darum nützen wir die Nacht für eine Revision. Bei uns wird die Sicherheit grossgeschrieben.»

«Kommt man nicht weg?»

«Wieso, wollen Sie uns verlassen?»

Zita fühlte sich ertappt. «Ich mache einen Spaziergang.»

«Dann gibt's nur diesen einen Weg. Er ist erleuchtet. Eine wunderbare Nachtwanderung.» Er hüstelte diskret. «Kurz vor Ihnen ist übrigens eine Dame losgezogen.»

«Wirklich? Danke für den Tipp.»

Denkt er, sie wäre meine Liebhaberin? Sein Blick gab nichts preis, Dezenz gehörte zu seinem Jobprofil.

Zita ging über den leicht abschüssigen, freigeschaufelten Pfad, mit Tannen links und rechts, durch die Schneelandschaft, bis sie die Frau von eben, die sie für Mischa hielt, entdeckte und ihr mit Abstand bis zu einer Hütte folgte, wo Zita innehielt. «Arboretum», stand auf einem Wegweiser. Ein Alpengarten, im Sommer bestimmt attraktiv, nun vollkommen eingeschneit.

Die Frau war stetig weitermarschiert und begab sich ein Stück weiter vorne links des Wegs in eine Art Gartenhaus. Nun trat jemand zu ihr, ein Mann im Smoking, mit schlohweissem Haar, das in der klaren Nacht leuchtete.

Zitas Augen schmerzten von der Anstrengung, alles genau zu beobachten. Das Paar stand nahe beieinander, schien etwas zu besprechen. Ob es sich um einen Streit handelte oder lediglich um eine animierte Auseinandersetzung, war nicht zu erkennen.

Dann kam die Frau zurück, so schnell, dass Zita kaum Zeit blieb, sich hinter der Hütte zu verstecken. Es war Mischa Hare. Und gleich darauf der Mann. Er sah aus wie der Botschafter Stephen Keller. Was bedeutete das?

Zita entschied sich zu warten, bis die beiden verschwunden waren. Als sie ausser Atem in den mittlerweile fast leeren Esssaal zurückkehrte, sass Meier bereits am Tisch. Anstatt nach ihr Ausschau zu halten, war er in sein Handy vertieft.

«Wo warst du?» Seine Stimme klang anders als eben.

«Ich habe frische Luft geschnappt.»

«Ach so.»

Er fragte nicht nach. Sein Blick wirkte unruhig, Zita bemerkte, wie er den Eingang streifte.

«Was ist?», fragte sie. «Gehen wir nach oben?»

«Bist du müde?»

«Du nicht?»

«Ich würde …»

Ach so. «Geh ruhig.»

«Drüben in der Lounge ist ein Konzert», sagte er. «Das hör ich mir vielleicht noch an. Chopin.»

Er wusste, dass sie keine klassische Musik mochte. Er hat eine Fährte aufgenommen, dachte Zita, genau wie ich. Meier küsste sie und ging zum Eingang der Lounge. Zita wartete, bis er verschwunden war. Dann rief sie Mischa an. Die digitale Ansage verkündete, es bestehe kein Anschluss unter der Nummer. Nun probierte sie es bei Djamila. Seit der Begegnung in London, seit Zita ihr von dem Tweet erzählt hatte, hatten sie keinen Kontakt mehr gehabt. Sie hinterliess eine Nachricht und betrat das Entrée, wo sie sich die im Schaukasten ausgestellten Ausgaben von Thomas Manns «Zauberberg» ansah. In der Folge verwickelte sie den Concierge, zum Glück nicht denselben wie eben, in ein Gespräch über die beste Wahl und platzierte beiläufig ihre Frage nach Mischa Hare. Er schaute in seinem dicken handgeschriebenen Buch nach, das darüber hinwegtäuschte, dass im Hinterzimmer ein Computer zu sehen war und selbst in diesem Jugendstilambiente die moderne Technik eingezogen war.

«Nein, tut mir leid, sie logiert nicht bei uns.»

«Ich muss sie verwechselt haben. – Und Djamila Murani? Übernachtet sie vielleicht hier? Sie wollte spontan buchen.»

Der Concierge erklärte Zita, dass er «spontan» für illusorisch halte, dass das Hotel Schatzalp seit einem Jahr ausgebucht sei, und gab ihr den Tipp, im «Ochsen 2» in Davos Dorf nachzufragen, wo die jüngere Generation absteige, vielleicht gäbe es dort ab und zu Vakanzen.

Was? Hatte Eli Apfelbaum schon vor einem Jahr sein Zimmer gebucht? Und warum hatte er es so bereitwillig an sie und Meier abgegeben?

«Kann ich noch etwas für Sie tun?»

Der Concierge wirkte etwas genervt, und Zita kaufte ihm die altmodische Mann-Ausgabe ab.

«Ich habe gehört, dass die Bahn heute Nacht nicht fährt.»

«Das ist korrekt.»

«Gibt es eine Möglichkeit, zu Fuss hinunterzukommen?»

«Der Weg ist leider eine Eisbahn, nicht zu empfehlen nachts», sagte er.

«Also sind wir eingesperrt auf dem Zauberberg.»

***

Kaum war die aufdringliche Kundin weg, griff der Concierge zu seinem Telefon und rief Stephen Keller an. Der Herr Botschafter legte viel Wert auf Diskretion. Von dem Arrangement mit Frau Hare wusste niemand. Diese angebliche Frau Apfelbaum hatte sich zu neugierig dafür interessiert. Er war nicht sicher, ob er sie erfolgreich abgewimmelt hatte. Als er Keller nicht erreichte, sprach er ihm eine Warnung aufs Band.

25

Stephen Keller sass auf einer verwitterten Bank im Schutz des überdachten Plätzchens, das sein Dasein am Rand des Hotels Schatzalp fristete, rauchte eine Zigarette nach der anderen und schüttete Wein direkt aus der Flasche in sich hinein. Absolutes Gift für ihn. Sei's drum.

Mischa hatte ihm soeben mitgeteilt, dass sie ihre Beziehung nicht länger aufrechterhalten könne. Das förmliche British English, das sie für die Worte wählte, hatte sie noch verletzender gemacht. Nach all den Jahren, nach all den heimlichen Treffen auf der ganzen Welt, für die er Himmel und Hölle in Bewegung gesetzt hatte, nachdem er ihr treu gewesen war, jeglicher Versuchung getrotzt hatte – und es hatte viele gegeben, weiss Gott – und nachdem er alles vorbereitet hatte, um heute mit Helly zu sprechen und ihr von seinen Absichten zu erzählen, sie für Mischa zu verlassen, nach alledem teilte ihm seine langjährige Geliebte mit, dass ihr Leben nun eine andere Richtung nähme. Sie müsse für sich schauen, könne nicht mehr auf Stephen Rücksicht nehmen.

Kalt hatte sie sich umgedreht und war gegangen. Das Chalet, eine Dependance des Hotels Schatzalp, die Stephen jeweils heimlich in Absprache mit dem Chefconcierge für sie beide mietete – eine gewaltige Ausgabe, die er über sein Gehaltskonto tätigte, damit Helly keinen Verdacht schöpfte –, hatte sie einfach links liegen lassen. Der Früchtekorb war so unberührt geblieben wie das Schlafzimmer, die Lingerie, die er für sie besorgt hatte, immer noch in den dunkelroten Karton verpackt, die Schleife so akkurat gebunden, wie das die charmante Verkäuferin im Davoser Ableger von Victoria's Secret hingekriegt hatte.

Wie konnte sie ihn verlassen? Ausgerechnet hier, in Davos? Am Ort seines Sieges? Die Veranstaltung morgen war sein Triumph. Der «Cristal Europe», was für eine Ehre! Damit, mit diesem letzten Coup, hatte er sich Ende Monat vom diplomatischen Parkett verabschieden wollen, um seinen dritten Frühling zu beginnen, zusammen mit ihr. Wie Camilla und Charles, die zu ihren Freunden zählen würden. Schliesslich hatte Stephen die vergangenen Jahre vor allem damit verbracht, sich in die englische Aristokratie einzuschleusen. Es war Knochenarbeit gewesen. Mischa konnte ihn nicht verlassen. Es musste ein Irrtum sein.

Stephen schluchzte auf. Ich weine ja, dachte er erstaunt. Wann ist mir das zum letzten Mal gelungen? Als mir der Arzt sagte, ich könne keine Kinder haben. Zu träges Sperma.

Die Flasche entglitt Stephens steifen Fingern und zerschellte am Boden. Blutrot leuchtete der Wein auf den Steinplatten. Es war eisig. Die angekündigte Kaltfront war eingetroffen, hatte den Schnee vertrieben und Polarluft gebracht. Einige Minuten lang atmete Stephen wie ein Ochse, dann wurde er ruhiger. Fühlte sich nüchtern. Es war, als ob er sämtliche Stadien der Trauerarbeit im Rekordtempo durchgemacht hätte. Er war ein Steher. Nichts warf ihn um. Nichts.

Er zerquetschte den Zigarettenstummel mit dem Absatz auf den Platten. Das Dringendste war seine Rede. Sie war immer noch nicht fertig, da musste endlich etwas passieren. Ausserdem wollte er Murani und Crispian noch einem letzten Test unterziehen, bevor er sich entschied, wer von beiden die Begrüssung machen durfte.

Murani hatte Crispian zwar in allen Belangen übertroffen, und zwar bei Weitem. Andrerseits sass ihr Partner als möglicher Brandstifter in Zürcher U-Haft, was ihm gerade mitgeteilt worden war. Das kam Stephen eigentlich ganz recht. Djamila musste einsehen, dass der Typ einfach nicht auf ihrer Flughöhe war, und die Spielregeln akzeptieren. Mit Joel Brunner an ihrer Seite hatte sie keine Chance.

Stephen ging ins Hotel zurück. Fühlte sich besser, kämpferisch, angriffig. Gleich würden sich alle in der Raucherlounge treffen, und er würde entscheiden, wem er eine Einladung für Freitag zustecken würde. Morgen, die Verleihung des «Cristal Europe», das war der offizielle Teil. Aber das Wesentliche, das

Herz, da, wo die Kontakte für die wirtschaftliche Ewigkeit geknüpft würden, wäre seine Einladung in die Zürcher Villa Tobler am Tag darauf. Meine Memoiren, dachte er, und es wurde ihm warm ums Herz. Wer zu Lebzeiten seine Memoiren veröffentlicht, der hat es geschafft. Dann nahm er sein Handy hervor. Hörte sich die Nachricht des Concierge an. Das klang nicht gut. Etwas war im Busch. Er mochte es nicht. Plötzlich sehnte er sich nach Helly. Wenn es nicht gut lief, wusste sie, was zu tun war. So war es immer gewesen.

✳✳✳

Helly Keller beobachtete, wie ihr Mann die Bar betrat. Wieso kam er schon? Normalerweise dauerten seine Begegnungen mit Mischa Hare viel länger. Er sah zerknittert aus, das Gesicht aufgedunsen. Ob sie nicht gekommen war? Helly wusste von dem Arrangement. Seit Jahren. Mischa selbst war es gewesen, die ihr davon erzählt hatte. Das Geheimnis hatte sie all die Jahre für sich behalten. Es hatte funktioniert. Stephens verdecktes schlechtes Gewissen hatte Hellys Leben angenehm gemacht. Dass dies nun vorbei sein sollte, war wie der Vorhof zur Hölle.

26

Henri konnte nicht mehr atmen, so fest hatte seine Mam den Arm um ihn gelegt. Sie lag zusammengerollt neben ihm, ihre andere Hand um die Laptoptasche geschlungen. Vorsichtig steckte Henri den grossen Zeh aus dem Bett, dann den ganzen Fuss, das Bein, das zweite Bein. Mam regte sich und fasste nach seinem Harry-Bären. Dann schnarchte sie auf. Wie die Dampflok vom Hogwarts-Express. Mam war mal mit Henri in Schottland gewesen. Wegen Harry Potter. Seit Henri ein Bilderbuch von dem Zauberlehrling gesehen hatte, wollte er auch so sein. Henri und Harry. Gleich viele Buchstaben. Und gleiche Initialen.

Der Colamann hatte ihm das komplizierte Wort beigebracht. Und das Lesen. Wenn Henri mit dem Kindergarten auf dem Spielplatz war. Der Colamann war superschlau, hatte sich mit den Nannys angefreundet. Keine hatte geschimpft, wenn er mit Henri spielte. Sie hatten ihn immer begrüsst.

«Hello, Mister D.» Und die anderen Kinder hatten Henri beneidet, dass er einen so tollen Opa hatte, an dessen langem Bart sie ab und zu zupfen durften. Er sah aus wie Dumbledore, daher der Name Mister D.

«Magst du ein Geheimnis sehen?», hatte er Henri gefragt und ihm das Bild eines Zauberers gezeigt. Er war gross, mit spitzem Hut und einem Vogel auf der Schulter, er lächelte Harry Potter an und gab ihm etwas.

«Harry Potter liebt Colafläschchen. – Magst du mich Colamann nennen?»

Henri robbte zur Seite. Mam schnarchte weiter. «Ich habe so lange nicht mehr richtig geschlafen», hatte sie ihm gesagt. «Seit wir in Oxford weggefahren sind.»

Das war sehr lange, ein Jahr oder so, fand Henri. Darum hatte er ihr den Fruchtsaft des Colamanns zu trinken gegeben. Auch er hatte schon mal davon probiert. Danach hatte er so lange geschlafen, dass seine Mam Golda geholt hatte. Golda war cool, sie konnte superschön singen. Und sie hatte mit Henri das H.-P.-Memory gemacht. Henri hatte gewonnen, jedes Mal.

«Du hast ein Brain. Genau wie deine Mam», hatte Golda gesagt.

Henri wusste, was das Brain war. Ein Klumpen im Kopf, ein Computer aus Blut und Muskeln, Golda hatte es ihm in einem Buch gezeigt. Henri hatte alles genau nachgelesen und Golda gefragt, wenn er es nicht verstand. Zu gerne hätte er das auch jetzt getan. Aber Golda war nicht in ihrem Zimmer am anderen Ende des Flurs. Blöd. Er würde unten auf sie warten. Er wollte sie fragen, ob er Mam wirklich Ellie nennen musste.

Mam hatte das so bestimmt.

«Ich habe zwei Namen. Pola Elisabeth. Oder Ellie, das gefällt dir doch, was meinst du, Mausebärchen?», hatte sie beim Abendessen gesagt. Henri wollte kein Mausebärchen mehr sein, und er wollte seine Mam auch nicht Ellie nennen. Aber er hatte sich zusammengenommen, weil er es dem Colamann versprochen hatte.

«Wenn ihr am neuen Ort ankommt, ist deine Mam nervös. Dann schenkst du ihr etwas. Eine Mütze voll Schlaf», hatte der Colamann auf dem Spielplatz in London zu Henri gesagt, bevor er ihm die Colafläschchen und den Fruchtsaft geschenkt hatte.

Henri schnallte sich seinen Rucksack um. Auf ganz leisen Sohlen schlich er zur Tür, es waren sicher hundert Meter. Noch nie hatte Henri ein so grosses Zimmer gesehen. Ihr ganzes Haus in Oxford hätte darin Platz gehabt. Es war allerdings auch winzig gewesen. Hier war es schöner. Es gab den coolen Pool auf der Terrasse und ein eigenes Bett für Henri. Er wollte nicht mehr mit Mam im Bett schlafen, er war gross. H. P. schlief auch immer allein.

Henri tappte die Treppe hinunter. Das Holz unter den Füssen war warm. Im Wohnzimmer gab es riesige Fenster. Henri staunte. Noch nie hatte er den Himmel so nah gesehen. Viele Sterne, die glitzerten, und der Mond. Der Garten war ganz silbern. Riesenzwerge und Murmeltiere, alle voller Schnee.

Henri schluckte. Eine Träne rann ihm über die Backe. Er

vermisste Alex vom Nebenzimmer, die anderen Kinder, die mit ihm im Schlupfhouse gewohnt hatten, und die Kinder aus seiner alten Kita. So lange hatte er sie nicht mehr gesehen, dass er ihre Gesichter vergessen hatte. Wieso konnten sie nicht zum Colamann ziehen? Er und Mam waren mal Mann und Frau gewesen. Wenn sie wieder zusammen wären, dann könnten sie ein Haus in London haben. Und Henri könnte mit Alex zur Schule gehen. Eine Schule wie Hogwarts, wo die Kinder Uniformen trugen. Wo es einen Dumbledore gab und Professor McGonagall.

Henri holte ein Colafläschchen aus dem Rucksack. Es schmeckte süss. Henri nuckelte daran, langsam, damit es möglichst lang reichte. Dann suchte er das Seitenfach mit dem Reissverschluss. Darin war ein Zaubergerät.

«Ein Auto ohne Räder mit Geheimfunktion», hatte ihm der Colamann erklärt. «Du schaltest es ein, wenn ihr da seid. Ich muss mich auf dich verlassen. Und zeig es ja niemandem, hörst du? Das ist topsecret.»

Henri machte das Daumen-hoch-Zeichen: Henri ist gross. Henri kann Mam beschützen, Henri sucht ein neues Zuhause für sie beide. Er holte den Kasten heraus, er wusste genau, wo der Einschaltknopf war. Der machte, dass am Kasten das Licht grün aufleuchtete. Henri war jetzt H. P. Er schaltete die Suchfunktion ein, legte den Kasten wieder in den Rucksack und versorgte alles im Schrank. Dann ging er in die Küche. Er schenkte Wasser in ein Glas, aus der Flasche im Kühlschrank, weil der Wasserhahn zu hoch oben war für ihn und es in der Küche keinen Stuhl gab.

«Henri.»

Er liess das Glas fallen.

Es war Mam. Verschlafen. «Hast du Durst? Du hättest mich wecken sollen. Wo ist Golda?» Mam las den Zettel auf der Ablage. Wurde ganz aufgeregt. «Sie ist einkaufen? Um die Uhrzeit?»

Mam griff zum Telefon, rief jemanden an. Sprach mit der Mam-Stimme, die Henri nicht mochte. Er drehte sich um. Ging davon. Sie merkte es gar nicht, sie sprach und sprach und sprach.

Henri ging zum Schrank unter der Treppe und spürte, wie

er müde wurde. Er steckte seinen Schnuller in den Mund und umfasste seinen Rucksack mit beiden Armen. Dann schlief er ein.

✷✷✷

«Henri ist weg», schluchzte Pola in den Hörer.

«Wann hast du ihn zuletzt gesehen?», fragte Mischa.

«Eben. Er hatte Durst. Wir müssen die Polizei rufen. Er hat ihn entführt.»

«Du phantasierst, Pola. Alle zwei Tage erzählst du, dass Henri weg ist. Aber er ist immer da.»

«Wieso glaubst du mir nicht?»

Pola stand im Entrée, bemerkte die angelehnte Schranktür. War jemand hier reingekommen? Sie griff zur erstbesten Waffe, einem Kerzenkandelaber. Dann ging sie entschlossenen Schrittes auf die Tür zu und riss sie auf.

Da war Henri. Er murmelte etwas, seufzte und schlief weiter. Pola bemerkte die Tränenspuren auf seinen Wangen, den Rucksack, den er wie ein Kuscheltier an sich presste. Sie kuschelte sich neben ihn. Sie würde ihn beschützen. Niemals mehr würde sie ihn auch nur eine Sekunde aus den Augen lassen.

27

Meier kam von seinem Telefonat mit Eli Apfelbaum zurück. Es war unbefriedigend verlaufen, Eli war nervös gewesen.

«Du musst äusserst achtsam sein, Augen und Ohren aufhalten.»

«Aber was willst du, das ich beobachte?» Es war zum Verzweifeln, dass Eli nicht mehr Informationen rausrückte. «Eine Mission, die so streng geheim ist, dass der Agent selbst nicht Bescheid weiss, was er denn sucht? Schtärnesiech, so ein Blödsinn.»

Eli war nicht auf seine Provokation eingegangen.

«Vertrau einfach auf deinen Instinkt, Werner. Es gibt genügend Gelegenheit. Morgen ist die Verleihung des ‹Cristal Europe›, und am Freitag soll alles mit dem Buchlaunch von Stephen Kellers Memoiren zu einem spektakulären Abschluss kommen.»

«Und wo soll das stattfinden?»

«In der Villa Tobler in Zürich.»

«Und wie hängt das alles mit dem Päckchen zusammen? Und warum hast du Djamila Murani mit Zita vernetzt?»

Schweigen im Hörer. «*Antschuldige*, Werner, aber ’s is besser, wenn du das nicht erfährst. Noch nicht.»

Meier hatte es akzeptiert. Eli Apfelbaums Schachzüge waren ihm mittlerweile bekannt, kein einziger war schiefgelaufen. Er vertraute ihm, wenn auch zähneknirschend.

Etwas unentschlossen stellte sich Meier an den Eingang zur Pianobar und hörte sich das Konzert an. Bar war die Untertreibung des Jahrhunderts. Es waren drei Räume, die ineinander übergingen, getrennt nur durch Glas und durch Wände und Türen im Jugendstil, entlang einer riesigen Fensterfront mit Aussicht auf das glitzernde Tal und den Schatten des Jakobshorns. Davor thronte der Steinway-Flügel, mit einer jungen Pianistin im weit ausgeschnittenen Abendkleid, die selbstvergessen den Walzer von Chopin in cis-Moll-Vollendung dahinperlte, kaum beachtet von den vielen Menschen. Menschen in Gruppen, auf zierlichen Stühlen, um runde Tischlein, in Ledersesseln, auf hellen Canapés, breiten Sofas, hingefläzt oder in Kissen gekuschelt, vor einem Cheminée mit künstlichem Feuer, bestrahlt von bunten Glasornamenten ... Die Haute Volée, das Establishment, ein Kaleidoskop von Reichtum und Wohlsein, gebadet im goldenen Licht der späten Abendstunde. Nebst der Pianistin fiel Meier eine weitere junge Frau besonders auf, in einem regenbogenfarbigen, schwingenden Kleid, das nur eine wie sie tragen konnte. Sie stoppte nicht weit von ihm entfernt, sprach schnelles Französisch, wechselte nahtlos auf Italienisch, wurde auf Englisch weggerufen, flatterte weiter wie ein Schmetterling.

Djamila Murani, Meier hatte sie sofort erkannt.

«Brutal, nicht?»

Das war wohl das Wort, das man am wenigsten mit dieser Szenerie in Verbindung brachte. Und doch wusste Meier, als er der Blickrichtung des jungen Mannes, der sich neben ihn gestellt hatte, folgte, was er meinte.

«Sie meinen die Art, wie die Pianistin nicht beachtet wird? Das ist in der Tat gewöhnungsbedürftig.»

«Sie macht normalerweise Welttourneen.»

«Ich nehme an, ihr Honorar wird sie entschädigen.»

Der junge Typ lachte zu laut und winkte Meier, die Bar zusammen mit ihm zu betreten. Marihuana, registrierte Meier, als er seine Ausdünstung roch, und Alkohol. Es haftete ihm etwas Verzweifeltes an.

«Darf man da einfach so reingehen?», fragte er. «Wo bleibt der Security-Check? Ich könnte ein Terrorist sein.»

«Kennen Sie die Spielregeln nicht?»

Meier verneinte. «Ehrlich gesagt begleite ich meine Frau. Sie ist aus universitären Kreisen.» Mehr würde er nicht preisgeben.

«Ein First Gentleman also. Schwierig, so auf der Ersatzbank.»

«Da haben Sie recht. Ich fühle mich als ewiger Zuschauer. Ich befürchte allerdings, hier würde sich meine Frau genauso fühlen. Es scheint mir eine sehr geschlossene Gesellschaft.»

«Die Türen sind doch weit offen.»

Der Junge zeigte auf die beiden Flügel der Glastür, die im oberen Teil aus einem leuchtenden Mosaik in allen Schattierungen von Rot bestanden. «Wie gesagt: Treten Sie ruhig ein.»

«Ich stehe nicht auf der Gästeliste.»

«Drin ist drin. Alle hier haben mit dem WEF zu tun.»

«Und Sie?», fragte Meier.

Dem Jungen entwich ein Laut. «Ich muss gleich das Zimmer wechseln. Wenn sie aufgehört hat», er deutete auf die Pianistin, die gerade zu einem Ende kam, «geht's erst richtig los. Wer sind Sie?»

«Apfelmeier, ich meine, Baum, Apfelbaum.» Meier streckte seine Hand aus, um sich vorzustellen, froh darüber, dass der erstaunlich frenetische Applaus seine Aussprache schwer verständlich machte. «Verraten Sie mir Ihren Namen auch?»

«Crispian Biäsch. Botschafter-Aspirant.» Seltsamer Ausdruck, fand Meier, für eine glamouröse Sache. «Ich bin in den letzten Wochen meiner Ausbildung. Stephen Keller war mein Chef. Er feiert seine Nomination zum ‹Cristal Europe› mit der Londoner Gesandten in Bern.» Biäsch zeigte auf eine pummelige Dame im hellgrünen Kostüm, das ihre Figur ungünstig betonte. «Lady Jane Frost. Sie sind zusammen nominiert.»

«Davon habe ich gehört. Hat Djamila Murani nicht auch irgendwie mitgemischt?»

Das brachte ihm einen misstrauischen Blick ein. «Sie kennen die Murani?»

«Dem Namen nach.» Sie schauten beide zu Murani, die gerade eine farblose Frauengruppe in Bann zog.

«Morgen entscheidet sich, wer von uns beiden die Willkommensrede halten darf.»

«Ihr seid sozusagen die Vorgruppe?»

Biäsch nickte. «Alles ist Wettbewerb hier. Und ich werde gewinnen. Da kann die Murani noch so rumgurken auf dem Parkett.»

«Biäsch heissen Sie? Ein Davoser Geschlecht, wie mir scheint.»

«Gleich doppelt. Da vorne ist meine Mutter, eine Ardüser. Spricht mit Stephens Frau.»

Die eine, klein und sportlich, war Crispians Mutter, die andere, hager und elegant, Helly Keller.

«Und wo steckt Ihr Vater?»

«Im Auge des Taifuns natürlich. Bei den Sarasins aus Basel, den Bodmers aus Zürich, den von Erlachs aus Bern, alles altehrwürdige Geschlechter, die sich miteinander verbandeln, als hätten wir das Mittelalter nie verlassen.»

«Das klingt zynisch.»

In dem Moment kam Stephen Keller herein. Meier erkannte ihn an den Reaktionen der anderen, den schnellenden Köpfen, dem Raunen. Keller war im Smoking, mit schlohweiss onduliertem Haar, schmal, kontrolliert, in der Hand das Exemplar eines Buches mit seinem Gesicht auf dem Cover.

«Die berühmten Memoiren, da würde ich gerne einen Blick hineinwerfen.»

«Streng geheim. Die gibt's erst am Freitag.»

Innert Sekunden hatte sich eine bewundernde Gruppe um ihn geschart, es gab eine laute Begrüssung, und dann strebte der Männerclub in Richtung eines der hinteren Räume.

«Das Fumoir», erklärte Biäsch.

«Da, wo die wahre Musik spielt», sagte Meier.

«Sie haben es erfasst.»

«Crispian!» Die Stimme, die durch den Raum peitschte, gehörte einem korpulenten Mann mit Schnauz.

«Mein Vater. Schade, ich hätte lieber mit Ihnen weitergeplaudert.»

«Sagen Sie», Meier hielt Biäsch am Arm fest, «kann man hier auch Skier leihen?»

«In der Nähe der Talstation ist ein Sportgeschäft, Sie können es nicht übersehen.» Ein Grinsen erhellte Biäschs angespannte Miene. «Guter Plan. Skifahren ist eine ideale Beschäftigung für einen First Gentleman.»

«Sind die Pisten nicht übervoll?»

«Im Gegenteil. Während des WEF fährt fast niemand Ski.»

«Kommen Sie auch?»

«Da können Sie sicher sein.»

«Ich habe jahrelang nicht mehr auf den Brettern gestanden.»

«Wissen Sie was? Ich leihe Ihnen ein Paar von mir. Wir sind etwa gleich gross, und die Schuhe sollten auch passen.»

«Wieso, haben Sie einen ganzen Skipark dabei?»

«Ich übernachte bei meinen Eltern im Tal. Da steht die Werkstatt voll mit Skiern.»

«Irgendwo stand, die Bahn sei in Revision.»

«Noch nie was von Raupenfahrzeugen gehört? Wir Einheimischen kommen immer runter.»

Schon wieder der Ruf. Ein ungeduldiger Mann, dieser Vater Biäsch.

«Es geht los.» Der junge Biäsch holte tief Luft. «Jetzt fege ich die Murani in den Abgrund.» Die Wortwahl war kämpferischer als der Klang seiner Stimme. Sein Handy summte. Als er die Mitteilung las, erstarrte er. Meier befürchtete, dass er gleich zusammenbrechen würde.

Nachdem die Männerrunde verschwunden war, zückte Meier das Notizbuch, um seine Eindrücke zu notieren. – Ob etwas davon relevant war für Eli? In der nun halb leeren Bar herrschte eine friedliche Stimmung, die wenigen Menschen waren in Gespräche vertieft. Meier bestellte sich ein Bier und setzte sich in einen Sessel nah ans Fenster.

«Ist hier frei?» Eine angenehme Stimme. Ihm gegenüber nahm eine Frau Platz und schlüpfte aus den Schuhen, um sich die Zehen zu reiben, bevor sie einen Schreibblock aus der Tasche nahm, einige Notizen festhielt. Meier erkannte sie auf Anhieb, es war Helly Keller.

::*

Crispian Biäsch stand im Klo und liess sich eiskaltes Wasser übers Gesicht laufen. Er hätte kotzen können. Andreina hatte ernst gemacht. Dass sie ausgerechnet diesen Tag für ihren beschissenen Befreiungsschlag gewählt hatte, war eine absolute

Katastrophe. Er hatte sie bekniet, wenigstens morgen noch mitzukommen, gute Miene zum Spiel zu machen. Es war so verdammt wichtig für ihn. Und eine solche Gelegenheit bekäme er nicht mehr so schnell. Nun, da Joel im Gefängnis sass, wäre die Bahn frei. Er war so nah dran, so nah, und dann sagte sie einfach ab. Und nicht nur das, sie war mit dem ganzen Krempel aus ihrer Churer Wohnung ausgezogen, während er ein veganes Capuns runtergewürgt hatte. Er schluchzte auf. Er musste etwas tun, irgendetwas.

28

Zita konnte nicht schlafen. Zu viel Cola, zu viel Wein, zu viel Aufregung. Das Bett, eine altmodische Angelegenheit aus Holz, hatte ein Fussteil, an dem sie dauernd anstiess. Überhaupt war ihr die Einrichtung etwas zu rustikal, die Sessel zu bestickt, der Nachttisch zu marmorn, das Licht zu kaputt, der Tisch zu klein zum Arbeiten, die Aussicht auf den Berg gegenüber zu bedrückend. Die Uhr zeigte Mitternacht.

Anstatt des Hosenanzugs, der zerknittert über einer Stuhllehne lag, zog Zita Jeans und ihr Hemd an, schlüpfte in die Lederstiefel, packte Laptop und Handy in den Rucksack, nahm sich den Mantel, sicher war sicher. Von unten kamen gedämpfte Stimmen, die Party war im Afterhour-Modus. Ob der Commissario noch da war? Sie hatte Lust, mit ihm einen Whisky zu trinken, das melancholisch-morbide Ambiente regte ihre Phantasie an.

Sie betrat die Pianobar und blieb stehen, bis sich ihre Augen an das schummrige Licht gewöhnt hatten. Was sie entdeckte, liess sie nach Luft japsen. Keine zehn Meter von ihr entfernt sass Meier, ins Gespräch vertieft mit einer Frau, deren brandmagere Schulterblätter aus einem Abendkleid herausragten. Beide tranken Bernsteinfarbenes aus schweren Gläsern. WAS?

Rückwärts ging Zita wieder hinaus. «Gibt es hier einen Hinterausgang?»

Der Concierge zeigte vage zur Treppe. Ohne zu überlegen, ihre unglaubliche Wut gebändigt, ging Zita nach oben, fand tatsächlich eine Glastür, die auf eine Brücke aus Stahl hinausführte, welche aus dem hinteren Teil des Hotels über einen Abgrund auf einen Weg mündete. Ein Dienstbotenausgang? Schon stand Zita in der eisigen Luft, hinter ihr knallte ein Schnappschloss.

Ganz auf Autopilot geschaltet, überquerte sie die Brücke, erreichte den Weg, bemerkte den hinteren Teil dieses alten Hotels in seiner Schäbigkeit, die Reihe der Container, die Transportwagen, die Harassen mit leeren Glasflaschen, bevor sie durch den hohen Schnee geradeausstapfte.

Bei der Bahnstation stand ein Wegweiser. «Thomas Mann Weg». Sollte sie nachtwandern? Den berühmten Weg unter die Füsse nehmen?

Sie ging einige Schritte, rutschte aus, schlitterte um eine Wegbiegung und erschreckte sich fürchterlich.

Im Schein des Mondlichts standen Mischa Hare und Djamila Murani. Djamila trug über ihrem Abendkleid eine Daunenjacke und rauchte eine Zigarette. Mischa war in elegante Fellschuhe und ihren Mantel gekleidet, dazu hatte sie einen Rucksack umgehängt. Beide waren mindestens so erstaunt wie Zita.

«Was machst du hier?»

Zita überlegte blitzschnell. «Ich besuche das WEF, für meine Uni. Mein Partner begleitet mich.»

«Und jetzt machst du einen Mitternachtsspaziergang?»

Mischas Blick war amüsiert. Sie hat mich gesehen, dachte Zita, eben, als ich ihr gefolgt bin. Ich muss aufpassen. «Der Zwerg hat mich erschreckt.» Sie zeigte auf eine Holzstatue im Schnee.

«Es ist ein Hohn, dieses Ding. Es sollte entsorgt werden. Aber jemand hängt an ihm.»

Zu dritt standen sie kopfschüttelnd vor der eingeschneiten Skulptur. Es war ein absurder Moment.

«Und ihr?»

«Ich will zurück ins Hotel.» Djamila nestelte Turnschuhe aus ihrer Handtasche. «Ist im Tal, in Davos Platz.» Der Concierge hatte also nicht gelogen.

«Und ich fahre nach Zürich», sagte Mischa.

«Wie das? Bei dem Schnee?»

«Ich habe ein Auto organisiert, die Strassen sind geräumt», sagte Mischa.

In ihrer Tasche summte ein Handy. Sie zog es heraus, ging einige Schritte, sprach leise und mit abgewandtem Gesicht.

Zita sah Djamila an. «Es tut mir leid, dass ich dir das mit dem Twitter-Post an den Kopf geschmissen habe.»

Djamila winkte ab. «Schon okay. Mittlerweile gibt's ganz

andere Probleme. Stephen Keller macht meinen WEF-Auftritt davon abhängig, dass Joel hier aufkreuzt. Es ist ziemlich mühsam.»

Sie erklärte Zita, dass das Problem nicht die Rede war, sondern Stephen Kellers Einfluss auf die Kommission, die in wenigen Wochen ihre Diplomatinnen-Prüfung abnehmen würde.

«Ich brauche eine positive Beurteilung von ihm. Es ist so beschissen, dass Joel mich hat hängen lassen.»

«Weil er in U-Haft ist, meinst du?»

Djamila war entsetzt. «Woher weisst du das?»

Zita zögerte. «Ich meine, das aufgeschnappt zu haben. Im Zusammenhang mit dem explodierten Ofen in der Lindenpfalz.»

«Das darf doch echt nicht wahr sein.» Djamila holte ihr buntes Handy hervor. Scrollte zu einer Nummer. Tippte sie an. Wartete ab, stellte ihre Frage, hörte zu, legte auf.

«Er sitzt in der Zürcher Kaserne. Das war eine Gefängnisbeamtin. Er hat mehrmals versucht, mich anzurufen. Morgen Vormittag wird entschieden, ob er dem Haftrichter vorgeführt wird.»

Mischa war wieder zu ihnen gekommen, sie hatte die letzten Sätze mitgehört. Zita hatte nicht erwartet, dass Djamila so ausser sich sein konnte. Normalerweise glitt sie von Problem zu Problem und hatte sie bereits gelöst, während andere sie noch nicht mal erkannt hatten.

«Joel ist da reingerutscht, er hat nichts gemacht. Er ist Pazifist, wenn die ihn kennen würden.» Tränen glitzerten in ihren Augen. «Er hat einen kleinen Joint geraucht. Und das Ding vielleicht in dem Ofen entsorgt. Die können ihm doch nicht vorwerfen, dass deshalb irgendwelches Zeug explodiert ist.»

«Wie hat er denn letztlich den Twitter-Post erklärt?», fragte Mischa.

«Er sagt, mein Handy wurde gehackt.»

«Er lügt. Sorry, wenn er sich nicht radikal anpasst, wirst du mit ihm keine Chance haben.»

Djamila wollte zu einer Erwiderung ansetzen, aber Mischa unterbrach sie. «Spar dir deine Rede für den Anwalt, den du morgen anrufst.» Sie tippte auf ihrem Handy herum. «Ich schicke dir den Kontakt. Ein Profi, der Mann. In dem Fall brauchst du Eier. Und nun muss ich los. Pola ist am Durchdrehen.» Letzteres hatte sie zu Zita gesagt.

«Was ist mit ihr?»

«Sie hat Henri erneut als vermisst gemeldet. Und dabei war er in einem Schrank, hat da friedlich geschlafen. In ihrem Bestreben, Henri zu beschützen, will sie ihn mit Haut und Haar an sich binden. Sie beobachtet ihn, Tag und Nacht, lässt ihn nicht aus den Augen. Ausserdem fühlt sie sich verfolgt, und das färbt auf ihn ab.»

Zita fiel die Heimfahrt ein. Hatte sie sich die Scheinwerfer des Autos hinter ihrem nur eingebildet?

«Solche Muster übernimmt man. Ich hatte auch das Gefühl, dass uns jemand folgt.»

«Wieso hast du das nicht früher gesagt?»

«Ich hielt es für eine Übersprunghandlung, von Pola zu mir.»

«Erzähle, was du gesehen hast.»

Zita beschrieb die Fahrt, die Scheinwerfer. «Aber nach Basel waren sie weg.»

«Die Fahrt war lange, nachts, anstrengend für dich, kann sein, dass du dich getäuscht hast. Trotzdem, wenn da etwas war …» Mischa überlegte angespannt. «Ich muss eine andere Lösung finden für die beiden. Hilfst du mir?»

Zita machte grosse Augen. «Ich? Nicht schon wieder.»

«Du hast einen Draht zu ihr gefunden. Es ist sehr schwierig, Pola dazu zu bringen, etwas zu verändern. Die Gefahr, dass sie aufgibt, ist gross. Ich habe eine Lösung für sie, aber sie muss durchhalten. Du kannst sie dazu motivieren.»

Ihr Blick im Mondlicht war Aufforderung pur. Dann marschierte sie los, Djamila, die mittlerweile ihre hohen Sandaletten mit den Turnschuhen vertauscht hatte, folgte ihr.

Zita war hin- und hergerissen. Konnte sie einfach abreisen? Die Wut auf Meier war abgekühlt in der eisigen Davoser Nacht. Die Vorstellung, zu ihm und zu dem warmen Bett zurückzukehren, war verlockend. Andrerseits waren da Pola und Henri.

Die Art, wie er seine Umgebung aus den riesigen grünen Augen beobachtete, stumm, ohne Worte, ging ihr nach. Sie dachte an ihre eigenen Kinder, Finn mit seiner Wissbegier, Theo und sein überschäumender Bewegungsdrang und Lily, Sorgenkind und Sonnenschein zugleich, alle drei eingemummelt in ihrem schönen Daheim. Was für ein Gegensatz zu dem kleinen Jungen mit seiner traumatisierten Mutter, auf der Flucht vor dem übergriffigen Vater, der auf dem Weg ins Unbekannte Schutz suchte in einem Schrank unter einer Treppe. Das gab den Ausschlag.

Der Weg führte in Serpentinen nach unten, quer durch den Wald. Im Rollsplitt tauchten ab und zu vereiste Stellen auf, wenig sichtbar und darum gefährlich. Zum Glück schien der Mond, ohne wäre ihr Unterfangen nicht möglich gewesen. Bald lief Zita der Schweiss. Ob Thomas Mann wirklich diesen Weg gegangen war? Mythos und Wahrheit.

An einer Stelle verliess Mischa den Pfad. «Eine Abkürzung. Spart uns eine Viertelstunde.»

Sie ist öfter hier, dachte Zita, wenn sie solche Geheimpfade kennt. Trittsicher stieg Mischa zwischen den Tannen nach unten, wo sie mit einem abschliessenden Sprung direkt vor einer Davoser Villa landete, bevor sie auf einen anderen Weg abbog, der steil ins Dorf hinunter auf die grosse Promenade führte, die Zita vor Stunden, die ihr wie Tage vorkamen, mit Meier überquert hatte. Obwohl es weit nach Mitternacht war, gab es viel Verkehr, Limousinen und einmal mehr jede Menge Sicherheitspersonal. Was für ein Gegensatz zu dem verzauberten Wald.

Schliesslich blieb Mischa in einer Seitenstrasse vor einem Mercedes stehen. Sie bückte sich, fasste auf den Hinterreifen und hatte ein Badge in der Hand, der sich als Autoschlüssel entpuppte. Sie öffnete die Fahrertür. «Übernimmst du, Zita? Die Rechtsfahrerei nervt mich.»

Während Zita sich hinter dem Steuer installierte, zog Mischa einen Plastiksack aus ihrem voluminösen Rucksack, dazu einen USB-Stick und gab beides Djamila. «Die Instruktionen stehen drin.»

Djamila nahm das Ganze kommentarlos entgegen und winkte ihnen zu. «Macht's gut.» Und zu Mischa: «Wir sehen uns am Freitag.»

Kaum war Zita losgefahren, schleuderte das Auto. Das fing gut an. Andrerseits hatte sie es von Calais nach Zürich geschafft, da waren ein paar Serpentinen ein Klacks. Was wohl auf dem Stick gespeichert war? Aber Mischa gab keine Antwort auf ihre Frage. Sie war eingeschlafen. Wie sie das schaffte, war Zita ein Rätsel. Sie selbst war immer noch auf Adrenalin. Sie kam sich vor wie in einem Film, von dem sie nur einige wenige Szenen kannte, aber wusste, dass der Showdown gigantisch und zerstörend sein würde. Sie schauderte. Und stoppte.

Holte ihr Handy aus der Tasche und schrieb eine Nachricht an Meier. Knapp nur und ohne Details. Grad so viel, dass er sich keine Sorgen machen musste.

***

Mischa hatte die Augen geschlossen, war aber hellwach. Seitdem sie den Plan, Pola nach Davos zu bringen, aufgegeben hatte, lief alles viel runder. Allerdings lagen die grössten Aufgaben noch vor ihr: Sie musste Pola fit kriegen und die Transaktion sicherstellen. Mischa fasste in ihre Manteltasche. Die Papiere, die ihr Eli Apfelbaum beschafft hatte, waren sicher in ihrer Hand. Polas Schlüssel in die Freiheit.

«… am liebsten morgens um fünf, wenn die Vögel pfeifen», sagte Helly Keller. «Bis vor Kurzem bin ich immer, wenn ich in Maur war, um den See gelaufen. Nun macht mir die Hüfte einen Strich durch die Rechnung.»

Meier lachte. «Den ganzen Greifensee umrunde ich auch mit intakter Hüfte nicht. Ich bewundere Sie.»

Das meinte er ehrlich. Helly Keller war auf ihre stille Weise eine Persönlichkeit. Als sie sich vor über einer Stunde zu ihm gesetzt hatte, hatte er die Gelegenheit beim Schopf gepackt und sie zu einem Whisky eingeladen. Jedes Mal, wenn er auf die wesentlichen Dinge zu sprechen kam, wich Helly allerdings aus und erzählte vom Greifensee. Sie schien sich in ihrer Kindheit und Jugend mehr zu Hause zu fühlen als in ihrer jetzigen Welt.

«Wieso ziehen Sie eigentlich nicht zurück aufs Land?», fragte Meier.

Ihr Gesichtsausdruck hatte etwas Starres, er war nicht sicher, ob sie lächelte oder weinte.

«Das ist eine gute Frage. Vielleicht werde ich es tatsächlich tun. – Wo wohnen Sie denn?»

Bislang hatte Meier Auskünfte zu seiner Person vermieden und Hellys Redseligkeit mit einem zweiten Whisky angekurbelt.

«Ich habe früher in der Nähe von Niederuster gewohnt, unweit der Schiffstation.»

«Und jetzt?» Sie blieb beharrlich.

«In der Stadt. Mit meiner Frau und den Kindern.»

«Sie haben Kinder?»

«Drei Stück.»

«Das war mir nicht vergönnt.» Ihr Blick verriet die Sehnsucht. «Es hat viele Folgen, wissen Sie. Es fehlen auch Enkel.»

Meier war um Worte verlegen. «Das tut mir leid.»

«Muss es nicht. Ist mein Leben. Ich habe es gewählt. Mein Mann wollte keine, das hat er mir gleich nach der ersten Nacht gesagt. Und er hat es ernst gemeint. Im Gegensatz zu vielen anderen Dingen.»

«Das stelle ich mir schwierig vor.»

«Dafür hatte ich ein pralles Leben.»

«Trotzdem haben Sie ein Opfer gebracht.»

Das brachte sie zum Lachen.

Meier schmerzte es in den Ohren.

«Er auch. Wir beide.»

Sie schwiegen. Irgendwann regte sie sich. «Ich würde Ihnen gerne einen Nachtspaziergang anbieten. Aber mir ist mein Mantel abhandengekommen.»

Stephen Keller tauchte auf. Wie aus dem Nichts stand er neben Helly.

«Hier bist du.» Er wirkte sehr nüchtern, im Gegensatz zu seiner Frau.

Sie blickte zu ihm hoch. «Ich dachte, du wolltest erst morgen wieder da sein?»

Er unterdrückte eine Entgegnung, sah sich um, die Bar war bis auf einige Pärchen leer. Meier hatte sein Handy hervorgenommen und bemühte sich, so zu tun, als interessiere ihn das Geflüster der Eheleute nicht. Heimlich jedoch spitzte er die Ohren, beschloss, Zitas Nachricht mit dem Betreff «Gute Nacht» später zu lesen.

«Komm nach oben, Helly», sagte Keller.

«Gehst du nicht ins Chalet?»

«Ich habe es abgesagt.» Mit einer heftigen Geste zog er sie hoch.

Sie weigerte sich. «Du wolltest doch dein neues Leben beginnen? Dann tu das. Und ich bleibe hier, bei dem netten Herrn Apfelbaum.»

«Helly.» Keller beugte sich zu ihr, eine geflüsterte Unterhaltung, danach gab sie nach. An der Tür drehte er sich um, kam zurück, um die beschriebenen Blätter vom Notizblock zu reissen. Helly taumelte, hielt sich am Rahmen fest. Sie schaffte es, Meier zu winken, ohne dass Keller es bemerkte, dann waren die beiden weg. Was für eine beklemmende Begegnung.

Meier trat hinaus auf die Terrasse, wo ihm eisige Luft entgegenschlug. Er ging einige Schritte bis zu einem kleinen Platz voller Zigarettenstummel, fast stolperte er über eine halb leere Weinflasche. Nicht sehr verzaubert, die Stimmung. Gerade als er Zitas Nachricht lesen wollte, rief Sahel an.

«Endlich erreich ich dich. Weisst du, wo Beanie ist?»

«Ich dachte, du hättest es mittlerweile herausgefunden. War sie nicht in der Lindenpfalz?»

«Nein.» Sahel erklärte, dass Barras immer noch vermisst war. «Es herrscht Ausnahmezustand wegen des Schnees. Beanie hat eine Klage der Seepolizei hängig, weil sie mit ihrem Ruderboot fast ein Kursschiff gerammt hat. Nun denken alle, sie ist abgetaucht.»

Meier unterdrückte ein Lächeln. «Eine Klage der Seepolizei? Das ist typisch Barras. Möglicherweise ist es wirklich zu früh, Alarm zu schlagen. Normalerweise taucht sie immer wieder auf.»

Dann fragte er nach dem Stand der Ermittlungen.

«Sie konzentrieren sich auf Joel Brunner», erklärte Sahel. «Ich habe gerade mit Serge Duchamps telefoniert. Sie haben ihn schon zweimal einvernommen, kommen aber nicht weiter.»

«Was hat er denn ausgesagt?»

«Er hat im Turmzimmer gekifft. Als die Explosion passierte, war er in der Widder-Bar. Dafür gibt's Zeugen.»

«Dann kann er sie kaum gezündet haben.»

«Es sei denn, sie ist zeitversetzt passiert. Ich habe den Ofen noch mal untersucht. Im hinteren Teil des Rohrs waren Sägespäne, ziemlich viele, es war gestopft voll. Fast wie Beton, jeder Winkel angefüllt mit dieser Mischung. Und noch etwas ist eigenartig: Die Kacheln, das Täfer, alles war neu gemacht. Es fehlte nur noch der Ofen, mitsamt Klappe. Fällt dir da etwas auf, Werner?»

Meier überlegte. «Ist das keine ungewöhnliche Reihenfolge für eine Renovierung? Ich würde mich von innen nach aussen arbeiten und mit dem Ofenrohr anfangen.»

«Das würde ich auch. Jeder würde das. Dass es anders war,

dafür gibt es einen Grund. Der Ofenbauer ist eine Koryphäe. Er kommt extra aus Italien angereist. Und er hatte bis jetzt keine Zeit.»

«Es war also eine Art Versehen, dass der Ofen noch nicht ausgeräumt war?», fragte Meier.

«Genau. Es hat auch niemanden interessiert, denn die Kellers waren kaum da. Bis auf den Abend des Empfangs.»

«Und was ist da passiert? Wie lautet deine Theorie?»

Sahel sprach wie ein Wasserfall. «Joel steht im Turmzimmer, hat Stress, raucht. Plötzlich kommt jemand, wie peinlich für den Partner von der Murani, dem neuen Star am Diplomatenhimmel. Vor Schreck schmeisst Joel den Joint ins Ofenrohr, kann die Klappe nicht schliessen. Die Tüte glimmt vor sich hin, durch die Risse in der äusseren Schicht facht Sauerstoff die Glut an, diese entwickelt Rauch, Druck entsteht, die Schamottsteine erhitzen sich, noch mehr Glut, eine kleine Flamme breitet sich aus, nach oben, nach unten, nach vorne und nach hinten. Einer Schlange gleich zieht sich diese glimmende Spur durch die zusammen-gepressten Späne.»

«Bis sie explodieren?»

«Korrekt.»

«Also war alles ein mieser Zufall.»

«Nein. Ich habe zusätzlich zum Benzin noch Ölrückstände gefunden.»

«Das kannst du unterscheiden?»

«Gerade eben kamen die Laborergebnisse. Es war Nähma-schinenöl.»

«Was hat das in einem Ofen verloren?»

«Es kann auch zur Schmierung von Fensterscharnieren ver-wendet werden.»

«Das heisst …»

«Jemand hat nachgeholfen und das Zeug da reingeschüttet. Und zwar Tage vor der Feier.»

Kundert, dachte Meier, das weist auf Kundert hin. Der hatte bestimmt die Möglichkeit, zu einem früheren Zeitpunkt in das Haus zu kommen. Bevor Meier seinen Gedanken in Worte fassen

konnte, fuhr Sahel fort. «Ich habe Material aus dem Ofen ge-
kratzt und weitere Papierschnipsel sichergestellt. ‹Ionon›. Hast
du das Wort auch gefunden?»

«Ich glaube.»

«Kannst du nachschauen?»

Meier wurde rot. «Morgen, ich bin gerade nicht an meinem
Arbeitsplatz. Ich denke, da gibt's noch einige Leichen im Keller der Kellers, wenn ich das so formulieren darf. Wir müssten
dringend mit Barras sprechen, es ist wirklich unschön, dass sie
einfach so abtaucht. Hat sie Kundert vor ihrem Verschwinden
einvernommen, weisst du das?»

«Wer ist Kundert noch mal?»

«Kundert Ruedi, der Kaminfeger. Ich habe Barras ein ganzes
Dossier geschickt. Schtärnesiech. Wenn sie ihren Job ernst nehmen würde, müsste sie wirklich längst reagiert haben.» Und dann
hatte Meier eine Erkenntnis. «Vergiss alles, was ich gesagt habe.
Niemals taucht Barras während einer laufenden Ermittlung ab.»

***

Sahel verliess sein Büro im Forensischen Institut um kurz vor
ein Uhr nachts. Das letzte Stück des schneebedeckten Wegs zum
Lindenhof hinauf sprintete er. Das Keller-Haus war dunkel, die
Plastikplane am Fenster im dritten Stock flatterte in der eisigen
Bise. All die üblichen Nachtgeräusche, die eine Stadt nie zur
Ruhe kommen liessen, fehlten. In zwei Schritten war Sahel bei
den Aussenkellern, entdeckte das Schloss, gab die Kombination
ein, die ihm Meier diktiert hatte. Der Bügel sprang nach oben,
und er trat ein. Das Erste, was Sahel sah, war eine Hand. Eine
schmale, dunkle, leblose Hand.

30

Donnerstag

Serge Duchamps stand in der mobilen Einsatzzentrale der Kantonspolizei Zürich, die am Limmatquai neben der Polizeiwache der Stadtpolizei auf der Gemüsebrücke platziert worden war, und bereitete alles für den grossen Einsatz, die Aktion Lindenhof, vor. Er tat es mechanisch, in Gedanken immer noch fassungslos.

Barras lag auf der Intensivstation im Unispital. Sie war in einem der Aussenverschläge von einem zusammenbrechenden Regal getroffen worden und danach auf den Plattenboden gefallen. Anna Quetes, die Beanie als Erste untersucht hatte, hatte ihn mitten in der Nacht angerufen.

«Jemand hat das Regal absichtlich umgestossen. Anders sind die Kopf- und Brustkorbverletzungen nicht zu erklären. Ausserdem ist sie völlig unterkühlt. Der Kreislauf ist zusammengebrochen. Ihr Leben hängt an einem seidenen Faden.»

Sie hatte Glück im Unglück, dachte Serge, dass Sahel sie gefunden hatte. Als Nussbaum davon hörte, hatte er sofort ein frühmorgendliches Teammeeting anberaumt und die Ermittlungsleitung offiziell an Serge und Sofia übertragen. Aufgrund von Werner Meiers Dossier, das Barras erst erreicht hatte, als sie längst im Koma lag, hatten sie genügend Indizien, um den Fokus von Joel Brunner weg in Richtung Ruedi Kundert zu verlagern und eine Grossfahndung zu veranstalten. Es galt, die Bevölkerung und die historischen Bauten zu schützen und gleichzeitig jegliche Panik zu vermeiden.

Hätte Barras sich nur an den korrekten Dienstweg gehalten, wäre das alles nicht passiert. Serge wurde bewusst, wie oft Barras in den letzten Jahren bei Ermittlungen verletzt worden war. Jede ihrer spektakulären Aufklärungen hatte sie mit einer Narbe bezahlt. Und nun fast mit dem Leben. Es war, als suchte sie die

Extreme. Anders konnte sie nicht. Ob Sahel Huwyler damit auf Dauer klarkommen würde?

Die ganze Abteilung wusste seit ihrem gestrigen Auftritt von der Affäre der beiden. Und wer es nicht mitbekommen hatte, dem war es klar geworden, als sich Sahel vom Dienst abgemeldet hatte, mit Barras ins Krankenhaus gefahren war und sich nicht mehr von da wegrührte.

Serge warf einen letzten Blick auf das Whiteboard mit dem vergrösserten Situationsplan. Alles war für den Einsatz bereit. Er trat auf die vereiste Gemüsebrücke hinaus und holte sich am Kebabstand einen Kaffee. Eisige Kälte umfing ihn, die Stadt lag begraben unter der Schneedecke und wirkte morgenstarr. Serge schaute zum Lindenhof hinauf. Hier irgendwo in diesen Häusern versteckte sich Kundert. Nach dem Studium von Meiers Dossier war klar: Die profunde Kenntnis der Altstadt machte ihn zu einem schweren Gegner. Die eilig anberaumte Befragung der Nachbarschaft hatte keinen einzigen konkreten Hinweis auf seinen Aufenthaltsort ergeben. Und dabei kannte ihn jeder. Er war überall und nirgends. Ein Gespenst, ein Verrückter, ein Tausendsassa, je nachdem, mit wem man sprach.

Serge wusste nicht, wie er den Tag überstehen würde. Und es war gerade mal sieben Uhr am Morgen. Der Angriff auf Barras hatte ihn mehr getroffen, als er sich hätte vorstellen können. Sie hatte recht gehabt. Und er hatte ihr nicht geglaubt. Es war so passend gewesen, so perfekt, den jungen Kiffer zu verdächtigen und ihm die Schuld zuzuschieben. Serge hatte sich von ihm provoziert gefühlt, seine Geschichte hatte ihn wütend gemacht, weil sie ihn an seine eigene erinnerte. Auch er hatte mit sechzehn am Scheideweg gestanden. Hatte einen Joint zu viel geraucht und war in einen Angriff verwickelt gewesen. Bei einem Kioskbesitzer hatten sie die Kasse ausgeraubt. José, der netteste Kerl in der Nachbarschaft, der den Kindern im Sommer Glacé schenkte und den Grossen schon mal ein Millionenlos.

Die Beute waren fünfzehn Franken gewesen, José hatte einen Schlag auf den Kopf abbekommen, der ihn traumatisiert zurückgelassen hatte, auch wenn er sich von der Verletzung schnell erholt hatte. Serge ging oft im Kiosk vorbei. Kaufte viel zu viel ein, hinterliess Trinkgelder. Weil er alles wiedergutmachen wollte. Der Raub war nie aufgeklärt worden. José hatte keine Anzeige erstattet. «Es waren dumme Jungs», sagte er, wenn er davon erzählte. «Dumme kleine Jungs. Ich will nicht, dass sie ihr Leben ruinieren wegen fünfzehn Franken fünfzig. Aber ich hoffe, dass sie ihre Lektion gelernt haben.»

Seither hatte Serge keinen einzigen Joint mehr geraucht, auch keine Zigaretten mehr. Nicht mal Alkohol, er war absolut clean. Seine Ehe war daran zerbrochen.

«Mit dir kann man keinen Spass haben», hatte seine Frau gesagt. Die Geschichte hatte er ihr nie gestanden. Vielleicht, wenn er offener, wenn er ehrlich gewesen wäre und sich bei José entschuldigt hätte … Manchmal, bei Vollmond, träumte Serge. Er träumte davon, wie er den Joint in die Flamme hielt, wie seine Lippen das Papier umschlossen, wie er die Lunge füllte, wie er den Atem anhielt, die Augen schloss, den Rauch langsam ausstiess und erneut eine Flamme wachsen liess.

Serge trank seinen Kaffee leer, zerknüllte den Becher, warf ihn in den Mülleimer und rief bei der Archäologischen Abteilung der Stadt Zürich an. Nachdem sich die Expertin für die Altstadt Serges Anliegen angehört hatte, war sie sofort bereit, das Fahndungsteam zu unterstützen.

Ein Anruf kam herein. Es war die Aufsicht von der U-Haft. Joel Brunner sei durchgedreht, veranstalte einen Riesenaufstand, er wolle raus, habe nach einem Anwalt verlangt. Es bestehe die Gefahr der Selbstverletzung.

Merde, dachte Serge. Den habe ich komplett vergessen.

***

Klatsch. Joel donnerte die Faust an die Wand. Es war so verdammt unfair. Er hatte nichts getan, ausser etwas Marihuana geraucht. Klatsch. Von Crispian, der ihm das Gras angeboten hatte.

«Schmuggelst du so was über die Grenze?», hatte er gefragt.

«Natürlich, in meinem Diplomatenkoffer. Zusammen mit Devisen und kubanischen Zigarren.»

Die Metalltür wurde geöffnet. Eine Frau kam herein. «Sie dürfen gehen.»

Die Kleider, den Pulli mit dem Fleck, den Schal, die Mütze, alles gab sie ihm zurück. Schliesslich den Gurt, die Tasche mit den Noten, das Handy, den Hausschlüssel. Das war's gewesen. Verdattert trat er zum Untersuchungsgefängnis hinaus, rutschte aus und landete auf dem Hintern. Im Westen sah er einen hellen Streifen, die Luft war eisig. Auf der Strasse war niemand. Keine Autos, keine Busse. Joel stand auf und rannte zum Hauptbahnhof.

31

«Diesmal ist er wirklich weg.»

Polas Gesicht war fleckig, die Worte kaum verständlich. Sie sassen in dem Seefelder «Café 33», wie beim ersten Mal. Ausser der Bedienung war der Laden leer. Ein Notfalltreffen, nachdem Zita zu Hause einige Stunden geschlafen hatte. Sie hatte Nora, ihre Mutter, kurz ins Bild gesetzt, die Kinder aber nicht gesehen, es würde zu Tränen und Unverständnis führen, weil sie gleich wieder wegmusste. Das würde sie am Abend ausgiebig nachholen.

Henri war innert weniger Stunden zum dritten Mal verschwunden. Nachdem er sich die ersten beiden Male im Haus versteckt hatte, war er nun nicht mehr auffindbar. Die Stimmung war nervös und angespannt.

«Ich befürchte, er ist rausgegangen», sagte Golda. «Wir sollten die Spielplätze in der Nähe absuchen. Kannst du uns dabei helfen?»

Sie sah zu Zita. Darum hatten sie sie geholt, weil sie sich hier auskannte.

«Bei dem Schnee? Man sieht kaum die Spielgeräte.»

«Diese Zeichnung habe ich gefunden, sie könnte ein Hinweis sein.»

Golda faltete ein Papier auseinander. Darauf war, von kindlicher Hand hingeworfen, eine Art Schloss zu sehen, mit überdimensionalem Turm, in kräftigen Gelb-, Rot-, Blau-, Grün- und Weisstönen. Die Terrasse sah im Gegensatz dazu karg aus, die Striche schief, die Winkel ungenau, aber der Versuch einer Perspektive war bemerkenswert für einen Vierjährigen. Theo könnte das nicht, dachte Zita.

«Er ist Harry-Potter-Fan. Soll das Hogwarts sein?», fragte Golda.

«Ich tippe eher auf ein Haus in der Umgebung.» Zita besah sich die kleine Küche. «Da steht ein Abwaschmittel. Ich kenne die Marke, die erstaunlich realistisch gezeichnet ist. Das haben wir auch. Es ist ein Schweizer Produkt. Wieso kennt Henri das?»

«Steht das in der Küche vom Schlupfhouse Zürich?», fragte Mischa.

Golda hatte keine Ahnung. «Auf so was achte ich nicht, sorry. – Soll ich schnell nachschauen?»

Mischa nickte, und sie war weg.

«Hast du schon etwas gegessen, Pola, seit du gestern hier angekommen bist?», fragte Zita.

Pola schluchzte auf. «Ich dachte, es ist ein Spiel. Er hat mir Colafläschchen hingelegt. Ich habe sie verboten, viel zu viel Zucker, aber irgendwo organisiert er sich immer wieder neue.»

«Das ist mir auch aufgefallen», sagte Zita.

Mischa zögerte. «Ich muss euch etwas gestehen. Möglicherweise ist er euch doch gefolgt.»

«Henris Vater?» Zita zuckte zusammen. «Noch vor ein paar Stunden hast du mir das Gegenteil versichert.»

«Kann er Henri irgendwie getroffen haben?» Mischa nahm Polas Hand.

«Ich habe ihn keine Sekunde aus den Augen gelassen, seit wir hier sind.»

«Du hast geschlafen.»

«Henri auch. Ich habe alles zugesperrt. Den Schlüssel an einen Haken gehängt, in einen Schrank, nicht erreichbar für Henri.»

Mischa machte der Bedienung ein Zeichen. «Noch drei Kaffee.» Die Maschine ratterte fröhlich, der Geruch nach Kaffeebohnen verbreitete sich, ein Stück Normalität in dieser Situation.

Unvermittelt stand Pola auf. «Ich rufe jetzt die Polizei.»

«Du bist illegal eingereist», sagte Mischa. «Es wäre ungünstig. Schau dir bitte die Fotos an.»

Sie hielt ihr das Handy hin. Auf dem ersten Bild sah man einen Park, verkleidete Kinder.

«Darf ich mal?» Zita beugte sich vor. «Das sind Harry, Ron, Hermine und Neville sowie Cho Chang und Luna Lovegood. Alles Figuren aus dem Harry-Potter-Universum. Ich nehme an, Henri ist Harry.»

Mischa klickte nun in schneller Folge Foto um Foto an. Abwechselnd waren auch Erwachsene auf den Bildern zu sehen, vor allem Professor McGonagall. Und ein Mann.

«Dumbledore», murmelte Zita.

Auf dem letzten Foto war er mit Henri in ein Gespräch vertieft.

«Wer ist das?», fragte Zita.

«Er ist verkleidet, man kann ihn nicht erkennen.» Pola hatte schnell geantwortet. Zu schnell.

«Ich erkenne ihn sehr wohl», sagte Mischa. «Es ist dein Institutsleiter, der Betreuer deiner Habil, deren Veröffentlichung er seit sieben Jahren verhindert.»

Polas Reaktion war gespenstisch. Sie kniff sich so stark in den Arm, dass rote Flecken entstanden.

«Woher hast du die Bilder?», fragte sie.

Sie lenkt ab, dachte Zita.

«Es sind private Fotos. Manches war auf Instagram.»

«Es kann nicht sein, du irrst dich, der Bart, die Kleidung, das ist nicht sein Stil. Er hat Henri nur einmal gesehen, als er noch viel kleiner war.» Sie wurde blass. «Wie könnte er ihn gefunden haben?»

«Er hat einen Privatdetektiv beschäftigt, ich habe Beweise dafür, Quittungen, Rechnungen. Er hat Henris Kindergarten ausfindig gemacht und sich unter einem Vorwand eingeschlichen, später den Twitter-Post entdeckt, auf dem die Adresse von Schlupfhouse 157 war.»

«Dann war er da. Ich habe mich nicht geirrt.» Absurderweise sah Pola einen Moment erleichtert aus. «Ich habe sein Gesicht gesehen, am Küchenfenster. Gegenüber auf der Strasse. Im Garten. Es war schrecklich.»

Mischa vergrösserte das nächste Foto, auf dem Dumbledore Henri einen kleinen Gegenstand gab.

«Ein Colafläschchen.» Pola flüsterte. «Er hat ihm die Colafläschchen geschenkt. Henri hat mich angeschwindelt. Sie seien von einem Betreuer, von anderen Kindern, von der Lehrerin, hat er gesagt.»

«Also ist er Henris Vater?»

Obwohl Zitas Frage angesichts der Beweislage rhetorisch war, wich Pola weiterhin aus. «Er ist verkleidet. Mischa könnte sich irren. Wir könnten uns irren. Die Rechnungen könnten von jemand anders sein. Der Detektiv könnte Mischa betrogen haben.»

Sie hat Angst, dachte Zita. Sie traut keinem, nicht mal Mischa und mir, nicht mal sich selbst.

«Gut möglich. Aber wenn er es doch war, rein hypothetisch, wie kann er uns hierher gefolgt sein?» Zita dachte an die Autoscheinwerfer. «So viele Colafläschchen kann Henri gar nicht gestreut haben, es waren über tausend Kilometer.»

Mischa sah Pola an. «Gab es etwas, das wir nicht verabredet haben? Hast du deine SIM-Karte nicht vernichtet? Jemanden von unterwegs angerufen? War etwas ungewöhnlich?»

Pola atmete scharf ein. «Der Rucksack. Henri wollte unbedingt seinen Rucksack mitnehmen. Ein Plüsch-Harry-Potter war drin, Kinderkrimskrams und ein Fruchtsaft. Ich dachte, er sei von Golda.»

«Hat Henri den getrunken?»

Pola schüttelte den Kopf, langsam, als ob sie die Bruchstücke der Erinnerung zusammenklauben müsste.

«Ich war es. Gestern Nacht. Er hat ihn mir gegeben, weil ich solchen Durst hatte.»

Beruhigungsmittel, ihre Pupillen, ich habe es mir gedacht, dachte Zita. «Aber das erklärt nicht, wieso er uns folgen konnte.»

«Er könnte einen Tracker platziert haben.»

Zita wurde kalt. «In der Harry-Potter-Puppe?»

Pola kniff sich erneut. «Oh Gott. Er hat ihn entführt. Sie können bereits Hunderte von Kilometern weit entfernt sein.»

«Das glaub ich kaum», sagte Mischa. «Er würde niemals ohne dich gehen.»

«Er will Henri.»

«Er will dich. Sonst hätte er ihn längst geholt. Er hatte viele Gelegenheiten.»

Mischa deutete auf das Handydisplay, wo Dumbledore immer

noch in Grossaufnahme mit dem kleinen Harry Potter sprach. «Er hätte einfach mit ihm rauslaufen können. Henri ist nur das Mittel zum Zweck.»

In dem Moment kam Golda zurück. Sie war ausser Atem. Neun Minuten hat sie gebraucht, dachte Zita. Das Haus kann nicht weit sein.

«Das Spülmittel ist nicht identisch, Henri muss es woanders gesehen haben. Hier vielleicht? Das ist der einzige Ort, wo er war.»

Sie sahen alle zur niedrigen Theke aus Holz, zum appetitlichen Kuchen hinter Glas, zur Kaffeemaschine und dem Spülbecken mit einem fast vollen Mittel in Grün. Nicht orange wie das andere. Zita liess sich noch mal Henris Kinderzeichnung zeigen. Die Farben des Hauses erinnerten sie an etwas.

«Kann man vom Schlupfhouse den See sehen?»

«Höchstens von der Dachterrasse aus. Es sind drei Stockwerke.»

«Kommt.»

Zita lief über die Höschgasse hinunter zu den drei Gebäuden, die das Ende der Strasse markierten. Das eine war ein ehemaliges Künstleratelier, daneben die alte Villa Egli aus schweren granitgrauen Steinen mit Türmchen und vergitterten Fenstern. Dazwischen der futuristische Bau des Corbusier-Pavillons mit seinen knallbunten Farben. Mit einer verglasten Front, durch die man eine erstaunlich normale Küche sehen konnte und eine Abwaschmittelflasche im schreienden Farbton des orangen Riesen.

Bis die anderen bei ihr waren, hatte Zita bereits das ganze Haus umrundet und Fussspuren in Kindergrösse gefunden.

«Ich bin sicher, Henri hat den Platz hier gemeint. Seine Zeichnung ist eine Mischung aus allen drei Gebäuden.»

«Von der Dachterrasse aus sind die tatsächlich sichtbar», bestätigte Golda. «Er durfte gestern Abend da baden, im Whirlpool. Er war fasziniert von der Aussicht. Aber niemals hätte er das Spülmittel erspähen können, so gute Augen hat kein Mensch.»

«Dann war Henri hier. Als du geschlafen hast, Pola.» Zita versuchte, sich in den kleinen Jungen zu versetzen, sah Theo vor sich, der im selben Alter war. «Ich denke, dass er ausgebüxt ist wie ein ganz normales Kind mit Bewegungsdrang. Er war so lange eingeschlossen. Dann schläft seine Mama tief. Und draussen ist all der herrliche Schnee. Und der See.»

Sie sahen alle zum Zürichsee, grau mit schaumgekrönten Wellen. In stummer Übereinstimmung schwärmten sie aus, jede in eine andere Richtung. Zita rannte bis zum Uferweg, der aus breiten Platten bestand, gesäumt von der Wiese auf der einen Seite und dem kiesigen Ufer auf der andern. Etwas weiter vorne in Richtung «Fischerstube» stand ein Mann mit Stiefeln im Wasser und schichtete Steine aufeinander. Üblicherweise würden hier Touristen Fotos schiessen, aber nun war alles verwaist. Bis auf einen kleinen Jungen, der im Schneidersitz halb versunken im Schnee sass und hoch konzentriert in ein Heft zeichnete.

«Henri?» Zita kniete sich zu ihm. «Das ist ja ein Kunstwerk. Ich bin beeindruckt. – Sollen wir das vielleicht deiner Mam zeigen?»

Henri überlegte. Bevor er die Stifte und das Heft im Rucksack verstaute und aufstand. Zusammen stapften sie zurück zum Corbusier-Pavillon, wo Pola ihn in die Arme nahm. Golda war sichtlich erleichtert. Als Mischa den Rucksack öffnete, fiel eine halbe Packung Colafläschchen zu Boden. Und ein schwarzer Kasten.

«Ein Geo-Tracker, wie ich befürchtet habe.» Mischa wirkte grimmig. «Ich nehme an, Henri hat damit herumgespielt. Das war die Rettung. Sonst hätte er uns längst gefunden.» Ein Laut entwich ihr. «Hier seid ihr nicht mehr sicher. Wann geht dein Flieger, Golda?»

«Das kann ich dir nicht sagen.»

Die Frauen sahen sich an. Standen Tränen in ihren Augen? Was war hier los?

«Könntest du Pola und Henri zu dir nehmen, Zita?», fragte Mischa. «Bis morgen.»

Zita bekam Stress. Das Rot am Corbusier-Pavillon wirkte wie Blut, das Grün wie Gift.

«Wir verwischen eure Spuren so, dass er euch nicht finden

kann.» Mischa hatte so leise gesprochen, dass nur Zita es hören konnte.

«Aber er kennt mich, er hat mich im Auto gesehen.» Nein, das ging nicht an, dass sie hier immer weiter hineingezogen wurde. «Ich glaube, du hast es überhaupt nicht mehr im Griff. Ist dieser Dumbledore wirklich Henris Vater? Was hat Stephen Keller mit alledem zu tun? Arbeitest du heimlich für ihn? Ist das eine Falle, in die du Pola absichtlich tappen lässt?»

Mischa hob abwehrend die Hände, Zita liess sie jedoch nicht zu Wort kommen. «Ich habe euch gesehen, gestern in Davos. Was hast du ihm gegeben? Daten über Pola? Soll sie bei ihm mitarbeiten? Heimlich?»

Mischa presste die Lippen zusammen. Dann flüsterte sie Zita etwas zu. Es waren nur wenige Worte. Aber Zita waren sie vertraut. Schliesslich forschte sie zu dem Thema. Sie hatte keine Wahl. Sie musste helfen.

✳✳✳

Der Colamann stapfte von Garten zu Garten. Von Henri und Pola bislang keine Spur. Der kleine Idiot hatte den Geo-Tracker ausgeschaltet. Er konnte nur hoffen, dass Henri dafür den Plan umgesetzt hatte, den er ihm so sorgfältig erklärt hatte. Er betrat den nächsten Garten. Die Schaufel hatte er mitgehen lassen, die orange Signalweste ebenfalls.

«Schneeräumungsdienst, wir helfen Ihnen.» Mit dem Trick hatte er jegliches Misstrauen beseitigt. Bestimmt zwanzig Gärten hatte er schon abgesucht. Er musste sie zurückholen. Die Monate ohne sie waren eine Qual gewesen. Keine war so gut wie sie. Keine so hilfsbereit, keine so devot. Er hatte ja auch mit keiner anderen ein Kind. Nur mit ihr. Und keine hatte so eine Arbeit geschrieben wie sie. Der Colamann fasste in seine Tasche. Die Pistole war da, wo sie sein musste.

32

Sahel sass neben Beanies Bett. Es war friedlich, gespenstisch friedlich, nicht das, was er sich unter einer Intensivstation vorgestellt hatte. Verschiedene Geräte bildeten einen Turm, Zahlen leuchteten, Buchstaben ergaben sinnlose Worte, es piepste, es poppte, eine Art musikalische Untermalung.

Beanie lag einfach nur da. Sie atmete selbstständig, was die Ärzte als gutes Zeichen werteten. Ihre Konturen unter der Decke sahen viel zu schmal aus, sie hatte abgenommen. Wieso habe ich das nicht gemerkt? Ihr Kopf war bandagiert. Schädelhirntrauma. Die Blutungen im Kopf verursachten Druck, sie hatten den Kopf aufsägen müssen, um die Schwellung zu lindern. Die nächsten Stunden wären entscheidend. Niemand hatte das ausgesprochen, aber Sahel wusste genug über solche Vorgänge.

Er griff ihre Hand. Sie fühlte sich warm und schlaff an.

«Komm zurück, Baby», sagte er leise. «Halte durch. Ich brauche dich. Ich brauche dich.»

Er liebte sie, dass es schmerzte. Die Haut, ihre wunderschöne braune Haut war bleich. Unter den Augen hatten sich dunkle Schatten gebildet. Er stellte sich vor, was sie nach dem Aufwachen sagen würde.

«Wo ist mein Haar? Shit, wer hat es abrasiert?» Bestimmt interessierte sie das am meisten.

Beanie und ihr Haar, eine Serie in vielen Episoden.

Ein Laut entwich ihm, ein Lachen. Völlig deplatziert. Und doch, sie regte sich, die Hände tasteten, fassten rastlos nach dem Laken. Die Herzfrequenz wurde schneller. Er rechnete damit, dass die Tür aufgerissen würde. Aber niemand kam. Nun flatterten ihre Augenlider. Sahel ging so nah an sie ran wie möglich. Wenn sie aufwacht, soll sie sich sicher fühlen.

Der Herzschlag beruhigte sich. Sie schaute ihn an. Ihre Augen waren gross. Die ganze Welt steckte darin.

«*My love*», sagte er leise.

Hatte er sich getäuscht? Sie hatte die Augen wieder geschlossen, lag so ruhig da wie davor. Leise begann er zu sprechen: «Willst du wissen, wer es war? Wir tippen auf Kundert, den Kaminfeger. Meiers Unterlagen, ein ganzes Dossier, das er an dich geschickt hat, belegen den grossen Hass dieses alten Mannes. Auf die Nachbarn, auf alle, die ihn in seinem Lebensraum bedrohen. Siebzig Jahre lang lebte er im Quartier, vierzig davon als Kaminfeger. Seit seine Dienste nicht mehr benötigt werden, ist seine Wut ins Unermessliche gestiegen.»

Beanies Lider zuckten. Sie will, dass ich weitererzähle.

«Man sagt, dass er den Teil der Altstadt kennt wie niemand sonst. Es gibt viele Keller, Schächte, sogar einige alte Sodbrunnen mit Treppenstufen in die Tiefe.»

Beanie wurde so unruhig, dass er nach dem Klingelknopf griff.

«Ich rufe die Pflege.»

Beanie drückte seine Hand. Was wollte sie?

«Ist es wegen Kundert? Du musst keine Angst haben. Sie erwischen ihn. Serge kümmert sich darum.»

Das entspannte Beanie nicht, im Gegenteil.

Sie blickte zu einem Schrank, nötigte ihn dorthin. Da hing ein dunkler Mantel. Er war federleicht, aus edlem Material.

«Gehört der dir? Er ist neu.»

Ihre Hand schoss vor. Sie packte ihn, zog ihn zu sich hinunter.

«Die Tasche.» Hatte sie wirklich gesprochen?

Ihr Blick liess ihn nicht los, als er in die Manteltasche fasste.

«Da ist nichts. Ein Taschentuch. Wir können es untersuchen. Denkst du, es ist ein Hinweis?»

Beanies Augen irrten hin und her. Sahel griff erneut zur Klingel, es war ihm unerklärlich, warum keiner der Monitore ihren Stress anzeigte.

«Schublade ...», sagte sie schliesslich, «... meine Sachen.»

Ihre Augen zwangen ihn an den kleinen Tisch. Die erste Schublade war leer. In der zweiten fand er einen Schreibblock.

Einen Füllfederhalter. Und ein Feuerzeug. «Das Zippo?» Sahel fühlte sich mit einem Schlag wie elektrisiert.

«War es im Keller? Da, wo wir dich gefunden haben?»

Sahel nahm sich einen Gummihandschuh, drehte das Zippo vorsichtig in der Hand. Entdeckte das eingravierte J auf dem matten Metall.

«J für Joel», sagte er leise. «Und dabei haben sie den Typen gerade freigelassen.»

Er fasste erneut in die Schublade, zog den Schreibblock heraus.

«Was ist damit, Beans?» Er blätterte durch die Seiten. «Hast du den sichergestellt? Und den Füller auch?»

Ihm fiel etwas ein. «Das ist ein Muster, du hast es auch bemerkt, nicht wahr? Die halb verbrannten Schnipsel aus dem Keller, die Asche aus dem explodierten Ofen. Gestern Nacht haben wir darüber gesprochen.» Sahel hielt den Schreibblock auf Augenhöhe gegen das Licht, leicht schräg geneigt. Es gelang ihm, einige Worte zu entziffern.

«‹Gap› steht da. Und ‹Ionon›. Das ist Meier und mir auch aufgefallen. Wofür das wohl steht? Ein Code?»

Sie zwang ihn nah an ihre Lippen. Ihr Atem roch schwer, nach Krankenhaus. «Zita …», sagte sie.

«Zita ist in London. Ich werde Meier Bescheid geben, er hat sich mit den Schnipseln beschäftigt.»

Beanies Augenlider begannen erneut zu flattern.

«Du meinst nicht Meier, du meinst wirklich Zita?»

Sie hörte gar nicht mehr auf zu blinzeln.

«Ich werde mit ihr sprechen, ich verspreche es dir.»

Er hatte das Richtige gesagt. Die Augen klappten zu, ihr Gesicht entspannte sich.

Die Tür ging auf, ein Pfleger kam herein. Das kurze Aufwachen sei ein gutes Zeichen. Die Schwellung im Hirn gehe zurück.

***

Beanie träumte, dass der Füller kleckste. Ein grosser runder Fleck, der sich ausbreitete. Er war von dunklem Rot. Aber die Hand gehörte nicht ihr. Sie gehörte jemand anderem. Jemandem, der Worte liebte. Worte wie Flammen. Ein Flammenmeer von Worten. Wenn man ihn nur liesse.

33

Beim Aussteigen aus dem Sessellift verlor Meier das Gleichgewicht, im letzten Moment konnte er sich retten. Wenn er gedacht hatte, dass er sich Brille und Helm überstülpen, die Skier an die Füsse schnallen und eine Meisterleistung hinlegen würde, hatte er sich getäuscht. Er rappelte sich hoch und fuhr an die Seite. Von dem kleinen Plateau, bestehend aus einem Schneefeld und einem Restaurant mit Terrasse, konnte man entweder mit dem Skilift weiter nach oben fahren oder direkt die Abfahrt ins Tal machen. Von Crispian Biäsch war weit und breit nichts zu sehen. Er hatte zwar Skier für Meier deponiert, wie versprochen, war jedoch nicht aufgetaucht. Vielleicht will er mich oben treffen, hatte sich Meier gedacht und die Bügelliftfahrt unternommen, obwohl er eigentlich gar keine Zeit für so etwas hatte. Es musste die Schneeluft sein, die ihn trunken machte, das gleissende Licht. Die Lust, wieder mal einen Skihang hinunterzuschwingen, liess ihn jegliche Vernunft vergessen.

Es war eiskalt, selbst in den dicken ausgeliehenen Handschuhen fror Meier an den Fingern. Die Tannen bogen sich unter der Schneelast, zu seiner Linken riss der Himmel auf, und Fetzen von Blau wechselten sich mit Grau ab. Was für eine wundervolle Stille, die seinen pochenden Schädel beruhigte.

Wo Zita wohl war? Ihrer kryptischen Nachricht «Ich bin unterwegs» hatte er keine Informationen über ihren Verbleib entnehmen können. Ihre Kleider waren auf dem Boden verstreut gewesen, also musste sie in der Nähe sein. Peinlicherweise konnte Meier sich nur noch daran erinnern, wie er nachts von der Bar, die er nach dem Telefonat mit Sahel aufgesucht hatte, ins Zimmer gewankt war. Bestimmt hatte er geschnarcht. Da planst du eine Liebesnacht und liegst neben einem nach Whisky stinkenden Murmeltier. So wie er Zita kannte, war sie aufgestanden und hatte sich mit ihrem Laptop irgendwohin verzogen.

Er tippte eine Antwort: «Es tut mir leid, Liebste. Wo bist du?» Dann steckte er das Handy ein und fuhr los.

Der erste Schwung nach zwanzig Jahren. Ungelenk, schwerfällig, bereits schlotterten seine Knie. Aber nun war er zu weit, um wieder umzudrehen. Also noch einen Schwung, noch einen. Im Stemmbogen drifteten die Bretter auseinander, fast bis zum Spagat. Mit grosser Anstrengung zog er das eine Bein wieder an, probierte einen weiteren Schwung, noch einen. Es ist wie Velofahren. Ich kann es noch. Die Luft trieb ihm Tränen in die Augen. Sein Vater fiel ihm ein. Wie er ihn zwischen den Knien nach unten geführt hatte. Das Gefühl, die grosse Abfahrt gemacht zu haben. Dieser unglaubliche Stolz. Als Meier an Tempo zulegte, spürte er keine Kälte mehr, keine Anstrengung, nur noch pure Freude. Schwung rechts, Schwung links, rechts, links, ein Gleiten, ein Schwingen, ein Tanzen in die Tiefe. Konnte das Leben besser sein als hier auf diesem verzauberten Berg?

Meier vergass Zita, vergass seine Kinder, die Ermittlungen, vergass alles und war eins mit seinen Brettern. Bis er realisierte, dass er wohl eine falsche Abzweigung gewählt hatte. Das Schatzalphotel hätte längst auftauchen müssen. Er befand sich auf einer schmalen Abfahrt, die unweigerlich in Richtung Tal führte. Das kam davon, wenn man sich nicht auskannte.

Atemlos kam er im Dorf an, die Piste endete bloss einige hundert Meter vom Kongresszentrum entfernt. Meier schnallte die Skier ab und stapfte nach vorn zur Promenade, wo er eine völlig andere Welt antraf. Die Strasse war vom Schnee geräumt, Limousine reihte sich an Limousine, es gab noch mehr Sicherheitspersonal als am Vorabend. Auf dem Gebäude gegenüber lauerten mehrere Scharfschützen mit Gewehren im Anschlag, am Himmel kreisten Helikopter in der Warteschleife. Als Meier eine Uhr sah, begriff er, dass die Zeit vergangen war, ohne dass er es gemerkt hatte. Auf seinem Handy waren etwa tausend Nachrichten. Sie schockierten ihn. Beanie Barras war niedergeschlagen worden, befand sich auf der Intensivstation. Sahel war es gelungen, mit ihr zu sprechen. Nun bat er um einen Rückruf.

Asap. Meier zog sich in den Windschatten eines Chalets zurück, um zu telefonieren.

«Sahel? Wie geht's ihr?»

«Sie überlebt. Sie ist zäh. Aber sie mussten ihr den Schädel aufschneiden.»

«Ich komme sofort.»

«Ausser mir darf sie keine Besuche empfangen. Und die Grossfahndung nach Kundert läuft auch ohne dich.»

«War es Kundert?»

«Alles deutet auf ihn.»

Sahel fasste zusammen, dass das Ermittlungsteam Joel Brunner entlassen hatte und die Davoser Geschichte nicht mehr verfolgte.

«Sämtliche Nachforschungen über die Kellers und die Leute, die an dem Abend am Empfang waren, wurden gestoppt. Nussbaum hat mich freigestellt, seit jemand unseren Beziehungsstatus gepetzt hat. Aber –»

Ein Anruf klopfte in der Leitung. Es machte Meier nervös, Hin- und Herschalten war nicht seins. «Was heisst ‹aber›?»

Sahel räusperte sich. «Ich mache trotzdem weiter. Beanie ist fast gestorben.»

«Solche Alleingänge werden nicht toleriert, das weisst du genau.»

«Mir egal. Bevor sie mich rausgekickt haben, habe ich mir alle Berichte runtergeladen. Sollte ich etwas finden, gehe ich dem nach. Nur komme ich hier nicht weg, ich will bei Beanie bleiben. Hilfst du mir?»

Es klopfte immer noch.

«Ich muss auflegen, Sahel.»

«Warte!» Sahels Stimme bekam etwas Drängendes. «Was ist mit der Explosion im Turmzimmer? All die verbrannten Papierschnipsel. Dahinter steckt etwas anderes.»

«Es sind zwei Fälle, das sehe ich genauso.» Meier entschied sich. Er erzählte Sahel in Stichworten, wo er war. «Da ich ohnehin für Eli unterwegs bin, könnte ich nach einer möglichen Verbindung suchen.»

Am anderen Ende war es kurz still. «Danke, Werner. Du bist echt ein Freund.»

«Aber jetzt muss ich auflegen.»

«Etwas noch.» Als Sahel vom Zippo-Feuerzeug erzählte, entwich Meier ein Laut.

«Das Corpus Delicti sozusagen. Danach suchen alle. Du musst es abgeben, Sahel, es wäre eine Unterschlagung von Beweismitteln.»

«Hab ich längst gemacht. Die Kollegen vom Labor werden mir dafür die Resultate mitteilen.»

«Und wie hast du es rausgefunden? Kann Barras sprechen?»

«Per Wimpernschlag.» Sahel erklärte, wie das abgelaufen war. «Sie hat das Zippo im zweiten Aussenkeller gefunden, kurz bevor das Gestell zusammenkrachte. Die Frage ist: Wie ist es dahin gekommen?»

«Kundert hat's Joel gestohlen, um damit den Brand zu legen.»

«Es gibt etwas, das du nicht weisst. Das Feuerzeug gehört nicht Joel, sondern Djamila Murani. Das zumindest steht in der Abschrift von Serges Verhör mit Joel Brunner. Ein Detail nur, unwichtig geworden für die anderen, aber mir ist es aufgefallen.»

«Die Murani? Eine sagenhafte Person. Ich habe sie gestern Nacht beobachtet. Wenn sie den Raum betritt, lädt sich die Atmosphäre auf.»

«Was ihren Kollegen Crispian Biäsch stressen dürfte. Er war in den Befragungen darauf bedacht, den Verdacht auf Joel zu lenken.»

Das war ein interessanter Aspekt für Meier. «Auch ihn habe ich gestern kennengelernt. Man spürt ihm den grossen Druck vonseiten seines Vaters an, der ein ehemaliger Botschafter ist. Und die Murani steht ihm gewaltig im Weg. Er könnte versucht haben, sie auszubooten, indem er ihren Partner diskreditiert.»

Das ging Sahel offenkundig zu weit. «Wir leben im 21. Jahrhundert, Meier.»

«In der Welt der Diplomatie ticken die Uhren anders. Es hilft deiner Karriere, wenn dein Partner am selben Strick zieht. Aber nun muss ich wirklich gehen.» Das Klopfen war unerträglich.

«Ein Letztes noch: Auf einem Schreibblock, den Beanie im Wohnzimmer der Kellers sichergestellt hat, stand die Buchstabenkombination ‹Ionon›, genau wie bei dir.»

«Ich habe noch nicht herausgefunden, was es bedeuten könnte.»

«Was ist mit dem Wort ‹Gap›?»

«Gap? Das ist eine englische Kleidermarke, Zita bringt jedes Mal etwas heim für die Kids.»

Sahels Enttäuschung war durch den Hörer spürbar. «Eine ganz banale Einkaufsliste also.»

Das Klopfen hatte aufgehört. Wie angenehm. «Das glaub ich nicht. Ich lese dir mal vor, was ich habe.» Meier zog sein Notizbuch aus der Jackentasche. «Füllworte wie ‹und›, ‹seine›, ‹diese› gibt es einige. Dann ‹Kontext› und zwei Namen, ‹Ara› und ‹Samuel›. Dazu ein Datum: ‹24. Januar 2018›. Diesbezüglich gibt es eine Verbindung zu Keller: Emmanuel Macron sprach damals am WEF.»

«Und jetzt denkst du, Macron hätte die Texte verfasst?»

«Witzbold. Keller sass bei dessen legendärer Rede im Publikum. Er ist jedes Jahr hier. Im Schatzalphotel habe ich ihn mehrfach im Gästebuch entdeckt, immer am Händeschütteln, immer mit der Politprominenz auf Du und Du.»

«Ich blicke nicht durch», sagte Sahel und wirkte frustriert.

Kurzerhand entschied sich Meier, ihn in die Twitter-Geschichte einzuweihen, in das bisschen, das er von Zita wusste.

«Zita hat dir das erzählt?» Sahel pfiff laut. «Beanie wollte unbedingt mit ihr sprechen. Bestimmt weiss sie davon.»

«Möglicherweise hat sie etwas entdeckt, bevor sie niedergeschlagen wurde. Es könnte die übergeordnete Ebene betreffen, nach der wir suchen. Das denke ich. Kundert hat mit seiner Aktion unabsichtlich ein Wespennest ausgeräuchert.» Meier hatte eine Idee. «Am Freitagabend stellt Keller in der Zürcher Villa Tobler seine Memoiren vor. Die Gästeschar kommt also noch mal zusammen, um ihn zu feiern, bevor sie sich in alle Windrichtungen auf der Welt zerstreut. Wenn jemand von denen in die Sache verwickelt ist, wäre das unsere Chance. Vierunddreissig

Stunden. Bis dahin müssen wir einfach so viel Material sammeln wie möglich.»

***

Zita war stinksauer. Meier telefonierte seit einer halben Stunde. Dabei musste er sehen, dass sie anrief. Hatte er ihre Nachricht nicht gelesen? Zum hundertsten Mal überlegte sie, ob die Gefahr bestand, dass Dumbledore oder der Colamann oder wer auch immer ihr Verfolger war sie bei ihrer Flucht aus dem Schlupfhouse Seefeld beobachtet hatte.

Sie waren im Zickzack kurz dem See entlanggegangen, hatten dann ein Tram genommen, ein nächstes, bis sie am Bellevue die Linie Neun zum Kunsthaus bestiegen und ein letztes Mal umstiegen. Nach der Ankunft am Klusplatz hatten sie vor der Holzofenbäckerei gewartet, um ganz sicher zu sein, dass ihnen niemand folgte, und waren danach nach Hause gegangen. Leider hatte sich Mischa seither nicht mehr gemeldet. Zita hatte keine Ahnung, was sie mit Henri und Pola tun sollte.

34

Serge hinkte die Gasse hinunter in Richtung Fluss. Sein Fuss schmerzte höllisch. Der neue Spezialschuh war nicht tauglich für Ermittlungen in einem Altstadtquartier mit vereisten Pflastersteinen.

«Geht es Ihnen nicht gut?» Seine Begleiterin Leyla Ilic, die Expertin der Archäologischen Abteilung der Stadt, war stehen geblieben. Sie war jung, mit Parka, blonder Hochsteckfrisur und Wanderschuhen, bereit, mit dem Team einen Plan auszuhecken, wie man die Suche nach Kundert systematischer gestalten könnte.

«Alles in Ordnung.» Er sah sich um, wischte den Schweiss von der Stirn. «Da vorne ist die mobile Einsatzzentrale.»

Vor Ilic betrat Serge das Fahrzeug. Die Luft im Innern war stickig. Ab vier Personen wurde es eng. Und sie waren knapp zwanzig, die dicht an dicht standen.

Das Ermittlerteam bestand aus ihm, Schmidt und Lüthy, zwei zusätzlichen Fahnderinnen, sechs Streifenpolizisten sowie einigen Spurensicherungstechnikern – das ganze Rösslispiel. Bis auf den Staatsanwalt. Serges Anordnung war von Nussbaum unterstützt worden.

«Wir können uns keinen weiteren Brandanschlag leisten. Und keine verletzten Polizisten.»

Beim Gedanken an Barras knirschte Serge mit den Zähnen.

«Wo ist Sahel?», fragte er. Er wollte den Brandermittler unbedingt dabeihaben.

«Er ist offiziell vom Fall abgezogen worden, hast du das nicht mitbekommen? Wegen seiner privaten Verbindung zu Barras.» Schmidt sah ertappt aus.

Serge war irritiert. «Hast du gepetzt?»

«Ich? Nussbaum war stinksauer. Man wird uns auf die Finger schauen.»

Noch hatte das Medienteam keine Information rausgegeben, aber der Angriff auf Barras würde Wellen schlagen. Sie war eine Frau, sie war schwarz, während der Polizeiarbeit attackiert. Nussbaum hoffte natürlich, die Pressemitteilung gleich mit einem Fahndungserfolg verknüpfen zu können.

«Leute, wir fangen an.» Serge stellte die Archäologin kurz vor, erläuterte die Karte auf dem Whiteboard, benutzte einen Stift für die Details.

«Kundert lebt allein in einem Haus an der Kaminfegergasse, das unter Dauerbewachung steht. Er ist seit mehreren Stunden abgängig.» Er sah zu den Spurensicherern. «Er ist ein Messie. Das Haus zu untersuchen wird also zeitaufwendig, Arbeit für Wochen. Wonach wir jetzt suchen, sind konkrete Hinweise auf sein derzeitiges Versteck. Notizen, Karten, Fotos. Meldet euch sofort, wenn ihr etwas findet.» Dann wandte er sich an die Streifenpolizisten. «Aufgrund der Tür-zu-Tür-Befragung vermuten wir, dass er sich im näheren Umkreis versteckt, Radius zwei Kilometer. Kollege Meier konnte in seinem Bericht eine mögliche Verbindung Kunderts zu mehreren Ereignissen herstellen: Vandalismus an Abfallcontainern und Gartenmöbeln sowie einige lokale Kleinstbrände. Fast jeder, der länger hier wohnt, kennt Kundert. Trotzdem kann niemand mit Sicherheit sagen, wann er ihn zum letzten Mal wo gesehen hat.»

«Logisch.» Lüthy schmunzelte. «Wenn ein Hund jeden Tag an denselben Ort kackt, weisst du auch nicht mehr, ob er heute schon da war oder gestern, letzte Woche oder gar nicht.»

«Verdächtige vergleichen wir nicht mit Hunden.»

«Ich habe von einem Phänomen gesprochen: In der Altstadt gibt's regelmässig markante Hundekackehaufen an neuralgischen Stellen.»

«Zum Glück hat's geschneit.»

«Habt ihr sie noch alle, *non*?»

Serge erstickte das Geplänkel im Keim. Lüthys Art, mit Druck umzugehen, manchmal ein durchaus nützliches Ventil, war nicht angebracht. Schnell erläuterte er die Einteilung des Viertels in verschiedene Sektoren und disponierte die Anwesenden in entsprechende Gruppen.

«Durch seinen Beruf als Kaminfegermeister kennt Kundert alle Gebäude, samt Estrich und Keller, und die Möglichkeiten, unbemerkt hineinzukommen.» Er sah zu Ilic. «Unsere Expertin sagt euch, worauf ihr achten sollt.»

Die Archäologin dozierte wie ein Wasserfall. «Die Häuser sehen von aussen alle ähnlich aus, alt, pittoresk, von früher. Ihr Merkmal ist jedoch, dass sie aus verschiedenen Epochen stammen, zum Teil gehen die Mauern bis ins Mittelalter zurück. Verschiedene Mauerstücke wurden übereinandergebaut, ungleich hohe Häuser zusammengelegt, Brunnenschächte bewahrt, Gräben zugeschüttet, Fundamente erweitert, neue Stockwerke eingebaut. Für uns Archäologinnen bedeutet die Gegend um den Lindenhof pures Glück, für eine polizeiliche Ermittlung …»

«… ist es ein Alptraum.» Dezentes Gelächter.

«… eine Challenge. Die Auswahl an möglichen Verstecken ist immens.» Sie klappte ein Tablet auf. «Ich habe eine Liste von besonders geeigneten Örtlichkeiten erstellt, Herr Duchamps hat sie als Grundlage für seine Dispo genommen. Ich bleibe hier, bin ständig erreichbar. Sollten Sie irgendwo eine Unsicherheit haben, rufen Sie mich dazu.»

«Was meinen Sie mit Unsicherheit?»

«Wenn es gefährlich sein könnte, oft ist der Boden abschüssig oder aufsteigend, es gibt Ritzen und Gräben, wo man nicht damit rechnet. Die Hausbesitzer sind teilweise über Ihr Kommen informiert, alle vorab zu informieren war jedoch nicht möglich.»

«Das sieht nach einer Schnitzeljagd aus. Wie sicher ist es denn, dass unsere Zielperson noch da ist?» Das kam von Schmidt.

«Diesbezüglich müssen wir uns leider auf blosse Vermutungen verlassen.» Serge räusperte sich. «Und die Macht der Gewohnheit. Kundert ist einmal in seinem Leben verreist. Ins Tessin. Ansonsten spielte sich für ihn alles im Quartier ab. Bei einem Scharmützel mit einer Trampatrouille vor einem Jahr zeigte er eine Mehrfahrtenkarte aus dem letzten Jahrhundert. Offenbar hat er die in der Zeit nur viermal benutzt.»

«Wo kauft er denn ein?»

«Gemüse, Obst und Brot am Markt auf dem Bürkliplatz.

Früher ging er für den Rest über die Rathausbrücke zu einem Supermarkt, seit der geschlossen ist, weicht er auf Vierund-zwanzig-Stunden-Shops am Bahnhof aus. Ist alles innert zehn Minuten erreichbar.»

Gemurmel, die Leute wechselten Blicke.

«Eine schräge Geschichte, in der Tat. Keine hundert Meter von der Zürcher Bahnhofstrasse, dem teuersten Pflaster der Welt, entfernt, lebt ein mitteloser, halb blinder Kaminfeger in einem Haus an bester Lage. Das ging nur, weil es ihm gehört. Können Sie etwas darüber erzählen, Frau Ilic?»

Das konnte sie. «Es steht teilweise unter Denkmalschutz, ein Schmuckstück, eine dieser verborgenen Perlen. Es zu renovieren wäre ein Traum. Mit einer Bauherrschaft, die genügend Mittel hat. Kundert hat leider alle Kaufangebote abgelehnt. Wir waren mehrfach mit ihm in Kontakt, denn das Haus verfällt immer mehr. Er will hierbleiben. Um jeden Preis. ‹Der Lindenhof ist mein Garten, der St. Peter mein Schutzengel›, das hat er gesagt.»

«Ich hätte dazu eine Frage.» Lüthy hob die Hand. «Wieso sollte einer wie er den Aussenschopf in Brand gesteckt haben? Er beschädigt doch nichts, von dem er das Gefühl hat, es gehöre zu seinem Reich.»

«Das Altpapier war ihm ein Dorn im Auge. Er fand, in dem Keller sollten nur Dinge gelagert werden, die diesen Platz an der historischen Lindenhofmauer verdienen.»

«Dinge wie …»

«Sein Kaminfeger-Werkzeug. Nebst unwichtigem Krempel hat er jede Bürste, jeden Schlauch da eingelagert, als er vor vielen Jahren mit seinem Beruf aufgehört hat. Wir haben auch einige Fässer Petroleum gefunden und Säcke voller Sägespäne.»

«Und wieso sollte er jetzt gefährlicher sein als früher?»

«Etwas ist passiert. Es ist, um im Brandjargon zu bleiben, als ob die Lunte gezündet worden wäre. Wir befürchten, dass er weitere Brände geplant hat.»

Das vertrieb die lockere Stimmung. Serge konnte die Un-ruhe seines Teams förmlich spüren, es galt, keine Zeit mehr zu verlieren. Wenn das vorbei ist, dachte er plötzlich, dann rufe ich José an und entschuldige mich. Die Vorstellung, wie er dem Kioskmann seine Schuld am Überfall gestehen würde, verlieh ihm die nötige Ruhe. Er hob die Hand und gab das Go.

***

Er beobachtete, wie sie von der Gemüsebrücke in alle Windrichtungen ausschwärmten. Der Platz im städtischen Taubenschlag war einer seiner Lieblingsorte. Früher war hier Wasser von der Schipfe hochtransportiert worden, der Gang war noch vorhanden. Ideal für ihn, um durch den im Gebüsch versteckten Eingang von unten nach oben zu steigen. Die Tauben kannten ihn, solange er eine Kopfbedeckung trug, war auch die Kacke kein Problem. Durch das kleine Fenster hatte er eine optimale Aussicht auf die Polizisten, bestimmt dreissig an der Zahl. Wie Ameisen behändigten sie sich der Gassen. Die wollen mich schnappen, dachte er und kicherte leise. Da haben sie sich den Falschen vorgenommen. Er fasste in eine Tasche seines «Übergwändlis». Sollte es zum Schlimmsten kommen, hatte er alles dabei. Wenn er sein letztes Licht ausblasen musste, wollte er das nicht allein tun.

35

Meier drängte zwischen den Passanten und einer stehenden Autokolonne – Audis, Mercedes, Rolls-Royces – auf die Promenade. Helikopterlärm war zu hören, Motoren, ein Hupen. Um die Sicherheitszone zu umgehen, war er in den oberen Dorfteil ausgewichen, ein Weg, der ihm einiges abverlangt hatte. Er war immer noch in Skiklamotten samt Schuhen, die Skier drückten auf seine untrainierten Schultern. Da Stephen Kellers Anlass in weniger als einer Stunde beginnen würde, blieb Meier keine Zeit, ins Hotel Schatzalp zurückzukehren und sich dort umzuziehen. Wieder einmal sprang Eli Apfelbaum ein. Er hatte den Kontakt zu einem englischen Herrenschneider im Ruhestand hergestellt. Er würde Meier mit der passenden Kleidung versehen.

«English Tailor», stand in verwitterter Schrift auf dem Davoser Haus in der Zeile direkt an der Promenade, unweit der Englischen Kirche. Als Meier näher kam, sah er durch die Schaufensterscheiben eines Schönheitssalons, in dem jeder Platz besetzt war. Wo war der Schneider?

Der Sicherheitsbeamte, der den Eingang kontrollierte und nur Leute mit bestätigten Terminen einliess, war von Meiers Kommen avisiert worden und schickte ihn in den ersten Stock, wo die Wohnung mit «Smith» angeschrieben war. Eine Frau, klein, mit grauer Hochsteckfrisur und Eulenbrille, öffnete auf Meiers Klingeln.

«Kommen Sie herein, Eli hat gerade angerufen.» Sie war unüberhörbar Engländerin. «Sie müssen mit mir vorliebnehmen, mein Mann ist unterwegs, immer viel zu tun in diesen Tagen.» Es stellte sich heraus, dass der Laden seit einigen Jahren geschlossen war. «Wir sind geblieben. Wir lieben diese Gegend, was will man machen.»

Nun privatisierten sie und nahmen mit über achtzig nur noch die Aufträge an, die ihnen Spass machten. Fürs WEF seien sie jedes Jahr tätig, wie überhaupt ein grosser Teil der Dorfbevölkerung. Er arbeitete als Limousinenfahrer, während sie im Kirchner Museum Führungen betreute.

«Die nächste beginnt in einer Viertelstunde. Eigentlich sollte ich schon da sein.» Kritisch sah sie Meier an. «Wo ist denn Ihre Frau?» Sie zeigte auf ein klassisches Kostüm, das an der Garderobe hing. «Das habe ich für sie rausgesucht. Eli meinte, dass ihr zu zweit kommt.»

Meier schluckte. «Sie hat verschlafen. Später stösst sie zu mir. Falls sie die Kleider dann noch braucht, komme ich gerne auf Ihr Angebot zurück.»

«Später ist zu spät, dann bin ich nicht mehr hier. Ziehen Sie mal die Jacke aus, Bubele. Der Apfelbaum wusste Ihre Grösse nicht genau. Typisch. Männer haben keinen Blick für so was.»

Sie winkte Meier, ihr durch die völlig zugestellte Wohnung bis ins Atelier zu folgen, wo zwei Schneiderpuppen zusahen, wie Mrs. Smith einen Anzug samt Gilet und Jacke heraussuchte, ein Hemd von einem Bügel nahm und ihn hiess, das Ganze zu probieren.

Meier war sich seines Schweissgeruchs in dem engen Zimmer sehr bewusst.

«Entschuldigen Sie, aber ich müsste mich kurz erfrischen, sonst muss Ihr Gatte die Kleider danach in die Sondermülldeponie bringen.»

Im Badezimmer wusch sich Meier notdürftig und schlüpfte in die Kleider, die passten wie angegossen. Bis auf die Schuhe, die waren zu klein.

«Sie haben Übergrösse», stellte Mrs. Smith fest, als er wieder rauskam.

Meier entschuldigte sich. «Was tun? Mit den Skischuhen wird's schwierig.»

Mrs. Smith machte sich murmelnd an einer Kommode zu schaffen, wählte Socken und ein Brusttuch, bevor sie zu einem Nachbarn entschwand und gleich darauf mit ihrer Beute zurückkehrte. Rote Turnschuhe.

«Kann ich so gehen?»

Sie nickte. «Das passt zum WEF, da menschelt es hinter der

Politikerfassade. Ihre Kleider packe ich zusammen und stelle sie unten neben die Briefkästen, wir leben ja hier in der Hochsicherheitszone, es kommt nichts weg. Den Badge bekommen Sie in der Buchhandlung.»

«Badge?»

«Ohne kommen Sie nicht ins Kongresszentrum, Herr Apfelbaum.» Zum Schluss half sie ihm in einen Mantel.

«Auch wenn Sie den gleich wieder abgeben müssen an der Garderobe, er gehört dazu. Und nun schnell, schnell. Die Preisverleihung wird gleich beginnen.»

Die ganze Aktion hatte keine zehn Minuten gedauert. Mrs. Smith ging in Richtung Museum, Meier zum Kongresszentrum.

Unterwegs rief er Eli an, ausser Atem, weil alles so eilig gehen musste.

«Sag mir nur kurz: Bin ich unter deinem Namen hier?»

«Genau wie gestern. Du bist mein Cousin. Werner Apfelbaum, Industrieller aus Sheffield.»

«Muss ich Englisch sprechen?»

«Überlass es Zita. Wie geht's ihr?»

«Sie hat Kopfschmerzen.»

«Aber sie ist bei dir?»

Mrs. Smith hatte ihn offenbar verpfiffen. «Sie kommt später. – Worauf achte ich, Eli?»

«Du sollst den Davoser Spirit erschnuppern, Werner. Kellers Entourage, alles Ungewöhnliche, vielleicht gelingt es dir, mit Jane Frost zu sprechen, der englischen Botschafterin.»

«Wie kann ich Ungewöhnliches erkennen, wenn ich nicht weiss, was das Gewöhnliche ist?»

«Da vertraue ich voll und ganz auf den Meier'schen Instinkt.»

Meier fühlte sich einen kurzen Moment geschmeichelt. «Wieso ich und nicht du? Du weisst mehr, du kennst Stephen Keller, du kennst Krethi und Plethi.»

«Darum ist dein Auge so wichtig. Du kommst von aussen. Ich muss dir etwas gestehen …» Elis Tonfall veränderte sich. «Ich befürchte, dass sich einige Ereignisse unglücklich beeinflusst haben, und nun besteht die Gefahr einer potenzierten Abwärtsdynamik.»

«Mit anderen Worten, eine ‹trümlige› Sauerei.»

«Man könnte es nicht besser ausdrücken.»

«Die offizielle Ermittlung sieht das anders.» Meier berichtete vom aktuellen Stand und von Sahels Suspendierung. «Aber wir glauben, Kundert ist nur ein Trittbrettfahrer.»

«Das kann ich bestätigen.»

«Macht ihn nicht weniger gefährlich.»

«Auch da pflichte ich dir bei.»

«Eli. Wie genau bist du in die Geschichte involviert?»

«Ein Zaunkönig.»

Meier dachte an den Briefkasten im Park. «Was war in dem Paket, Eli? Es würde mir helfen, meine Rolle besser zu verstehen.»

«Das willst du nicht wissen.»

«Nur das Nötigste.»

«Sag hinterher nicht, ich hätte dich nicht gewarnt.»

Als Eli zu erzählen anfing, stoppte ihn Meier. «Du machst Witze?»

«Nichts liegt mir ferner.»

«Ich will hoffen, dass ich dich falsch verstanden habe. Das, was du da angedeutet hast, ist verboten.»

«Was du nicht sagst.»

«Dafür könntest du ins Gefängnis kommen.»

«Es ist für einen humanitären Zweck.»

«Das macht es nicht legaler.»

«Manchmal, lieber Werner, muss man die Legalität biegen, zu Gunsten des Glücks.»

«Schweig bitte, Eli. Was ich nicht weiss, macht mich nicht heiss.»

«Ich hatte dich gewarnt.»

Meier war aufgewühlt. Er hatte sich wirklich ernsthaft überlegt, bei Eli einzusteigen, und nun könnte sich die Agentur für besondere Affären als zwielichtige Hinterhofklitsche entpuppen. «Streng genommen müsste ich dich anzeigen.»

«Tu, was du nicht lassen kannst.»
Eli schwieg. Beide schwiegen. Dann legte Meier auf.

***

«So ein mieser Schlamassel.» Eli Apfelbaum liess seinen Emotionen freien Lauf. Er könnte keine Hand dafür ins Feuer legen, dass Meier nicht stracks zur Polizei ging. Die ganze Aktion war völlig aus dem Ruder gelaufen. Und er war nicht der Kapitän dieser tanzenden Nussschale, Mischa Hare war es. Der er bislang sein Leben blind anvertraut hätte. Aber nun änderte sie ständig die Planung. Dazu liess sie sich nicht in die Karten blicken, Eli konnte nur ahnen, was abging. Es war dieser Kerl. Dieser elende Kerl! Er war der Grund, warum sie sich bis zur Besessenheit abmühte. Er hatte sie damals so tief getroffen, wie man einen Menschen nur treffen konnte. Und die Wunde blutete, auch noch nach so vielen Jahren.

36

Zita konnte sich kaum konzentrieren. Obwohl ihre drei Kinder mit Henri spielten, als ob sie ihn schon ewig kennen würden, und Pola in Meiers Zimmer oben schlief, fand sie keine Ruhe zum Arbeiten. Es war ein Fehler gewesen, die beiden mit nach Hause zu nehmen. Aber hätte sie anders gekonnt, der kleine Junge hatte ihr Herz berührt – es waren die Kinder, immer wieder die Kinder, die Zita in solche Situationen brachten.

Wenn all jene erführen, die ihren Lebensstil kritisierten, die ihr rieten, mal ein paar Runden kürzer zu treten, ihre Familie ins Zentrum zu stellen und Projekte wie die Forschung in London für einige Jahre auf Eis zu legen, wenn sie erführen, dass sich ein Schlupfhouse-Opfer in ihrem Haus befand, sie würden …

«Hei, Zita.» Jessie brachte Kekse, Äpfel und Saft für die Kinder. Wie sie sich verändert hatte. Aus dem mageren Mädchen auf der Flucht war eine pralle Teenagerin geworden. Meist launisch und sich abgrenzend, zeigte sie sich heute von ihrer besten Seite.

«Jessiiiiiie», schrie Theo und warf sich auf seine Pflegeschwester, gefolgt von Lily und, etwas gemessener, von Finn, dem Ältesten, Vernünftigsten. Henri jedoch blickte nicht auf, er war in das Spiel mit Lilys Puppe vertieft, seine Wangen von eifrigem Rot.

«Wer ist das?», fragte Jessie.

«Von Mamas Freundin. Er spricht nur Englisch, sagt Mama.»

Theo fehlten vor Aufregung die Worte, Finn musste die weiteren Erklärungen übernehmen, während Lily Jessie zu Henri zog. Als sie direkt vor ihm standen, sah dieser auf. Lily malte mit den Händen Gebärdensprache. Seit sie das beherrschte, war die Kommunikation mit ihr einfacher geworden. Zita zerriss es fast das Herz, als sie ihrer Tochter zusah, wie sie seelenruhig Henri «ansignte». Da hob Henri seine Hände, legte die eine ans Ohr, formte mit der anderen einen Kreis. Lily verstand nicht, was er meinte, fragte auf ihre Art nach. Henri zeichnete elegante Gebärden in die Luft, blitzschnell und fliessend.

Er ist wirklich schwerhörig, dachte Zita. Ich lag richtig. Noch kein einziges Mal habe ich ihn sprechen hören. Wieso hat mir das niemand gesagt?

«Jessie, ich bin kurz weg», sagte sie. «Übernimmst du bitte?» Bevor Jessie Nein sagen konnte, schenkte Zita zwei Tassen Tee ein, ging hinaus, die Treppe hoch, bis zu Meiers Dachzimmer. Wann hatten sie sich hier getroffen? Gestern früh? Es kam ihr wie eine Ewigkeit vor. Wir sind wieder in einem dieser Fälle, dachte sie, das Drama spitzt sich zu. Dass sie die Tür ganz vorsichtig aufmachte, um Pola nicht zu wecken, entpuppte sich als überflüssig. Sie stand vor dem Fenster und sah auf den verschneiten Garten. Obwohl Zita ihr Ersatzkleider bereitgelegt hatte, trug sie immer noch ihren Trainingsanzug, auch das Haar war so fettig wie eben.

Zita stellte ihren Tee auf Meiers Schreibtisch. Überlegte, wie sie Henris Hörbehinderung zur Sprache bringen konnte.

«Ich dachte, du schläfst.»

«Unmöglich.» Pola holte tief Luft. «Es ist etwas passiert.» Ihre Stimme zitterte. «Ich kann nicht mehr zurück.»

Sie zeigte auf den Computer, den sie offenbar angemacht hatte.

«Missstände am Jacobus College aufgedeckt», las Zita die Schlagzeile einer englischen Zeitung.

«Das ist die Oxford Times», erklärte Pola, «sie erscheint donnerstags. Der Zeitpunkt kann kein Zufall sein.»

Zita überflog den Artikel. Es ging um das hochdekorierte Institut für Wirtschaft, wo offenbar jahrelang Mitarbeiter, Männer und Frauen, an ihrem Arbeitsplatz ausgenutzt worden waren. Von plagiierten Artikeln war die Rede, von gezielter Hinderung am Weiterkommen, vom Ideenklau in der Forschung, veruntreuten Geldern aus europäischen Fonds, die nicht weitergegeben, sondern für eigene Zwecke verwendet wurden.

«‹Monstersteal› nennen sie den Vorgang, Namen werden noch nicht erwähnt», sagte Zita.

Pola zwickte sich in den Arm.

Langsam setzte sich Zita in Meiers abgenutzten Ledersessel, nahm einen Schluck Tee.

«Ist es Dumbledore?», fragte sie schliesslich. «Der Typ von den Fotos? Steckt er dahinter?»

«Er war ja verkleidet.»

Es war wie verhext, Pola wollte es einfach nicht aussprechen.

«Stimmt das denn, was die Zeitung schreibt?»

Pola zuckte die Achseln. «Keine Ahnung.»

«Es ist immerhin die Times.»

«Die Oxforder Ausgabe. London bringt bestimmt eine Gegendarstellung. Dass keine Namen genannt werden, das ist seinem Einfluss zu verdanken.»

Zita rief sich das Foto des mageren Manns im Dumbledore-Kostüm in Erinnerung. «Das bezweifle ich. Ich schau mal nach.»

Zita brauchte nicht lange zu googeln. Einige Reaktionen auf den Artikel waren auf Twitter, Facebook und Instagram zu finden.

«Es ist viral gegangen», wandte sie sich an Pola, die wieder zum Fenster hinausschaute. «Vorerst nur eine kleine Welle, aber sie könnte sich vergrössern. Der Hashtag Monstersteal hat es in sich. Einige Frauen haben sich als betroffen geoutet. Das könntest du auch tun. Indem du seinen Namen nennst, zum Beispiel.»

«Ich will nicht über ihn reden. Ich will diesen Namen nie mehr in den Mund nehmen.»

«Er wird so oder so auffliegen. Auch die Leute, die ihn gedeckt haben, werden irgendwann zu viel zu verlieren haben.»

Pola schüttelte den Kopf. «Niemand wird es glauben. Die ganzen sozialen Medien sind voll mit Fake News.»

Zita fand's mühsam. Es war schwer zu ertragen, wie sich Pola in ein ängstliches Wrack verwandelte, wenn von Dumbledore die Rede war. Was für eine Macht der über sie hat, als ob sie ferngesteuert wäre.

«Hast du nie mit jemandem darüber gesprochen?»

«Nur mit Mischa.»

«Das ist das Muster, Pola», sagte Zita. «Ich kenne viele solcher

Geschichten. Sie funktionieren so lange, wie alle schweigen. Die Opfer und die Zuschauenden. Das Schweigen ist die Grundlage.»

Pola musterte krampfhaft den abgebrochenen Ast des Birnbaums. «Es spielt keine Rolle mehr, ich bin in der Schweiz. Hier bin ich sicher, sagt Mischa.» Es war, als ob sie sich selbst Mut zureden würde. «Weisst du, wohin du gehen wirst?», fragte Zita.

«Eigentlich war eine Universität in Westeuropa angedacht, den Ort sollte ich erst später erfahren. Aber aus irgendeinem Grund hat Mischa die Pläne geändert. Ich habe Arbeit in Zürich bekommen. Ich soll da ein Projekt leiten.»

Sie nannte den Namen einer Grossbank. Zita war überrascht. «Wie soll das heimlich gehen? Dumbledore würde dich sofort aufspüren. So ein Job generiert Öffentlichkeit.»

«Ich soll ja eine neue Identität bekommen, aber ich habe Angst, dass auch das mich nicht schützt. Ich werde immer vor ihm davonlaufen müssen.»

Zita überlegte. «Könnte Mischa etwas anderes im Schilde führen?» Sie klickte noch mal auf den Artikel in der Oxford Times. Versuchte sich vorzustellen, was in Mischa abging. «Dahinter könnte eine Strategie stecken, ein Plan. Möglicherweise will Mischa Dumbledore vernichten. Erst hat sie dich aus Oxford weggebracht, danach gezielt Informationen gestreut, bis das Ganze an die Presse kam. Wenn er gefasst wird, könnte er ins Gefängnis kommen, und du wärst sicher. Richtig sicher. Du könntest dann irgendwo arbeiten, nicht heimlich, sondern ganz normal, als Pola. Es wäre das Einfachste, auch für Henri.» Zita stand auf, ging zu Pola ans Fenster. «Ich glaube, dass du gute Chancen hast. Immer mehr solcher Geschichten werden öffentlich gemacht. Es braucht einfach eine überzeugende Beweislage, damit es zu einer Strafverfolgung kommt. Und die schafft Mischa gerade, wie mir scheint.»

«Ich glaube nicht daran.» Pola blieb skeptisch. «Du weisst bestimmt, Zita, wie solche Prozesse ausgehen können. Opfer werden zu Tätern gemacht.» Sie presste ihre Lippen zusammen.

«Er ist so ein schrecklicher Mensch. Ich hoffe … dass er nicht … Henri ist sein Sohn.»

Es war das erste Mal, dass sie es aussprach.

«Was, wenn er … Henri, wenn Henri …»

Zita verstand, was Pola meinte. Konnte Henri die manipulativen Seiten von seinem Papa geerbt haben?

«Henri ist ein sehr liebenswerter, ein wunderbarer kleiner Junge, mach dir keine Sorgen», sagte sie. «Und clever. Ich habe nicht mal gemerkt, dass er kaum etwas hört.»

«Kaum etwas hört?» Pola schnellte herum. Ihre Augen brannten, ihr Hals bedeckte sich mit Flecken. «Wie meinst du das?»

Zita biss sich auf die Lippen. Hatte sie etwas Falsches gesagt?

«Er ist doch schwerhörig, nicht? Auch bei Lily hat es lange gedauert, bis wir es gemerkt haben, wir waren alle etwas ‹betriebsblind›.»

«Henri hat keine Behinderung.» Polas Miene verschloss sich. «Er spricht nicht gerne, er ist scheu. Ich verstehe immer, was er meint. Und er kann sehr gut lesen.»

Zita war fassungslos. Verdrängte Pola das wirklich so stark?

«Haben seine Betreuungspersonen nichts erwähnt?»

«Einmal hat ihn eine als taub bezeichnet. Danach habe ich die Krippe gewechselt. Die neue hat Renate organisiert. Da haben sie Henri in Ruhe gelassen.»

«Wer ist Renate?»

«Sie arbeitet am Jacobus College. Personalbetreuung. Sie hat mich mit Mischa zusammengebracht.»

Mischa. Immer wieder Mischa. Sie war der Dreh- und Angelpunkt.

«Seit wann kennst du Mischa eigentlich?»

«Seit drei Monaten und drei Tagen.»

«Ich dachte, viel länger.»

«Ich trau ihr nicht.» Pola rang die Hände. «Nun bin ich hier gestrandet und gefährde nicht nur mich und Henri, sondern auch deine Familie. Was, wenn Mischa in Wirklichkeit für ihn arbeitet? Dumbledore? Dann sitzen wir hier alle in der Falle.»

Es wurde Zita zu bunt. «Ich rufe jetzt die Polizei an.»

Pola packte sie unerwartet kräftig am Arm. «Nein. Auf keinen Fall. Meine Einreise in die Schweiz war nicht legal.» Sie klopfte auf die Brust, wo sie ein Täschchen trug. «Ich hatte einen falschen Pass.»

**

«Der gehört mir.» Henri riss Lily den Rucksack aus den Fingern. Er hatte sie erwischt. Sie hatte ihn durchsucht, weil sie gedacht hatte, er hätte ihren Hasen geklaut. Sie vermisste ihren Stoffhasen, hatte Finn erklärt, der ein wenig Englisch sprach. Henri war trotzdem sauer. Lily war so ein Baby. Niemand, gar niemand durfte seinen Rucksack anfassen. Er packte ihn mit beiden Händen, verzog sich unter die Treppe, fasste ins Geheimfach und schob sich ein Colafläschchen am anderen in den Mund. Das hatte ihm Dumbledore erklärt. «Bevor sie die finden, iss alle auf.»

Tante Zita kam die Treppe herunter. Als sie ihn kauen sah, machte sie grosse Augen. Aber sie schimpfte nicht. Anstatt dessen setzte sie sich zu ihm. «Darf ich auch eines probieren?»

Noch nie hatte ihn Mama so etwas gefragt. Er überlegte. Dann nickte er.

37

Meier war im Kongresszentrum, im Heiligen Gral dieser pompösen Veranstaltung, die auf der Webseite künstlich bescheiden als bessere Austauschplattform beschrieben wurde. Gerade hatte er ein Badge mit rotem Bändel erhalten, passend zu seinen Turnschuhen. Während die blauen, gelben und grünen Badgebesitzer zu Fuss gehen mussten, durfte er den Lift benutzen. Nicht dass er das gewollt hätte. Sich durch die Leute auf der Treppe zu schlängeln war Teil seiner Recherche. Die Stimmung war euphorisch, man konnte es nicht anders beschreiben. In jedem Raum fand ein anderer Anlass statt, an edlen Verpflegungsstationen wurde diskutiert, an Getränkebars debattiert, alles dezent überwacht von Security-Leuten, in Uniform oder undercover, dafür hatte Meier ein Gespür. Europa im Wandel: Brexit, Digitale Ökonomie, Klima … Die Titel der Veranstaltungen waren so dringend wie schillernd. Der Davoser Spirit, hier wurde er heraufbeschworen. An einem Infodesk erkundigte er sich nach seinem Ziel.

«Der ‹Cristal Europe›? Im Plenarsaal.» Die mütterlich wirkende Frau beugte sich nach vorn. «Ein Herzstück, eine unserer ganz grossen Veranstaltungen, möglicherweise überbucht. Wenn ich Sie wäre, würde ich mir einen Platz sichern. Es beginnt in einer Viertelstunde.»

Auf dem Weg nach unten bemerkte Meier in einer schimmernden Glasscheibe sein Spiegelbild. Bin ich das? Die Weste, das karierte Jackett samt Brusttuch, der perfekte Gentleman. Die Türen zum Plenarsaal standen weit offen, es hatte sich eine Schlange gebildet. Meier reihte sich ein und nutzte die Wartezeit, um Zita anzurufen. Sie ging so schnell ran, dass er überrumpelt war.

«Wo bist du?»

«Zu Hause.»

Meier war sprachlos.

«Nachdem du nicht mehr aufgetaucht bist, wurde mir langweilig. Da bin ich heimgegangen.» Sie machte keinen Witz. «Ich habe dich angerufen, aber bei dir war immer besetzt. Hast du eine Affäre?»

«Mit dem Davoser Spirit.»

Sie musste grinsen. Trotz allem. «Dann grüss ihn schön von mir. Er soll die Finger von dir lassen.»

«Zita, wie kann ich es nur wiedergutmachen? Es ergab sich eine Gelegenheit, etwas herausfinden, meine Ermittlungsdopamine wurden sozusagen in Hülle und Fülle ausgeschüttet, darum –»

«Ich hab dir verziehen.»

«Ehrlich?»

«Würde ich es sonst sagen?»

Er fühlte Zentnersteine von der Seele plumpsen. «Kein doppelter Boden, kein Text unter dem Text?»

«So raffiniert bin ich nicht.»

«Tu nicht so bescheiden.»

«Lass gut sein, Commissario. Spiel nicht mit dem Feuer.»

«Und wieso bist du zurückgefahren, Liebste? Dahinter steckt doch mindestens so viel kriminelle Energie wie bei mir.»

«Willst du die Kurzversion?» In Stichworten erzählte sie von Pola, von Henri, von der Rettungsaktion und schliesslich …

«Die sind bei uns zu Hause?» Meier unterdrückte einen entsetzten Laut.

«Es gab keine andere Lösung. Wenn nur nicht alles so verdammt kompliziert wäre. Pola hat viel auf dem Kasten und das Selbstbewusstsein einer verschimmelten Zitrone. Das weiss Mischa, das weiss Djamila.»

Meier versuchte, ihrem Gedankengang zu folgen. «Du denkst, die beiden hätten bewusst Polas Sicherheit riskiert …»

«… um diesen Typen im Jacobus College dranzukriegen, der sich möglicherweise als Dumbledore verkleidet, vielleicht Henris Vater ist und ihn abhängig macht von ekelhaft süssen Colaflaschen. Sie könnten den Twitter-Post über das Schlupfhouse 157 geplant und ihm bewusst zugespielt haben. Als spektakuläre Aktion, um ihn aus dem Nest zu locken.»

«Indem sie sein Opfer in einen Köder verwandelten. Ein genialer Coup.»

«Der gelungen ist, wie es scheint. Die Berichterstattung in der Presse ist passabel. Dumbledore hat bislang nicht reagiert. Entweder er hat es noch nicht gemerkt, oder er wartet ab.»

«Wie heisst er?»

«Sie nennen keinen Namen. Mischa ist nicht erreichbar, und Pola schweigt sich aus. Das kann sie gut. Wenn sie mal ihren Opferstatus hinter sich lässt, wird man sich um sie reissen, du wirst noch an meine Worte denken.»

Meier überlegte keine Sekunde. «Zita, geh zur Polizei.»

«Man könnte mir Beihilfe zur illegalen Einreise vorwerfen.»

Meier fühlte, wie er panisch wurde. «Soll ich kommen? Du brauchst Hilfe.»

«Mischa wird auftauchen.»

«Du traust ihr nicht, hast du selbst gesagt.»

«Sie hat sich bislang an alle Verabredungen gehalten.»

«Ruf Serge an.»

«Der hat anderes zu tun. Kannst du versuchen, mit Djamila zu sprechen? Sie geht auch nicht ans Telefon. Vielleicht hat sie eine andere Nummer von Mischa. Ich glaube nämlich, dass sie mehrere Handys hat.»

Meier schaute sich um, die Warteschlange hinter ihm war gigantisch. «Hier sind Tausende von Menschen. Die Murani zu finden könnte anspruchsvoll sein.»

«Sie soll bei dem Anlass mit Keller sprechen. Da bist du doch auch. Und wir bleiben hier und warten ab.»

Hatte ihre Stimme gezittert? «Was, wenn er euch gefolgt ist?»

«Das ist unmöglich.»

«Zita. Du stellst Polas Sicherheit über die unserer Kinder.»

«Sie ist in Not.»

«Eben darum. Vielleicht hat er nebst dem Geo-Tracker ein weiteres Überwachungssystem. Vielleicht ist er irgendwie mit Henri verbunden.»

«Über die Colafläschchen. Die sind weggefuttert.»

Meier hielt es nicht mehr aus. «Rühr dich nicht von der Stelle, ich ruf dich gleich zurück.»

Eli ging sofort ran. Und machte einen Vorschlag, den Meier Zita gleich darauf unterbreitete. «Ihr könnt bei Eli wohnen, bis der Typ gefasst ist.»

«Okay, das ist eine gute Idee.» Sie gab so schnell nach, dass er sicher war, das Richtige getan zu haben. «Danke, Commissario.»

Er wurde vorwärtsgeschubst.

«Ein Letztes noch. Sagt dir das Wort ‹Ionon› etwas? Oder ‹Gap›?»

Ihre Antwort kam postwendend. «*Mind the gap.* Ist eine Durchsage der Londoner Tube.»

«Es müsste in einem anderen Zusammenhang sein. Hat Mischa es vielleicht gesagt? Oder Pola? Ein Geheimcode?»

In dem Moment sah Meier Crispian Biäsch vorbeigehen. Wie er steckte er in Anzug und Krawatte und schien gestresst.

«Zita, ich muss los. Halte mich auf dem Laufenden.»

Nachdem Meier aufgelegt hatte, bekam er eine Nachricht von Eli. «Mrs. Smith hat mir aufgetragen, dir zu sagen, dass es in der Jackentasche eine Krawatte hätte. Sie würde dein Aussehen komplementieren.»

Als Meier der rosa Farbe ansichtig wurde, schüttelte er den Kopf. Rote Turnschuhe und eine rosa Krawatte? Damit würde er auffallen wie ein Pfau. Andrerseits würde es zu einem Apfelbaum passen, und Meier wollte ja hinterher auf die Feier. Auf der Suche nach einem diskreten Ort, um die Krawatte zu binden, landete er in einem finstern Gang und anstatt in einer Toilette in einer Art Lounge voller gut besetzter Plauderinseln. Gerade wollte er wieder umdrehen, es war wirklich Matthäi am Letzten, als sein Blick an einer Frau mit blonder Kurzhaarfrisur und strenger dunkler Bluse hängen blieb. Sie sah aus wie Djamila Murani. Respektive ihre seriöse Zwillingsschwester. Könnte das sein, oder war der Wunsch Vater seines Gedankens?

Meier schummelte sich näher, versuchte etwas von der gereizten Diskussion zu verstehen, die sie mit einem Typen führte. Sie endete, indem sie ihm einen Stick in die Hand drückte und davoneilte. Ehe sich Meier versah, war sie weg, einfach verschwunden. Er wandte seine Aufmerksamkeit dem Typen zu, der den Lift anpeilte, sichtlich ausser sich. Meier bemerkte den Polyesteranzug, nahm den penetranten Schweissgeruch wahr, folgte ihm bis zu einem Raum im zweiten Stock, in dem sich etwa hundert Leute versammelt hatten, offenbar begann hier eine Veranstaltung. Der Mann ging stracks zu einem Technikpult und schob den Stick in ein Laptop. Auf sein Zeichen hin ging ein Bildschirm an, der die ganze Vorderwand einnahm.

«Carla Lei. Agent of Change. Dynamisch, agil. Out of the Box», wurde in Grossbuchstaben projiziert, daneben sah man schemenhaft das Foto einer Frau und darübergeblendet eine Pfundnote und Schweizerfranken. Von Djamila war weit und breit nichts zu sehen. Die ist bestimmt zurück zum Plenarsaal, dachte Meier, da, wo ich auch sein sollte.

Hastig ging er raus, fragte sich durch und kam in allerletzter Sekunde in den Saal, als eine elegante Stimme dem erwartungsvollen Publikum auf Englisch, Hochdeutsch und hiesigem Bündnerdialekt anstatt des Veranstaltungsbeginns eine Verzögerung ankündigte.

«Aufgrund einer Programmänderung bitten wir Sie um etwas Geduld. Im Foyer wird soeben ein Buffet aufgebaut, Sie sind alle herzlich eingeladen.»

Eine Programmänderung? Während Meier darüber nachdachte, was passiert sein könnte, wurde er mit dem Strom der Leute wieder nach draussen geschoben. Angesichts der Bündnerfleisch-Platten vergass er alles und ergab sich für einen Moment der sündigen Völlerei.

***

Djamila Murani stopfte die Perücke in ihre Handtasche. Immerhin, niemand hatte sie erkannt. Der Banker war so verzweifelt gewesen, dass er Djamila fast ein wenig leidgetan hatte. Da versprach ihm Mischa eine potente Projektverantwortliche, und kurz vor der Veranstaltung stellte sich heraus, dass er nur einen

Stick mit einem Foto bekam. Djamila schickte Mischa eine Nachricht. Dann wechselte sie Jacke, Rock und Schuhe und warf einen Blick in den Spiegel. Ein deprimierender Anblick, sie sah völlig fertig aus. Unter den Augen hatte sie Ringe. Joel war nicht gekommen. Stephen würde sie nicht auf die Bühne lassen.

38

Joel reihte sich in die Schlange vor dem Kongresszentrum ein.
Zum Glück hatte er Klamotten zum Wechseln dabeigehabt. Wie
anders die Welt aussah als noch vor einigen Stunden. Gefäng-
niszelle gegen Davoser Luft. Die Sonne strahlte und liess die
Schneelandschaft funkeln. Endlich stand er zuvorderst. Dass er
keine Eintrittskarte hatte, erwies sich als Hindernis.

«Sorry, die Bestimmungen sind klar», sagte die Angestellte.
Als Joel zu kreativen Erläuterungen ausholte, griff sie zum
Funkgerät. Sofort gab er nach, einen Aufstand wollte er nicht
riskieren.

«Bist du ein Journalist?» Neben ihm war eine junge Frau mit
Pferdeschwanz aufgetaucht. «Du bist nicht der Erste, der heute
ein Problem hat reinzukommen. Offenbar gab's eine Daten-
panne mit den Akkreditierungen. Für welches Blatt schreibst
du?»

Joel improvisierte. «Ich bin vom Blog der Jungen Diplomaten.
Mache interne Berichterstattung für den ‹Cristal Europe›.»

Sie sah auf einer Liste nach. «Uh, grosse Kiste, die sind im
Plenarsaal.»

«Arbeitest du hier?»

«Nichts mit Glamour.» Sie zeigte nach vorn. «Als Liftführe-
rin. Meine Schicht fängt in zehn Minuten an.»

Sie lächelte ihm zu. Sie war hübsch, gross, mit langem blonden
Haar unter der Strickmütze.

«Bist du aus Davos?»

«Ich arbeite beim Tourismusbüro. Da gehe ich nach meiner
Schicht hier wieder hin. Ist in der Nähe vom Eisstadion. Wo
wohnst du?»

«Im Hotel Ochsen 2», improvisierte er weiter. Den Namen
hatte er in einer Reservierungsbestätigung an Djamila gelesen.
«Ich glaube aber, dass ich abreisen werde. Was soll ich hier, wenn
ich nicht reinkomme?»

Sie hatte eine Idee. «Ich kann dir was organisieren.» Nach einigen schnellen Telefonaten strahlte sie ihn an.

«Gebongt. Geh zum Pressezentrum im Hallenbad. Frage nach Rob von der BBC, der covert die Preisverleihung. Heut ist der Britentag, der Premierminister ist da und seine Buddys. Du kannst sein Badge ausleihen.»

«Den vom Premierminister?»

Sie lachte noch mehr. «Von Robs Kumpel. Frag einfach nach dem BBC-Team.»

«BBC? Du verarschst mich.»

«Voll nicht. Ich kenn die seit drei Jahren. Vermiete denen meine Wohnung und zieh eine Woche lang zu meiner Mam. Ätzend, aber lukrativ. Finanziert mir ein paar Monate.»

«Geil. Gern. Grossen Dank.»

«Kein Thema.» Sie wirkte unentschieden. «Ich habe in drei Stunden Schluss. Im ‹KaffeeKlatsch› gibt's den besten Cappuccino, brauchst dich nicht verpflichten, du kommst einfach, wenn du magst.»

Sie winkte ihm zu und verschwand durch die Glastür. Er starrte ihr nach. So leicht könnte das Leben sein.

Dann riss er sich los und ging in Richtung Hallenbad, das für die Dauer des Festivals verwandelt worden war. Auf dem abgedeckten Planschbecken tauschte man Insiderwissen aus, wie es aussah.

Im Presseraum im dritten Stock fackelte Rob nicht lang, gab ihm das Badge und nahm Joel gleich mit. Durch einen langen Betongang gelangten sie zu einer breiten Treppe, die aus dem Untergeschoss ins Foyer führte. Alles voller Menschen, die meisten in Dunkelblau. Während Rob verschwand, fragte Joel am Infodesk nach der «Cristal Europe»-Verleihung. «Ich glaube, es hat bereits angefangen.»

«Die wurde um eine halbe Stunde verschoben. Sie schaffen es rechtzeitig.»

Manchmal musste man Glück haben.

«Wissen Sie, wo ich Djamila Murani finde? Ich habe einen Interviewtermin.»

Die Frau schaute nach und beschrieb ihm den Weg. Joel ging zurück ins Untergeschoss, fand den Flur, las die ausgedruckten Schilder neben den Türrahmen, bis er das richtige erwischte. «Swiss Embassy». Nun, da er am Ziel war, wurde ihm schlecht vor Aufregung. Als sich die Tür öffnete, brachte sich Joel hinter einer Garderobe in Deckung. Gerade rechtzeitig, heraus kam Stephen Keller zusammen mit Crispian Biäsch und einer Frau in einem strengen Kostüm. Von Djamila keine Spur. Es fiel ihm wie Schuppen von den Augen. Crispian war ein Verräter. Er hatte nur mit ihm gesprochen an dem Abend in Zürich, um an Informationen zu kommen. Er wollte Djamila ausbooten. Er war eine Ratte. Dass Joel ihn gedeckt hatte, war falsch gewesen. Er hatte damit Djamila geschadet.

Keller schlug Crispian auf die Schulter, schob ihn in den Fahrstuhl. Nun standen er und die Frau allein, in eine Auseinandersetzung vertieft.

Joel schluckte. Scheisse, Scheisse. Djamila hatte so für diesen Anlass gearbeitet. Die Eröffnungsrede wäre ein solches Sprungbrett. Der Plenarsaal, Mann, das waren tausend Leute. Benommen drehte er sich um, ging zurück, um sie aus einer Toilette heraus anzurufen.

Nach längerem Klingeln hob sie ab. Bevor sie etwas sagen konnte, erzählte er ihr alles. Auch, dass man ihn freigelassen hatte.

«Ich bin hier.»

Sie schwieg.

«Freust du dich?»

«Es ist zu spät. Keller hat Crispian den Vorrang gegeben. Die Verleihung fängt gleich an.»

Er hörte ihren Atem.

«Du kannst es noch ändern. Crispian schmuggelt Haschisch im Diplomatengepäck. Ich habe einen Joint von ihm aufbewahrt. Der Polizei habe ich es nicht gesagt. Geh damit zu Keller.»

***

«Ich reise ab.»

Stephen verstand die Welt nicht mehr. «Aber wir kriegen gleich unseren Preis.»

Jane Frost, die englische Botschafterin, sah ihn aus eisblauen Augen an. «Woher weisst du das? Wir sind lediglich nominiert.»

«Jane, jeder weiss es. Das ist das Game.»

«Ich habe das billige ‹Game› mitbekommen, mit dem du deine beiden Aspiranten gegeneinander ausspielst. Du bekommst einen Preis für Sicherheit und scherst dich bei deinen Leuten einen Dreck darum. Anstatt die Energie einer Murani zu nutzen, machst du sie kaputt und lässt sie nicht auf diese Bühne, für die sie eindeutig geboren ist. Dafür setzt du auf den Jungen, der ein brillanter Schreiner wäre, aber niemals ein guter Diplomat. Mir reicht's. Meiner Regierung werde ich empfehlen, nicht mehr mit euch gemeinsame Sache zu machen.»

39

Mischa stand am Starbucks-Tresen in der Abflughalle des Flughafens Kloten. Laptoptasche, Rucksack, kleiner Rollkoffer – sie reiste mit leichtem Gepäck. Nach der Security fühlte sie sich bereits zu Beginn der Reise erschöpft, alles war mühsam geworden.

«Einen Gin Tonic, *please*.»

Während sie auf das Getränk wartete, kontrollierte sie ihr Handy. Keine Nachricht von Djamila. Sie musste den Stick übergeben haben. In wenigen Minuten wäre auch die Verleihung des «Cristal Europe» vorbei.

«Die Fluggäste nach Hongkong werden gebeten, sich zum Ausgang elf zu begeben. Das Boarding für die Businessclass beginnt.»

Der Typ neben Mischa verzichtete auf eine Bestellung und ging als Erster zum Desk. Mischa nutzte den frei gewordenen Platz und legte ihr Tablet auf die Bar, um sich in ihr Bankkonto einzuwählen. Was sie sah, hatte sie befürchtet. Er hatte nicht überwiesen. Der Transfer war nicht passiert. Als sie bei Djamila anrief, war besetzt. Dann schrieb sie eine Nachricht an Golda. Sie war bereits abgeflogen. Viele Jahre lang hatten sie im Verborgenen gearbeitet, sie, Golda und Renate am Jacobus College. Nun war es Zeit, sich zurückzuziehen. Ihre Spuren hatten sie verwischt. Niemand würde darauf kommen. Und für den unwahrscheinlichen Fall, dass es doch passieren würde, wusste keine, wohin die andere gegangen war. Ausser Mischa, bei ihr lief alles zusammen.

Auf ihrem Schweizer Handy kam eine Nachricht. Stephen. Aufgeregt. Nervös. War sich plötzlich nicht mehr sicher, ob er den Preis bekommen würde. Wie ein kleiner Junge bettelte er um ihre Prognose, obwohl er genau wusste, dass sie niemals etwas preisgeben würde. Mischa war nicht bestechlich.

«Mach deine Entscheidung rückgängig, *dearest*, komm zum Fest später.»

Mischa hängte kommentarlos auf. Er ignorierte sie, akzeptierte nicht, dass es vorbei war.

«Wir rufen die Fluggäste der Economy Class mit den Sitznummern zwei bis achtzehn auf.»

Rund um sie brach die übliche Hektik aus, die Leute stellten sich in die Schlange, bis auf den Vielflieger, der bis zum letzten Moment in sein Laptop schreiben würde, und die Verliebten, die nur Augen füreinander hatten. Mischa bezahlte, den Gin hatte sie nicht angerührt. Immer noch war der Transfer nicht getätigt. Sie würde den Plan ändern. Ohne Geld keine Pola, so einfach war das. Auch Mischa reihte sich bei den Wartenden ein. Noch einmal versuchte sie es bei Djamila, diesmal kam sie durch.

«Die Preisverleihung fängt gleich an. Ich muss los.» Vor Aufregung vibrierte ihre Stimme.

«Du bist dabei? Wie hast du das geschafft?»

«Eigentlich wollte ich Keller erzählen, dass Crispian ab und zu Marihuana schmuggelt. Aber dann war es mir zu kindisch. Ich war drauf und dran, abzureisen, als er mich geholt hat. Nun sollen wir beide präsentieren. Keine Ahnung, was ihn dazu bewogen hat.»

Mischa sah nach vorn. Vielleicht noch fünf Menschen, dann war sie an der Reihe. «Wie ist es gelaufen mit Carla Lei?»

Sie erfuhr, dass die Präsentation der geheimnisvollen Projektleiterin auf Interesse gestossen war.

«Alle wollten sie sehen. Wer ist Carla Lei? Ich habe Gespräche gehört, man googelt sie. Der Wikipedia-Eintrag ist toll. Hast du den gemacht?»

Mischa ignorierte die Frage. «Es hat alles geklappt. Bis auf den Geldtransfer.»

«Wieso?» Djamila war erstaunt. «Ich habe zugesehen, wie er die Überweisung gemacht hat, das Geld müsste auf deinem Konto sein.»

«Leider nein. Er hat dich getäuscht. Er ist Banker.»

«Es sah korrekt aus. – Moment, er schreibt mir.» Djamila las die Nachricht und kehrte zum Anruf zurück.

«Er sagt, dass er alle Geschäfte stoppt, bis er Carla Lei persönlich getroffen hat.»

Damit hatte Mischa gerechnet. «Sag ihm, morgen Abend. In der Villa Tobler.»

«Aber Mischa …» Djamila suchte nach Worten. «Ich habe diese Präsentation gesehen und an dieses Häufchen Elend gedacht, das mit Zita auf die Reise gegangen ist. Du verlangst sehr viel von ihr. Kann sie diesem Druck standhalten?»

«Sie muss einfach.»

Mischa hängte auf. Die Leute waren an ihr vorbeigegangen. Sie war die Letzte.

«Kommen Sie bitte, Madame. Wir wollen das Gate schliessen.»

«Danke. Aber ich fliege nicht.»

Sie packte den Griff ihres Koffers, drehte sich um und ging zurück. Ihre Zürcher Mission war noch nicht beendet.

***

Der Banker sass auf der Toilette, den Kopf in die Hände gelegt. Was er fühlte, war nackte Panik. Die Performance seiner Abteilung war lausig gewesen. Schwierigkeiten mit einem Hedgefonds. Und dann die Anklage gegen die Analystin. Gestern hatte sie ihn aus Bonn angerufen, sie rechnete mit Untersuchungshaft. Wenn er nicht bald einen Erfolg meldete, war er auch dran. Das Projekt dieser Carla Lei war das, was er brauchte. Nur, wo war diese Person? Mischa Hare vertröstete ihn seit Wochen. Er würgte. Wenn er morgen Abend seinem CEO keine Lösung präsentieren konnte, war er draussen aus dem Geschäft.

40

Nachdem er stundenlang durch das Quartier gegangen war, neben jeden Eingang geschaut, jede Auffahrt inspiziert hatte, fand der Colamann das Haus. Er hatte nicht aufgegeben, nun wurde er belohnt. Er betrachtete das Nest von Süssigkeiten am Rand des kleinen Gartenwegs. Wie gut Henri das gemacht und seinen Papa nicht enttäuscht hatte. Nicht wie beim Tracker. Dem Colamann war sofort klar gewesen, dass er das Ding ausgeschaltet hatte, obwohl er mit dem Kleinen geübt hatte.

Gierig steckte er sich einige Colagummis in den Mund. Er hatte sich keine Pause gegönnt, weder zum Essen noch zum Trinken. Nun war er auf euphorische Weise erschöpft. Er leckte das Colafläschchen ab, wartete, bis der Zucker ins Blut drang und er wieder Kraft verspürte, um weiter auf das Grundstück vorzudringen. Er würde niemandem auffallen, weil kaum Menschen unterwegs waren. Nach dem grossen Schnee war die grosse Kälte gekommen. Die Stadt fühlte sich an wie ein riesiges Eishaus voll bizarrer Formationen, die sich aus Gartentoren und Ästen gebildet hatten. Längst spürte der Colamann seine Zehen nicht mehr. Er müsste sie aufwärmen, sonst könnten sie abfrieren.

Er griff in seine Tasche. Die Pistole lag geschmeidig in seiner Hand. Sie gab ihm Sicherheit. Wenn er sich vorstellte, dass sich dieser Schnee bald rot färben würde. Wie in den Billigkrimis, die er am Wochenende verschlang. Niemand hätte es für möglich gehalten, dass er so etwas umsetzen könnte. Am allerwenigsten er selbst.

Er beendete den Rundgang, ging zurück zu den Süssigkeiten, um die letzten in den Mund zu stopfen. Das Zürcher Schlupfhouse war geschickt ausgesucht, das musste er zugeben. Viel besser als die Nummer 157 in London. Die bürgerlich verwohnte Gegend war die ideale Tarnung. Auf dem Briefkasten lagen Hundeknochen, die Konturen eines Balls zeichneten sich unter dem Schnee ab. Vier Fahrräder. Ein Tisch mit sechs Stühlen. Hier wohnt eine gastfreundliche Familie, keine Frauen auf der Flucht. Er klingelte. Hatte sich genau zurechtgelegt, was er sagen würde, in verständlichem Deutsch, weil er in jungen Jahren im Austauschsemester in Hannover gewesen war. Nun nützte es ihm.

Als keiner öffnete, war er irritiert. Er klingelte weiter, eins, zwei, drei, derselbe Rhythmus wie in London. Oder hatten sie das Signal verändert? Nichts passierte. Erneut umrundete der Colamann das Haus. Tat so, als sei er ein Gärtner und inspiziere die Bäume. Wischte Schnee vom Laub, räumte einen geknickten Ast beiseite, erweckte den Eindruck von Professionalität. Auf der Rückseite entdeckte er eine Kellertür. Ob der Kleine auch da seinen Anweisungen gefolgt war? Geh durchs Haus, such nach Nebentüren und mach sie auf. Dann kann ich rein und dich überraschen. Dazu hatte er ihn gekitzelt. Der Kleine liebte es, wenn er ihn kitzelte.

Der Colamann drückte auf die Klinke. Sesam öffne dich.

Er betrat ein ausgebautes Atelier. Die Hare musste unglaubliche Kontakte haben, wenn sie solche Schlupfhouses organisieren konnte. Der Colamann zog die Schuhe aus, ging in Socken nach oben, fühlte sich sehr wohlerzogen dabei. Das Haus war leer. Ausser Pola schien hier niemand zu wohnen. Ihr Mantel hing an der Garderobe, der Kinderrucksack stand halb offen in dem kleinen Schrank unter der Treppe. Der Tracker war ausgeschaltet. Er entspannte sich: Weit konnten sie nicht sein.

Der Colamann fasste erneut in die Tasche, wo neben dem Revolver drei Flugtickets lagen, eines für ihn, eines für sie, eines für den Kleinen. Er würde Henri mitnehmen, das war der Plan. Sobald sie sich jedoch eingerichtet hatten, würde er ihn loswerden. Er konnte keinen tauben Krüppel brauchen. Wie ekelhaft. Als er es gemerkt hatte, war eine Welt für ihn zusammengebrochen. Sie hatte ihn getäuscht. Hatte ihm ein Kuckuckskind untergejubelt. Was wusste er schon, mit wem sie es getrieben hatte, immer noch trieb. Natürlich schmerzte es. Aber es war unwichtig, alles war unwichtig, wenn er nur etwas bekam, das eine, das, was er brauchte. Ihr Hirn. Ihr Hirn in seinem Kopf. Ihm fiel etwas ein. Mit zwei Schritten war er zurück beim Schrank. Er keuchte auf.

Auf dem Rucksack war ein Superman. Und nicht Harry Potter. Eine Finte, sie hatten ihn getäuscht.

Sein Handy gab einen Ton von sich. Es war ein billiges Prepaid-Ding, das man in jedem Kiosk kaufen konnte. Er hatte sich gleich mehrere davon besorgt. Er hielt nichts vom Wechseln der SIM-Karten, seine Finger waren zu ungelenk, er schaffte es nicht, die winzigen Karten in die noch winzigeren Gehäuse zu schieben. Dann las er die Push-up-Nachricht der Oxford Times, die jeden Donnerstagmorgen erschien.

«Die Fachschaft Wirtschaft vom Jacobus College wird der Belästigung angeklagt.»

**

Renate sah die Nummer auf dem Display des Handys und liess es klingeln. Tobias konnte sie mal. Sie würde ihm keine Auskunft geben. Dass er sich jetzt erst meldete, zeigte einmal mehr seine Arroganz. Er hielt sich für unbesiegbar. Bis vor einigen Stunden hatte es auch so ausgesehen. Aber nun begann das Pendel in die andere Richtung auszuschlagen, Mischas Plan ging auf. Mehrere Frauen hatten sich in der Zwischenzeit bei der Ombudsstelle gemeldet. Sie waren bereit auszusagen. Nicht nur Vorwürfe gegen die Fachschaft in corpore zu erheben, sondern ganz gezielt gegen ihn. Den Abteilungsleiter Wirtschaft: Tobias H. Finch.

41

Sahel schreckte hoch. Er war an Beanies Bett auf der Intensivstation eingenickt, nachdem man ihm mitgeteilt hatte, sie sei ausser Lebensgefahr.

«Sie ist wirklich sehr robust. Wenn sie so weitermacht, können wir sie morgen auf die Station verlegen», hatte der Pfleger gesagt. Beanie schlief. Ihr Gesicht sah friedlich aus. Es war der Moment, sich um die Ermittlungen zu kümmern. Aber vom Krankenhaus aus hatte er nicht viele Möglichkeiten. Sahel rief bei Serge an, bekam ihn an die Strippe und hörte nur schlechte Nachrichten. Es juckte ihn, selbst dahin zu gehen. Während der Untersuchung des Schuppens und als er im Ofen herumgestochert hatte, war er dem Feuerteufel immer näher gekommen. Es war, als ob es eine Verbindung zwischen ihnen gegeben hätte. Wäre ich da, ich würde ihn finden, dachte er. Um sich abzulenken, nahm sich Sahel die Fotografien vom Turmzimmer vor, das letzte Material, das er aus Ritzen der rohen Mauern und dem Holzboden geholt und ausgedruckt hatte. Er breitete alles auf dem kleinen Beistelltisch neben dem Bett aus, baute Buchstaben aus den verbrannten Papierschnipseln. Bis er das Wort «Hell» schreiben konnte. Wenn er darüber nachdachte, ergab sich damit eine neue Möglichkeit.

Er schickte Meier einen Screenshot. «*Hell*, englisch für Hölle. Könnte damit die Feuerhölle gemeint sein? Ein Erpresserschreiben von Kundert?»

Keine Sekunde später klingelte Sahels Handy. Meier, der gerade eine Zwangspause hatte, die Veranstaltung war verspätet. Er habe so viele Bündnerfleisch-Häppchen gegessen, dass ihm bald schlecht würde.

Sahel stellte sich ans Fenster, das auf einen Innenhof hinausging, flüsterte, um Beanie nicht zu stören.

«Hast du die Nachricht gelesen? Hältst du Erpressung für plausibel?»

«Möglich wär's. Für ‹Ionon› gibt's übrigens einige Bedeutungen. Ich vermute mittlerweile eine griechische Gottheit.»

«Oder eine Substanz, die in Pflanzen enthalten ist. Sie soll einen besonderen Duft verbreiten. Nach Veilchen. Ob das Hobby von Stephen Keller Biologie ist?»

«Eher von Helly Keller. Die duftet nach Zitrone. Das ist mir aufgefallen.»

Sie diskutierten noch eine Weile weiter.

«Hast du etwas von der Aktion Lindenhof gehört?», fragte Meier schliesslich.

Sahel erzählte, was ihm Serge mitgeteilt hatte. «Sie kommen nicht vom Fleck. Der Typ ist wie vom Erdboden verschluckt.»

«Er ist geschickt, ich habe euch gewarnt. Steht mehrfach in meinem Bericht.»

«Offenbar ist vor Kurzem ein weiteres Feuer ausgebrochen. Ein hölzerner Veloständer in einem Hinterhof an der Glockengasse. Es wurde jedoch sofort unter Kontrolle gebracht. Nun überlegen sie, ob sie das ganze Quartier räumen sollen. Aber das wäre natürlich eine Pleite.»

Konnte man so sagen. Ein Grossaufgebot von Stadt- und Kantonspolizei schaffte es nicht, einen einzelnen älteren Mann festzunehmen.

«Was ist mit dem grossen Aussenschopf an der Schipfe, das Pendant zu denen an der Fortunagasse? Hat da jemand nachgesehen?»

«Serge sagt, dass sie jeden Keller, jedes Loch, jeden Dachboden, jeden Gartenschopf, jede Nische und jeden Graben untersucht haben. Vergeblich. Die Bevölkerung hat Wind davon bekommen, es liess sich nicht vermeiden. Nun hat sich eine Art Bürgerwehr gebildet, um die Polizei zu unterstützen. Sie haben übrigens die Suche ausgedehnt auf die andere Seite der Limmat.»

«Es ist unglaublich, wo könnte er sich versteckt halten? Mir ist, als sähe ich ihn, wie er da sitzt, zuschaut und sich ins Fäustchen lacht. Schtärnesiech, ich habe etwas übersehen.»

Sahel hörte ein Geräusch, als ob Meier sich an die Stirn klatschte.

«Er hatte einen Zirkel in der Hand, als ich ihn das erste Mal traf. Einen Moment dachte ich, er wollte mich damit erstechen. Er hat behauptet, dass er damit Schlösser öffnet. Ich bin dem nachgegangen, es gibt ein Freimaurerhaus am Rande des Lindenhofs. Und zum Symbol der Freimaurer gehören Zirkel und Winkelmass.»

«Du denkst, er ist ein Freimaurer?»

«Möglicherweise. Der Tempel ist ziemlich alt. Vielleicht gibt's da Gänge, von denen keiner weiss. Geh und suche selbst, Sahel. Barras würde es wollen.»

Als hätte sie zugehört, bewegte sich Beanie.

«Ich muss bei ihr bleiben.»

«Sie wird von selbst gesund.»

«Ich kann sie nicht allein lassen.»

«Sie ist doch gut aufgehoben. Moment …»

Sahel hörte ein Murmeln.

«Es tut sich was auf der Bühne, ich muss rein.»

Sahel legte auf und kehrte zu Beanies Bett zurück. Setzte sich neben sie, nahm ihre Hand. Plötzlich zog sie ihn mit erstaunlicher Kraft zu sich herunter.

«Hab ich dich geweckt? Entschuldige, Beans, schlaf weiter.»

Aber Beanies Hand hielt die seine umkrallt.

«Geh. Such nach den Schlüsseln in Kunderts Haus», flüsterte sie.

«Aber –»

«Mach, was Meier gesagt hat. Mir geht's gut.»

Erst als Sahel eine halbe Stunde später aus dem Vierer in die arktische Kälte des Limmatquais stieg, wurde ihm bewusst, was ihn irritiert hatte. Wie hatte Beanie wissen können, was ihm Meier gesagt hatte?

∗∗∗

Sie sah ihn vor sich. In einem Kranz aus Feuer. Sein Gesicht schwarz, von Russ bedeckt. Er lachte sie an, seine Zähne gelb. Die Zunge fuhr über die Lippen, nervös wie eine Schlange. Bald würde er wieder zuschlagen. Ein Zurück gab es nicht mehr. Er war der Sheriff vom Lindenhof, hatte Meier gesagt. Beanie wusste, dass sie Sahel unbedingt etwas sagen musste. Aber da schob sich Anna Quetes' Gesicht näher. Ihr rotes Haar vermischte sich mit Kunderts Mähne. Sie tanzten. Warum ausgerechnet Walzer? Der Raum war voller Menschen, sie spiegelten sich im Spiegel über dem Cheminée. Der Boden vibrierte von den tanzenden Füssen, die Büste fiel hinunter und zerschellte, die Teile wurden zermalmt. Er ging näher. Strich das Zündholz über die Fläche und warf es hinein. Die Explosion katapultierte Beanie in den Himmel und zurück.

42

Zita stieg mit Lily aus dem Taxi, ihr folgten Finn, dann Jessie mit Theo, schliesslich Pola und Henri, der sich aus ihren Armen wand, um neben Finn zum Hauseingang hochzustapfen. Sie war noch nie bei Eli Apfelbaum gewesen. Unter den altehrwürdigen Häusern, alle in einer Reihe stehend, direkt an die Hauptstrasse mit dem Tram grenzend, war das Haus Nummer 11 das unscheinbarste.

Auf ihr Klingeln ertönte sofort ein Summer, als ob Eli auf sie gewartet hätte. Sie trieb die Kinder vor sich her in den Eingang.

«Ich bin im ersten Stock», ertönte Elis vertraute Stimme durchs Treppenhaus.

Die Wohnungstür stand weit offen, Eli hiess sie willkommen. Er war nicht in Trainingskleidung wie früher, seit er die Agentur pflegte, hatte er einen Stilwandel vollzogen. Nun trug er auch privat einen Anzug. Das einzige Zugeständnis an eine gewisse «Freakigkeit» war das Béret in Weinrot, das er schräg über seine graue Lockenpracht gezogen hatte, und die breitrandige Brille in schillerndem Blau, die er, das wusste Zita von Meier, gar nicht benötigte. Er möge den Touch, habe er gesagt.

«Zita, *meyn Lieb*.» Er umarmte sie kurz, dann beugte er sich zu der staunenden Kinderschar. «Ihr habt ja alle ein Loch im Bauch, wie ich sehe.»

«Was für ein Loch?», wollte Theo wissen.

«Du bist blöd, er meint, wir haben Hunger», sagte Finn. Alle nickten.

Eli nickte Pola und Jessie zu. «Ihr zwei grossen *Froyen*, in der Küch ganz am End vom Flur ist alles für die Mahlzeit *bereyt*. Zita und ich haben ein Wörtchen zu bereden.»

Seine Autorität wirkte. In einer Einerkolonne marschierten die Kinder los, gefolgt von Jessie, sogar Pola fügte sich.

Der Flur war lang, viele Zimmer gingen davon ab.

«Wohnst du hier allein?» Zita staunte.

«Offiziell schon. Manchmal habe ich allerdings Besuch.»

Von Ruby Bachar, dachte Zita. Sie hatte sie anlässlich von Meiers letztem grossen Fall um die Lombardi-Stiftung kennengelernt. Ruby war ein echtes Original.

Eli geleitete Zita in ein riesiges Arbeitszimmer, auf der einen Seite mit Blick auf die Strasse, wo eben ein Tram vorbeifuhr, so nah, dass Zita die Gesichter der Leute erkennen konnte.

«Das Haus gehört einer alten Grossmutter, wenn sie stirbt, werden wir alle rausmüssen. Solange geniesse ich es noch. Sieben Zimmer.»

«Wie in Berlin.» Zita deutete auf die hohe Decke, die Stuckaturen. Sie lehnte ein Getränk und das gemütlich aussehende Sofa ab. Würde sie sich da reinfläzen, wäre es um sie geschehen. Es wurde ihr bewusst, wie erschöpft sie war. Die Schlafstunden der letzten drei Tage konnte sie an einer Hand abzählen.

«Vielen Dank, Eli, dass wir hier sein dürfen. Was hat der Commissario dir erzählt?»

«Er ist voll im Davoser Spirit. Da bleibt nicht viel Zeit für Erklärungen. – Berichte du mir, warum ihr hier seid.»

Zita setzte ihn ins Bild. «Wir wissen nicht, ob uns der Typ verfolgt hat», schloss sie ihre Fluchtgeschichte ab, um dann bei dem Artikel in der Oxford Times zu landen. «Hashtag Monstersteal. Ich habe mir vorgestellt, dass damit eine Lawine ins Rollen käme, aber dem ist nicht so. Bislang sind nur wenige Frauen aus dem Schatten getreten. Ich habe den Eindruck, dass man im Hintergrund daran arbeitet, die Geschichte unter den Tisch zu kehren.»

Eli wirkte angespannt. «Das sehe ich genauso. Und das wird Mischa nicht gefallen.»

«Vermutest du auch, dass sie hinter dem Artikel steht?»

«Ohne Zweifel. Unsere Mischa hat vieles im Angebot. Aber auch sie kann nicht zaubern, was man hier ganz deutlich sieht. Die sozialen Medien sind und bleiben unberechenbar. Und dabei wäre es so originell.» Er schüttelte den Kopf. «Monstersteal. Das gefällt mir wirklich gut.» Dann überlegte er. «Mischa hat sich nicht mehr gemeldet?»

«Nicht auf der Telefonnummer, die ich kenne.»

Eli stand auf, ging zu einem altehrwürdigen Schreibtisch, zog eine Schublade auf, holte ein Gerät heraus und klickte eine Nummer an. Auch er hatte kein Glück.

«Selbst sie muss manchmal schlafen», murmelte er, schloss die Schublade wieder, ging an den vielen Bücherregalen vorbei zum rückwärtigen Fenster, das auf den Hinterhof hinausging, und wieder zurück, bis er vor Zita zum Stehen kam.

«Pola Lensky hat nicht bestätigt, dass dieser Colamann der Vater von Henri und ihr Vorgesetzter ist?»

«Sie bleibt vage. Wobei ich sicher bin, dass sie ihn auf den Fotos erkannt hat. Trotz Dumbledore-Kostüm.»

Zita griff in ihre Tasche, holte die Plastiktüte mit dem Colafläschchen raus. «Kannst du das untersuchen lassen? Mir erscheinen sie sehr süss. Ich könnte mir vorstellen, dass sie präpariert sind. Vielleicht ist etwas Süchtigmachendes darin. Henri kann ohne die Dinger nicht sein.»

«Ich sehe, worauf du hinauswillst.» Elis Augen ruhten auf dem Süsskram. «Wenn wir die Identität von Polas Chef lüften und beweisen könnten, dass er gleichzeitig als Dumbledore und Colamann agiert, würden wir den Kollegen in Oxford in die Hände spielen.»

Sie nickte. «Ein Fall von versuchter Kindesentführung ist einfacher zu beweisen als Übergriffe auf geistiges Eigentum.»

«Du hast es erfasst. Plagiate, Ideenklau, falsche Urheberschaft … Das sind alles reichlich dehnbare Begriffe.»

«… im Gegensatz zu einem manipulierten Colafläschchen.»

Eli sah sie ankerkennend an. «Ich sollte dich in die Firma holen und nicht Meier.»

Zita war skeptisch. «Wir brauchen mehr als das Gummizeugs. Und es eilt, ehrlich gesagt. So gemütlich es bei dir auch ist, ich will doch nach Hause zurück. Und dafür müssen wir den Colamann aufspüren.»

«Das schaffen wir. Wenn du Pola Lensky dazu bringst, auszupacken. Sie ist eine Schlüsselfigur. Darum macht Mischa Hare auch so ein Theater um sie.»

«Das klingt nicht nett.»

«Mischa ist nicht nett, sie tanzt auf verschiedenen Hochzeiten. Und was sie mit Pola will, ist mir nicht klar. Es ist, als ob sie ein besonderes Auge auf sie hätte.»

«Du hast mich damals auf Mischa aufmerksam gemacht, auf ihre Arbeit. Seither arbeiten wir vom Institut her mit ihr zusammen. Aber du hast mir nie gesagt, dass du sie persönlich kennst.»

«Ich versuche, solche Dinge zu trennen, sonst komme ich in Teufels Küche, liebe Zita.» Eli ging zu dem Sofa, setzte sich und hiess Zita, näher zu kommen. «Ich möchte dir etwas zeigen.»

Auf dem schmalen Couchtisch aus Rauchglas lag ein aufgeschlagenes Fotoalbum. Eli schob es in ihren Schoss.

«Weltwirtschaftsforum 1994», las Zita die geschwungene Schrift. Akkurat waren die Farbfotos eingeklebt, etwas verblasst.

«Schau es dir genauer an», sagte Apfelbaum. «Welches Foto imponiert dir am meisten?»

War jetzt Zeit für solche Betrachtungen? Zita bezwang ihre Ungeduld.

«Arafat und Peres», sagte sie, nachdem sie sich für ein Foto entschieden hatte. «Der bekannteste Handshake der neueren Geschichte.»

Eli schob die nachtblaue Brille übers Béret, beugte sich vor, deutete mit dem Zeigefinger auf ein weiteres Foto eher informeller Art, vermutlich ein Empfang, mit einer Menge von Leuten mit Gläsern. Es wurde getrunken und gelacht. Auch hier waren die beiden Weltpolitiker zu sehen.

«Eine prominente Besetzung», sagte sie.

«Und ich war dabei.»

Zita staunte. Tatsächlich. Eine winzige und sehr viel jüngere Version Eli Apfelbaums.

«Ich reise seit Jahren dahin.»

«Ans WEF? Darum hast du so gute Kontakte, ich hatte mich schon gewundert. Und wieso dieses Jahr nicht?»

«Ich hatte so ein Gefühl, dass ihr meine Suite auf der Schatzalp brauchen könntet.»

«Deswegen würdest du niemals hierbleiben.»

«Nachdem am Montag der Brand bei den Kellers ausgebrochen war, haben sich die Ereignisse überschlagen.»

Er redete um den heissen Brei herum.

«Entspann dich, Eli. Der Commissario hat mir *nicht* erzählt, warum du ihn dahin geschickt hast. Wir trennen solche Dinge strikt. Haben wir von dir gelernt.»

«Du erlaubst, dass ich kurz auflache.»

«Ich weiss lediglich, dass der Commissario einen Botengang gemacht und ein Päckchen gebracht hat. Ich bin davon ausgegangen, dass es für Keller bestimmt war.»

Darauf gab er keine direkte Antwort. «Natürlich wäre ich ein Narr, wenn ich das alles, den Brand und Stephen Keller nicht in einen Zusammenhang bringen würde.» Er wandte sich wieder dem Album zu, deutete auf ein Foto, das ihn neben einer jungen Version des Botschafters zeigte. «Unsere Bekanntschaft geht weit zurück. Ich habe damals als Mitbegründer der Jewish Diplomatic Community mit Stephen und dem Schweizer Diplomatenkorps zusammengearbeitet.» Eli blätterte zu einem weiteren Foto, auf dem er sich mit Peres und Arafat unterhielt.

Zita fielen fast die Augen aus dem Kopf. «Du hast die beiden persönlich gekannt?»

«Als Jungspund habe ich zwischen den Fronten vermittelt.»

«Auf welcher Seite?»

«Auf beiden. Mich interessierte der Friede. Die sollten aufhören, sich die Köpfe einzuschlagen, ist doch *meschugge*. Eine Zeit lang habe ich sogar Botschaften hin- und hergetragen, inoffiziell, ich war bei der Knesset dabei und im Palästinensischen Legislativrat.» Seine Wangen hatten sich gerötet.

Wenn ich das Meier erzähle ... Eli Apfelbaum als Akteur der Weltpolitik. Noch einmal blättern, derselbe Anlass, ein weiteres Foto, diesmal mit vielen Menschen.

«Erkennst du da auch jemanden?»

Zita sah sich das Foto aufmerksam an. «Ich glaube nicht.»

«Hab ich mir fast gedacht. Sie ist älter geworden. Und gepolsterter.» Eli zeigte auf eine Frau in Bluse und Kostüm, mit Pagenkopf und Wespentaille, an einen Mann im Tennisdress gelehnt, die beiden sahen gespannt in eine Richtung, wirkten vertraut, ein Paar.

Es dämmerte Zita. «Ist das Mischa Hare?»

«Zusammen mit Stephen Keller. Bei einem Tennisanlass in Wimbledon.»

«Sie kennen sich gut.» Zita schnappte nach Luft. «Ich habe sie gesehen, auf der Schatzalp. Sie hat ihn heimlich getroffen.»

«Er ist ihr Lover.»

«WAS?»

«Seit bald dreissig Jahren.»

Die toughe Mischa und Stephen Keller, der charmante Diplomat? «Das kann ich nicht glauben.»

«Es ist aber so.»

Und dazu die zurückhaltende Ehefrau, von der Zita kaum etwas wusste. Tausend Gedanken stürmten auf sie ein. «Wieso macht Helly Keller das mit? Dreissig Jahre sind eine verdammt lange Zeit.»

«Müssten wir sie fragen. Vielleicht ein dauernder Schmerz. Eine nützliche Zweckgemeinschaft. Oder eine funktionierende Ménage-à- trois.»

Zita war immer noch fassungslos. «Würde ein Gespräch zwischen dir und Mischa Hare keine Klarheit in die Dinge bringen?»

«Hätte sie mich einweihen wollen, hätte sie das längst getan. In jüngster Zeit hatte ich den Eindruck, dass sie eine geheime Agenda hat. Darum, meine liebe Zita, solltest du versuchen, etwas mehr aus Pola herauszupressen. Denn ich befürchte, der Colamann ist euch auf den Fersen. Was du erzählt hast, beunruhigt mich sehr.»

Er stand auf. «Ich gehe in einem befreundeten Labor vorbei und lass die kleine Colaflasche analysieren.»

Sie vernahmen ein Geräusch an der Tür. Als Zita aufspringen wollte, hielt Eli sie zurück. Er legte die Hand auf die Lippen. Sie verharrten und warteten ab.

***

Pola tappte zurück in die Küche, sie hatte genug gehört. Tobias war hier. Sie hatte es gewusst. Schon immer hatte sie ein Sensorium gehabt für seine Bedrohung. Oxford, London, nun Zürich … ständig fühlte sie sich beobachtet. Ihr Herz klopfte wie verrückt. Ihre Mutter fiel ihr ein. Sie war schon so lange tot, eine vage Erinnerung, der Geruch von Bücherstaub, der Geschmack von milchigem Tee. Pola war noch ein Kind gewesen, danach kam sie ins Waisenhaus. Jahre später hatte sie Tobias kennengelernt, der auch ein Kollege ihrer Mutter gewesen war. Bei ihm hatte sie sich zu Hause gefühlt. Was sich als entsetzlicher Fehler entpuppte.

«Es ist, als ob Mischa ein besonderes Auge auf Pola hätte …», hatte Eli Apfelbaum gesagt. Warum war das so?

43

Der Schnee auf dem Lindenhof war platt getrampelt, in der hinteren rechten Ecke spielten sie Schach, hatten dafür das Schwarz-Weiss-Muster aus dem Boden herausgeschaufelt. Sahel hielt kurz inne, um zu erleben, wie ein Junge seinen Gegner matt setzte, zur Freude der klatschenden Umstehenden. Jemand schenkte sich Tee aus einem Thermoskrug ein, eine schnitt einen Kuchen in Herzform an, die Tauben liessen sich füttern, zwei Geschäftsleute assen Thai aus Papierboxen, einige Kinder bewarfen sich mit Schneebällen, und die bleiche Wintersonne tauchte alles in ein unwirklich gleissendes Licht.

Sahel trat zu dem Freimaurerhaus, ein kirchenartiges Gebäude, das dezent in eine Ecke des Platzes gebaut war, bei näherem Hinsehen aber durchaus auffiel. Vor allem weil das Symbol oben auf dem Turm kein übliches war. Winkelmass und Zirkel. Wie Meier gesagt hatte.

Er stieg die Stufen hoch, die Holztür war verschlossen, es gab kein Schild. Aus dem Augenwinkel beobachtete er, wie jemand das angrenzende Gebäude betreten wollte.

«Entschuldigung», rief er.

Der junge Typ wartete ab, bis Sahel bei ihm war.

«Was ist das für ein Haus? Gehört es zur Kirche?»

«Sie sind zusammengebaut.» Schon wollte er weiter.

Sahel hielt ihn auf, stellte sich vor, umschrieb seine Tätigkeit. «Es geht um die Suche nach dem sogenannten Feuerteufel.»

«Darum die vielen Leute im Quartier», sagte der Typ, der sich nun seinerseits als Lukas vorstellte. «Ich habe mich schon gewundert, bei dem Schnee.»

«Es hat erneut gebrannt. War noch niemand von uns bei Ihnen?»

«Ich bin gerade erst gekommen.»

«Ist der Turm zugänglich?»

Lukas folgte Sahels Blick. «Das ist kein Turm. Eher ein Kirchenschiff.» Von hier aus wurde ersichtlich, dass es sich um ein Schrägdach mit treppenartigen Verzierungen und ein Rundfenster mit einem Hexagramm handelte.

«Ich bin Geselle und bereite die Versammlung vor. Die anderen kommen später.»

Lukas erklärte Sahel, dass Haus und Tempel als einziges Gebäude direkt auf den Lindenhof gebaut waren. Alle anderen waren angrenzend, durch die Mauer getrennt. Gemäss einer Bestimmung war es nämlich nicht mehr erlaubt, auf dem Platz zu bauen.

«Ich dachte, Freimaurer hausen in verschütteten Ruinen.»

Lukas grinste. «Da haben Sie sich getäuscht. Unsere Räumlichkeiten sind ziemlich komfortabel.»

«Mir würde der Turm reichen. Oder auch ein Keller. Sie haben bestimmt einen.»

Lukas nickte. «Nun bekomme ich Angst. Sie vermuten, der Feuerteufel könnte sich bei uns eingenistet haben?»

«Es ist der hiesige Kaminfeger. Kennen Sie ihn?»

Lukas verneinte, die Loge sei weltoffen, aber nicht sehr verbunden mit dem Quartieralltag.

«Verstehen Sie mich richtig, wir schätzen das Leben hier», er zeigte zu den Schachspielenden, «aber wir nehmen nicht daran teil.»

«Könnten wir nachsehen?»

«Die Kirchentür ist verschlossen, hier kommt man nur mit einem Spezialschlüssel und mit einem Code rein. Die Sicherheit wird bei uns grossgeschrieben.» Er zeigte auf die versprühte Aussenwand. «Manche Leute denken immer noch, dass wir eine Verschwörungsbande sind, die nach der Bundeslade jagt und im Keller einen Goldschatz hütet.»

Lukas liess Sahel eintreten und führte ihn durch einen langen Flur über eine Treppe in den Tempel, spärlich erhellt vom Tageslicht, das durch farbige Rundfenster fiel, der Mond links, die Sonne rechts, es wimmelte von Symbolen, deren Bedeutung sich Sahel nicht erschloss. Die Decke war ein Sternenhimmel vor einem königlich blauen Hintergrund, die Wände mit einer ebensolchen Tapete bezogen, die Farbe prägte auch die länglichen Kissen auf den Holzbänken. Ein Zeremonienstab stand an ein Stehpult gelehnt, über einer Kanzel prangte ein Schriftzug: «Justitia». Gerechtigkeit.

«Halten Sie hier Gottesdienste ab?»

«Rituale», erklärte Lukas und hatte plötzlich etwas von einem modernen George Washington. «Sehen Sie sich ruhig um.»

Sahel durchsuchte den Tempel und in der Folge das Haus, das aus einigen Versammlungs- und Büroräumlichkeiten bestand. Bis auf den Tempel war alles sehr minimalistisch, mit wenig Möglichkeiten, sich unbemerkt dort aufzuhalten. Von Kundert keine Spur, auch im Heizungskeller nicht. Sahel war schwer enttäuscht. So viel hatte er sich davon erhofft, war sich sicher gewesen, dass er und Meier die ultimative Spur gefunden hatten.

«Wie heizen Sie?», fragte er beim Abschied an der Tempeltür. Lukas hatte keine Ahnung. «Meine Aufgabenbereiche sind Texte und Philosophie, nicht die Heizung. Aber unser Hausmeister weiss sicher Bescheid.» Er griff zu einem Telefon. «Ich frage ihn nach dem Kaminfeger.»

Das gemurmelte Gespräch dauerte nur kurz. Lukas schien konsterniert.

«Ich kann Ihnen leider keine Auskunft geben. Der Kaminfeger hat nicht bei uns verkehrt. Er hat keinen Schlüssel zum Heizungskeller.»

Sahel ging hinaus. Woher wusste Lukas, dass Sahel sich für einen Schlüssel interessierte?

**

Lukas fühlte sich schlecht. Er hatte gelogen. Und dabei war der Polizist total nett gewesen. Aber der Hausmeister war eine Autoritätsperson. Und er hatte ihm rundweg verboten, die Informationen weiterzugeben.

«Es geht uns nichts an. Der Kundert Ruedi ist ein guter Typ. Der arbeitet zügig und macht uns einen guten Preis.» Ausser-

dem sagt er keinem, dass unsere Heizung eine absolute Energie-
schleuder ist und längst ersetzt gehört, hatte Lukas gedacht.
Er sah zum Fenster hinaus, bemerkte, wie der Polizist stehen
blieb. Sich umdrehte, drauf und dran, nochmals zurückzukehren.

44

«Entschuldigung.»

Meier schreckte auf. Nach dem Gespräch mit Sahel hatte er sich eine Nusstorte vom Buffet gegönnt und verborgen hinter einer Säule ein Powernap gemacht.

«Endlich fängt es an.» Die Frau, die ihn geweckt hatte, entpuppte sich als die runde, nette, die ihn davor schon auf den richtigen Weg geschickt hatte. Einige Floskeln später erfuhr Meier, dass sie Mrs. Smith nicht nur kannte, sondern eine gute Freundin von ihr war. Sie bot ihm an, die rosa Krawatte noch mal neu zu binden, der Sitz sei nicht ganz korrekt. Dass sie so nahe vor ihm stand, schien Meier eine gute Gelegenheit, etwas über den Grund für die Verspätung zu erfahren.

«Was war denn los?»

«Eine der Nominierten für den ‹Cristal Europe› ist abgereist. Die englische Botschafterin. Sie hat sich eine Limousine genommen und ist verschwunden.»

«Warum?»

Sie sah unentschlossen aus, zu diskret, um darüber zu tratschen.

«Ein familiärer Notfall vielleicht?», fragte Meier. «Es wäre typisch, dass sie so was auf dem Hals hat, während die versammelten Männer sich feiern.»

Die Frau schmunzelte. «Sie sind ein fortschrittlicher Typ.»

«Meine Partnerin hat mir die Augen geöffnet. Wir teilen dreieinhalb Kinder, genauso viele Jobs und ein Bett.»

Nun hatte er sie endgültig auf seiner Seite.

Sie erzählte ihm von einer Auseinandersetzung zwischen Stephen Keller und Botschafterin Jane Frost.

«Ich habe es zufällig mitangehört. Soweit ich verstanden habe, war sie wütend, weil der Keller für die Eröffnungsrede einen Hiesigen bevorzugen wollte.»

Meier folgte ihrem Blick zu Crispian Biäsch, der sich gerade einen Weg durch die Leute bahnte, die alle auf dem Weg zurück in den Saal waren.

«Er ist ein netter Typ. Trotzdem geht es nicht, dass da vier Männer auf der Bühne stehen und keine einzige Frau, fand sie. Und ich finde das auch.»

Meier stimmte ihr bei, verabschiedete sich und versuchte Biäsch zu erwischen, was ihm gelang, bevor der den Saal betrat.

«Ich habe Sie beim Skifahren vermisst.»

Biäsch schoss herum, sein Gesicht war angespannt, der Dreitagebart ungepflegt.

«Der Gentleman.»

Er wurde gegrüsst, jemand klopfte ihm auf die Schulter.

«Musst du dich nicht beeilen, gleich fängt's an? Dein grosser Auftritt, Crispi!»

Crispians Antwort war zu laut und zu munter. Heute kein Marihuana, dachte Meier, eher Speed.

Er hatte die Güte, sich für sein Fernbleiben zu entschuldigen. «Sorry, ich hatte zu viel zu tun. Ich hoffe, die Abfahrt hat Ihnen gefallen. Wie war noch mal Ihr Name?»

Meier umging eine direkte Antwort. «Meine Partnerin hat ein Meeting am anderen. Da dachte ich mir, ich schau mir Ihre Rede an. Sie sind doch die Vorgruppe?»

Ein Schatten huschte über Crispians Gesicht. «Es war so geplant. Aber nun ist wieder alles anders.»

Sein Vater kam auf ihn zu, den Bauch in ein Sakko gezwängt, die Glatze unter einem Hut.

«Crispian. Du solltest längst hinten sein und verkabelt werden. Wo ist Andreina?» Der Alte sah sich suchend um.

«Sie kommt nicht, Dad. Das habe ich dir gesagt.»

«Papperlapapp. Sie lässt ihren zukünftigen Ehemann nicht am wichtigsten Tag seines Lebens sitzen.»

«Das hat sie schon längst gemacht.»

Der Alte sah stinkwütend aus. «Du hast zu wenig um sie gekämpft. Löwe und Löwin. Kaiser und Gemahlin. Sie ist dafür gemacht.»

«Sie will eine eigene Karriere.»

«Als Kindergärtnerin? Ich bitte dich, spätestens wenn eure eigenen kommen, braucht sie das gar nicht mehr. Sie sollte sich ein Vorbild an Helly nehmen. Die macht diesen Job seit vierzig Jahren.»

«Und genauso lange steht sie in Stephens Schatten. Sie ist ein Auslaufmodell.»

«Dann hast du ihr die Vorteile zu wenig schmackhaft gemacht. Streng dich an.» Der Alte klopfte ihm auf die Schulter. «Und jetzt brilliere, Crispi. Dein erster öffentlicher Auftritt in deiner Heimatstadt. Der Landammann ist da und die Bündner Nachrichten.»

Crispian war knallrot geworden. Der Alte trat zu einer Menschengruppe und führte sie am Einlasspersonal vorbei in den Saal.

«Ich sollte wohl gehen», sagte Crispian.

«Sie schaffen das», entwischte es Meier. «In die Fussstapfen des Vaters zu treten ist immer eine Herausforderung.»

Crispians Blick ging von Meier zu Djamila Murani, die in der Menge aufgetaucht war. Sie trug ihr glänzendes Haar offen, hohe Winterstiefel, orangefarbenes Businesskostüm, geschminkte Lippen. Nichts erinnerte an die Frau mit der strengen Bluse und der blonden Perücke, die im Herzen des WEF einen Stick übergeben hatte. Ich muss mich geirrt haben, dachte Meier, als er ihr strahlendes Lächeln bemerkte und die Augen, die sie nun auf den scheuen Typen neben sich richtete, so gross wie sie, Jeans und Hemd, die Locken kragenlang. Er war ein krasser Gegensatz, und zusammen erreichten sie Strahlkraft.

«Wer ist er?», fragte Meier Crispian.

Als dieser den Mann erblickte, wurde er kalkweiss.

Er kam ins Stammeln, schnappte nach Luft. «Ich verstehe nicht, was macht er hier?»

«Hei, kippen Sie mir nicht um. Sie sehen so aus, als hätten Sie ein Gespenst gesehen.»

Crispian schlug die Hände vor den Mund. «Hab ich auch. Er müsste im Gefängnis sein.»

«Wieso?»

«Er hat eine Twitter-Nachricht geschrieben, ich habe ihn dabei beobachtet. Wie er so getan hat, als sei sie von ihr. Das habe ich der Polizei so erzählt. Darauf wurde er festgenommen. Ich muss sofort … Entschuldigung …» Damit war er weg.

Was war denn das gewesen?, wunderte sich Meier.

Wieso hatte Crispian diesen Twitter-Post erwähnt? Und vor allem, warum wusste er davon?

***

Joel fühlte sich im Glück. Djamila und er hatten sich versöhnt. Plötzlich war Stephen Keller reingeplatzt. «Die Frost ist weg. Einfach abgehauen. Können Sie einspringen?»

«Nur wenn ich Schlupfhouse erwähnen darf.»

«Kein Betroffenheitsquark.» Er hatte ihr ein Manuskript gegeben. «Nehmen Sie das. Ist aber nicht auf dem Prompter. Sie müssen improvisieren.»

Sie hatte das Papier genommen und war losgegangen. Sie brennt für diesen Job, dachte Joel. Sie muss das machen. Und ich werde sie darin unterstützen. Ist doch ganz einfach.

45

Nachdem er im Freimaurertempel nichts erreicht hatte, stand
Sahel vor dem Kundert-Haus, wo die Tür aufgebrochen und
nur notdürftig wieder verschlossen worden war.

«Such nach den Schlüsseln», hatte Beanie gesagt.

Er betrat den Flur, kämpfte sich in einen Raum vor, den er
für die Küche hielt. Tassen, Teller, eine freigeräumte Spüle, ein
Wasserkocher – wo bewahrt ein Messie Schlüssel auf? Sahel
schnappte nach Luft. Er nahm den Geruch nach Staub und
Feuchtigkeit wahr, vermischt mit einem Hauch Fäulnis, der
Gestank nach Urin. Er schüttelte sich, Ekel packte ihn. Um
die Schubladen einer Kommode zu öffnen, musste Sahel zuerst
einige Kehrichtsäcke zur Seite schieben. Er entdeckte, dass sie
voller Zuckertütchen waren: runde, rechteckige, bunte. Eine
Kommode voller Zucker. In einem anderen Möbel fand er
Schnüre. Aber keine Schlüssel. Wo könnten die sein?

Nachdem er sämtliche Ober- und Unterschränke durchwühlt
hatte, war er nahe daran, aufzugeben.

Er zog sein Handy hervor und rief im Krankenhaus an.

«Sorry, aber Frau Barras schläft.»

Scheisse. Ohne ihre Hilfe hatte er keine Chance. Er versuchte es auf ihrem Handy. Jemand hob ab. Sahel vernahm
Atemzüge.

«Beans?» Sie war wieder aufgewacht, sie hörte ihm zu. Was
für ein Glück.

«Welche Schlüssel hast du gemeint?»

Langsam, nach Worten suchend, erzählte sie ihm mit brüchi-
ger Stimme, was sie in Kunderts Haus erlebt hatte, bevor sie im
Keller von dem Regal erschlagen worden war.

«Die Tür sieht man nicht auf den ersten Blick. Davor steht
ein Fensterladen. Der ist aber ein Fake. Du kannst ihn einfach
zur Seite schieben.»

Sahel machte genau das. Und wunderte sich kaum, dass vor

ihm eine Tür auftauchte. Er drückte die Klinke und machte sie auf.

«Was siehst du, Sahel?», fragte Beanie.

«Moment, ich beschreib es dir. Es geht automatisch ein Licht an. Das muss er sich gebastelt haben, er ist ein Tüftler. Nun sehe ich einen Korb, er steht auf dem obersten Treppentritt. Da drin sind alles Schlösser, schwarze, goldene, silbrige, pinke, blaue, grüne, gelbe. Mit einer Zange aufgebogen. Wie kommt das, Beans?»

Ein tiefer Atemzug, dann wieder ihre Stimme. «Er holt sie sich unten an der Schlösserbrücke. Da, wo die Liebenden sich symbolisch mit einem Schloss verewigen. Er hasst diesen Brauch. Darum räumt er alle paar Tage auf. Aber die Liebe ist stärker. Kaum sind die Schlösser weg, kommen wieder neue. Und viele mehr als davor. Er kann diesen Kampf nicht gewinnen.»

«Er ist besessen von Schlössern?»

«Und von Schlüsseln. Sie sind ein Machtmittel. Darum hat er den Aussenkeller verschlossen. Erst hat er ein Feuer gelegt. Dann zugesperrt.»

«Und den ZüriFood-Fahrer damit getötet. Warum?»

«Er hat ihn verwechselt.»

Beanies Theorie war so einfach wie logisch.

«Mit wem?»

«Weiss ich nicht. Musst du herausfinden.»

«Wo bewahrt er die verdammten Schlüssel auf?»

«Mach die Augen auf, Sahel. Sie hängen vor deiner Nase.»

Sie hatte recht. Entlang der Wand hingen Schlüssel, an gebogenen Haken, in schnurgeraden Reihen, grosse, kleine, alte, neue. Und alle versehen mit kleinen Nummernschildern, die vermutlich die Hausnummern darstellten, während die Strassennamen über den kleinen Haken am Brett standen. Wieso hatten das die Kollegen übersehen? Oder waren sie gar nie so weit vorgedrungen?

«Fortunagasse 49, 50, 51», las Sahel laut. «Das sind die Schlüssel zu praktisch allen Häusern der Altstadt. Kundert hat unbegrenzten Zutritt. Er kann überall sein. Es ist unmöglich, ihn zu finden.»

«Nein. Verstehst du nicht? Interessant sind die leeren Haken.»
Schon wieder hatte sie recht. «Vier Stück.»
«Bingo. Bei meinem Besuch waren alle Schlüssel noch da. Das
heisst, er hat sich die vier geschnappt und ist damit unterwegs.»
«Beans?» Er hielt den Atem an vor Aufregung. «Kannst du
dich vielleicht an die Hausnummern auf den Schildern erin-
nern?»
Sie gab keine Antwort.
«Hallo?»
Sahel hörte Gemurmel. Schliesslich erklang die Stimme des
Pflegers. «Sind Sie eigentlich bescheuert? Frau Barras soll mit
niemandem sprechen. Ich weiss nicht, wie sie ans Telefon ge-
kommen ist. Ich muss Sie bitten, nicht mehr anzurufen.»

∗

Der Typ war ein Bulle. Auch wenn er nicht wie einer aussah, mit
seinem ölig schwarzen Haar, der Hakennase und der kackbrau-
nen Haut: Es war ein Polizist. Die hatten neuerdings Leute aller
Couleur in ihren Reihen. Kundert wusste es, er war schliesslich
täglich unterwegs, das Lindenhofquartier war seine Wohnung,
die Lindenpfalz sein Schlafzimmer. Jahrelang hatte er im Turmzimmer übernachtet, bis die Keller gekommen war. Er hatte sie
gerochen, Parfum und Seife und vertrocknete Fotze. «Das hier
wird mein Studierzimmer.» Damit hatte sie ihn vertrieben.
Als letzte Tat, als Erbe sozusagen, hatte er Sägespäne ins
Ofenloch gestopft und alles mit Feuerzeugflüssigkeit getränkt.
Wenn er daran dachte, konnte er die Hitze spüren, die Glut auf
dem eisigen Schnee. Vorsichtig huschte er die Gasse hinunter zu
dem grossen Aussenkeller an der Schipfe, belegt von den beiden
jungen Schreinern. Dachten sie, sie wären die neuen Herren hier?
Sie brauchten einen Denkzettel. Mit der Zirkelspitze öffnete er
das Schloss, holte die getränkten Lappen aus seinem Rucksack,
das Papier, die Rechaudpaste und eine Schachtel Streichhölzer.

46

Tobias Hare warf einen Blick auf das Handy. Er hatte die Zeitungsseite der Oxford Times aufgerufen und konnte nur hoffen, dass keiner die Meldung las. Noch war es keine Anschuldigung, noch ging es lediglich um das Institut als Ganzes. Aber er ahnte, dass es nicht mehr lange dauern würde. Wie hatte das passieren können? Erneut versuchte er, die Institutsassistentin Renate zu erreichen. Auch diesmal drückte sie ihn weg. Das war dreist. Die Felle schwammen ihm davon. Wieder und wieder rief er die Seite der Zeitung auf, zuckte zusammen, als der Bericht weiter nach oben rutschte, schliesslich der meistgelesene war. Er wurde angeklickt, sorgte für Interesse. Auf seinem Handy ging eine Nachricht ein. Der Dekan. Er wolle ihn sprechen. Das hiess, es machte die Runde. Ein tadelloser Ruf konnte heutzutage schnell beschädigt werden. Auch wenn die Vorwürfe haltlos waren. Er hatte sich nichts zuschulden kommen lassen, nichts, hatte seine Leute immer unterstützt. Wenn sie nicht weiterkamen, weil sie zu wenig hartnäckig kämpften, war es ihr Problem.

Diese Entwicklung hatte er nicht vorausgesehen. Er musste sich etwas überlegen, und zwar schnell, sonst würde der Bericht von anderen Zeitungen übernommen werden, eine Schlammschlacht würde daraus entstehen, ein Tsunami, und er würde sich nicht mehr wehren können. Der Detektiv, den er während Jahren beschäftigt hatte, um Pola unter Kontrolle zu haben, hatte sein Erspartes vernichtet und sich dann sang- und klanglos verabschiedet. Er war auf sich allein gestellt. Für jeden anderen wäre es ein Weltuntergang, nicht so für ihn, er war clever, hatte sich vorbereitet. Er würde Pola zurückbekommen, und Mischa Hare würde bezahlen. Das Material, das er über sie gesammelt hatte, würde für ein anständiges Ruhegehalt reichen. Niemals würde sie wollen, dass er damit an die Presse ging. Dass sie ihm nun zuvorgekommen war, war ein kluger Schachzug gewesen.

Aber er würde sie schlagen und einen Plan entwickeln, der ihn aus der misslichen Lage in den Zenit katapultieren würde. Er ballte eine Faust. Sah zum Fenster hinaus in den grauschwarzen Himmel. Das Wichtigste war, an Geld zu kommen. Da er bald abreisen würde, konnte er riskieren, seine Kreditkarte zu benutzen. Es gab keinen Grund, dass sie bereits jetzt seine Daten überwachten. Erst wenn sein Name mit den Übergriffen in Verbindung gebracht wurde. Mit etwas Glück würde es nie dazu kommen.

Tobias trat aus dem Schlupfhouse in den Garten hinaus, in den späten Nachmittag, der bereits in Dämmerung überging. Zum Glück war sein Orientierungssinn hervorragend. Er brachte ihn zum nächsten grösseren Platz mit einem Geldautomaten, wo er die Karte in den Schlitz steckte, die englische Sprache wählte und den Code eingab. Falsch. Seine Finger waren zu steif. Er rieb sie, gab die Zahlen erneut ein. Wieder falsch. Der Atem stand ihm in einer eisigen Wolke vor dem Gesicht und trübte seine Brille. Er nahm sie ab. Wischte sie sauber und machte den letzten Versuch. Die Karte wurde eingezogen.

«We are sorry to inform you ...»

Als er sein Handy herausholte, um die Störungshotline anzurufen, war der Akku leer. Er fluchte so laut, dass einige Leute zu ihm hersahen. Ihm wurde bewusst, dass er ohne Geld mit einem toten Handy in einer Stadt stand, deren Namen er nicht aussprechen konnte und von der er wusste, dass sie eine der teuersten der Welt war.

Er ging zurück zum Haus, betrat es durch den Kellereingang, ging in den Schuhen nach oben, kein Grund mehr zur Rücksichtnahme. Er hängte Handy und das Ladegerät an den Strom. In der Küche fand er Knäckebrot, Kartonkäse, Dosenmilch. Tat sich gütlich daran, räumte die Reste weg, legte den Löffel in die Schublade zurück. Keine Spuren hinterlassen, das war zu seinem Naturell geworden. Mit dem Wasserkocher machte er sich eine Trockensuppe, nahm die Tasse mit ins Wohnzimmer, kickte den liegen gebliebenen H.-P.-Bär mit dem Fuss weg, wickelte sich in eine warme Decke und schlief auf dem Sofa ein.

Er wachte auf, weil ein Schlüssel im Schloss gedreht wurde. Er konnte sich gerade noch hinters Sofa rollen. Die Tasse in der Hand, verharrte er steif, atmete nur ganz flach, versuchte die Geräusche, die er hörte, einzuordnen: Plastik auf Linoleum, dann einen Reissverschluss, ein Seufzen. Eine Frau, es musste eine Frau sein.

Tobias fasste in seine Jackentasche. Der Griff der Pistole war so kalt wie seine Finger. Er robbte nach vorn und wagte einen Blick ums Sofa herum. Mischa Hare stand im düsteren Flur, nur wenige Meter von ihm entfernt, in Unterwäsche, eben dabei, in Kleider zu steigen, die sie einer Tüte entnahm. Er sah ihr Schlüsselbein unter der schneeweissen Haut. Das Muttermal direkt darunter. Ein hässliches Ding, einer Warze ähnlich. Ob das Haar noch da war?

Sie hielt inne.

Hatte sie sein Atmen gehört?

Sie kam ins Wohnzimmer, sah sich um. Hob das H.-P.-Kuscheltier hoch, ging damit in die Küche.

Damned.

Er ahnte, was gleich passieren würde.

Wartete mit angehaltenem Atem.

Stellte sich vor, wie sie zum Wasserkocher trat, eine Tasse herausnahm, einen Teebeutel hineinhängte, vielleicht einen Löffel Zucker dazu. Wie sie gedankenverloren den Wasserkocher anmachte, irritiert war, das Gefühl nicht einordnen konnte und schliesslich erstarrte. Weil sie die laue Wärme der Plastikschale fühlte, das temperierte Wasser, und sicher war, dass jemand im Haus sein musste.

Er drückte sich ganz eng an die Mauer, zielte auf die Tür. Wenn sie hereinkäme, wäre sie tot. Aber nichts passierte. Er hörte Geräusche aus dem Flur, ein Rascheln, dann das Klappern der Tür.

War sie weg?

Er verharrte so lange, bis ihm fast der Arm abfiel. Bevor er sich nach vorne traute. Kein Mensch, kein Anzeichen von Mischa, auch die Tüte hatte sie mitgenommen. Nur einige Preisschilder lagen abgeschnitten im Abfall. Er fischte sie heraus. Auf einem stand etwas mit Kugelschreiber geschrieben.

***

Mischa ging der Strasse entlang. Er hatte sie gefunden. Bei der Vorstellung seines selbstzufriedenen Grinsens wurde ihr übel. So hatte er schon damals gelacht, als er ihre Freundin vereinnahmt hatte. Mit allem, was sie ausmachte, ihrem Wesen, ihrer Intelligenz. Die er benutzt hatte, die die Grundlage seines Rufs war. Er hatte den Kamm erklommen und war nie hinuntergeschwemmt worden. Obwohl es so viele Anzeichen für seinen Betrug gab, so viele Beweise, hatte niemand etwas gemacht. Niemand. Eine Gesellschaft, in der Menschen wie er siegen konnten, war nichts wert.

Mischa blieb stehen. Atmete durch. Sie hatte ihn erkannt. In die Irre geführt, war beinahe daran gestorben. Dafür besass sie nun einen Trumpf wie nie zuvor. Sie war ihm einen Schritt voraus, denn sie wusste, was er tun würde. Sie rief Renate an. «Die Pralinen werden morgen Freitag in die Villa Tobler geliefert. Um neunzehn Uhr dreissig.»

47

Die Kartoffeln brodelten in der Pfanne. Eli Apfelbaum half den Kindern, die Äpfel zu raffeln und den Tisch zu decken. Den Moment nutzte Zita, um Pola in den dämmrigen Salon zu ziehen.

«Du musst mir endlich sagen, was du weisst.»

Pola presste die Lippen zusammen.

«Ich erreiche Djamila nicht. Und Mischa ist wie vom Erdboden verschluckt. Ich habe in England angerufen, bei ihrer Organisation. Sie erwarten sie erst am Wochenende zurück. Wenn ihr etwas passiert ist, hast du ein Problem. Du kannst nicht ewig bei Eli Apfelbaum bleiben. Du brauchst einen Kontakt, jemand muss dir sagen, wie es weitergeht.»

Pola regte sich, nahm einen Umschlag aus der Laptoptasche, die sie eng an sich gedrückt hielt, ein mittlerweile vertrautes Bild für Zita. «Ich habe das bekommen.»

Zita warf einen Blick darauf, es war eine Adresse in St. Gallen, ein Lebenslauf, einige Informationen.

«Aber ich dachte, du gehst nicht nach St. Gallen?»

«Gehe ich auch nicht. Mischa wird sich melden …»

«Und der Pass, die restlichen Unterlagen?»

«Mischa hat gesagt, sie bringt sie mir.» Pola verstummte, sah verzweifelt aus.

Zita wurde es mulmig. Sie sah sich schon ihr Häuschen anbauen, um Raum für Henri und Pola zu schaffen.

«Kannst du mir mehr erzählen? Gibt es andere Personen, die dir helfen könnten?»

Pola schüttelte den Kopf.

«Du hast gesagt, dass du Mischa vor drei Monaten kennengelernt hast.»

Pola verschränkte die Arme vor der Brust, sah starr zum Fenster hinaus auf das vorbeifahrende Tram.

«Bitte, Pola. Du kannst Henri nicht ewig im Schatten lassen. Er hat etwas Besseres verdient. Und du auch. Du bist stark, Pola.

Und Dumbledore ist schwach. Wäre er stark, bräuchte er all das nicht. Er tut nur so, als ob. In Wirklichkeit kann er dir nichts antun. Nichts. Stell ihn dir vor, wie er dasteht. Und deine Arbeit für seine ausgeben muss. Wie armselig ist das denn? Denk an all die jungen Frauen, denen dasselbe passiert. Denk an Henri. Es muss unterbrochen werden, und du hast es in der Hand.»

Zita hatte das Richtige gesagt. Polas Gesicht wurde weicher, sie holte Luft, begann zu erzählen, eine Geschichte, die weit in die Vergangenheit führte.

«Es war an einem Abend im Herbst. Draussen war es dunkel. Am nächsten Tag musste er zu einem Kongress. Ich hatte den Vortrag für ihn geschrieben. Es gab noch Änderungen, die ich einarbeiten sollte. ‹Davon hängt der Forschungsbeitrag ab. Viel Geld. Die Zukunft unseres Instituts›, hat er gesagt. Das sagte er jedes Mal. Ich war zu spät, sollte Henri abholen. Plötzlich habe ich das Manuskript gesehen. Mein Manuskript der Habil. Er hatte es ausgedruckt. ‹Und was ist damit?› Ich zeigte auf den Stapel. ‹Ich muss es abgeben. Können wir es besprechen?› – ‹Ich muss heim, meine Frau wartet›, hat er gesagt. Und: ‹Du hast eine Fieberblase. Wir werden das Ding schaukeln, nicht wahr, *my dear*?› Dann hat er ein Colafläschchen gelutscht.»

Zita hielt den Atem an. «Also ist er der Colamann?»

Kein Ja, kein Nein, Pola sprach weiter, als ob sie die Frage nicht gehört hätte. «Ich schrei gleich los, dachte ich. Ich hatte doch schon alle Änderungen eingearbeitet, sämtliche Fussnoten überprüft, das Register, die Quellen, die Publikation war bereit. Es war mein Eintrittsticket für das Unterrichten, für mehr Gehalt, ein besseres Leben. Wie konnte er diesen Termin platzen lassen? Da habe ich es nicht mehr ausgehalten. Ich bin einfach gegangen. Die Quittung dafür kam postwendend, ein Strom von WhatsApp-Nachrichten, die mich begleiteten, als ich in den Mantel schlüpfte, die Unterlagen zusammenraffte und zum Laptop in die Mappe steckte, das Licht löschte, die Treppe hinunter und durch die Halle ging.»

Pola hielt inne. «Von der Kapelle her erklangen die Stimmen des Chors: *Save me, O God*. Eigentlich hätte ich da mitgesungen, aber jedes Mal, wenn Probe war, hatte er eine Spezialaufgabe für mich.»

Pola verstummte. Zita war fasziniert, war ganz bei ihr, in dem düsteren Collegegebäude, irgendwo in Oxford, in einer dunklen Novembernacht.

«Und dann?»

«Hat Renate mir aufgelauert, sie ist eine Art Ombudsfrau. ‹Pola, hast du deiner Freundin die Informationen weitergegeben?›, hat sie mich gefragt. ‹Wollen wir uns morgen treffen? Darf ich dich zu einem Drink einladen?› – ‹Es hat sich erledigt, meine Freundin braucht keine Hilfe mehr. Alles Hirngespinste›, habe ich gesagt. ‹Pola, ich muss das ernst nehmen. Vielleicht schätzt du die Situation falsch ein. Du hast gesagt, deine Freundin wird seit Jahren systematisch daran gehindert, ihre Arbeit abzuschliessen. Das ist eine Form von Quälerei. Dagegen können wir etwas tun. Dagegen müssen wir etwas tun. Sonst bleibt von ihr nichts mehr übrig, weder als Mensch noch als Wissenschaftlerin.›»

Erneut verstummte Pola.

«Woher wusste Renate das alles?», fragte Zita.

Pola zuckte die Schultern. «Sie hat es mir angesehen. Wie ich mich fühlte. Wie der zugewucherte Stamm der Birke, dem jeglicher Saft entzogen wird.»

«Und dann?», fragte Zita. «Hast du gesagt, dass du es bist. Dass es keine Freundin gibt.»

«Nein, ich war noch nicht so weit. Renate hat mir eine Karte gegeben. ‹Wenn ich ihr nicht helfen soll, gibt es auch andere Möglichkeiten. Das Institut für Gender Studies in London hat viele Kontakte›, hat sie gesagt.»

Zita entwich ein Laut. «Mein Institut. Sie hat dir mein Institut empfohlen?»

Pola nickte. «‹Und sonst kenne ich eine Frau›, hat sie weiter gesagt. ‹Mischa Hare. Sie führt eine Organisation mit Schlupfhouses, in London baut sie ein neues auf, für Frauen wie dich. Morgen um zehn kannst du hinfahren. Jemand hat abgesagt, das ist selten, die sind auf Wochen ausgebucht. Mit dem Frühzug schaffst du es pünktlich.› Da habe ich ihr voll in die Augen gesehen. ‹Wieso ich?

Es geht um meine Freundin.› Renate hat geseufzt. ‹Dann richte ihr bitte etwas aus. Tobias hat gar keine Frau. Niemand würde es mit ihm aushalten. Es ist ein Mythos, den er seit vielen Jahren aufrechterhält. Je älter er wird, desto kleiner ist der Unterhaltungswert.› Da ist etwas in mir zerrissen. Ich bin zum Fluss gegangen, zur Regenbogenbrücke. Der Wind war stark, es war dunkel, das Wasser schimmerte aufgewühlt. Ich ging bis zur Mitte, habe den Schal festgezurrt. Er hat allen im Institut einen mitgebracht von seiner letzten Reise. Ich habe die Hände auf die Brüstung gelegt, das Metall war eisig. Und plötzlich habe ich eine Stimme gehört. Ich weiss bis heute nicht, wer es war. Mischa, Renate, meine Mama? ‹Mach es nicht›, hat sie geflüstert. ‹Du bekommst eine neue Chance. Aber du musst den ersten Schritt tun.›»

***

Zita stand am Fenster und sah zu, wie ein Tram hielt, die Türen aufgingen, wie manche ausstiegen, andere einstiegen. Auch nachdem sie die Kinder ins Bett gebracht hatte, war sie immer noch erschüttert. Polas Geschichte handelte davon, wie ein Mensch einen anderen bis in die letzte Faser seines Seins kontrollierte, seine Ideen und seine Visionen absaugte, um damit das eigene Manko zu kompensieren. Zita seufzte und ging durch den Flur. In der Wohnung war es still. Pola hatte sich hingelegt, Eli war ausgegangen. In der Küche schenkte sie ein Glas Wein ein. Dann holte sie ihr Handy hervor und las alle Nachrichten. Diejenige von Mischa Hare kam ganz am Schluss, von einer unbekannten Nummer aus.

«Morgen Abend wird Pola an Stephen Kellers Empfang in der Villa Tobler erwartet. Im Anhang sind einige Informationen für sie. Sie soll das bitte auswendig lernen.»

Zita machte das PDF-Dokument auf. Es war die Biografie einer Frau. Mit einem beeindruckenden Lebenslauf. Ihr Name war Carla Lei. Ganz oben war ein Passfoto eingefügt, es war das Gesicht von Pola Lensky.

48

Das Feuer loderte über die Mauer hinaus. Für den Bruchteil einer Sekunde sah Sahel fasziniert zu, wie die Flammen gelbrot glühend nach oben schossen und innert Sekunden in die Breite wuchsen. Der äusserste Schipfe-Keller stand in Brand, der eiskalten Luft und dem Schnee zum Trotz. Der Löschangriff war zum Glück bereits im Gang, ein Feuerwehrmann in voller Montur und mit Atemschutz rollte den Schlauch die Fortunagasse hinunter. Einige andere hatten einen weiteren Schlauch am Schipfenweg angeschlossen. Alles passierte blitzschnell, sah aus wie animiertes Schattentheater. Das Gewinde eindrehen, den Hahn aufmachen, und schon ergoss sich eine Fontäne in einem steilen Bogen dahin, wo der Brandherd sass.

«Gehört alles der Schreinerei.»

Sahel erinnerte sich an Meiers Bericht, in dem er Kunderts Streit mit den Schreinern erwähnt hatte. Er rannte zum koordinierenden Feuerwehrhauptmann.

«Vermutlich ist hier frisches Holz gelagert», sagte er.

Der andere nickte grimmig. «Das habe ich mir gedacht, es brennt wie Zunder.»

Es sah irre aus, die brennende Scheune, umrahmt von Schneemauern.

«Passt auf das Haus auf», sagte Sahel.

Der Dachstuhl des gegenüberliegenden Gebäudes, nur wenige Meter vom Brandherd entfernt, war auch aus Holz.

«Ich weiss. Der verdammte Wind.»

Bise war aufgekommen, die Flammen neigten sich nach rechts. Ein weiterer Wasserstrahl ergoss sich auf das Hausdach, proaktiv, um ein Übergreifen des Feuers zu verhindern.

Glut irrlichterte, Ascheregen fiel. Eine Streife war dazugekommen, ein Team von mehreren Polizisten, die eine Absperrung errichteten und Neugierige wegschickten.

Sahel sah auf das andere Ufer der Limmat, wo sich eine riesige Menschentraube gebildet hatte, um die Aussicht auf das Höllenspektakel zu geniessen. Er rief Serge an, von dem er eben stillschweigend und ohne Rücksprache mit Nussbaum wieder in die Ermittlungen eingebunden worden war, nachdem sie sich wegen der Schlüsselsituation und Beanies Informationen ausgetauscht hatten und übereingekommen waren, eine Fahnderin zu beauftragen, durch Tür-zu-Tür-Befragungen die fehlenden Schlüsseladressen ausfindig zu machen.

«Bist du unten im Einsatzwagen?»

«Ich sehe das Feuer bis hierher.»

«Kundert könnte gegenüber stehen, in der Menschenmenge.»

Serge war bereits dabei, ein weiteres Team loszuschicken.

«Ich organisiere den Fotografen dazu.»

«Sucht ungewöhnliche Orte auf.» Sahel blickte hoch zur Uni.

«Die ETH-Terrasse ist ein Logenplatz. Man beobachtet alles aus der Vogelperspektive.»

«So eine Scheisse», fluchte Serge auf Französisch.

Sahel wusste, was er meinte. Da führten sie seit Stunden mit mehreren Teams eine Personensuche durch auf einem überschaubaren Gebiet, und ein Feuerteufel zündelte erneut. Es war nicht nur eine Blamage sondergleichen, es war auch unprofessionell und würde Konsequenzen haben.

«Wir müssen dieses Schwein erwischen.»

Ein Stück Glut traf Sahel im Gesicht. Er blickte nach oben, sah, wie der Feuerschweif mit dem Wasserstrahl tanzte, sich bog, sich wand, auf die Seite auswich, um da weiterzuwüten wie ein gereizter Drache, in seiner Siegessicherheit gestört, denn nun wurde er auch von oben bekämpft, ein wuchtiger Wasserfall, der ihn zum Schütteln brachte. Kleine Flammen zischten, explodierten, verteilten sich nach allen Seiten, erfassten den Nachbarkeller, nur um gleich darauf erstickt zu werden und weiter vorne erneut loszuspucken in einem irren Kampf um dieses Gebäude aus uraltem Holz, Erinnerung an eine längst vergangene Zeit.

Das Gebiet rund um den Lindenhof wurde zur Sicherheitszone erklärt und grossräumig abgesperrt. Sahel zeigte der Kollegin an der Treppe den Ausweis, dann betrat er den Platz.

Die Sicht war getrübt, statt Rathaus und Wasserkirche sah er eine Rauchglocke, aus der der Grossmünsterturm wie eine Art Wurmfortsatz herausragte. Sahel zog sich eine Schutzmaske über, da das Atmen zusehends erschwert war. Dann konzentrierte er sich. Drehte sich langsam um die eigene Achse. Wo war Kundert? Wo konnte er sein? Wo würde er, Sahel, hingehen, wäre er der Feuerteufel?

Ein Text von Serge. Die Fahnderin hatte zwei der fehlenden Häuser ausfindig gemacht, von denen Kundert einen Zweitschlüssel besass. Eines davon war das Hotel Widder, wo Stephen Keller logierte. Ein Team war dabei, es von oben bis unten zu durchkämmen. Sahel rief Serge zurück.

«Sag es mir mündlich. Die Sicht hier ist zum Kotzen, ich sehe kaum das Display, alles voller Rauch.»

«Gerade melden sie mir, dass sie in einer Heizung des Widder-Kellers einen Fussabdruck gefunden haben, der von Kundert stammen könnte, es fehlen einige Flaschen Wein. Und, beunruhigend, Brennpaste für die Fondue-Rechauds. Davon hatten sie offenbar einen ziemlichen Vorrat, weil die in der Wintersaison häufig gebraucht werden. Alles ist weg.»

«Nicht gut. Was habt ihr noch?»

«Die Schreinerei an der Schipfe. Da ist der Brand ausgebrochen. Eine weitere Adresse könnte der Lindenhof 2 sein.»

«Das sind die Freimaurer, da war ich eben auch schon.»

«Und dann gibt's noch eine letzte Adresse. Die haben wir nicht herausgefunden. Meinst du, du könntest es noch mal bei Barras versuchen?»

Sahel zögerte. Dann rief er bei Beans an, er wählte den offiziellen Weg. Jemand von der Pflege hob ab.

«Es tut mir leid, ich würde sie nicht belästigen, wenn es nicht absolut dringend wäre. Werfen Sie einen Blick aus dem Fenster.»

«Hier ist keins.»

«Dann sehen Sie im Polizeiticker nach. In der Altstadt brennt es. Und meine Freundin kann möglicherweise verhindern, dass weitere Gebäude angezündet werden. Bitte.»

Der Pfleger seufzte. «Wir erlauben es ausnahmsweise. Frau

Barras ist sehr unruhig, sie wollte Sie die ganze Zeit zurückrufen. Sie weigert sich zu schlafen. Ihr Körper überwindet sogar das Sedativ. Darum, Sie haben genau zwei Minuten. Dann nehme ich ihr den Hörer weg.»

✳✳✳

Sahels Stimme war wie Honig. Warmer, weicher, buttriger Honig.

«Beans?»

Beanie holte Atem. Ihr Körper zitterte. Ihr Hirn wusste, wo Kundert war, sie musste die Information nur herausfiltern.

«Deine Hinweise waren super. Drei der Häuser werden untersucht. Und mit allen ist Kundert irgendwie verbunden. Aber eines fehlt noch. Meinst du, du könntest versuchen, noch mal über die Hausnummer nachzudenken?»

Nummern. Zahlen. Ich mag Zahlen. Zahlen sind klar. Es war meine Zahl.

«Gerechtigkeitsgasse 7.»

Stille im Hörer, Beanie ahnte, wie Sahel über sein Tablet wischte. «Da waren wir schon.»

Ein Laut. Er war frustriert. Sahel hasste es, wenn ihm etwas nicht gelang.

«Er denkt, er kann uns verarschen, Beans. Er wollte dich töten.»

Nicht mich. Die andere. Der Mantel. Der Mantel der Frau. Sie hätte ihn niemals anziehen sollen.

«Die Frau.»

«Welche Frau? Es geht um die Zahlen, Beans.»

Beanies Kopf schwamm. Eine pulsierende Masse. Der Pfleger wollte ihr das Handy wegnehmen. Nummer, Frau, Nummer. Kommode, Kühlschrank, Dach. Keller. Keller. Kellerbrand. Aussenkeller.

«Helly Keller. Er wollte sie töten. Ihr Mantel.»

Sahel wurde aufgeregt. «Er hat dich mit ihr verwechselt, weil du ihren Mantel getragen hast.»

Sie hörte, wie er in ein Funkgerät sprach. Müde, so müde. Ihre Augen klappten zu. Das Handy glitt ins Kissen hinein. Sahels Stimme klang von weit weg.

«Top, Beans.»

Gut, sie hatte es gut gemacht. «7. Das ist die Zahl. Lindenhof 7.»

«7? Auch da waren wir schon.» Er gab nicht auf. «Deine 1 sieht aus wie die 7. Demnach könnte es auch eine 1 gewesen sein. Nicht wahr?»

Beanie wehrte sich nicht mehr. Sie tauchte ab.

49

Die Flügeltüren zum Plenarsaal wurden geschlossen, Meier kam gerade noch rein und war sofort gefangen von der Atmosphäre. Die Stuhlreihen strebten der Bühne entgegen, die sich versehen mit vier Stehpulten über die ganze Breite zog, während auf einer Leinwand «Cristal Europe» in pinker Schrift an die Wand projiziert war und der Pokal, ein leuchtender überdimensionierter Schneekristall, von der wabenartigen Decke herunterschwebte. Dann wurde es halbdunkel, das Stimmengewirr sank zu einem Flüstern, die Spannung war zum Greifen.

«Meine Damen und Herren.» Eine Moderatorin wandte sich mit warmer Stimme auf Deutsch ans Publikum, die englische Übersetzung wurde eingeblendet. «Herzlich willkommen zur Verleihung des ‹Cristal Europe›. Begrüssen Sie mit mir die drei nominierten Teams.»

Ein Scheinwerfer folgte den Personen, die sich in die erste Reihe setzten, während ihre Gesichter gross auf der Leinwand erschienen und der WEF-Chef die Bühne betrat, um auf das Preisgeld von hunderttausend Franken hinzuweisen, das mit dem Gewinn des Glaskristalls einherging, bevor er wieder an die Moderatorin übergab, die nun ausführlich die Projekte der drei Teams vorstellte.

Nicht weit von Meier entfernt stand Joel Brunner an die Wand gelehnt, in der Hand ein buntes Gerät. Djamila Muranis Handy. Er wollte tatsächlich ihren Auftritt filmen. Meier glaubte, ihn plötzlich vor sich zu sehen, wie er an dem fraglichen Montag ins Hotel Widder verschwand, wie er und Crispian Biäsch den Frust über ihre Frauen in Whisky ertränkten, wie er Muranis Handy auf dem Tresen liess, um aufs Klo zu gehen, und Crispian Biäsch die Gelegenheit nutzte und den Schlupfhouse-Tweet machte, um seine Konkurrentin in Misskredit zu bringen.

«Der ‹Cristal Europe› geht an …», verkündete die Moderatorin in diesem Moment. Mit Meier zusammen sahen über tausend

Leute zu ihr und beobachteten, wie sie das Couvert übertrieben langsam öffnete.

«… Stephen Keller und Jane Frost mit ‹Protection One›. Herzliche Gratulation.»

Stephen Keller wurde gross projiziert, seine Konkurrenten sofort weggeblendet. Er stand auf, lachte im Joe-Biden-Stil, die Hände zum Gebet gefaltet, als ob er dem lieben Gott für die Auszeichnung dankte, bevor er sich Helly zuwandte und sie zu sich hochziehen wollte. Eine kurze Irritation, weil sie sich weigerte, allerdings mit dem freundlichsten Gesicht der Welt, und ihn nach vorne schickte, was er so bereitwillig befolgte, dass Meier das Ganze genauso als inszeniertes Theater abtat wie die überschäumenden Handschütteleien auf dem Weg zur Bühne, wo Keller schliesslich, mit dem wuchtigen Kristall bewaffnet, vor das Mikrofon und das gläserne Rednerpult trat.

«Freunde, Freunde. Und das mir.»

Der Applaus explodierte, dass die Deckenwaben wackelten. Mehrfach hob Keller an zu sprechen, bis er es schliesslich schaffte, die Leute zu beruhigen.

«Was soll ich sagen?»

Er zog einen Zettel hervor und erwähnte als Erste Jane Frost, seine Partnerin von der englischen Botschaft, die leider zu einem dringenden Geschäft in die Heimat gerufen worden sei. Danach erzählte er von der grössten Herausforderung seiner Karriere, die diplomatischen Beziehungen zwischen der Schweiz und UK, diesen beiden europäischen Aussenseitern, in die Post-Brexit-Ära zu führen, und wie daraus das einzigartige «Protection One»-Projekt entstanden sei.

«Wir in der Diplomatie sind keine Macher. Wir sind Vermittler. Wir sind keine Führer, wir sind Begleiter. Wir sind keine Sterne, wir polieren sie lediglich. In diesem Sinne war Davos für mich immer ein wichtiger Ort, wo ich genau drei Dinge tun konnte: vermitteln, begleiten, polieren. Dass daraus ein Projekt wie ‹Protection One› entstehen würde und nun sogar den Kristall bekommt, ist grossartig.»

Eine neue Projektion wurde eingeblendet. Der Schriftzug

von ‹Protection One› in leuchtenden Grossbuchstaben. Meiers Blick verlor sich im grossen I, folgte dem O, dem zweiten O.

«Für die Präsentation begrüsse ich nun zwei junge Menschen von der Generation von morgen, die heute umsetzen, was wir gestern geplant haben, beides Auszubildende im Concours diplomatique, den sie in wenigen Wochen abschliessen werden: Djamila Murani und mit besonderer Freude den Davoser Crispian Biäsch.»

Das Johlen aus der Bündner Ecke holte die feierliche Atmosphäre für einen Moment auf Stammtischniveau. Crispian wirkte in seinem knapp sitzenden Anzug wie ein Schüler, während Djamila Murani zu einem Mikrofon griff und zu sprechen begann. Sie stand einige Schritte vom Rednerpult entfernt und startete eine Projektion mit dem Foto eines jungen Mannes, der direkt in die Kamera blickte.

«Das ist Samuel, siebzehn Jahre, Bündner Student in London, will in die Central Line der Londoner Tube einsteigen. ‹Mind the gap›, tönt es aus den Lautsprechern. Aber Sam überhört es, er ist in seiner Handywelt, wie jeden Tag. Ein Typ rempelt ihn an. ‹Aus dem Weg.› Samuel schwankt, strauchelt, gerät nahe an den Graben. Zu nah.» Das Bild einer jungen Frau. «Ara, fünfzehn Jahre, Britin mit pakistanischen Wurzeln. Sie will Samuel retten, aber sie ist allein, niemand hilft ihr. Samuel fällt, während im Hintergrund die Lautsprecherdurchsage erneut ertönt.» Djamilas Stimme wurde eindringlich. «Das, meine Damen und Herren, ist eine Szene, wie sie jeden Tag passieren könnte. ‹Mind the gap!› Passt auf, Vorsicht, da ist ein Graben. Kümmert euch darum, füllt ihn, sonst wird er immer grösser.» Djamila machte die Projektion aus und stand voll im Scheinwerferlicht. «Die Szene stammt aus meiner ersten Präsentation. Sie fand hier am WEF statt. Förderung der menschlichen Sicherheit als innen- und aussenpolitisches Ziel stand als einziges Traktandum auf der Agenda von UK und der Schweiz. Das war vor zwei Jahren, zu Beginn meiner Ausbildung. Stephen Keller hat mich eingeladen, bei der Arbeitsgruppe mitzumachen. Damit war der Grundstein für ‹Protection One› gelegt. Dazu gehören verschiedene Massnahmen, Konfliktprävention, Sicherheit für Frauen, Sicherheit in der digitalen Transformation, womit ich an Crispian Biäsch übergebe.»

Während Crispian das Mikrofon von Djamila übernahm und nach einigen Räuspereien anfing, sein Dossier vorzustellen, blätterte Meier hastig durch seine Notizen. Wenn er sich nicht täuschte, hatte er gerade das Schnipselrätsel gelöst: «Januar», «Samuel», «Ara» ... waren alles Buchstabenfolgen, die er aus den verbrannten Papieren gebildet hatte. Auch die Zahl Vierundzwanzig hatte Meier gefunden. Und dann «Ionon». Ionon war kein eigenständiges Wort, sondern ein Teil von «Protection One». Jemand hatte diese Rede in der Lindenpfalz vorbereitet, die Sätze auf Papier geschrieben, das nun verbrannt war, während die Worte über Djamila zum Leben erwacht waren. War es Stephen Keller gewesen? Oder die Murani selbst? Der Gedanke elektrisierte Meier. War Djamila Kellers Ghostwriterin? Er war bekannt für seine markigen Reden, immer am Puls der Zeit. Holte er sich dafür die Inspiration der Jungen? Kaufte er sie gar?

«Kannst du herausfinden, ob Keller einen Ghostwriter hat?», schrieb Meier an Eli.

Die Antwort kam sofort. «Die wenigsten Politiker schreiben ihre Reden selbst.» Eli versprach trotzdem, genauer nachzuforschen.

Meier wandte seine Aufmerksamkeit wieder dem Geschehen auf der Bühne zu, wo sich Crispian dem Ende entgegenstammelte. Der bräuchte auch einen Ghostwriter, dachte Meier. Seinem Vater ging es offenbar ähnlich, er sass einige Reihen vor Meier und machte ein verbissenes Gesicht.

Kurz vor Schluss verhedderte sich Crispian, er sah hilfesuchend zu Stephen Keller, der stoisch geradeaus blickte. Djamila übernahm, skizzierte in wenigen Sätzen die Schlupfhouses und kam dann zum Ende.

«Es waren aufregende und intensive zwei Jahre. Nun fängt die Zeit der Umsetzung an. ‹Protection One›. Damit Menschen wie Samuel und Ara nicht mehr allein sind.»

Die Projektion zeigte immer mehr Portraits, bis die ganze Wand voll und Ara und Samuel nur noch ganz klein waren, während der Schriftzug immer gleissender wurde und alle überstrahlte.

**

Jane Frost sass in der vereinsamten Pianobar im Hotel Schatzalp und sah sich die Preisverleihung auf dem Livestream an. Ihr Koffer war gepackt, gleich würde sie die Standseilbahn nehmen, zu Fuss zum Bahnhof gehen und den Zug nach Bern besteigen. Stephen hatte in seiner Erklärung für ihr Fehlen gelogen. Sie fühlte eine unsägliche Wut. Das Gespräch mit Helly Keller in der Bibliothek des Hotels war brutal erhellend gewesen. Nicht dass Helly etwas zugegeben hätte. Aber Frost brauchte das gar nicht. Sie war feinfühlig, mit Gespür für Zwischentöne. Ihr war klar geworden, was lief. Fast vier Jahre lang, seine ganze Amtszeit über, hatte sie sich blenden lassen. Wenn ein leiser Verdacht aufgekommen war, hatte sie ihn weggedrückt. Aber nun konnte sie das nicht mehr. Es wäre ihr unmöglich gewesen, den «Cristal Europe» entgegenzunehmen. Frosts Blick ging zum Thomas-Mann-Zitat. «Was aber sei der Humanismus? Liebe zum Menschen sei er, nichts weiter, und damit sei er auch Politik, sei er auch Rebellion gegen alles, was die Idee des Menschen besudle und entwürdige.»

50

«Wo ist der Lindenhof 1?», fuhr Sahel Leyla Ilic an, die von der Einsatzzentrale auf der Gemüsebrücke hergeeilt und zeitgleich mit Sahel auf dem Lindenhofplatz eingetroffen war. «Die Freimaurerkirche und das Gebäude sind die Nummer 2. Ich finde keine Nummer 1.»

«Wieso brauchen Sie das?» Ilic wirkte gestresst.

«Ich habe einen Hinweis, dass Kundert sich da aufhalten könnte.» Von meiner Partnerin mit Schädel-Hirn-Trauma, dachte Sahel.

«Es gibt kein Gebäude mit der Nummer 1.»

«Warum war dann einer der Schlüssel auf Kunderts Brett so angeschrieben, Lindenhof 1?»

«Sind Sie sicher, dass es keine 4 ist? Die würde dann da drüben stehen.»

Sie zeigte auf die schemenhaft sichtbare Silhouette der Häuserreihe. Sahel wurde ungeduldig. «Wir probieren alles aus. Sie haben eben gezögert …»

«Weil es total unwahrscheinlich ist.»

«Frau Ilic, bitte …»

«Mit der Nummer 1 könnte ein sogenanntes Archäologisches Fenster gemeint sein, das sind Originalorte, an denen historische Befunde öffentlich zugänglich gemacht werden. In dem Fall das römische Kastell, das unter dem Lindenhof liegt.»

«Ein altes Schloss?»

Sie nickte. «Überreste von vier Bauepochen.»

Ein historisches Kastell für den Schlossherrn. Sahel ballte eine Faust. Das klang nach Kundert. Es war dunkel geworden. Obwohl der Platz für die Öffentlichkeit abgesperrt war, wimmelte es von Menschen. Feuerwehrleute, Polizisten, Security, zwei Ambulanzen waren direkt bei der Treppe geparkt. Rauch und Nebel verbanden sich zu Schwaden, es roch nach verbranntem Holz.

«Sahel», ertönte Serges Stimme durch den Kopfhörer. «Wir haben sämtliche Häuser, von denen die Schlüssel fehlen, noch mal untersucht. Der Typ ist nirgends.» Dann knackte es. Stimmengewirr. Sahel versuchte, etwas zu verstehen.

«Es ist erneut ein Feuer ausgebrochen. In einem Hinterhof bei der St. Peterhofstatt. Obwohl wir alles abgesperrt haben, kein Mensch kommt da rein. Ich melde mich gleich wieder.»

Sahel sah in Ilic' fragende Augen. «Gehört die St. Peterhofstatt zum Lindenhofquartier?»

Die Archäologin bejahte. «Je nachdem, wen man fragt. Für die Alteingesessenen sicher.»

«Will er das ganze Quartier anzünden?»

«Ich hoffe nicht.» Sie war sichtlich überfordert, ihre Hochsteckfrisur hatte sich aufgelöst. «Es gibt hier einige unterirdische Verbindungen, Brunnenschächte, die in alte Kanäle führen, das meiste haben wir gesichert und restauriert, aber auch Überraschungen entdeckt. Gerade kürzlich –»

Er unterbrach sie. «Wie kommt man in das Kastell?»

«Es gibt nur einen Zugang, eine Treppe in den Untergrund.»

«Ich sehe weit und breit keine.»

«Sie liegt versteckt unter einer Bodentür, die kaum erkennbar ist, wenn man es nicht weiss.» Sie deutete auf einen Platz direkt vor dem Freimaurergebäude. «Dort.»

«Und wie öffnet man die Tür?»

«Mit einem elektronischen Hebemechanismus. Dafür braucht man einen Schlüssel.» Sie schluckte. «Er ist im Stadthaus. Kann jeder ausleihen, gegen ein Depot.»

«Könnte er ihn haben?», fragte Sahel.

Sie zuckte die Schultern. «Eigentlich nicht, aber –»

«Haben Sie einen dabei?», fragte Sahel.

«Ich muss ihn im Stadthaus holen. Gleiche Bedingungen für alle.»

Sie ging vor ihm her über den Platz, wo der Schnee völlig platt getrampelt und russgeschwärzt war.

«Ungefähr hier. Vielleicht können Sie es in der Zwischenzeit freischaufeln.»

Sie holte ihr Handy raus und telefonierte im Weggehen. Als Sahel bei den Freimaurern klingelte, öffnete Lukas sofort.

«Nanu, haben Sie mich erwartet?»

«Wir stehen am Fenster und schauen zu. So wie die anderen.» Er zeigte zu den Häusern, deren obere Stockwerke den Lindenhof säumten, mit direkter Aussicht auf den Platz. Alle Fenster waren erleuchtet, die Terrasse des Hotels Widder und einige andere waren voll mit Zuschauern. «Es ist wie in einem Film, Nebel, Rauch und der brennende Lindenhof.»

Auf Sahels Frage holte Lukas kommentarlos zwei Schaufeln und half ihm, die zu Beton gewordene Schneeschicht abzutragen, bis das Kopfsteinpflaster zum Vorschein kam. Beim näheren Hinsehen bemerkte er die Konturen der Bodentür, etwa zwei auf einen Meter. Und noch etwas sah er. Einen Zirkel, eingeritzt in einen der Steine. Der Zirkel, mit dem Kundert manche Schlösser öffnete, bekam noch mal eine neue Bedeutung.

«Kundert fühlt sich auch als Freimaurer, nicht wahr?», fragte er Lukas.

Der zuckte zusammen. «Wie gesagt, ich kenne ihn nicht.»

***

Unbemerkt von der Polizeitruppe und den vielen Menschen betrat Kundert Ruedi das Haus der Freimaurerloge von der Rollengasse her, ging stracks in den Keller, um Nachschub von seiner Mischung zu holen, sein ganz persönliches Dynamit.

Während er mit dem gefüllten Rucksack durch den unterirdischen Gang kroch, ging ihm sein kleiner Ausflug zur Villa Tobler auf der anderen Seite der Limmat durch den Kopf. Er kannte sie gut aus der Zeit, als sie noch eine Schauspielschule gewesen war. Damals hatte er als Hausmeister fungiert. Der Beleuchter des Theaters im Erdgeschoss hätte ihn vermutlich nicht reingelassen, hätte er gewusst, dass er alle Cheminées bestückte und die Lunten legte. Um ganz sicher zu sein, hatte er einem Penner, der sich im Garten der Villa herumtrieb, einen Hinweis gegeben. Gegen ein paar Hunderternoten.

Kundert betrat die kleine Kammer, sein Filetstück, sein Rückzugsort, seine Klause. Die nun allerdings bedroht war, seit die neue Archäologin herumschnüffelte, diese Ilic. Wenn er den Namen aussprach, flog Spucke. Durch einen weiteren Gang tastete er sich nach vorne zum Kastell und begann, seine Sägespänemischung zu verteilen.

51

Leyla Ilic kam zurück und steckte einen Schlüssel in einen in der Wand angebrachten Zylinder. «Geht da weg, bitte.» Sie verjagte einige Tauben, die sich auf der Plattform versammelt hatten. «Freche Viecher, null Respekt vor den Menschen.» Lukas und Sahel traten zur Seite, eine Schlüsselumdrehung, und der Boden hob sich schräg nach oben in die Rauchschwaden, ein Loch erschien.

«Ein Schlüssel fehlt übrigens seit Monaten», erklärte Ilic. «Eine Mitarbeiterin hat mir das eben gesagt. Niemand weiss, wo er ist. Normalerweise muss man unterschreiben, aber das Dokument fehlt.»

Ilic war bereits zwei Stufen hinuntergestiegen, als Lukas Sahel, der ihr folgen wollte, zurückhielt.

«Hören Sie. Ich kann es Ihnen nicht länger verschweigen.» Seine Stimme klang drängend. «Ich glaube, dass der Kaminfeger manchmal an unseren Ritualen teilnimmt. Nach Ihrem Besuch habe ich verschiedene Fotos angeschaut, ich bin ja noch nicht lange dabei. Dabei ist mir aufgefallen, dass er auf einer Bildlegende als Freund von einem unserer Meister angeschrieben ist. Ich wollte mit ihm darüber sprechen, aber er ist abwesend, darum habe ich selbst ein wenig weitergeforscht. Kundert ist vom Feuer fasziniert, so scheint es.»

«Erzählen Sie mir etwas Neues.»

Lukas stockte, sah sich um, als ob er sich vergewissern wollte, dass ihn niemand hörte. «Man munkelt, es gäbe einen geheimen Zugang zum Kastell. Den kennen selbst die Archäologen nicht, weil er auf unserem Grundstück liegt.»

«Dichtung oder Wahrheit?»

«Bis gestern hielt ich es für eine gute Dichtung. Aber es könnte etwas dran sein. Das Haus ist sehr lange im Besitz der Loge. Es war schon da, bevor die Archäologen der Stadt Zürich mit ihren Grabungen anfingen.»

«Vielen Dank, ich schätze Ihre Offenheit sehr. Wir sprechen später weiter. Ich geh jetzt da hinunter.» Sahel schickte sich an, die Treppe hinunterzusteigen.

«Vorsicht!» Ilic stoppte ihn. Sie stand einen Meter tiefer und war dabei, die schräg stehende Steintür mit einer Eisenstange, die sie aus einer seitlichen Verankerung geholt hatte, zu sichern. «Früher ist mal ein Unfall passiert, wir wollen nichts riskieren.» Dreimal überprüfte sie die Halterung. «Sieht gut aus.» Sie sah zu Sahel hoch. «Kommt noch jemand mit?»

«Es geht nur darum, mir einen Überblick zu verschaffen», sagte er. «Das schaffe ich allein.»

«Sie sollten vorsichtig sein. Wenn ich fragen darf, haben Sie eine Dienstwaffe?» Lukas hatte das Gespräch mitverfolgt.

Sahel schüttelte den Kopf. «Das Team ist einige hundert Meter entfernt. Sie werden gleich hier sein, aber ich will keine Zeit verstreichen lassen.»

«Warten Sie.» Lukas rannte zur Loge.

«Da unten sind nur Verputz und Gemäuer», sagte Ilic. «Da kann nichts brennen.»

Gleich darauf kehrte Lukas mit einer Waffe zurück. «Es ist ein Zeremonienschwert.»

Es kam Sahel unwirklich vor, und doch passte es zur theatralen Atmosphäre mit dem Nebel, den Lichtern, den Menschen weiter vorne und der Vorstellung eines Kampfes in einem römischen Kastell.

«Ich glaube nicht, dass es nötig ist.»

Lukas insistierte. «Dafür braucht's eine Ausbildung. Ich komme mit. Ich würde es höchstens zur Verteidigung benutzen.» Schliesslich willigte Sahel ein. Als sich Ilic auch anschliessen wollte, hielt er sie zurück. «Bleiben Sie beim Eingang, ich rufe Sie, wenn es Probleme gibt.»

Er machte seine Taschenlampe an, ging voraus, Lukas hinterher. Der Schein erleuchtete den Weg, der den Natursteinwänden entlang nach rechts zum ersten Keller führte und danach über eine steile Metalltreppe hinauf und wieder hinunter.

«Die Wände und Mauern dokumentieren die verschiedenen

Epochen», flüsterte Lukas. «Es gibt einige Nischen, die ein gutes Versteck sein könnten.»

Aber sie fanden ihn auch nicht, nachdem sie den dritten Raum durchsucht hatten.

«Herr Kundert?» Sahels Stimme hallte. «Geben Sie auf. Sie setzen Menschenleben aufs Spiel mit Ihren Brandstiftungen.»

Nichts war zu hören, keine Geräusche von oben, nicht von unten. Es war gespenstisch ruhig.

«Wo könnte der geheime Gang sein?», flüsterte Sahel. «Was glauben Sie?»

Lukas wirkte ratlos. «Obwohl ich jeden Tag hier vorbeigehe, war ich noch nie hier unten. Kenntnis vom Gang hat nur unser Meister. Darf ich es mal versuchen?»

Auf Sahels Nicken hin schloss Lukas die Hand fest um das Schwert und begann zu sprechen: «Herr Kundert. Sie sind mein Bruder, ich bin Ihr Bruder. Kommen Sie heraus. Wir finden einen Weg.»

Er ging langsam zurück, überkletterte die Treppe, Sahel folgte ihm, leuchtete erneut in eine Nische.

«Was der Mensch will und immer will, gelingt ihm endlich, Herr Kundert. Der Lindenhof ist Ihre Heimat, niemand will Sie vertreiben.»

Stille. Bis Sahel ganz weit entfernt ein Zischen vernahm. Es klang so, wie er sich als Kind die Laute eines Drachens vorgestellt hatte. Eine Art Säuseln, das sich vervielfältigte, ein schwellendes Rauschen, das durch seine Ohren in den Kopf drang, bis es jeden Winkel ausfüllte. Plötzlich wurde es heiss. Sahel spürte, wie die Flammenschlange aus einem Gang auf sie zuzischte.

Er schrie auf. «Wir sollten verschwinden, gleich explodiert es hier!»

Mit Lukas rannte er zum Ausgang zurück, während es hinter ihnen immer lauter wütete und sie den Flammen nur im allerletzten Moment entkamen.

***

Endlich waren der aufdringliche Polizist und sein Kompagnon, dieser Möchtegern, verstummt. Kundert Ruedi sah vom Erdloch aus zu, wie sich das Feuer blitzschnell ausbreitete. Nun machte sich seine Mühe bezahlt. Das Kastell brannte. Es war der vierte Brand. Und morgen würde dann der letzte folgen. Danach wäre Helly Keller verschwunden. Es würde wieder Ruhe einkehren, und Kundert Ruedi konnte sich daran machen, sein Häuschen aufzuräumen. Er krampfte die Hand um ein Papier.

«Fahr zur Hölle, Helly Keller», hatte er daraufgeschrieben. Einen letzten Blick warf er auf den Feuerdrachen, der seinen Leib in den Gang gepresst hatte, mit dem Kopf nach dem Eingang züngelte, die Arme in die Seitenhöhlen und die Finger in die Zwischenräume des Gemäuers gestreckt. «Brenne, mein kleines Feuer, brenn und werde gross. Ich habe dir genug Nahrung gegeben, damit du deinen Appetit stillen kannst.»

Kundert Ruedi drehte sich um, wollte in den Keller der Freimaurer verschwinden. Aber bevor er den Zugang, eine Mauerspalte, erreichte, wurde er von einer gewaltigen Druckwelle erfasst und nach vorne geschleudert.

52

Während Stephen Keller ein letztes Mal das Mikrofon ergriff und Helly dankte, die ihn täglich mit unzähligen Tassen Kaffee und gutem Zureden daran hindere, seiner eigentlichen Berufung nachzugehen, derjenigen des Faultiers, vibrierte Meiers Handy auf eine Weise, die er als notfallmässig empfand.

Um seine Sitznachbarin, die ihn mehrfach ermahnt hatte, nicht erneut zu erzürnen, stand Meier auf und begab sich an die Seite, bevor er einen Blick auf das Display warf.

Die Nachricht war von Sahel. Was Meier las, erschreckte ihn zutiefst. Offenbar hatte sich im Kastell unterhalb des Lindenhofs eine gewaltige Explosion ereignet. Die Mauern hatten dem Druck standgehalten, und die Feuerwehr, zum Glück in höchster Alarmbereitschaft, hatte innert Sekunden reagiert. Das Feuer war unter Kontrolle, die Leute aus den umliegenden Häusern waren evakuiert, Tote hatte es keine gegeben. Bis auf einen. Kundert Ruedi. Der Feuerteufel persönlich.

«Vermutlich hat er sich verschätzt, das Feuer hat ihm nicht gehorcht.»

Meier starrte auf die Buchstaben. Sahel behandelte das Feuer, als ob es eine Person wäre, das war ihm schon mehr als einmal aufgefallen.

«Ende gut, alles gut?», schrieb Meier zurück.

«Der Täter ist gefasst.»

Meier konnte sich vorstellen, was jetzt auf dem Lindenhof los war. Einfach nur um sicher zu sein, dass bei ihr alles okay war, kontaktierte er Zita und bekam zum Glück gleich eine Textnachricht.

«Die Kinder schlummern. Nur ich trinke in der Küche. Kein Wasser.» Dann fasste sie die Ereignisse in wenigen Stichworten zusammen, das Wesentliche kam zum Schluss. «Morgen soll Pola an ihre neue Destination kommen. Als Bankerin Carla Lei.»

Meier stellten sich alle Haare an seinem Körper auf. Den Namen hatte er schon mal gelesen. Auf der Projektion des Mannes, der von der verkleideten Djamila Murani den Stick erhalten hatte. Langsam liess er das Gerät sinken.

Kellers Schlussvotum näherte sich dem Ende, eben hatte er sich bei seinem Stab bedankt, nun wandte er sich zuerst Crispian Biäsch zu, der schnell und geschäftig beklatscht wurde, bevor er Djamila Murani in den Mittelpunkt stellte.

Sie stand da in ihrem orangefarbenen Businessanzug, und das Wohlwollen prasselte nur so auf sie herab, die Stärke des Applauses war im obersten Dezibelbereich.

Keller schaute sie an, ein Lächeln auf dem Gesicht. Stolz? Väterlich? Oder steckte etwas anderes dahinter? Stephen Keller, der Botschafter, ihr Boss und Liebhaber von Mischa Hare. Zwei Frauen, die sich mit völlig unterschiedlichem Hintergrund für die Rechte von Frauen engagierten. Mittendrin das brennende Zürcher Haus auf dem Lindenhof. Und ein Feuerteufel namens Kundert Ruedi. Wie hing das alles zusammen?

War Mischa mehr als die engagierte Schutzpatronin für die flüchtende Pola, ihren kleinen Sohn Henri und andere wie sie? Und was steckte hinter Djamilas Erfolg? Vermittelten die beiden menschliche Identitäten, Identitäten mit Namen wie Carla Lei?

Oder dachte er falsch herum? War Crispian Biäsch, überfordert von den Umständen, der alleinige Verantwortliche für das Chaos, das er mit dem idiotischen Twitter-Post ausgelöst hatte? Meiers Blick suchte den jungen Bündner und fand ihn neben seinem Vater stehend, der die Pranke um seine Schultern gelegt hatte, ein eiserner Klammergriff. Crispians Miene drückte nackte Panik aus.

Wenn die Veranstaltung noch länger dauert, dann passiert etwas, dachte Meier und liess seinen Blick weiterwandern zu Joel Brunner, der immer noch am Filmen war. War er nicht der harmlos verpeilte Gitarrist, sondern ein Spitzel? Hatte er und nicht Crispian den Twitter-Post abgesetzt, um das Schlupfhouse zu verraten? Oder arbeiteten auch die beiden im Team? Mit

Stephen Keller als ihrem Auftraggeber? Er als Einziger hatte mit all diesen Menschen gleichzeitig zu tun, sie drehten sich um ihn, ein menschliches Karussell. Wer so hofiert wurde, musste zwangsläufig das Gefühl für die Realität verlieren. Und wie hing Kundert mit alledem zusammen? Dass er als Feuerteufel ertappt worden und gestorben war … kam das vielleicht einigen Menschen sehr gelegen? Denn ab sofort würde niemand mehr Fragen stellen, die Antwort war vermeintlich gefunden. Die Geschichte war an ihr Ende gekommen. Zurück blieben Verletzungen, Schutt und Asche. Und ganz im Verborgenen schwelte die Glut.

Meier fühlte sich fiebrig. Er kannte diesen Moment, wenn die Informationen ungefiltert auf ihn einstürmten und ihn das Netzwerk an Verbindungen bloss erahnen liessen, weil sein Blick zu eng war, die Perspektive voreingenommen, die Szenerie vernebelt.

Nach einem tosenden Schlussapplaus war die Veranstaltung vorbei, rundherum brach Stimmengewirr und Bewegung aus. Blind dafür vertiefte sich Meier in sein Notizbuch, ging noch mal an den Anfang seiner Aufzeichnungen. Vor seinem inneren Auge lief ein ganzer Film ab. Und plötzlich bekam er einen Fetzen zu fassen. Er schrieb eine Nachricht an Eli, dann an Zita.

«Herr Apfelbaum, Sie waren hier?»

Vor ihm stand Helly Keller. Die Schultern mager, das Kleid schillernd, das Make-up fleckig geworden. Meier deutete eine galante Verbeugung an.

«Ich gratuliere Ihnen beiden, Ihrem Mann, aber in erster Linie Ihnen. An so einem Erfolg sind immer zwei beteiligt, scheint mir.»

Helly Kellers Lächeln war warm und herzlich.

«Haben Sie Lust zu kommen? Zusammen mit Ihrer Frau. Morgen Abend werden wir Stephen feiern. In Zürich, in der Villa Tobler.»

***

Tobias hatte sich einen Anzug gekauft und ein Auto bei einer Mietautofirma reserviert. Mit dem Rest des Geldes, das er vom Kaminfeger bekommen hatte, gönnte er sich eine Bratwurst von einem Stand. Dann kehrte er zurück ins Schlupfhouse. Noch einmal schlafen, dann war es so weit.

53

Freitag

Der Commissario, Sahel und Eli Apfelbaum sassen im Restaurant des Zürcher Kunsthauses, die Agentur für besondere Affären trifft den Brandermittler. Zita beobachtete die drei einen Moment, Sahel im Freizeitlook sah angestrengt aus, der fracktragende Eli war ganz Herr der Dinge, der Commissario wirkte so, als ob ihm der geliehene Anzug nicht ganz geheuer wäre. Gleich würden sie zu Stephen Kellers Party in der Villa Tobler gehen. Eli hatte zwei weitere Einladungen organisiert. Zita schulterte die kleine Handtasche, zog ihr Abendkleid zurecht, fühlte sich phänomenal und fehl am Platz zugleich. Da bemerkte Eli sie und gab dem Commissario einen Puff.

Er stand auf und kam zu ihr.

«Liebste», sagte er.

«So schlimm?», fragte sie.

Er musterte sie, die dünnen Träger, ihre blossen Schlüsselbeine, den fliessenden Stoff.

«Du wirkst so gross. Bist du gewachsen?»

«Das sind die Absätze.»

«Du trägst doch Turnschuhe.»

«Eben.»

Zita folgte ihm an den Tisch. Setzte sich.

«Können wir starten?» Eli zeigte auf eine Einladung. «Das Essen für achtzig Personen ist im Moment im Gang. Zürcher Geschnetzeltes, Rösti, dazu Perlendes vom hiesigen Weinberg. Danach wird der Bankett- zum Ballsaal. Wir gehen während des Umbaus rein. Werner ist als mein Cousin angemeldet, so hast du ja auch Helly Keller kennengelernt. Zita erkennt niemand …»

«… bis auf Djamila. Was, wenn sie mich sieht?»

«Du musst sie einfach meiden.»

«Darf ich mal?» Der Commissario besah sich die Einladungskarte: das Büttenpapier, die antike Schrift, die beiden Unterschriften: Helly & Stephen.

«Was ist mit Kellers Memoiren? Warum steht da nichts davon? Sollten die nicht lanciert werden?»

«Der Programmpunkt wurde ersatzlos gekippt», sagte Eli.

Zita wunderte sich. «Das ist eigenartig.»

«Schwer verständlich», fand auch der Commissario. «Es passt nicht zu Keller. Er wollte seinen Sieg vergolden, nicht kommentarlos verschwinden lassen. Wir sollten rausfinden, was dahintersteckt.»

«Aber vorsichtig.» Eli bremste ihren Enthusiasmus. «Wir sind verdeckt da. Es gibt keine offizielle Ermittlung mehr. Sollte sich jemand daran stören, könnte das für deine Karriere, Werner, fatal sein.»

Zita fasste Meiers Hand. Sie war schweissnass.

«Hier ist die Gästeliste.» Eli las die Namen vor. «Die Stadtpräsidentin, der Kulturchef. Dazu eine Reihe von Leuten aus dem diplomatischen Korps, einige Gesandte, jemand vom Aussendepartement.»

«Was ist mit Kellers Gästen aus England?»

«Die meisten sind in Davos geblieben, das hat Tradition. In zwei Wochen soll dort das britisch-schweizerische Parlamentarier-Skirennen stattfinden und die Wintersaison zu einem Ende bringen.»

«Und die englische Botschafterin?»

«Hat sich abgemeldet. Krank.»

«Wie vorgestern in Davos. Wobei es nur ein Vorwand war, laut der Aussage einer WEF-Mitarbeiterin. Sie hatte Streit mit Keller, das ist der Grund.»

Während Meier sprach, hatte er Theos Malblock aus seinem Rucksack gezogen und zu zeichnen begonnen. Der violette Filzstift verursachte ein scharfes Geräusch.

«Was machst du da?», fragte Zita.

«Die Fakten ordnen.»

«Aber doch nicht hier.» Sie zeigte auf die gut besetzten Tische rundum, registrierte die neugierigen Blicke eines Paares.

Eli Apfelbaum sprang auf, ging ans Buffet, nur um gleich darauf wieder zurückzukommen.

«Wir können kurz ins Foyer des Vortragssaals.» Er führte sie durch eine Tür in einen verglasten Raum.

«Sorry, aber ich muss los.» Sahel war stehen geblieben. «Kundert ist der Feuerteufel, er hat Beanie und den Velokurier auf dem Gewissen, nun hat er sich selbst angezündet, er ist weg, der Fall ist gelöst. Ich weiss nicht, was ihr da veranstaltet.»

Zita sah den Blickwechsel von Eli und dem Commissario. Sie brauchten Sahel, er war ihr Bindeglied zum Polizeiapparat.

«Lass uns einfach noch kurz die Informationen austauschen, okay?»

«Ich bin nicht autorisiert.»

Zita liess nicht locker. «Hör dir wenigstens seine Theorie an, das bist du ihm schuldig.» Sie zeigte auf die Zeichnung, die der Commissario an einen schwarzen Vorhang gepinnt hatte. Er stellte sich davor auf, nahm einen Stift, schöpfte Luft, fing an zu sprechen.

«Je länger ich mir im Verlauf des Tages die Faktenlage angeschaut habe, desto überzeugter bin ich, dass es mit dem Tod von Kundert Ruedi nicht vorbei ist.»

Sahel unterbrach ihn. «Ich war in dem Kastell, ich war in Kunderts Haus, ich habe seine Berge von Unrat gesehen. Kundert sah sich als Chronist, der alles gesammelt hat, was ihm in die Finger kam. Er dachte, der Platz und insbesondere die Lindenpfalz gehöre ihm. Darum auch sein Hass auf den Ofenbauer, den er mit anonymen Drohungen belästigte, wie sich herausgestellt hat. Und dann auf die Kellers selbst, insbesondere auf Helly. Beanie hatte aus Versehen ihren Mantel getragen. Sie und Helly sind etwa gleich gross, es hat geschneit, die Sicht war schlecht, Kundert war halb blind – die Verwechslung ist sehr plausibel, wir haben sie nachgestellt. Dasselbe könnte auch dem ZüriFood-Fahrer passiert sein.»

Zita unterbrach ihn. «Kundert dachte, der ZüriFood-Fahrer sei Helly Keller?»

«In den Biker-Klamotten hätte man ihn im Dunkeln von hinten für eine Frau im hautengen Abendkleid halten können. Seine Fingerabdrücke waren auf Matteos Bike, auf der Plastikplane, mit der Beanie zugedeckt war, und auf dem Zippo-Feuerzeug, von dem wir mittlerweile glauben, dass es beide Brände in Gang gesetzt hat.»

«Joel Brunners Zippo.» Der Zweifel in Meiers Stimme war fein.

«Es gehört seiner Freundin Djamila. Vermutlich ist es Kundert gelungen, unbemerkt ins Turmzimmer zu kommen. Nachdem er den Brand gelegt hat, hat er das Zippo mitlaufen lassen.»

«Trotz der Security?»

«Für jemanden wie Kundert ein leichtes Spiel. Gestern in der Altstadt war ein Team von zwanzig Profis unterwegs, dazu viele Anwohnende. Und trotzdem hat er alle verarscht. In der Zeit, als das Haus leer stand, hat er vermutlich wochenlang in der Lindenpfalz oben campiert, neben dem Kachelofen hatte er sich ein Bett eingerichtet, die Aussage einer Angestellten der Kellers hat das bestätigt. Auch die Sägespäne und das Zippo-Benzin stammen von ihm, er hat sich riesige Vorräte davon angelegt und die in verschiedenen Kellern deponiert. Die Mischung ist explosiv, vor allem, wenn man sie zusammenpresst, so wie es im Ofenrohr und im Kastellkeller der Fall war. Seine grosse Kenntnis des Lindenhofs hat sich Kundert über die Jahre erworben durch die Erzählungen der Anwohner, durch Leute wie den Widder-Wirt oder den Hausmeister der Freimaurerloge. Wir haben in Kunderts Haus Pläne gefunden, die ein unterirdisches System des Lindenhofplatzes zeigen, detaillierter, als es die Archäologen gemacht haben. Wie gesagt, er war auf seine Weise ein Genie.»

Zita fand's beeindruckend. «Da wart ihr sehr aktiv, Sahel.»

«Wir alle, das ganze Team. Nussbaum allen voran. Niemals hätte er Entwarnung für die Feier gegeben, wenn noch ein Verdacht im Raum stünde, eine Feier für über hundert Personen notabene, darunter einige VIPs, er selbst eingeschlossen.» Sahel atmete tief durch. «Sorry, aber ich kann euch nicht unterstützen.»

«Willst du dir nicht wenigstens anhören, was ich habe?»,

fragte der Commissario. «Während ihr heute in der Altstadt unterwegs wart, sass ich im Dachzimmer. Papierschnipsel, Dokumente … Ich habe alles zusammengefügt und mich gefragt, warum ausgerechnet diese Unterlagen verbrannt wurden.»

«Kundert hätte alles verbrannt, was ihm in die Finger kam.»

Der Commissario schüttelte den Kopf. «Ich habe weitere Wörter extrahiert. Und Zahlen. Zum Beispiel das Jahr 1950. Da gibt es einen Zusammenhang mit Stephens Memoiren, die heute Abend *nicht* vorgestellt werden.»

Sahel stand bei der Tür. «Das ist konstruiert.»

«So warte doch.» Meier zog die Keller-Memoiren aus Zitas Tasche, die ihm Beanie geschickt und die er bei seiner Heimkehr vorgefunden hatte, las die ersten Zeilen vor: «Wir schreiben das Jahr 1950, Vorhang auf für Stephen Keller.» Er wurde lauter. «‹Vorhang auf›. Seine Davoser Rede hat er auch so begonnen, es ist sein Markenzeichen. Denselben Text habe ich auf einer zwanzig Jahre alten Postkarte von Helly Keller gefunden. Vorhang auf – der Ausdruck hat eine grosse Bedeutung für ihn, begleitet ihn seit vielen Jahren. Daraufhin habe ich die ersten beiden Buchseiten der Memoiren mit den Papierschnipseln verglichen, und siehe da, es wurde ganz einfach. Eine hundertprozentige Übereinstimmung. Das bestätigt den Schluss, dass Stephen eine Ghostwriterin hat –»

Eli unterbrach ihn. «Ich habe dir schon mal erklärt, Werner, dass dies bei Politikern ganz normal ist.»

Der Commissario liess sich nicht beirren. «… und zwar Djamila Murani. Das würde ihre Nähe zu ihm erklären, das Verhältnis zwischen den beiden.»

«Blödsinn», sagte Sahel. «Das könnte auch auf eine Affäre deuten, das haben einige vermutet. Crispian Biäsch zum Beispiel.»

«Ein falscher Schluss», fuhr der Commissario fort. «Seht euch den Ton seiner Reden an. Seit etwa zwei Jahren, gleich lang wie die Murani jetzt da ist, haben sie etwas Jugendliches, etwas Persönlicheres als früher.»

Zita fand das schlüssig. «Ich habe Djamila in London gehört, sie verpackt ihre Inhalte sehr geschickt. Emotional und auf den Punkt. Aber wieso würde sie ihre Entwürfe bei den Kellers im Altpapier entsorgen?»

«Weil sie sie bei ihnen geschrieben hat, ganz einfach.»

Eli und Zita wechselten einen Blick.

«Sie soll Kellers Reden in der Lindenpfalz geschrieben haben?», fragte Eli.

«Von Hand und nicht digital, damit ja nichts rausgeht. Damit niemand erfahren kann, dass sie es war.»

Das war eine aufregende Richtung, fand Zita. Sie sah die Szene vor sich. «Das würde auch ihr Feuerzeug erklären. Vielleicht hat sie geraucht und Entwurf nach Entwurf geschrieben.»

Sahel war nicht beeindruckt. «Dafür gibt es keine Beweise.»

«Weil fast alles im Altpapier verbrannt ist», sagte Meier.

Sahel wischte auch dieses Argument weg. «Mann! Es ist doch kein Verbrechen, eine Ghostwriterin zu beschäftigen.»

«Hab ich das gesagt? Ich finde es einfach auffallend, dass all diese Textstellen verbrannt wurden. Kundert, mit Verlaub, kann davon nichts verstanden haben. Also steckt etwas anderes dahinter, und darauf sollten wir fokussieren. Seht ihr nicht die Brisanz? Hinter –»

Sahel unterbrach ihn. «Klingt nach einem billigen Agentenfilm, sorry.»

Der Commissario wurde wütend, Zita erkannte die Anzeichen. «Lass ihn doch mal ausreden, Sahel.»

Ein Blickwechsel, bis Sahel nachgab und der Commissario fortfuhr. «Hinter Stephen Kellers Memoiren steckt Djamila Murani. Die im Auftrag von Mischa Hare handelt, die ihrerseits in einem Fall eines Plagiats aktiv ist, der gerade im Umfeld eines Oxforder Colleges emporköchelt, mit Verbindungen zu einem Opfer, dessen gesamte Forschungsarbeit von ihrem Institutsleiter gestohlen wurde, ein Opfer namens Pola Lensky, die Mischa mit Hilfe von Zita nach Zürich gebracht hat. Mischa wiederum sagt man eine jahrzehntelange Affäre mit Stephen Keller nach. Dasselbe munkelt man auch über die Murani, deren Partner Joel tagelang der Verdächtige schlechthin war, bevor ihn Kundert als Feuerteufel abgelöst hat. Nun gilt Joel Brunner als entlastet, obwohl er in Verbindung stand zum getöteten ZüriFood-Fahrer und zusammen mit Biäsch, dem Konkurrenten der Murani, gekifft hat. Diese Dinge kann man doch nicht ausser Acht lassen.» Meier knallte eine Faust auf den Tisch.

Eli hob eine Augenbraue. «Nicht schlecht, mein Freund, etwas verworren allenfalls.» Dann sah er zu Sahel.

Der wirkte ungeduldiger denn je. «Natürlich sind das auch Fakten. Aber die mit den Zürcher Bränden in Zusammenhang zu bringen, ist weit hergeholt. Es gibt keinen Link, keine Verbindung zwischen dem Feuer und dem, was du herausgefunden hast.»

«Noch vor zwei Tagen hast du das auch so gesehen.»

«Meier, verdammt! Kannst du es nicht lassen?» Sahel hatte geschrien.

«Was ist los?», fragte Zita leise und trat zu ihm, legte ihre Hand auf seinen Arm.

Er unterdrückte einen Laut, der wie ein Schluchzer klang. «In der Zwischenzeit war ich in einem Kellerkastell und bin fast draufgegangen. Kundert sass in seinem Versteck, einer Mauerhöhle, die er eigenhändig freigelegt hat, auf dem Terrain der Freimaurer, darum nicht im Inventar der Stadt. Von da aus hat er das Feuer hinter uns hergejagt, als wäre es ein Drache. Wären wir auch nur eine Sekunde später gewesen, es hätte uns in seinen Schlund gezogen. Kundert war ein Perverser, Meier, ein Durchgeknallter, ein Psychopath. Es reicht, wirklich. Ich will nichts mehr mit der Geschichte zu tun haben.»

Zita spürte Tränen.

Sahels Ausbruch liess auch Meier nicht kalt. «Es tut mir leid, Sahel, wirklich. Das hätte ich dir gerne erspart. Trotzdem bin ich überzeugt, dass es eine Verbindung gibt. Kundert war lediglich ein …»

«… ein Kollateralschaden, ich kenne deine Argumentation.»

«Ausserdem könnte es sein, dass er noch weitere Brände vorbereitet hat.»

«Die er posthum orchestriert?»

«Spar dir deine Ironie. Seine Hinterlassenschaft –»

Sahel öffnete die Tür. «Geh am Montag damit zu Nussbaum. Wenn es plausibel ist, wird er eine Untersuchung einleiten.»

«Dann kann es zu spät sein.»

Sahel seufzte. «Was vermutest du denn, Werner? Dass Keller, die Murani oder dieser Biäsch heute im Auftrag von Kundert ein Feuer legen wollen?»

«Es gibt andere Möglichkeiten. Alles ist eine Frage der Perspektive. Denn ich habe noch etwas. Anna Quetes hat mich angerufen –»

Sahel explodierte. «Fuck deine Perspektive, Meier!» Er warf Zita einen Blick zu. «Kannst du ihn zur Vernunft bringen, bitte?» Dann rauschte er hinaus.

Meier stand bedröppelt da.

«Wieso schickt dir die Quetes Nachrichten?», fragte Zita in die Stille hinein.

Er verwarf die Hände. «Sie ist für den Fall zuständig, Herrgott noch mal. Wisst ihr, was sie entdeckt hat? Bei seinem Tod hielt Kundert einen Zettel in der Hand, aufgespiesst auf seinen Zirkel. Sie hat ihn bei der Untersuchung gefunden. Die Finger waren schon ganz steif, es muss unschön gewesen sein.»

«Und was stand darauf?»

«Brenne, mein kleines Feuer, brenn und werde gross. Ich habe dir genug Nahrung gegeben, damit du deinen Appetit stillen kannst.»

Eli atmete scharf ein. «Kennen die Ermittler den Text?»

«Natürlich, aber Sahel hat ihn nicht mal erwähnt. Für sie passt er ins Bild des Feuerteufels. Ich jedoch denke: Was, wenn es eine Drohung ist?»

«Du meinst, dass er posthum ein Streichholz zünden könnte?»

«Blödsinn, es muss etwas anderes geben. Etwas Mechanisches, er war ein Handwerker, der Kundert. Vielleicht hat er eine Lunte gelegt.»

«Aber wer soll die zünden?» Zita fühlte sich überfordert. «Ich muss Sahel recht geben, das klingt surreal.»

Eli klatschte in die Hände. «Wir gehen jetzt da rein. Und wenn es nur ist, um Zita in dem wunderschönen Kleid tanzen zu sehen.»

«Danke, Eli, für das Kompliment.»

Der Commissario wurde rot. «Ich finde dich auch sehr schön.»

«Eben hast du mich gross genannt.»

«Du weisst, wie ich es meine.»

«Ich kann keine Gedanken lesen.»

«Ja, also …», Eli klappte seine Aktentasche auf, «… das könnt ihr später regeln. In eurem ungeheizten Dachboden. Nun sollten wir loslegen, der Ball da oben beginnt jeden Moment. Ich bleibe an Stephen Keller und seinem Umfeld dran, Zita übernimmt Djamila und die Frauen, Werner, du behältst den Überblick und schickst uns an die neuralgischen Orte.» Er holte ein Funkgerät heraus, drei Sender und verkabelte zuerst Zita, dann den Commissario. «So bleiben wir in Kontakt. Das Mundstück frei halten, und der Knopf kommt ins Ohr.»

***

Das erste Stockwerk betraten sie durch eine Glastür mit Holzverkleidung, ein livrierter Butler liess sie in ein exklusives Jugendstil-Entrée ein. Es war voll eleganter Menschen. Die Frauen trugen Abendkleider, im Vergleich zu denen ihr eigenes im besten Fall ein kleines Schwarzes war. Zita erspähte Djamila Murani in einer regenbogenfarbenen Robe und zog sich hinter eine Säule zurück, eine Begegnung wollte sie möglichst lange hinauszögern. Gerade waren die Tische beiseitegeräumt und auf einen mobilen Wagen verladen worden, der an ihnen vorbei in Richtung Garderobe gefahren wurde. Eli brachte ihre Mäntel weg und schnappte auf dem Rückweg drei Gläser Züri Perle. Sie stiessen an, das Klirren war in dem Gesprächsgewirr nicht zu hören.

«Hier ist verdammt viel brennbares Gut», flüsterte Meier.

Zita folgte seinem Blick in eine angrenzende Stube aus Ar-

venholz, wo in einem offenen Cheminée mit grauer Marmor-
verkleidung einige Stücke Holz lagerten.

«Ob der Sicherheitsdienst das im Vorfeld überprüft hat?»
Eli nickte. «Kannst du Gift drauf nehmen. Ausserdem gibt's
hier viel Security-Personal.» Eli zeigte diskret auf zwei bullige
Typen, deren Augen ununterbrochen in der Menge hin und her
huschten. Danach nach oben, in die Zimmerecke, wo ein Fischauge prangte.

«Ich nehme an, die überwachen live, wir tun gut daran, uns
unauffällig zu benehmen. Nicht dass sie uns noch rausschmeissen. Da vorne sind Nussbaum und Keller.» Tatsächlich. Der alle
überragende breitschultrige Leiter der Zürcher Kripo war ins
Gespräch vertieft mit dem Botschafter und Crispian Biäsch.

«Der Konkurrent der Murani. Und daneben stehen sein Vater, der Davoser Landammann und der Zürcher Statthalter. Die
kennen sich alle.»

Zitas Handy piepste. Eine Benachrichtigung der Oxford
Times.

«Geht das diskreter?», fragte Eli.

Zitas Augen flogen über die News. «Die Kommentarspalten
des Artikels nehmen Fahrt auf. Die Hinweise, dass es am Jacobus
College zu Plagiaten, Verhinderungen und sogar psychischer
Gewalt an Mitarbeitenden gekommen ist, werden mehr. Jemand
macht direkte Anschuldigungen an die Adresse eines Tobias H.
Finch. – Etwas ist passiert.» Sie wandte sich an Eli. «Hast du
was von zu Hause gehört? Ist alles in Ordnung? Sind Pola und
Henri da? Und die Kinder?»

«Soll ich schnell anrufen?» Schon setzte er den Vorschlag in
die Tat um.

Der Commissario legte den Arm um Zita. «Bestimmt ist alles
bestens.»

Nebst Elis langjähriger Freundin Ruby Bachar, «meiner lieben *Froj*», wie er sie nannte, waren Zitas und Meiers Freunde
Helen Himmel und der Pfarrer zur Unterhaltung der Kinder
vorbeigekommen, ergänzt durch Zitas Mutter.

Eli liess Zita und den Commissario einen Moment an seinem Handy horchen. Bei Apfelbaum herrschte Gute-Nacht-Geschichten-Stimmung, alles im grünen Bereich. Henri ging's gut. Seit er und seine Mama gestern da eingezogen waren, war er noch kein einziges Mal ausgebüxt.

«Und Pola ist spazieren gegangen», klang Helen Himmels Stimme aus dem Handy.

Zita horchte auf. «Sie sollte nicht rausgehen.»

«Wir haben ihr einen Stadtplan mitgegeben. Entspann dich, Zita, die arme Frau wollte mal an die frische Luft.»

Der Kinderlärm klang so normal, so vertraut. Am liebsten wäre Zita heimgegangen.

Aber der Commissario sah es anders. «Untersteh dich, ich brauch dich hier.»

Zita unterdrückte einen Seufzer. «Was suchen wir noch mal?»

«Dass wir es nicht wissen, ist die Herausforderung.»

**

Die Tramlinien in Richtung Hirslanden waren unterbrochen wegen eines Unfalls auf der Forchstrasse. Nachdem der dritte Ersatzbus vollgestopft an ihm vorbeigefahren war, beschloss Sahel zu laufen. Die Kälte wurde weniger, die Strassen waren trocken. Soeben tauchte das Krankenhaus vor ihm auf, in welches Beanie aus polizeiinternen Sicherheitsgründen verlegt worden war. Sahel freute sich auf sie, die Erinnerung an Meier und seine Verdächtigungen verblassten immer mehr. Der Fall war Vergangenheit.

Am Empfang gab man ihm die Zimmernummer an.

«Sie liegt allein?» Er staunte. Beanies Versicherung würde niemals ein Privatzimmer decken.

Der Empfangstyp nickte. «Wird von der Polizei übernommen.»

Sahel unterdrückte ein Lachen.

«Du solltest dich öfter zusammenschlagen lassen», sagte er gleich darauf, als er das Zimmer betrat und Beanie mit bandagiertem Kopf, aber aufrecht sitzend beim Essen vorfand. Auf dem kleinen Beistelltisch stand ein Blumenstrauss. Der Duft war betörend. Er küsste sie und deutete auf das Essen.

«Gebratener Lachs mit Grünkohl. Sieht lecker aus.» Beanie schob das Tablett beiseite und wollte wissen, was passiert war.

Nachdem er die Kurzversion erzählt hatte, packte sie seine Hand. «Und Meier?»

Mist. Das hatte er vermeiden wollen.

«Er, Zita und Eli sind undercover in der Villa Tobler.»

«Wieso du nicht?»

«Ich wollte zu dir.»

«Mir geht's gut.» Sie verschränkte die Arme vor ihrem Spitalnachthemd. «Geh zurück, Sahel.»

«Da ist alles im grünen Bereich. Nussbaum hätte niemals –»

«Seit wann hörst du mehr auf Nussbaum als auf mich?»

«Du warst nicht da.»

Sie wirkte fassungslos. «Doch. Ich war in dem Keller, und der Rauch ist so tief in mich gedrungen, dass Desinfektionsmittel und Blumenduft den Gestank nicht vertreiben können. Ich rieche ihn sogar im Schlaf.» Sie schnupperte ein wenig. «Geht's dir nicht auch so?»

Sahel senkte den Blick.

«Diese Mischung aus Zippo-Benzin und Sägespänen», fuhr Beanie unerbittlich fort. «Wozu hat Kundert so grosse Vorräte davon angelegt?»

«Einfach so. Er hatte Spass am Zusammenmischen, an der Bedrohung, der Möglichkeit, jederzeit eine Brandpetarde zu zünden.»

Beanie sah es anders. «Wenn jemand während Wochen eine toxische Mischung herstellt und die unbemerkt in den Gängen eines Römerkastells anbringen kann, das täglich von Fachleuten besucht wird, hat er einen Plan.» Ihre Augen brannten sich in seine. «Ich kenne einen Beleuchter vom Theater Winkelwiese, das im Erdgeschoss der Villa Tobler liegt. Niemand hat ihn bislang befragt. Er hat mir am Telefon gesagt, dass vor einigen Tagen ein Kaminfeger vorbeigekommen sei. Und dass es in der

Beletage, ein Stockwerk höher, da, wo der Empfang ist, fünf Feuerstellen gibt.»

«Das ist absurd. Die Cheminées sind nicht mehr in Betrieb. Die Holzscheite darin sind reine Dekoration.»

«Es wird heute brennen.» Beanies Ton wurde eindringlich. «Du musst es verhindern. Lass die Villa räumen.»

«Nussbaum würde mich auslachen.»

«Nicht, wenn du Argumente bringst.»

«Ich habe keine.»

«Meinen Verdacht. Es reicht doch aus, die Feuerstellen wenigstens zu untersuchen.»

«Aber die werden nicht gezündet.»

«Und wenn doch?»

«Wie, Beans? Kundert ist tot.»

«Du bist hier der Feuerflüsterer, nicht ich.»

***

Zita, der Commissario und Eli drängten sich um einen Stehtisch in einer Ecke des Arvenzimmers, sie waren beim zweiten Glas Züri Perle angelangt. Der Raum war erfüllt von Geplauder, die Luft schwer von Parfum und Aftershave. Der Commissario kontrollierte zum wiederholten Mal die Funkgeräte. Alles klappte, wenn sie sprachen, hörte er ihre Stimmen, Zita links, Eli rechts im Ohr.

«Sollen wir uns unter die Leute mischen?», fragte Zita.

Eli nickte. Schon war er weg.

Musik setzte ein, eine Band begann zu spielen, das Zeichen für die Leute, sich zu bewegen.

«Walzer», sagte der Commissario. «Kannst du das?»

Zita nickte. Früher, vor den Kindern, hatte sie das Tanzen geliebt.

Er wirkte verlegen. «Ich würde dich gerne auffordern, aber ich habe zwei linke Füsse, und ich muss hier den Überblick behalten. Geh, Liebste.»

Zita schlängelte sich durch eine ganze Reihe von Menschen.

Passierte bei der Gelegenheit ein mit weissem Marmor verkleidetes Cheminée, mit Spiegel und Büste auf dem Sims.

«Hier ist noch eine Feuerstelle», sagte sie ins Mikrofon und wich einem vorbeiwirbelnden Paar aus.

«In der Bibliothek habe ich eine weitere entdeckt», war Elis Antwort in Zitas Ohr. «Achtung: Stephen kommt auf mich zu und will mit mir reden, ich klinke mich jetzt aus.»

Zita kicherte. Sie spürte die Wirkung der Züri Perle. «Er geht auf Eli zu und nicht umgekehrt. Er ist schon ein Tausendsassa, dein Freund.»

In dem Moment erregte eine rundliche Person im Hosenanzug Zitas Aufmerksamkeit. Abrupt blieb sie stehen. Sah zweimal hin, ein drittes Mal. Nein, sie hatte sich nicht getäuscht.

«Commissario, Mischa Hare ist hier. Sie kommt direkt auf dich zu. Siehst du sie? Neben ihr geht ein Typ, gross, schlaksig, mit Polyesteranzug.»

Sie hörte, wie Meier die Luft anhielt. «Ich glaube, den habe ich schon mal gesehen.»

Zita wurde nervös. «Wo?»

«Er ist schwer zu erkennen für mich aus der Distanz.» Er stöhnte. «Ich brauche eine Brille, schtärnesiech.» Zita hörte seinen Schnaufer. «Sie betreten das silberne Zimmer, treffen eine dritte Person. Eine Frau in einem rückenfreien Abendkleid.»

«Regenbogenfarben?», fragte Zita.

«Eher violett.»

«Ich muss sie selbst sehen. Sag mir den Weg durch.» Zita liess sich vom Commissario durch die Menge lotsen.

«Achtung, gleich bist du da.»

Zita erstarrte. Da vorne, neben Mischa und dem Polyestertypen, stand Pola. Unverkennbar, in ihrer Art den Kopf zu senken, um ihre Grösse zu kaschieren.

«Sie ist nicht mehr in Elis Wohnung, sie ist hier», zischte sie ins Mikrofon. «Woher hat sie das Kleid?»

«Es ist mir eingefallen», sagte der Commissario anstatt einer Antwort. «Es ist der Banker, der in Davos von Djamila Murani den Stick bekommen hat.»

Zita liess alle Vorsicht fallen und trat im Schutz eines plaudernden Paares so nah, dass sie Mischas Stimme hörte.

«Darf ich vorstellen, Carla Lei.» Vor lauter Schock hätte sich Zita fast verraten.

«Vorsicht», flüsterte Meier in ihr Ohr.

Sie bückte sich blitzschnell. Als sie sich wieder aufrichtete, waren die drei weg.

«Commissario! Wo sind sie hin?»

«Nach oben.»

Zita sah zur Holztreppe, die sich breit und geschwungen in den zweiten Stock zog, wo gerade der Saum von Polas Kleid verschwand. Als sie ihnen folgen wollte, wurde sie von einem Security-Typen am Fuss der Treppe aufgehalten.

«Zutritt verboten.»

«Ist da nicht der Ballsaal?»

Der Typ verstand keinen Spass und wies sie weg.

«Kannst du die Treppe im Auge behalten?», flüsterte sie dem Commissario zu. «Falls sie wiederkommen.»

Zita liess sich in Richtung Ballsaal treiben, dachte über das Gesehene nach und glaubte, die Zusammenhänge zu erkennen. Auf dem Stick, den Mischa Djamila in Davos gegeben hatte, waren die Informationen über Carla Lei gewesen, die Djamila anschliessend dem Polyestermann gegeben hatte.

«Er hockt im Kader einer Grossbank an der Bahnhofstrasse», ertönte Meier unvermittelt in ihrem Ohr. «Eli hat es mir soeben bestätigt.»

Mischa hatte Pola an eine Zürcher Bank vermittelt. Als Zita im Gehen den Namen Carla Lei googelte, stiess sie auf einen beeindruckenden Wikipedia-Eintrag. Auf dem Foto sah man Pola Lensky.

«Der Ball ist da.» Der Security-Typ war Zita gefolgt. «Und die Tasche sollten Sie an der Garderobe abgeben. Ist ja mehr ein Rucksack.»

Zita tat, als ob sie ihn überhört hätte, und drückte sich in den vollgestopften Saal an die Seite. Die Tanzfläche war leer, bis auf Joel Brunner, in Jeans und ohne Krawatte, der gerade eine vollendete Verbeugung vor Djamila Murani machte. Als sie lostanzten, war es Harmonie pur. Das Publikum staunte, die Musiker freuten sich und stimmten den Klassiker unter den Walzern an.

«Wiener Blut».

Zita schauderte.

***

Schon von Weitem hörte Sahel die Musik. Die erste Etage der Villa Tobler war erleuchtet. Stimmengewirr drang herunter auf die Strasse. Die Hofeinfahrt war voll mit plaudernden Menschen, manche rauchten. Sahel holte Luft, er war den ganzen Weg die Forchstrasse hinunter gerannt. Beanies Worte klangen ihm im Ohr.

«Such nach einer Zündmöglichkeit, unbekannten Kabeln, die die Sicherheitsleute übersehen haben könnten. Kundert hatte sich einen Spass daraus gemacht, alle zu täuschen. Schlauheit gepaart mit Wissen und Handwerk, eine toxische Mischung.»

Mittlerweile fand Sahel Beanies These durchaus plausibel. Er stellte sich Kundert vor. Das faltige Gesicht, die Bartstoppeln voller Hautschuppen, die milchigen Augen, hin und her huschend, halb blind und doch nichts übersehend.

«Bist du Sahel? Beanie hat dich angekündigt.» Vor ihm stand der Theaterbeleuchter, das T-Shirt kurzärmlig, darunter schauten muskulöse Arme hervor. «Komm mit.»

Über eine Treppe führte er ihn ins Souterrain, in einen gewölbten Steinkellerraum, an einer Bühne mit Scheinwerfern vorbei, durch ein Foyer mit einem gewaltigen Cheminée, zu einer Tür. Ohne Falle, mit einem Griff, an der er sie aus den Angeln heben konnte. Dahinter gab eine zweite Tür den Blick frei auf eine schmale steinerne Wendeltreppe.

«Es ist ein Dienstbotengang, nur der Kaminfeger benutzt den noch. Man kommt direkt in den Bankettsaal. Viel Spass da oben. Wenn's okay ist, mach ich hinter dir dicht. Sonst vergesse ich es später.»

Sahel stand im Dunkeln. Als er sein Handy zücken wollte, hatte es keinen Akku.

«Shit.» Mit so einem Ausflug hatte er ja nicht gerechnet, er war drauf und dran, den Techniker noch mal zu rufen. Aber nachdem sich seine Augen an die Dunkelheit gewöhnt hatten, sah er sogar etwas. Vorsichtig stieg er nach oben, die Stufen waren unregelmässig. Einmal stolperte er fast, dabei schürfte er seine Hand auf. Die Wand war rau, Stein auf Stein gebaut. Er ertastete eine Tür, auch diese ohne Klinke. Nun, da er das Prinzip kannte, war es kein Problem, sie zu öffnen. Dahinter lag ein schmaler Raum. Durch eine Ritze in der Wand sickerte ein wenig Licht. Er bemerkte eine Rolle, von der ein Kabel durch eine Ritze im Boden nach unten und eines über ein Loch in der Decke nach oben führte. Es fühlte sich an wie eine Lunte. Beans hat recht, dachte er, das ist Kunderts Zündstation. Sahel zwängte einen Finger in die Ritze, spürte eine pulvrige Substanz, darumgewickelt ein Seil. Das hier war eine primitive Form, ohne Sicherheitskunststoffhülle. Und doch: Einmal gezündet würde die Schnur sich glimmend nach oben bewegen.

Sahel fiel der Ofen in der Lindenpfalz ein, die Wucht der Explosion. Zusammengepresste Sägespäne und Benzin könnten eine ähnliche Wirkung haben wie Dynamit. Kundert hat diese Lunte gelegt, dachte er. Er griff nach seinem Handy, bevor ihm der leere Akku einfiel. Grob fahrlässig, was er hier tat. Andrerseits brauchte er sich keine Sorgen zu machen. Kundert war tot, seine Finger reichten nicht aus dem Grab hinaus. Es gab niemanden, der diese Lunten zünden würde. Es sei denn, er hätte mit jemandem zusammengearbeitet, sagte eine Stimme in Sahels Kopf. Er beschloss, den Luntenverlauf zu prüfen, und oben angekommen, Serge zu informieren.

Zurück auf der Treppe tastete er den Rand der Stufen ab. Die Lunte führte der Wand entlang nach oben, bis zu einer weiteren Tür. Dahinter waren schwellender Applaus und Bravorufe zu hören. Die Stimmung war angeheizt, und etwas Erfreuliches war dargeboten worden. Ob das der Bankettsaal war? Da rauszugehen wäre eine Idiotie, dachte er und folgte der Lunte bis zu einer Verzweigung. Ein Teil wand sich einer Schlange gleich unter einer weiteren Türschwelle nach draussen, während der andere der Treppe entlang ins nächste Stockwerk kroch.

Sahel musste sich immer mehr bücken, bis er schliesslich aufgab. Die Treppe war für Zwerge gebaut worden. Kundert war klein und gebückt, drahtig. Aber jemand wie Sahel, gross und breitschultrig, hatte kaum eine Chance. Durch den feuchten Steingeruch glaubte er, einen Hauch Schwarzpulver zu riechen. Wieso hat das niemand gemerkt? Die Villa Tobler war brandtechnisch untersucht worden, die Cheminées enthielten einige kunstvolle Holzscheite und sonst nichts, das hatte ihm ein Kollege versichert. Sahel vermutete, dass Kundert das Zeug in den Ofenrohren versteckt hatte, die interessierten niemanden, bis auf den Kaminfeger. Sahel rief sich den Grundriss des Hauses in Erinnerung, die Cheminées, verteilt auf drei Stockwerke, einer im Theater, drei in der Beletage und einer ganz oben. Versuchte zu spüren, was Kundert geplant haben könnte. Zu sehen, wie er die Lunte legte, in sich hineinkichernd, wie er die Mischung im Ofenrohr verbarg, mit der Lunte verband, um sie an einem Ort zusammenzuführen.

«Er will das ganze Haus in die Luft sprengen.»

Sahels Herz begann zu rasen. Schnell drehte er sich um, stolperte die Treppe wieder hinunter. Aber die Tür ging nicht mehr auf. Auch das Klopfen und Schreien half nichts. Der Beleuchter war vermutlich heimgegangen.

***

«Darf ich bitten?», fragte jemand in britischem Englisch. Vor Zita stand ein Mann, mittelgross, auf nachlässige Weise attraktiv, mit dichtem Haar und einem Seitenscheitel. Er lächelte sie mit sehr weissen Zähnen an, ihre Perfektion deutete auf jahrelanges Tragen einer Zahnspange.

«Meine Gattin ist mir abhandengekommen, sie mag keinen Walzer. Aber Sie haben ein perfektes Rhythmusgefühl. Ich stehe auf Ihre Turnschuhe.»

Zita folgte seinem Blick zu den Falten ihres Kleides, zwischen denen die wippenden Turnschuhspitzen herausragten.

«Darf ich bitten?»

Ohne ihre Antwort abzuwarten, legte er den Arm um sie, berührte mit der rechten Hand ihren Rücken und zog sie in den Reigen der Tanzenden. Nach einer Schrecksekunde machte Zita die Drehung mit, liess eine weitere folgen, sie wurden gegen die Mitte gespült. Zita entwich ein Laut, ihr Partner nahm es als Aufforderung, drehte sie, bis ihr schwindlig wurde.

«Was machen Sie beruflich?», fragte er.

Zita erwähnte die Uni Zürich und ihren Job in London.

«Sie haben einen wunderbaren Akzent», sagte er. «Bewundernswert, wir Briten können ja keine Fremdsprachen.»

Er unterhielt sie mit den wenigen Worten, die er auf Deutsch schaffte, kippte wieder ins Englische, erzählte, dass er seinerseits auch an einer Uni tätig sei. Erwähnte seine Forschungen im Bereich Ökonomie, und ehe Zita sich's versah, erzählte sie ihm von ihrem nächsten Projekt.

«Und was war das letzte?», fragte er, als sie Luft holte, weil Tanzen und Reden gleichzeitig ziemlich anstrengend war.

Ohne Namen zu nennen, erwähnte sie ihre Forschung rund um die Frauenhäuser.

«Ist das Zukunftsmusik?» Eine weitere wilde Drehung.

«Oh, es gibt bereits zwei.»

«In London, genau. Und in Zürich, sind Sie da auch aktiv?»

Hatte Zita London erwähnt? Plötzlich fühlte sie sich unwohl, sie verzögerte das Tempo, was er als Ansporn auffasste, sie in einer endlosen Drehung immer enger an sich zu ziehen, bis sie seinen Weinatem roch und Worte hörte, deren Bedeutung ihr erst klar wurden, nachdem er sie längst ausgestossen hatte.

«You are beautiful. Bitch. You dance better than you drive.»

Zita riss sich los. «Du tanzt besser, als du fährst.»

Sie starrte ihm in die rot geränderten Augen.

Er starrte zurück. Fasste in ihr Haar, zerrte, bis es wehtat. Sein Gesicht war ganz nah. Zita gelang es, sich freizukämpfen.

«Er ist hier. Der Colamann ist hier», keuchte sie ins Mikrofon.

«Welcher Colamann?», ertönte die Stimme vom Commissario.

Aber schon waren die Finger wieder da, diesmal zerrten sie an ihrem Ohr herum. Eine Bewegung, der Knopf sprang raus, und der Colamann verschwand durch die Menge.

***

«Zita? Welcher Colamann? Der kann nicht hier sein.» Meier war panisch. Wieso sagte sie nichts? Etwas war passiert.

«Mann, Zita, antworte!» Sie tat es nicht. Hoffentlich war die Musik einfach nur zu laut. «Wo bist du?»

Immer noch kam keine Antwort. Meier überlegte blitzschnell, sie war zum Tanzen gegangen, er hatte im Hintergrund die Walzermusik sehr laut gehört. Es fand im Bankettsaal statt, wie er mittlerweile herausgefunden hatte, und da konnte Zita wirklich nichts passieren, denn es gab mindestens ein Dutzend Security, sogar zwei getarnte Frauen hatte Meier entdeckt.

Ein Knacken im Ohr, das ihn fast umhaute. Dann kam Elis Stimme. «Werner, halt dich fest. Stephen hat soeben Crispian Biäsch rausgeschmissen.»

«Du meinst, vom Fest?»

«Aus der Ausbildung. Vor seinem Vater und dem Davoser Landammann, nicht sehr diplomatisch.»

«Was ist passiert?»

«Es ist herausgekommen, dass Biäsch den Post auf Djamila Muranis Handy gemacht hat. Er musste es zugeben, nachdem Joel Brunner ihn damit konfrontiert hatte, zusammen mit der Murani hatten sie ein klärendes Gespräch. Es sollte eigentlich diskret ablaufen, aber Crispian ist zusammengebrochen. Da hat eines zum anderen geführt.»

Meier ballte eine Faust.

«Du hattest recht, Werner, gratuliere.» Elis Lachen sprengte fast Meiers Ohrmuschel. «Ich habe gerade mit Stephen einen Beruhigungswhisky getrunken. Dabei ist noch mehr herausgekommen. Auch da hast du richtiggelegen, er hat tatsächlich eine Ghostwriterin.»

«Djamila Murani?»

«Über den Namen schweigt er sich aus. Ich habe eine neue Theorie.»

Meier fühlte einen vagen Gedanken, einen Hauch nur, eine gesichtslose Gestalt.

Aber Eli dachte in eine andere Richtung. «Es könnte Mischa Hare sein. – Vielleicht sollte ich das Rätsel um das Päckchen, das du ihr bringen solltest, doch lüften.»

«Du meinst den Schweizer Pass.»

«Erwischt», sagte Eli. «Du solltest es dir doch nicht ansehen.»

«Habe ich auch nicht. Nicht willentlich. Die Verpackung war aufgeweicht und das Schweizerkreuz unverkennbar.»

Eli schwieg.

«Eli? Bist du noch da? Wozu würde Mischa Hare einen gefälschten Pass brauchen?»

Schweigen. «Mann, Eli, spuck's schon aus! Wir sind Partner in dieser Geschichte.»

«Ich liefere Mischa ab und an Papiere.»

Es war leider das, was Meier schon am Vortag vermutet hatte. «Damit meinst du nicht Altpapierschnipsel. Es war nicht nur ein Pass, nicht wahr? Sind es mehrere?»

«Beileibe nicht. Für das Schlupfhouse.»

Nun fiel der Groschen bei Meier. «Du versorgst Mischas Schützlinge mit neuen Identitäten?»

«Ich bin nur für die Pässe zuständig.»

«*Nur?* Das ist illegal.»

«Es ist notwendig, um den Frauen ein neues Leben zu verschaffen.»

«Wie oft? Alle paar Wochen?»

Ein kurzes Meckern. «Dann wäre ich ein Ganove. Dreimal bislang. Daraus hervorgegangen sind eine Staatsministerin und ein ranghohes Mitglied des Europäischen Parlaments.» Er nannte einen Namen, den man fast täglich in den Zeitungen lesen konnte.

Meier war fassungslos. «So was macht die Hare? Wie nennt man das? Menschenhandel mit Kaderleuten?»

«Das klingt viel zu negativ. Solche Aktionen hat CPS finanziert, ihr Centre for People's Safety. Ohne wären die vielen Frauenhäuser nicht möglich, die sie aufgebaut hat. Das Zentrum steht solide da, expandiert gerade in Europa. Wegen Mischa haben viele Frauen eine zweite Chance erhalten, mit ihren eigenen Pässen notabene.»

«Ist das nicht sehr riskant?»

«Natürlich, sie tanzt auf dem Kliff, wird verfolgt von Angehörigen, von Tätern und den Behörden.»

«Und Stephen Keller hängt auch mit drin? Ist er nur ihr Liebhaber, oder ist da noch mehr?»

«Mischa ist sehr verschwiegen.»

«Aber du ahnst es?»

Ein Knacken, und Eli war weg. Meier, der die ganze Zeit versucht hatte, Eli zu erspähen, ging einige Schritte, bis er seinen Kompagnon tatsächlich entdeckte. Er stand in einer Gruppe um Stephen Keller herum. Etwas weiter entfernt schlich Crispian Biäsch in Richtung Treppe und sah sehr jämmerlich aus.

Er drängte sich zu ihm und klopfte ihm auf die Schulter. «Nehmen Sie es sportlich. Diplomatie war eh nicht Ihr Wunschberuf. Haben Sie nicht etwas von Schreinern gesagt? Ich wette, die beiden Jungs an der Schipfe könnten Verstärkung gebrauchen. Es sind Bündner wie Sie.»

Aber Crispian blieb am Boden zerstört, er stapfte die Treppe hinunter davon. Geistig strich ihn Meier von der Liste der Verdächtigen. Er hatte ihn ohnehin nie ernstlich in Betracht gezogen.

«Zita?» Keine Antwort. Meier kämpfte sich in den Ballsaal. Von Zita war weit und breit nichts zu sehen, aber es war schwer, etwas zu erkennen, dafür walzten hier viel zu viele tanzende Leute. Ich muss zurück in meine Ecke, von da aus habe ich den besten Überblick.

Aber nun war der Tisch von einer Runde älterer Herren besetzt worden.

«Zita?» Immer noch keine Antwort. Nicht mal ein Knacken. Meier bekam Panik.

«Werner, bist du da?» Elis Stimme liess ihn zusammenfahren. «Ich hatte gerade die Gelegenheit, mit Joel Brunner zu sprechen. Er sucht nach Djamila. Sie ist verschwunden.»

Meier japste auf. «Wie Zita.»

«Ob die zwei sich getroffen haben?»

Das klang plausibel. Andererseits ...

«Werner, hat Zita dir etwas verschwiegen?» Eli goss Öl auf Meiers Verdachtsfeuerchen.

«Wie kommst du darauf, Eli?»

Er spürte einen Blick auf sich. «Moment.»

Er wandte sich um. Vor ihm stand Helly Keller. Noch dünner als sonst, in einer dezent glitzernden Kreation.

«Sie sind gekommen, Herr Apfelbaum, wie schön. Geben Sie mir die Ehre und trinken Sie einen Whisky mit mir?»

***

Die Geigen der sehnsüchtigen Walzermelodie bohrten sich in Mischas Hirn. Sie starrte auf den digitalen Balken, der sich auf dem Display des Handys manifestierte. Ihr Ticket in die Freiheit. Leider war der Balken in der Mitte stehen geblieben: «Transaktion unvollständig». Seit einer guten halben Stunde waren Pola und der Banker jetzt in diesem Zimmer, es lag im zweiten Stock der Villa. Das Treffen musste schiefgelaufen sein, Pola Lensky war keine Carla Lei. Ihr kreierter Lebenslauf, diese Mischung aus diskret und brillant, Ausbildung in Cambridge und Paris, die Weiterbildung in der Schweiz und New York, der zweite Master und der dritte, schliesslich die Forschung zu «Frauen Vermögen», die Habil und das weltweite Interesse von verschiedenen Konzernen – dieser Lebenslauf war reine Phantasie. Darin war Mischa geübt. Wie oft hatte sie solche Geschichten erfunden. Sie bildeten ab, was hätte sein können, wären die Menschen nicht systematisch daran gehindert worden. Die Lebensläufe trugen den Glanz des Alltags. Und die

Frauen hatten sie nicht nur ausgefüllt, sondern sogar zum Blühen gebracht, sobald sie Anerkennung dafür bekamen. Egal, in welchem Job, ob als Facility-Managerin oder selbstständige Kuchenbäckerin – Anerkennung war das Zauberwort. Mischas Erfolgsquote war hundert Prozent, aus jeder der Frauen, deren Leben sie im Verlauf ihrer Karriere berührt hatte, war etwas geworden.

Mischa stand auf dem weitläufigen Flur im zweiten Stock, die Musik machte für einen Moment dem Applaus Platz, bevor sie sehnsüchtiger denn je wieder einsetzte, begleitet von erneutem Applaus. Der Balken war noch immer erstarrt, das Handydisplay erloschen. In zwei Stunden ging ihr Flug. Zita stürmte an ihr vorbei, den Rock geschürzt, in Turnschuhen.

«Zita!»

Sie drehte sich um. «Ich habe den Colamann erkannt. Ich habe versucht, ihm auf den Fersen zu bleiben. Aber ich hatte keine Chance. Zu viele Leute.»

Sie sahen sich an. Es gab keine Fragen. Weder, warum Mischa hier war, noch umgekehrt.

«Wo hast du ihn gesehen?»

«Er hat mit mir getanzt.» Dann erzählte Zita, was er ihr ins Ohr geflüstert hatte.

So ein Arsch. Mischa fühlte Wut, nackte, kalte Wut.

«*Bitch. You suck better than you write*», sagte sie nach einer Weile. «Die Worte kenne ich sehr gut. Er sagt das zu jeder Frau, die ihm nah kommt.»

«Was sollen wir tun?»

Mischa überlegte. «Geh auf die Terrasse hinaus und warte draussen. Ich hole Pola und Djamila.»

***

«Mischa Hare soll die Ghostwriterin meines Mannes sein?», sagte Helly Keller und lachte ein wenig.

Meier stand neben ihr am offenen Cheminée im Arvenzimmer, zwei Gläser Whisky standen vor ihnen auf der Brüstung.

Die Tür zum Ballsaal war geschlossen worden, hier war eine Art Ruhezone. «Mischa kann viel. Aber Deutsch schreiben kann sie nicht.»

«Wer ist es dann?» Meier hatte keine Lust mehr auf Small Talk.

«Wieso wollen Sie das wissen?»

«Ich fand es eigenartig, dass die Lancierung der Memoiren ein Programmpunkt war und nun einfach weggefallen ist.»

«Das kann passieren.»

«Aber es passt nicht zu Ihrem Mann, mit Verlaub. Er ist doch sehr auf sich bezogen.»

«Eitel, denken Sie? Narzisstisch?»

«Das klingt zu negativ.»

«Eingebildet, ein Pinsel?» Ihre warme Stimme stand im Gegensatz zu den Worten. Sie holte aus ihrer Handtasche eine Packung Zigaretten.

«Sie haben recht. Das trifft alles zu. Nebst dem Charme natürlich und dem grossartigen Politikerhirn. Der Gabe, Sachverhalte von anderen zu verkaufen, als wären es die seinen. Und die Meinung zu ändern, schneller als der Wind.»

«Das klingt nicht sehr sympathisch.»

«Das habe ich auch gemerkt. Und darum habe ich …»

Fasziniert sah Meier zu, wie Helly eine Zigarette zwischen die Lippen schob. Würde sie hier tatsächlich rauchen? Automatisch ging sein Blick nach oben an die Decke zu den Rauchmeldern.

«Was haben Sie, Helly?», fragte er langsam.

«… die Veröffentlichung der Memoiren untersagt.»

Damit hatte er nicht gerechnet. «Sie?»

«Ich war mit der Widmung nicht einverstanden.»

«‹Für meine liebste Gattin›, stand da, ich erinnere mich.»

«Das war eben falsch. Ich habe es aus der letzten Fassung rausgestrichen, aus dem Lektorat, aus dem Korrektorat und trotzdem hat Stephen es immer wieder reingeschrieben.»

«Er wollte Ihnen das Buch unbedingt widmen, wie es aussieht.»

«Darauf pfeife ich.»

«War es Ihnen zu wenig persönlich?»

«Im Gegenteil.»

Meier hatte das Gefühl, auf rohen Eiern zu gehen. «Sie wollten gar nicht erwähnt werden?»

Sie nickte. «Haben Sie Feuer?»

«Hier zu rauchen wäre nicht günstig.»

«Wir könnten in den Garten gehen.»

«Meine Frau wartet.»

«Ich würde sie gerne kennenlernen.»

«Sie ist zu Hause – die Kinder, wissen Sie. Ich sollte jetzt gehen.»

Ein Schatten legte sich auf Hellys Gesicht. Scheisse, dachte Meier, nun habe ich sie verletzt. «Wer ist der Ghostwriter, Helly?»

Sie rieb das Streichholz über die Fläche.

Ein Butler kam herbeigeeilt. «Hier herrscht absolutes Rauchverbot.»

«Ich wollte sowieso gehen, genauso wie der Herr Apfelbaum hier.» Helly entschwand in Richtung Tür.

Was war das gewesen? Meier scrollte durch die Fotos der Memoiren. Starrte auf die Widmung. Nein, nicht? Ein Gedanke nahm Gestalt an. Konnte es so gewesen sein? War das plausibel?

∗∗∗

«Ich habe ihm gesagt, wenn er mich haben will, dann als Pola Lensky.»

Pola sah aus, als ob sie selbst nicht fassen könnte, was da gerade passiert war. Nachdem der Banker grusslos an Mischa vorbeigestürmt war, war Pola ihm nach draussen gefolgt.

Mischa fühlte sich völlig taub. «Wir gehen zur Terrasse», sagte sie. «Zita ist hier.»

Sie informierte Djamila über ihr englisches Handy. «Kommst du bitte?»

Dann holten sie die Mäntel an der Garderobe und traten durch ein leeres dunkles Zimmer und eine Flügeltür auf die grossartige Terrasse, wo Zita schon ungeduldig wartete.

«Hast du ihn gesehen, ist er noch hier?»

Mischa legte den Zeigefinger auf die Lippen, schüttelte den Kopf. Sie würde nichts vom Colamann erzählen, sie wollte Pola nicht unnötig Angst einjagen. Sie machte einen kurzen Gang bis ans andere Ende, kontrollierte die Balustrade, die Säulen, die Nischen.

«Wir sollten nur leise sprechen», sagte sie zu Pola.

Pola wirkte wie betrunken. Ihre Erzählung war euphorisch, wie sie sich zuerst ans Protokoll gehalten, alle Informationen heruntergebetet hatte, die sie auswendig gelernt hatte, seit Zita ihr Mischas Unterlagen gegeben hatte. «Ich konnte jedes Wort, jede Jahreszahl, jede Arbeit, jedes Forschungsprojekt, einfach alles. Und dann fragt er mich nach meinem Mann. Und wie er ertragen würde, wenn ich mehr Erfolg hätte als er. Da hat's mir ausgehängt. Ich habe gesagt, dass alles erfunden ist, dass es Carla Lei nicht gibt und dass ich Pola Lensky bin.»

«Und wie hat er reagiert?» Mischa fragte ganz ruhig. Es war ohnehin vorbei. Er würde die Transaktion genauso stoppen wie Polas Engagement. Pech, Mischa, sagte sie sich. Es geschah ihr recht, denn sie hatte den Erlös in ihre eigene Tasche fliessen lassen wollen. Einmal nur. Ein einziges Mal, nachdem sie sich jahrelang einen Hungerlohn ausbezahlt hatte und bis heute in einer winzigen Zwei-Zimmer-Wohnung in Maida Vale lebte.

Pola sprach weiter. «Er hat mich in ein Gespräch zu meiner Arbeit verwickelt. Ich habe ihm erklärt, wie das Prinzip von ‹Frauen Vermögen› funktioniert. Auf eine Serviette gezeichnet habe ich es ihm. Damit ist er gegangen.»

Wie naiv Pola war. «Das hast du gut gemacht.»

Pola nahm den Schweizer Pass hervor und gab ihn Mischa zurück. «Carla Lei. Ich hätte mich nicht wohlgefühlt damit. Die Biografie ist viel zu aufgeblasen.»

In diesem Moment ging die Terrassentür auf, und Djamila trat heraus. Sie begrüsste Zita kurz, so als ob sie mit ihr gerechnet hätte, bevor sie ihr buntes Handy zückte.

«Gut, dass wir alle zusammen sind. Seht mal!» Sie zeigte ihnen die Webseite des «Guardian». «Der Artikel über die Missstände im Jacobus College wurde aktualisiert. Und seither geht in Oxford die Post ab. Hashtag Monstersteal rockt. Einige Frauen haben sich geoutet, darunter eine ehemalige Professorin und eine Doktorandin. Auch ein Mann ist dabei, der seinen Postdoc schreibt und an Panikstörungen leidet.»

Zita konnte sich nicht mehr zurückhalten. «Endlich sind Täternamen ins Spiel gekommen. Einer wird immer öfter genannt. Tobias H. Finch, der Institutsleiter.»

«Ist das der Colamann?», fragte Djamila.

Pola biss sich auf die Lippen. Angesichts des Namens drohte ihr neues Selbstbewusstsein einzubrechen.

Djamila legte den Arm um sie. «Wir ahnen es doch, Pola. Es ist so klar.»

«Aber …» Pola stammelte, die Stimme brüchig, ihre Augen füllten sich mit Tränen.

«Hör auf», sagte Mischa. «Jeder weiss es, und keiner traut sich, etwas zu sagen. Weil irgendein Institutsgeist die Hand über Tobias H. gehalten hat. Das ist nun vorbei. Daraus kommt er nicht heil heraus. Unmöglich.»

Pola wurde kreideweiss.

Djamila hielt ihr das Display vors Gesicht. «Du bist nicht mehr allein. Aber die brauchen deine Solidarität.»

Mischa zündete sich eine Zigarette an und trat an die Balustrade. Zita folgte ihr.

«Pola ist in Gefahr», flüsterte sie. «Wir sollten den anderen sagen, dass er hier ist, und dann die Polizei informieren.» Schon griff sie nach ihrem Handy. Aber Mischa hielt sie zurück.

«Gib mir noch ein paar Minuten.»

«Wofür?»

«Ich will ihn stellen. Ich kenne ihn ziemlich gut, weisst du, Zita.»

«Das habe ich mir so zurechtgereimt.»

Mischa machte die Zigarette wieder aus. «Bleib du bei Pola. Hier kann euch nichts passieren.»

Sie gab Pola Bescheid. «Ich habe noch etwas zu erledigen. Kommst du mit, Djamila?»

***

Er starrte auf sein Handy. Alles, was er aufgebaut hatte, wurde vor seinen Augen zertrümmert. Der Artikel hatte den Liveticker vom «Guardian» erreicht, die Nachrichten überschlugen sich, alle paar Minuten gab es ein Update. «Der Hashtag Monstersteal verbreitet sich. Eine Frau behauptet, ihr gesamtes Forschungsgeld sei für andere Zwecke missbraucht worden, es geht um Hunderttausende Pfund.»

Twitter-Nachrichten ploppten auf, von Frauen, an deren Namen er sich nicht mal erinnern konnte. Und alle zeigten sie mit dem Finger auf ihn. Die verschwommenen Fotos mit Profilen fügten sich zusammen zu einer Fratze. Mischa Hare. Die seinen Namen nie abgelegt hatte. Immer, wenn er ihn irgendwo las, hätte er kotzen können. Ihretwegen hatte er den Namen Hare auf eine Initiale verkürzen müssen. Tobias H. Finch. Er hatte dem Namen Hare immer nachgetrauert. Er stand für seinen Vater.

Schon wieder ein Update. Der Leiter des Jacobus College verurteilte seine Taten. So ein Arschloch. Er hatte nichts falsch gemacht. Er hatte Ideen zu Sichtbarkeit verholfen, ohne ihn würden sie weiter in den Köpfen dieser unfähigen Idiotinnen herumspuken. Gleich drei Updates hintereinander. Ein Blick auf die Seite der BBC, dem Staatssender. Sie verbreiteten nur, was ihnen relevant schien, nicht diesen Müll, den die anderen brachten, um die Klicks zu steigern. Der Artikel war nicht an erster Position, auch nicht an zweiter. Oder an dritter. Aber an vierter.

«*Oxford's Jacobus under scrutiny.*»

Überprüfung. *Scrutiny*, was für ein Wort. Das konnte nur von ihr stammen. Sie hatte ihre Finger sogar in den Medien. Sie war eine Drahtzieherin. Sie ruinierte sein Leben. Aber diesmal war er ihr einen Schritt voraus. Sie konnte nicht ahnen, dass er hier war. Und sie wusste nichts von seinem Trumpf. Dass er den Zettel, den sie hinterlassen hatte, gefunden und die Adresse entziffert hatte, war ein Glücksfall, genauso wie der Moment, als er in einer Seitenstrasse der Villa Tobler auf den Kaminfeger gestossen war. Der Mann war völlig durchgeknallt, bezeichnete sich selbst als Zeremonienmeister des Feuers und hatte ihn für einen Penner gehalten. Aber das war egal, denn er hatte ihm nebst einem kleinen Brandauftrag genügend Geld gegeben für einen respektablen Anzug und einen Coiffeurtermin. In den wenigen Tagen seither hatte er Vorbereitungen getroffen, den Anlass studiert, das Botschafterpaar und schliesslich die Villa Tobler, als unauffälliger Passant im winterlichen Garten, öffentlich für alle zugänglich. Erst als das Sicherheitspersonal am frühen Nachmittag angerückt war, hatte er sich verzogen. Aber bis dahin hatte er genug erfahren. Sein Plan stand. Feuerfest.

Er verliess den Platz neben der Tanzfläche, wo er sich hinter einer Säule vor der wütenden Zita Schnyder verborgen hatte, mischte sich unter die Menge, die trunken vom Walzer und der Hitze elegant um sich selbst kreiste. Als er Mischa erspähte, zuckte er trotz allem zusammen. Einen Moment lang glaubte er, sie habe ihn erkannt. Doch dann drehte sie sich um, sprach mit ihrer Begleiterin, der bunt gekleideten Jungbotschafterin, die aussah wie Amal Clooney. Auf ihrem Twitter-Account hatte Tobias die Nachricht über das Schlupfhouse 157 gesehen. Das hatte die Sache ins Rollen gebracht. Wenn sie wüsste, wie dankbar er ihr war. Die beiden Frauen trennten sich, der Clooney-Klon verschwand. Wie ein Schatten klebte er an Mischa, die Treppe hinauf und wieder hinunter, bis sie ihr Ziel fand. Die Frau des Botschafters, dieses Rippengestell. Sie wechselten nur wenige Worte. Bemerkte niemand ausser ihm, wie vertraut sie waren? Ob der Botschafter das wusste? Er glaubte zu sehen, wie Mischa dem Rippengestell etwas übergab. Als er sich nähern wollte, schob sich eine Gruppe kichernder Herrschaften vor seine Netzhaut. Danach war sie weg. Er fand sie nicht wieder, sosehr er sich auch bemühte. *Damned.* Seine Wut war unermesslich. Du kommst mir nicht davon, du Ratte, sagte er sich. Irgendwo war sie. Er würde sie ausräuchern. Das Einzige, was half gegen Ungeziefer. Da bemerkte er erneut den Clooney-Klon, in einen Mantel gehüllt. Getarnt. Sie würde ihn zu Mischa führen.

✳✳✳

An die Brüstung gelehnt, hörte Zita Pola zu, die sich beim Reden ununterbrochen in den blossen Arm kniff, der schon ganz blutig war.

«Wie sieht sie aus», fragte Zita, «deine Angst?»

«Ein Mund. Ein gieriger Schlund. Er frisst mich auf. Und spuckt mich immer wieder von Neuem aus.»

Endlich öffnete sich die Tür. Zita schoss herum, Mischa war zurück. «Djamila verhandelt gerade mit dem Banker, Pola. Vielleicht engagiert er dich trotzdem.»

Die Erleichterung stand Mischa ins Gesicht geschrieben. Einen Moment lang wirkte sie ganz gelöst. «Das ist eine sehr gute Nachricht. Tobias kann dir nichts mehr tun.»

Wie eigenartig der Sound ihrer Stimme war, wenn sie den Namen Tobias aussprach. Nun war der Moment der Wahrheit gekommen, fand Zita.

«Tobias H. Finch. Was verbindet dich mit ihm?», fragte sie. «Das H in seinem Namen steht für Hare, nicht wahr?»

Mischa zögerte keine Sekunde. «Tobias Hare Finch, genau, das ist sein voller Name. Er hat mich als junge Studentin geködert, geheiratet und ausgenutzt. Bereits vor unserer Ehe hatte er eine Affäre mit einer Kommilitonin. Ich verliess ihn während der Flitterwochen. Die Scheidung war ein schmutziger Kampf. Als es so weit war, habe ich CPS, das Centre for People's Safety, gegründet. Ich habe das aufgebaut, was mir gefehlt hat.»

Ein Schmerzlaut unterbrach ihren Monolog. Pola, die mit weit aufgerissenen Augen einen Schritt vorgetreten war. «Und wie passe ich in dieses Szenario?»

«Deine Mutter war meine Kommilitonin. Sie hat Selbstmord

gemacht, als Tobias ihre Arbeit unter seinem Namen veröffentlicht hatte.»

«Ich dachte, sie ist aus einem Fenster gefallen. Das hat man mir immer so erzählt.»

«Das kann man so oder so interpretieren. Ich ...» Mischa nahm Polas Hand in ihre. «Ich habe dich immer behütet. Mal ferner, mal näher. Es war unerträglich, dass du in genau dieselbe Falle getappt bist wie deine Mutter. Und dass du jedem Wink ausgewichen bist, dass du dich so viele Jahre geweigert hast, die Wahrheit anzuerkennen.»

Polas Augen waren riesige Teiche. «Ist er mein Vater?»

Mischa schüttelte den Kopf. «Nein. Deine Mutter hätte niemals gelogen. Dein Vater ist nicht bekannt, wie es in deiner Geburtsurkunde steht.»

«Aber ...»

«Als ich und Tobias sie kennenlernten, warst du schon auf der Welt. Das hat deine Mama so verwundbar gemacht. Um für dich zu sorgen, hätte sie alles unternommen.»

«Und wieso hast du es mir nicht schon viel früher erzählt?»

«Hättest du es mir geglaubt?»

Die Tür ging auf, und Djamila kam heraus. «Der Banker stellt dich ein. Du kannst am Montag anfangen.»

Während Djamila und Pola sich umarmten, flüsterte Mischa Zita etwas zu. Sie erstarrte, fühlte einen Adrenalinschub. Dann holte sie ihr Handy raus. Der Commissario war online. Endlich. Sie trat einige Schritte zur Seite und informierte ihn über die Ereignisse der letzten Minuten. «Der Colamann ist hier im Haus. Er will Pola, und er ist zu Gewalt fähig. Informiere die Kripo, Werner.»

Am anderen Ende war's still.

«Was ist? Hast du nicht gehört?»

«Du hast mich Werner genannt.»

Ach, das. Ihr altes Spiel. Ein winziger Moment der Nähe. Dann kam er in Gang. «Neben mir steht Sahel, voller Russ, Spinnweben und anderem Dreck. Kundert hat das ganze Haus mit einer Lunte verbunden. Zum Glück ist nichts passiert. Stell dir vor, jemand hätte ein Streichholz in das Cheminée geschmissen.»

∗∗∗

Tobias stand an die Wand gelehnt, ein Schatten nur, kaum sichtbar für andere, und beobachtete die Terrassentür. Aus dem Ballsaal drang mittlerweile laute Rockmusik, der Walzer war tot. Mit dem Wechsel des Musikstils legten die noblen Herrschaften alle Hemmungen ab. Es wurde gestampft und getobt, dass der Holzboden zitterte. Endlich ging die Tür auf. Und Pola kam heraus. Einen Moment war er überrumpelt. Sie trug ein violettes Abendkleid, ihre Arme waren verletzt, er sah blutige Krusten.

«Pola», sagte er schliesslich.

Sie machte eine Bewegung. Bevor sie zurückweichen konnte, packte er sie. Zog sie mit sich. Schnell. Wollte die Treppe hinunter, bemerkte die zwei Security-Männer. Wusste um die Kamera. Er wich auf die Treppe nach oben aus. Sie sagte kein Wort, wehrte sich kaum gegen seinen Klammergriff.

Die oberen Räume spiegelten die unteren, mit weniger Eleganz und Glanz, im Halbdunkeln, nur erleuchtet durch ein paar trübe Notlichter. Im mittleren Raum musste das Cheminée sein, von dem ihm der Alte erzählt hatte. Auch hier zitterte der Boden, die Bässe drangen von unten durch die edlen Holzdielen. «Time Warp», aus der «Rocky Horror Picture Show». Er kannte den Song. Erinnerte ihn an seine Jugend.

«Shall we dance?», sagte er zu Pola. Er bewegte sich im Rhythmus, sprang nach links, nach rechts, zog sie mit, und sie folgte ihm wie eine Puppe.

«Du gehörst mir, Pola, siehst du», murmelte er und küsste ihren Nacken blau. «Ein Auto steht bereit. Wir können sofort losfahren.»

Ihr verdammtes Schweigen, das hatte ihn schon immer zur Weissglut gebracht.

«Ich habe ein Haus gemietet. Im Süden. Genügend Geld auf einem Konto, alles Forschungsgelder.»

«Was?» Ihre Reaktion war heftig. «Also stimmt es, was die Medien schreiben?»

«Hashtag Monstersteal. Wie wahr, wie wahr. Du musst mir helfen, ans Konto ranzukommen. Die Karte funktioniert irgendwie nicht. Du bist ja jetzt vertraut mit dem Bankenbusiness.»

«Just a jump to the right», tönte der Chor der Feiernden von unten. Als Tobias ebenfalls nach rechts springen wollte, blieb Pola stehen. Machte die Bewegung nicht mit.

«Und Henri?»

«Ein Kuckuckskind. Er ist gut aufgehoben bei Mischa Hare und ihresgleichen.»

Pola richtete sich auf. «Stopp. Ich will das nicht mehr.»

Er lachte. «Doch, du willst es.»

«Ich habe die Polizei gerufen.»

«Dafür fehlt dir der Mut. Dann müsstest du alles erzählen. Und man wird dir Henri wegnehmen. So oder so. Also kommst du besser mit mir, da ist es komfortabler als im Gefängnis.»

Sie wand sich aus seinem Griff, rannte zur Tür. Er fasste in seine Manteltasche. Die Pistole lag glatt in seinen Fingern. Er zog sie hervor, zielte. Da ging die Tür auf. Mischa Hare stand da. Mit gezücktem Handy.

«Ich habe alles aufgenommen, Tobias. Gib auf.»

Welche von beiden sollte er zuerst erschiessen?

«Komm rein!», befahl Tobias. «Mach die Tür hinter dir zu.»

«Let's do the time warp again», tönte es von unten.

«Gib auf», sagte Mischa.

Sie gehorchte ihm nicht. Er krümmte den Finger. Mit einem Schrei stellte sich Pola vor Mischa.

«Du tust ihr nichts.»

Aber Pola war dünn. Und Mischa rund. Ausserdem schwankte sie etwas. Er drückte ab. Eine Art lautloser Knall. Gleich darauf erstarrte Mischa, ihre Hand ums Handy geklammert. In dem Moment kamen zwei weitere Frauen herein. Das Huhn Zita und der Clooney-Klon. Mischa holte Luft, ihr Atem pfiff. «Djamila, kannst du Pola bitte zu einem Taxistand bringen? Ich habe mit Tobias etwas zu besprechen. Begleitest du die beiden, Zita? Und ruf meine Freundin Renate an, sag ihr, die Truffes sind geschmolzen.»

Auf der Oberlippe des Huhns glitzerte Schweiss. Als Tobias den Lauf auf sie richtete, wich sie aus, zog Pola und Djamila mit sich.

«Geht jetzt, Mädels.» Wie sanft Mischas Stimme klang, sie erinnerte ihn an früher, als er sie kennengelernt hatte.

Ihr nächster Satz ging unter im Lärm des Time-Warp-Songs, der im Ballsaal einem Höhepunkt entgegenspielte. Und wie ein Blatt taumelte Mischa, sank, fiel auf die Seite, blieb liegen. Am Boden breitete sich eine Blutlache aus. Er löste sich aus seiner Erstarrung, tastete in die Tasche seiner Jacke. Trat zum Cheminée, griff ins Ofenrohr und fand die Lunte. Gerade wollte er das Zippo-Feuerzeug anzünden, als zwei Männer ins Zimmer traten, der eine in Lederjacke, der andere im Trainingsanzug, beide grimmig.

«Tobias H. Finch, Sie sind verhaftet. Sie haben das Recht zu schweigen. All Ihre Aussagen können gegen Sie verwendet werden.»

✳✳✳

Meier war immer noch fassungslos. Mischa Hare war erschossen worden. Die ganze Villa Tobler war fast in die Luft geflogen, hätten er und Sahel Tobias Finch nicht daran gehindert, letztlich hatte er den Holzstapel des Cheminées getroffen. Leider hatte Finch die darauffolgende Verwirrung genutzt, um sich über die Terrassenbrüstung zu schwingen und an einem Glyzinienstamm nach unten zu entkommen. Zum Glück hatte Nussbaum sofort reagiert und das Kommando übernommen, Meier und die Security-Mannschaft hatten geholfen, die Leute zu evakuieren.

In der ersten schnellen Untersuchung war herausgekommen, dass alle fünf offenen Cheminée-Ofenrohre voller Sägemehl und Brandbeschleuniger und über die Lunte verbunden waren. Wäre es Finch gelungen, das Ganze zu zünden, wäre die Katastrophe gigantisch gewesen.

Kaum eine halbe Stunde später war die Nachricht gekommen, dass Sahel Tobias Finch bei der Flucht durch die Stadt Zürich in einem Innenhof, der zu einer Mietautogarage gehörte, erwischt hatte. Er würde dem Haftrichter vorgeführt werden, die Bundespolizei hatte die englischen Kollegen informiert.

Eli war mit Pola und Zita vorausgefahren, um die Kinder abzuholen, aber Meier wollte noch etwas erledigen. Eine Rechnung war noch offen. Und solange würde dieser Fall nicht zu einem Abschluss kommen.

Er ging zum Bellevue hinunter. Die Bratwurstdüfte vom «Sternen Grill», sonst ein Quell der Freude, nahm er kaum wahr. Er wählte den Weg über die Schipfe und hoch zum Lindenhof. Die Tür zum Römerkastell hinunter war wieder fest im Boden verankert, auch wenn die Spurensuche wohl noch einige Zeit dauern würde. Die Häuser rundum teils erleuchtet, teils dunkel, der Nebel hatte sich verzogen. Nur ein Treppenhaus entfernt sozusagen lag der Rennweg, Zürichs Einkaufsmeile. Kommerz und Lebekunst, so dicht aufeinander. Auch in der Lindenpfalz brannte ein Licht. Im dritten Stock, im Turmzimmer. Offenbar war bereits wieder ein Fenster eingebaut worden, vermutlich war das Helly Kellers Effizienz zu verdanken.

Zielstrebig ging er durch den Hinterhof zum Eingang und klingelte.

Niemand machte auf. Aber Meier hatte einiges von Kundert Ruedi gelernt, wie man ein Kellerschloss in einer Sekunde öffnete zum Beispiel. Schon war Meier drin.

Kein Laut drang von oben. Er betrat das Entrée, wo ein heller Mantel über dem Geländer hing. Daneben standen ein Rollkoffer und eine Tasche. Er hatte recht behalten, auch in diesem Punkt. Leise stieg Meier in den ersten Stock, dann über die Wendeltreppe zum Turmzimmer. Meier vermied jähe Bewegungen, und doch ertönte ab und zu ein Klirren. Sie würde es hören, aber es war ihm recht so.

Oben angekommen, wandte er sich nach links. Das Turmzimmer war aufgeräumt, Schutt und Asche verschwunden, ein Feuer brannte im demolierten Kachelofen. Helly Keller war dabei, einige Bücher zu verbrennen. Es waren Stephen Kellers Memoiren.

«Guten Abend», sagte sie ruhig. «Wie haben Sie es herausgefunden?»

«Ich habe Ihre Handschrift erkannt. Auf der Postkarte. ‹Vorhang auf›. Das V kam häufig vor in den Schnipseln. Ich habe es zuerst Davos zugeordnet, bis ich verstand, dass es ‹Vorhang auf› heisst. Stephen verwendet diesen Anfang seit seinen frühen Auftritten.»

Sie lächelte. «Ich habe es für seine erste Rede erfunden. Danach hat er mich engagiert. Lebenslänglich.»

«Haben Sie auch seine Diplomarbeit geschrieben?»

Sie nickte. «Alles. Auch die Reden am WEF.»

«Auch die bei Peres und Arafat?»

«Sie war mein Glanzstück.»

«Wer weiss davon?»

«Niemand. Nicht mal Mischa Hare. Es ist unser süsses Geheimnis.»

«Sie wollten mehr, Helly?»

«Nur die Memoiren. Da hätte mein Name stehen sollen.»

«Keine Widmung, sondern Autorschaft.»

«Er hat's nicht verstanden. Er hat es so verinnerlicht, dass er denkt, er hätte alles selbst geschrieben. Ich bin sein verlängerter Arm.» Sie warf das letzte Buch ins Feuer, dann zog sie zwei Schweizer Pässe aus ihrer Manteltasche, und ehe er sich's versah, schleuderte sie den einen hinterher.

Ein kurzes Lodern, das Ding kringelte sich zusammen und wurde eins mit der Flamme.

«Adieu, Helly», sagte sie leise. «Willkommen, Carla.» Dann steckte sie den anderen Pass wieder ein. «Farewell, Herr Meier. Es war mir eine Ehre.»

«Sie wissen, dass ich nicht Apfelbaum bin?»

«Was denken Sie? Auch wenn die Schatzalp wie ein Romantikhotel aussieht, in Wirklichkeit ist sie ein Hochsicherheitstrakt. Ich wurde informiert, kaum waren Sie da. Aber es hat Spass gemacht.»

«So viel Spass, wie das Feuer hier im Turmzimmer zu zünden. Mit dem Zippo von Djamila Murani.»

Sie schwieg, lächelte versonnen. Bis sie ihn anblickte. «Ich muss los. Sind all Ihre Fragen beantwortet?»

«Und Mischa Hare?»

«Wir mochten uns. Auf Abstand.»

«Dann sind Stephen und Sie …»

«… längst kein Liebespaar mehr. Aber ein sehr gutes Arrangement. Das ist nun abgelaufen. Vorhang auf für eine neue Zeit.»

54

Frühjahr

Zita ging vor Beanie über den Weg des Highgate Friedhofs in London und hielt nach einer Abzweigung Ausschau. Obwohl sie im Fall um das Quittengrab schon mal hier gewesen war, hatte sie Mühe mit der Orientierung.

«Ganz im Osten», hatte ihre Freundin Beth Weisz erklärt, deren Haus an den Friedhof grenzte.

Zita wartete, bis Beanie zu ihr aufschloss. Ihr Tempo war kein Vergleich zu früher. Es war überhaupt ein Wunder, dass sie die Reise auf sich genommen hatte, nachdem sie vor kaum einem Monat aus der Rehaklinik entlassen worden war. Später würden sie Djamila und Pola in einem Pub treffen. Sie waren dabei, ein neues Schlupfhouse in London zu eröffnen, der Ersatz für die Nummer 157.

Djamila hatte ihre Prüfung bestanden, nur um gleich darauf aus dem diplomatischen Dienst auszutreten, trotz Jobangebot in New York. Sie war zurück nach London gekommen. Zusammen mit Joel. Die beiden waren unzertrennlich.

Beanie war nun bei Zita angelangt. Ihr Haar bedeckte den Kopf in weichen Kringeln, die Narbe war nur zu sehen, wenn man es wusste. Sahel hatte sie kaum gehen lassen, aber Beanie hatte darauf bestanden.

«Er behandelt mich wie ein Meringue», hatte sie gesagt und gestrahlt. Auch diese Liebe war stärker geworden. Eigenartige Zeiten, dachte Zita. Ob wir einen Gegentrend einläuten? Treue statt Beliebigkeit, Hartnäckigkeit statt Aufgeben.

Sie und Werner hatten es gut. Der Commissario hatte den Schritt in die Selbstständigkeit gewagt. «Apfelbaum & Meier» – das Schild war gerade montiert worden. Zitas Lohnerhöhung hatte zur Entscheidungsfindung beigetragen. Sie würde an die Uni Zürich zurückkehren und die Stelle in London behalten.

«Den Fünfer und das Weggli», hatte Zitas Mutter Nora gemeint. «Wie willst du das schaffen, Kind?»

«Alles eine Frage der Organisation.» Zita hätte sich dagegen entschieden, hätte sich die Situation mit Lily nicht so gut entwickelt. Die neue Kita war ein Geschenk, die Gebärdensprache war für Lily zu einem Ausdrucksmedium geworden, und täglich brachte sie ihren Brüdern und Jessie neue Worte bei, mit Hilfe von YouTube-Tutorials. Zita und Meier hatten einen Kurs besucht, ihre Fortschritte waren aber bescheiden im Vergleich zu den Kindern.

«Da vorne muss es sein.» Beanie zeigte auf eine grosse Wiese, an deren Rand sich einige Gräber befanden. Bei einem lagen viele kleine Sträusse im Gras. Eine Frau legte ihren dazu. Sie war begleitet von zwei Halbwüchsigen. Einen Moment standen sie im Gebet versunken.

«Warten wir», sagte Zita und setzte sich auf eine Holzbank. Sie griff in ihre Tasche und holte eine Tüte Colafläschchen raus. «Magst du?»

Beanie starrte sie an. «Das sind Beweismittel.»

Zita grinste. «Eli hat sie analysieren lassen.»

«Und?»

«Dreifache Menge Zucker. Tobias Finch hat sie extra anfertigen lassen. Fällt wissenschaftlich nicht unters Suchtmittelgesetz, weder in der Schweiz noch in England.»

Beanie schüttelte den Kopf. «Was für ein Weirdo, dieser Typ. Macht seinen Sohn abhängig von Colafläschchen.»

Sie steckte die Packung ein. «Ich geb's weiter an den Staatsanwalt.»

In vertrautem Schweigen sassen sie da.

«Hat Meier etwas von Helly Keller gehört?», fragte Beanie schliesslich.

«Nein, sie ist abgetaucht.»

«Die neusten Ermittlungen haben ergeben, dass sie vermutlich die Speicherkarte aus der Security-Kamera genommen hatte.»

«Habt ihr sie gefunden?»

«In ihrem Nachttisch. Auf dem Material sieht man, dass Matteo Stubbe die Treppe hinuntergestolpert ist, in der einen Hand das Zippo mit dem D, in der anderen den Inhaler.»

«Also hat er das Feuerzeug in den Aussenkeller mitgenommen.»

«Es könnte ihm da aus der Hand gerutscht und in den Nebenkeller geschlittert sein.»

«Da, wo du es gefunden hast.»

«Es wäre eine Erklärung. Wie fallende Dominosteine hat eins zum anderen geführt.»

«Es fehlt nur der Anfang. Die Initialzündung. Das Streichholz, das den Ofen zum Brennen brachte.»

«Manche Rätsel bleiben. Es ist ihr Wesen.»

Sie schwiegen erneut.

«Eigenartig, dass Mischa so lange eine Affäre mit Keller pflegte. Eine richtig altmodische Ménage-à-trois», sagte Zita nach einer Weile.

«Mit durchaus praktischen Aspekten. Er hat Mischa mit Informationen zu möglichen Jobs für die Kaderfrauen versorgt. Sie muss eine ganze Liste geführt haben. Aber die ist verschwunden. Von ihrem Handy gelöscht. Sahel vermutet, dass es ihr gelungen ist, die Festplatte des Laptops über ihr Handy zu zerstören. Man hat eine letzte Transaktion festgestellt, nachdem sie von Tobias Finchs Schuss getroffen worden war.»

«Eine clevere Frau. Ich bewundere sie sehr», sagte Zita. «Und was ist mit Stephen? Er hat Insiderwissen weitergegeben, ist das nicht strafbar?»

«Irgendwie schon. Nachweisen kann man ihm jedoch nichts. Die Grenzen sind da verschwommen. Er ist übrigens am Boden zerstört, weil Helly weg ist. Sie war wirklich das Rückgrat seines Lebens, wie es sich herausstellte.»

«Ausserdem hatte sie Geld», meinte Zita. «Sie hat jahrelang alles finanziert, sein Diplomatengehalt hätte niemals ausgereicht für den ausschweifenden Lebensstil. – Was ist mit den Häusern?»

«Sie sind das Einzige, was ihm bleibt. Seine Memoiren wurden eingestampft, ihre Kontos hat sie transferiert. Sie haben ihn letzte

Woche noch mal einvernommen. Er sitzt im Hotel Schatzalp und bläst Trübsal.»

«Voll im Davoser Spirit.»

Die Mutter und ihre beiden Kinder schickten sich an zu gehen. Als Zita und Beanie näher traten, musterten sie Beanie. Ihre Haut war noch dunkler als Beanies, ihr Haar zu einer Frisur geglättet.

«*God bless you, sister*», sagte sie.

Zita lächelte, Beanie war sprachlos.

«Sie denkt, du gehörst auch zur Schlupfhouse-Community», erklärte Zita, als sie weg waren.

«Sahel muss aufpassen, wenn er mich nächstes Mal verprügelt.» Beanie lächelte nun auch. Gemeinsam traten sie näher. Besahen sich die Inschrift auf dem Holzkreuz.

«Mischa Hare, 1962–2022».

Epilog

Sie sah aufs Meer hinaus. Eine gleissende Fläche, eingerahmt von den Felsen von Kent. Dass das Cottage noch zum Verkauf gestanden hatte, war ein Glück. Sie hatte das Verkaufsschild erspäht, als sie mal mit Stephen einen Ausflug an die Südküste gemacht hatte. Dann drehte sie sich um. Der wacklige Gartentisch von den Vorbesitzern stand im Windschatten. Sie zog ein Streichholz aus der Schachtel. Die Flamme war bläulich im Herzen, golden an den Rändern. Sie zündete den Kerzendocht an. Sie wurde ganz ruhig. Griff zu ihrem Füller. Dann begann sie zu schreiben. Ihr erster Roman: «Carla Lei – drei Leben».

Dank

Am Anfang stand der Wunsch, eine Geschichte über eine Frau in der Diplomatie zu schreiben. Meine Patin war Frau eines Diplomaten, ihre Erzählungen sind mir bis heute im Ohr geblieben. Während meiner Recherchen stiess ich auf eine Vielfalt weiterer Geschichten. Besonders beeindruckt haben mich die Bücher «Women of the World» von Helen McCarthy und «Female Diplomacy» von Elisabeth Motschmann sowie «Minister Hans Frölicher» von Paul Widmer. Danke an Eva Reimann und Thomas Geiser, die mich bei der Recherche unterstützt haben. Dank an Barbara Fischer und ihren Rat, den Plot ans WEF zu verlegen. «*Think big, Gabriela.*» Danke an Carmen und Aurelia, die mich durch das geisterhafte Davos im Lockdown geführt und das WEF für mich lebendig gemacht haben. Danke, Christoph Stuehn, dass ich mir die Villa Tobler anschauen durfte, und an Andreas Motschi, Projektleiter Archäologie Stadt Zürich, der sein reiches Wissen über den Lindenhof mit mir geteilt hat, sowie, wie jedes Mal, an Marc Besson, Mediendienst der Kantonspolizei Zürich. Und an Dorothé, Hans und Marie-Therese, die Spaziergänge mit euch waren wegweisend.

«Zürcher Glut» ist reine Fiktion, Menschen, Vorgänge und Gebäude wie die Lindenpfalz und die Darstellung des Freimaurertempels sind meiner Phantasie entsprungen. Sämtliche Fehler sind bei mir.

Ein grosser Dank geht an Magdalena, Carmen und Flo, meine Erstlesenden. Der grösste Dank geht an Beni. An unser Haus gefesselt durch den Lockdown im Online-Uni-Modus, hat er jedes Stadium der Geschichte miterlebt und sie mit seinen klugen Fragen vorangetrieben. Ein weiterer Dank geht ans Emons-Team, Nina Schäfer sowie Ingeborg, Christel, Stefanie, Sophie, Hannah, Daria, Mike, Dominic, Diane, Inka, Gudrun und besonders an meine Lektorin Irène Kost. Bereits zum vierten Mal ist sie mit mir in die Schnyder-&-Meier-Welt eingetaucht. Mein innigster Dank geht an meine Familie, an Flo, Beni, Samira und Franz, für eure Unterstützung und eure Liebe. Und zum Schluss: Dank an all die vielen Lesenden, die mich und Schnyder & Meier begleiten. Ich hoffe, ihr bleibt uns treu.

Gabriela Kasperski, im Juni 2021

Gabriela Kasperski
QUITTENGRAB
Broschur, 384 Seiten
ISBN 978-3-7408-0430-5

«Schnelle Dialoge, ein kurz getaktetes Hin und Her zwischen den verschiedenen Nebenhandlungen und Wechsel im sprachlichen Rhythmus. Dies alles hat literarische Qualität.» Zürcher Oberländer

www.emons-verlag.de

Gabriela Kasperski
NACHTBLAU DER SEE
Broschur, 336 Seiten
ISBN 978-3-7408-0642-2

*«Kasperski nutzt das Krimigenre, um auf spannende und unterhalt-
same Weise die Dynamik eines Systems zu analysieren, das auf
Missbrauch, Intrige und Betrug gründet.»*   WOZ – Die Wochenzeitung

www.emons-verlag.de

Gabriela Kasperski
ZÜRCHER FILZ
Broschur, 320 Seiten
ISBN 978-3-7408-0930-0

«Kasperski erzählt spannend, mit Augenzwinkern und viel Sinn für Atmosphäre.»   Radio SRF 1

www.emons-verlag.de